最新版

指輪物語

7

Appendices of THE LORD OF THE RINGS

by

J. R. R. Tolkien

Originally published by HarperCollins Publishers Ltd.

This edition is published
by arrangement with HarperCllins Publishers Ltd.,London,
through Tuttle-Mori Agency,Inc.,Tokyo.

7巻

追補編

目次

A　王たち、統治者たちの年代記　7
Ⅰ　ヌーメノールの王たち　9
(イ)　ヌーメノール　9
(ロ)　亡国の民の王国　22
(ハ)　エリアドール、アルノール、そしてイシルドゥルの後継者たち　27
(ニ)　ゴンドール、またアナーリオンの後継者たち　42
(ホ)　アラゴルンとアルウェンの物語（その一部）　80
Ⅱ　エオル王家　102
Ⅲ　ドゥリンの族《やから》　123
B　代々紀（西方諸国年代記）　154

第二紀　155
第三紀　161
(1) 大いなる年の年表　180
(2) バラド＝ドゥールの崩壊より第三紀の終わりにいたるまでの主要事項の年表　192
(3) 指輪の仲間に関するその後の出来事　197
C　ホビット家系表　203
D　暦法　216
E　書き方、綴り方　236
I　単語及び固有名詞の発音　236
II　書記法　249
(i) フェアノール文字　252
(ii) キルス(CIRTH)　266

F　273
I　第三紀の諸言語と諸種族　273
エルフのことば　275
人間のことば　277
ホビットのことば　283
そのほかの種族のこと　285
II　翻訳について　293
三つの名前についての註　309
著者ことわりがき　313
「訳者あとがき」について　323
邦訳新版あとがき　324
文庫版あとがき　330
固有名詞便覧　482

A　王たち、統治者たちの年代記

以下の追補に記載されている事柄の大部分、特にAからDまでの史料に関しては、序章の終わりにある覚え書きをご覧いただきたい。AのⅢ項「ドゥリンの族《やから》」の史料はおそらくドワーフのギムリから出たものであろう。かれはペレグリンおよびメリアドクと親交を保ち続け、ゴンドールおよびローハンにおいて、その後もしばしばこの二人に再会しているからである。

典拠となるべき諸史料に見えている伝説、歴史、伝承は非常に広範囲にわたっている。それゆえここに紹介したのは、そこからの抜粋にすぎず、それもたいていの場合は非常に省略された形になっている。その主たる目的は、指輪戦争とその原因を解明し、物語本体の間隙を埋めることにあるからである。ビルボの主たる関心が存在した第一紀の古代伝説は、それらがエルロンドとヌーメノールの王たちや族長たちの先祖のことを扱ったものであるから、ごく簡単に引用してある。より長い年代記や物語からそのまま引用した部分は引用符で囲み、後世に書き入れられた部分は括弧で囲んだ。引用符で囲んだ註は原史料に見いだされるものであり（カッコ内の参照ページは除く）、あとは編者による（1）。

記されている年代は、第二紀もしくは第四紀の断わりがなければ、すべて第三紀の年代である。第三紀は三〇二一年九月に三つの指輪が去った時に終わったと考えられた。しかしゴンドールでは記録の便宜上、第四紀第一年は三〇二一年三月二十五日に始まっている。ゴンドールの年代にホビット庄暦を対応させるには『最新版指輪物語』文庫第一巻一九―二〇ページ、及び追補編二三二―二三五ページを参照されたい。表の中で、王および統治者たちの名前に続けて書かれている年代は、それが一つであれば、かれらの没年を示す。†印は、討ち死にであれ何であれ、早世《そうせい》を示す。ただしその事件の記録は必ずしも記されていない。

原　註

（1）『指輪物語』および『ホビットの冒険』に言及した個所も数個所ある。（訳註　前者は

『最新版　指輪物語』文庫の巻数とページ数を、後者は一九八三年第十刷改訂版、および岩波少年文庫、二〇〇〇年新版上下巻のページ数を挙げた。）

I　ヌーメノールの王たち

(イ)　ヌーメノール

フェアノールは、エルダール中諸芸と伝承にもっともすぐれた者であったが、同時にもっとも自尊心が強く強情だった。かれはシルマリッリ（訳註　シルマリルの複数形）と呼ばれる三つの宝玉を造り出し、それらに二つの木、テルペリオンとラウレリン（1）の輝きをこめた。この二つの木はヴァラールの地に光を与えていたのである。三つの宝玉は大いなる敵モルゴスの羨望《せんぼう》するところとなり、かれはこれを盗み、二つの木を損なった後、中つ国《なかつくに》にこの宝玉を持ち来《き》たって、サンゴロドリム（2）の己が強大な砦《とりで》の中でこれを守った。ヴァラールの意向にそむき、フェアノールは至福《しふく》の国を捨てて、一族の大多数を率い、流謫《るたく》の身となって中つ国《なかくに》に渡った。というのも、かれは自らを恃《たの》み、かの宝玉を力ずくでもモルゴスの手から奪い返そうと決意したからである。以後に続いたのはサンゴロドリムに対するエルダールとエダインの望みなき戦いであった。この戦いでかれらは遂《つい》に完敗する。エダイン（アタニ）というのは、人間の三氏族で、かれらは中つ国の西そして大海の岸辺に最初にやって来て、かの敵と戦うエルダールの同盟者となった。

エルダールとエダインの結びつきは三例ある。ルーシエンとベレン、イドリルとトゥオル、アルウェンとアラゴルンである。最後の結びつきによって、長い間引き裂かれていた半エルフの分枝はふたたび結合され、その血統が復活した。

ルーシエン・ティヌーヴィエルは第一紀においてドリアスの灰色マント王シンゴルの娘であった。しかしその母はヴァラールに属するメリアンであった。ベレンはエダインの第一家系のバラヒルの息子であった。二人は力を合わせて、モルゴスの鉄の王冠からシルマリルを一個もぎ取った（3）。ルーシエンは人間と同じ死すべき身となり、ふたたびエルフ族の間に戻ることはなかった。ディオルはかの女《じょ》の息子であり、エルウィングはディオルの娘である。そしてシルマリルはこのエルウィングが保管していた。

イドリル・ケレブリンダルはゴンドリン（4）の隠れた都の王、トゥルゴンの娘であった。トゥオルはエダインの第三家系で、モルゴスとの戦いでは最も功名をかちえたハドル家のフオルの息子であった。航海者エアレンディルはこの二人の息子である。

エアレンディルはエルウィングを妻にし、シルマリルの力で暗闇を通り抜け（5）、さい果ての西方世界に来《きた》った。そこでかれはエルフと人間の使者として弁じ、モルゴスを打ち倒す助力を得た。エアレンディルは人間の住む地へ戻ることを許されず、シルマリルをとりつけたかれの船は星として、また大いなる敵あるいはその召使たちの圧制に苦しむ中つ国の住人にとっての希望のしるしとして、天つ海原を航行させられることとなった（6）。シルマリッリのみがモルゴスによって損なわれる以前のヴァリノールの二つの木の古《いにしえ》の光を保持していたのである。しかし三個のシルマリッリのうち残る二個は第一紀の末に失われた。これらのことについての詳細な話、そしてまたエルフと人間に関する数々の話が『シルマリルの物語』の中で語られている。

エアレンディルの息子はエルロスとエルロンドというペレジルすなわち半エルフ

であった。この二人の中にのみ第一紀におけるエダインの英雄的な首長たちの血脈が保たれていたのである。そしてギル＝ガラド（7）の没後は上《かみ》のエルフの王たちの血筋も中つ国《なかつくに》ではただこの二人の子孫たちによってのみ継承された。

第一紀の末に、ヴァラールは半エルフたちに、どちらの種族に属したいかという二つに一つの最終的な選択をなさしめた。エルロンドはエルフ族に属するほうを選び、知恵の持ち主となった。そこでかれには、上のエルフたちのうちでいまだに中つ国を去りかねていた者たちと同じ恩寵《おんちょう》が与えられた。ということは、遂《つい》にこの浮世に倦《う》んだ時、かれらは灰色港から船に乗りさい果ての西方世界に渡って行くことができるということであった。そしてこの恩寵は世界が変化した後も続いた。そしてエルロンドの子供たちにも一つの選択が課せられた。かれとともにこの世界の圏外《けんがい》に去るか、あるいは、もし留《とど》まるとすれば、有限の命しか持たぬ身となって、中つ国で死ぬかという二つに一つの選択であった。それゆえエルロンドにとっては、指輪戦争はその結果がどういうことになろうと悲しみを伴わないわけにはいかなかったのである（8）。

エルロスは人間族に属して、エダインとともに留まることを選んだ。しかしかれには並の人間たちの何倍も長い寿命が授《さず》けられた。

モルゴスと戦うためにエダインが受けた苦しみに報いるため、この世界の守護神ヴァラールは中つ国の危険から遠く隔たった地を居住地としてエダインに与えた。そこでかれらの大部分は大海に船出し、エアレンディルの星に導かれて、死すべき定めの人間にはこれ以上進めぬいや果ての西の地、エレンナ大島に到着した。そしてここにヌーメノールの王国を創建した。

この国の真ん中に、メネルタルマという高山があり、遠目の利《き》く者はこの頂から、エレッセアにおけるエルダールの港の白い塔を望見することができた。エルダールはそこからエダインの許《もと》に来《きた》って、知識と数多《あまた》の贈り物でかれらを富ましめた。しかしヌーメノーレアンたちには一つのいましめ、「ヴァラールの禁」が下されていて、かれらは自分たちの住む島の岸辺が見えなくなるほど西に航海することも、あるいは不死の地に足を印しようと試みることも禁じられていた。なぜなら、かれらは、はじめのうちは並の人間の三倍もあったほどの長い寿命を授けられていたとはいえ、その命が有限であることには変わりはなく、ヴァラールといえどもかれらから人間の天寵《てんちょう》（あるいは後になって呼ばれたように、人間の宿命）を取り上げることは許されていなかったためである。

ヌーメノールの最初の王はエルロスで、後にタル＝ミンヤトゥルという上のエルフの名で知られた。かれの子孫はみな長命であったが、有限の命であることに変わりはなかった。後世になって子孫たちはその力が強大になると、先祖の選択をうらみ、エルダールの宿命であるこの世の生活の中での不死を願い、「ヴァラールの禁」に不平をもらすようになった。サウロンの腹黒いそそのかしにあって、『アカルラベース』（訳註　『シルマリルの物語』所収）に語られているごとくヌーメノールの没落と古代世界の滅亡をもたらしたかれらの反逆はここに萌《きざ》した。

ヌーメノールの王、女王の名前

エルロス・タル＝ミンヤトゥル、ヴァルダミル、タル＝アマンディル、タル＝エレンディル、タル＝メネルドゥル、タル＝アルダリオン、タル＝アンカリメ（最初の女王）、タル＝アナーリオン、タル＝スーリオン、タル＝テルペリエン（二人目の女王）、タル＝ミナスティル、タル＝キルヤタン、タル＝アタナミル大王、タル＝アンカリモン、タル＝テレムマイテ、タル＝ヴァニメルデ（三人目の女王）、タル＝アルカリン、タル＝カルマキル、タル＝アルダミン。

アルダミンの後、王たちはヌーメノール語（すなわちアドゥーナイク）の名前で王位を継承した。アル＝アドゥーナホール、アル＝ズィムラゾーン、アル＝サカルソール、アル＝ギミルゾール、アル＝インズィラドゥーン。インズィラドゥーンは王たちのこのやり方を悔《く》い、自分の名前をタル＝パランティルすなわち「先見者」と改めた。かれの娘が四人目の女王タル＝ミーリエルとなるはずであったが、王の甥《おい》が王位を簒奪《さんだつ》し、黄金王アル＝ファラゾーンとなった。ヌーメノールの最後の王である。

タル＝エレンディルの治世に、ヌーメノールの最初の船が中つ国《なかつくに》に戻って行った。かれの長子にシルマリエンという娘があった。シルマリエンの息子をヴァランディルといい、ヌーメノールの西部、アンドゥーニエの初代領主であるが、エルダールと親しく交わったことで知られている。その子孫に最後の領主アマンディルとその息子丈高きエレンディルがいた。

第六代の王は一子を残した。それは娘であり、かの女《じょ》が最初の女王となった。男女を問わず王の第一子が王位を継承するというきまりがその時作られたからである。

ヌーメノール王国は第二紀の末まで続き、ますます力と勢威を増していって、第二紀がその半ばを越す頃まで、ヌーメノーレアンの智恵と喜びも増大していった。かれらの上に落ちることになる影の最初のきざしは第十一代の王タル＝ミナスティルの代に現われた。ギル＝ガラドの救援に大軍を送ったのはこの王である。かれはエルダールを愛してはいたが、かれらを羨んでもいた。ヌーメノーレアンたちはその頃にはもうすぐれた航海者になっており、東の海はことごとく探検し尽くしていた。そして今では西方と禁断の水域に憧《あこが》れ始めた。そしてこの世の生活が楽しければ楽しいだけ、エルダールの不死の命がなおさら望ましいものに思われてきた。ヌーメなおその上、ミナスティル以後の王たちは富と権力を貪《むさぼ》るようになった。ヌーメノーレアンは最初、サウロンに苦しめられている並の人間たちの教師かつ友人として中《なか》つ国《くに》に来たのであった。ところが今ではかれらの港は砦《とりで》となり、広大な沿岸地域がその隷属下に置かれていた。アタナミルとその後継者たちは過重な貢物《みつぎもの》を取り立て、ヌーメノーレアンの船は分取り品を満載して戻って行った。

「ヴァラールの禁」を初めて公然と非難し、エルダールの不死の命に当然自分も与《あずか》るべきものであると宣言したのは、タル＝アタナミルである。こうして影はいよいよ濃くなりまさり、死の恐怖はこの国の人たちの心を暗くした。この時、ヌーメノーレアンは二つに分かれた。一方には王と王に追随《ついずい》する者とがおり、かれらはエルダールとヴァラールから離れた。一方には自らを節士と呼ぶ少数者がいて、だいたいヌーメノールの西部に住んでいた。

王とその追随者たちはしだいにエルダールのことばの使用をやめていった。そして遂《つい》に第二十代の王はヌーメノール語で王名を名乗り、アル＝アドゥーナホールと称した。「西方の主」の意である。このことは節士派にとって不吉なことに思われた。というのは、従来この称号はヴァラールの一人にのみ、すなわち長上王（9）その方に与えられたものだったからである。そして事実アル＝アドゥーナホールは節士たちを迫害し始め、エルフ語を公然と使用する者を罰した。そしてエルダールはもはやヌーメノールにはやって来なくなった。

にもかかわらず、ヌーメノーレアンの力と富は増大の一途を辿《たど》り続けた。しかしかれらの寿命は死への恐れがいや増すにつれて、ますます減少し、かれらの喜びは去った。タル＝パランティルはこの悪弊《あくへい》を改めようとしたが、時すでにおそく、ヌーメノール内には反乱と内紛が起こった。かれが死ぬと、反乱軍の指導者であったかれの甥《おい》が王位を奪い、アル＝ファラゾーン王となった。黄金王アル＝ファラゾーンは歴代の王の中でももっとも驕慢《きょうまん》にしてもっとも強大、その野望は世界の覇者《はしゃ》たらんとするほどであった。

かれはサウロン大王に挑《いど》んで中つ国での覇権を争おうと決意した。そして遂にかれ自ら大海軍を率いて船出し、ウンバールに上陸した。ヌーメノール軍の兵力と勢威の強大さに、サウロン自身の召使たちまでがかれを見棄てたので、サウロンは恐れ入って、恭順《きょうじゅん》の意を表し、許しを乞うた。そこでアル＝ファラゾーンは得意のあまり愚《おろ》かにも自慢の種に、サウロンを捕虜《ほりょ》としてヌーメノールに連れ帰った。サウロンが王をたぶらかし、ほしいままに助言を与えるようになるまでには時間はかからなかった。そしてまもなく、かれは一握りの残党となった節士派を除き、すべてのヌーメノーレアンの心を暗闇に向け直してしまったのである。

そしてサウロンは王を欺《あざむ》いて、次のように述べた。永遠の生命は不死の地を所有した者のものになり、「ヴァラールの禁」はただ人間の王がヴァラールを凌駕《りょうが》するようなことが起こらないように課されたものであると。「しかし偉大なる王たるものはご自分の権利であるものをお取りになるのです。」と、かれはいった。

遂《つい》にアル＝ファラゾーンはかれの意見に耳を傾けるにいたった。というのも、かれは自分の命が衰えていくのを感じ、死の恐怖に心惑《まど》っていたからである。そこでかれは世界にかつてその比を見ないほどの強大な軍備を整え、すべての準備が完了すると、喇叭《らっぱ》を吹き鳴らして、海上に兵を進めた。そしてかれはヴァラールの禁を破り、戦いをもって西方の諸神から永遠の生命を奪い取ろうと、西に進んだ。しかしアル＝ファラゾーンが至福《しふく》の地アマンの岸辺を踏むや、ヴァラールはかれらの保護神の役を降り、至上神を求めた。かくて世界は変えられた。ヌーメノールは覆《くつがえ》って、大海の水にのまれ、不死の国はこの世の圏外《けんがい》に永遠に移された。ヌーメノールの栄華《えいが》はこのようにして終わったのである。

節士たちの最後の統率者であるエレンディルとその息子たちは、九隻《せき》の船とともに滅亡を逃《のが》れ、ニムロスの苗木と、(かれら一族にエルダールから贈られた)七個の見る石(10)をたずさえ、大暴風雨の翼に運ばれて、中《なか》つ国《くに》の岸辺に打ち上げられた。この中つ国の北西部にかれらは亡国の民ヌーメノーレアンの王国、アルノールとゴンドールを建立《こんりゅう》した(11)。エレンディルは上級王として、北方のアンヌーミナスに居を定め、南方の統治は、息子のイシルドゥルとアナーリオンに委《ゆだ》ねた。二人はその南の王国にオスギリアスの都をうち立てた。これはミナス・イシルとミナス・アノール(12)の間に位置し、ほど遠くないところにモルドールの境界があった。というのは、ヌーメノールの滅亡から生じたせめてもの利得といえば、サウロンもまた滅び去ったことであるとかれらは信じていたからである。

ところがそうではなかった。なるほどサウロンはヌーメノールが海中に没するまきぞえをくって、その結果かれが長い間その形をとって生きてきた、肉の形をこそ失ったが、憎しみの幽鬼《ゆうき》と化したかれは暗い風に運ばれて、中つ国《なかつくに》に逃げ戻ったのである。かれは人間の目に立派だとうつる姿をとることはもう二度とできず、真黒な見るもおぞましい者となり果て、それから後、かれの力は恐怖を通じてのみ発揮されることとなった。かれはふたたびモルドールにはいり、しばらくの間鳴りを静めてそこに隠れていた。しかし、かれがもっとも憎んでいたエレンディルがかれの注意をかいくぐり、今ではかれの国と境を接する王国に号令を下していることを知った時のかれの怒りは大きかった。

そこでかれはしばらく時を置いた後、亡国の民がこの中つ国に根をおろす前に、かれらに戦いを仕掛けた。オロドルインはふたたび噴火し、ゴンドール国では新たにアモン・アマルスすなわち滅びの山と名づけられた。しかしサウロンは攻撃を早まったのである。かれ自身の力はまだ再建されておらず、一方かれが中つ国を留守にしている間に、ギル＝ガラドの力が増大していたからである。そこでかれを敵として結ばれた最後の同盟によって、サウロンは倒され、一つの指輪はその手から奪われた(13)。こうして第二紀は終わったのである。

原註

(1) 第二巻八九ページ、第三巻五四〇ページ、第六巻二三一―二三二ページ。中つ国には黄金の木ラウレリンに似たものは一本も残っていない。
(2) 第二巻八五ページ、第四巻三三一ページ。
(3) 第一巻五五三ページ、第四巻三三一ページ。
(4) 『ホビットの冒険』八八ページ、少年文庫上巻一〇八ページ、第二巻二九〇ページ。
(5) 第二巻五八―六六ページ。
(6) 第二巻四一七―四二八ページ、第四巻三三一―三三二、三五四―三五五ページ、第六巻六八―六九、八九ページ。
(7) 第一巻一四九、五二九―五三〇、五四五―五四六ページ。
(8) 第六巻二三七、二四六ページ。
(9) 第二巻六三ページ。
(10) 第三巻五三五―五三七ページ、第六巻二三一―二三二ページ。
(11) 第二巻八四ページ。
(12) 第二巻八九ページ。
(13) 第二巻八五―八六ページ。

(ロ) 亡国の民の王国

北方王朝

イシルドゥルの後継者たち

アルノール エレンディル †第二紀三四四一、イシルドゥル †二、ヴァランディル 二四九(1)、エルダカール 三三九、アランタール 四三五、タルキル 五一五、タロンドール 六〇二、ヴァランドゥル †六五二、エレンドゥル 七七七、エアレンドゥル 八六一。

アルセダイン フォルンオストのアムライス(2)(エアレンドゥルの長男) 九四六、ベレグ 一〇二九、マッロール 一一一〇、ケレファルン 一一九一、ケレブリンドール 一二七二、マルヴェギル 一三四九(3)、アルゲレブ一世 †一三五六、アルヴェレグ一世 一四〇九、アラフォール 一五八九、アルゲレブ二世 一六七〇、アルヴェギル 一七四三、アルヴェレグ二世 一八一三、アラヴァル 一八九一、アラファント 一九六四、アルヴェドゥイ 最後の王 †一九七五。北方王国終わる。

族長　アラナルス（アルヴェドゥイの長男）二一〇六、アラハエル　二一七七、アラヌイル　二二四七、アラヴィル　二三一九、アラゴルン一世　†二三二七、アラグラス　二四五五、アラハド一世　二五二三、アラゴスト　二五八八、アラヴォルン　二六五四、アラハド二世　二七一九、アラッスイル　二七八四、アラソルン一世　†二八四八、アルゴヌイ　二九一二、アラドール　†二九三〇、アラソルン二世　†二九三三、アラゴルン二世　第四紀一二〇。

南方王朝
　アナーリオンの後継者たち

ゴンドール国王　エレンディル、（イシルドゥルと）アナーリオン　†第二紀三四四〇、アナーリオンの息子メネルディル　一五八、ケメンドゥル　二三八、エアレンディル　三二四、アナルディル　四一一、オストヘル　四九二、ローメンダキル一世（タロスタール）　†五四一、トゥランバール　六六七、アタナタール一世　七四八、シリオンディル　八三〇。ここに四代の「船艦王」が続く。タランノン・ファラストゥル　九一三。かれは子供のない最初の王であったので、弟のタルキルヤンの息子がその後《あと》を継いだ。エアルニル一世　†九三六、キルヤンディル　†一〇一五、ヒャルメンダキル一世（キルヤヘル）一一四九。ゴンドールの国威はここで最盛期に達した。

アタナタール二世栄誉王アルカリン　一二二六、ナルマキル一世　一二九四。かれは二番目の子なき王であり、弟がその後を継いだ。カルマキル　一三〇四、ミナルカール（一二四〇より一三〇四まで摂政）、一三〇四年ローメンダキル二世として王位につき、一三六六年死去、ヴァラカール　一四三二。かれの代にゴンドールの最初の凶事が始まる。すなわち同族の争いである。

ヴァラカールの息子エルダカール（はじめはヴィニトハルヤと呼ばれる）一四三七年廃位さる。簒奪《さんだつ》者カスタミル　†一四四七。エルダカール復位する、一四九〇年死去。

アルダミル（エルダカールの次男）†一五四〇、ヒャルメンダキル二世（ヴィンヤリオン）一六二一、ミナルディル　†一六三四、テレムナール　†一六三六。テレムナールとその子供たちは全員疫病で死滅する。ミナルディルの次男ミナスタンの息子である甥《おい》がその後を継ぐ。タロンドール　一七九八、テルメヘタール・ウンバールダキル　一八五〇、ナルマキル二世　†一八五六、カリメヘタ

ール　一九三六、オンドヘル　†一九四四。オンドヘルとその二人の息子は合戦で討ち死にした。一年後の一九四五年王冠は勝利をもたらした将軍エアルニルに与えられた。かれはテルメヘタール・ウンバールダキルの子孫である。エアルニル二世　二〇四三、エアルヌル　†二〇五〇。ここで王の血筋は三〇一九年にエレッサール・テルコンタールによって王政復古されるまでとだえる。その間王国は執政によって治められた。

ゴンドール国の執政　フーリン家、ペレンドゥル　一九九八。かれはオンドヘルの討ち死に後一年間統治し、ゴンドールの王位継承権を主張するアルヴェドゥイの要求を拒否するよう勧告した。狩猟者ヴォロンディル　二〇二九（4）。「揺るぎなき」マルディル・ヴォロンウェ、統治の実権を持った最初の執政である。かれの後継者たちは上《かみ》のエルフの名前を用いなくなった。

統治の実権を持った執政たち　マルディル　二〇八〇、エラダン　二一一六、ヘリオン　二一四八、ベレゴルン　二二〇四、フーリン一世　二二四四、トゥーリン一世　二二七八、ハドル　二三九五、バラヒル　二四一二、ディオル　二四三五、デネソール一世　二四七七、ボロミル　二四八九、キリオン　二五六七。かれの時代にロヒルリムがカレナルゾンに来た。

ハッラス 二六〇五、フーリン二世 二六二八、ベレクソール一世 二六五五、オロドレス 二六八五、エクセリオン一世 二六九八、エガルモス 二七四三、ベレン 二七六三、ベレゴンド 二八一一、ベレクソール二世 二八七二、ソロンディル 二八八二、トゥーリン二世 二九一四、トゥルゴン 二九五三、エクセリオン二世 二九八四、デネソール二世。かれは統治の実権を持った最後の執政であり、後《あと》を継いだのは、エレッサール王の執政、エミュン・アルネンの領主である次男のファラミルである。第四紀八二。

原註

(1) かれはイシルドゥルの第四子であり、イムラドリスに生まれた。かれの兄たちはあやめ野で討ち死にした。

(2) エアレンドゥルのあと、王たちはもはや上《かみ》のエルフ語の名前を用いなくなった。

(3) マルヴェギルのあと、フォルンオストにおける王たちはふたたびアルノール全土に対する主権を主張し、そのしるしとして接頭辞アル(アラ)のついた名前を用いた。

(4) 第五巻四三ページ。リューンの湖《うみ》の近くに当時なお見いだされた野生の白い牝牛の群は、伝説ではアラウの牝牛たちの子孫であるといわれている。アラウはヴァラールの狩猟者で、ヴァラールの中でかれだけが上古にしばしば中《なか》つ国《くに》を訪れたことがあった。オロメというのはかれの名を上のエルフ語でいったものである。（第五巻二八〇ページ）

(ハ) エリアドール、アルノール、そしてイシルドゥルの後継者たち

「エリアドールはその昔、霧ふり山脈と青の山脈の間に横たわる土地全体を指していった名前であった。南は灰色川とサルバドのすぐ上で灰色川に注いでいるグランドゥイン川によって区切られていた。

「アルノールはその最盛期にはエリアドール全土を包含していたが、ルーン川の先と、灰色川および鳴神川の東の地――ここには裂《さ》け谷《だに》と柊郷《ひいらぎごう》がある――はこれに含まれていなかった。ルーン川の先には緑なす静穏《せいおん》の地、エルフの国があり、そこには人間はだれ一人行かなかった。しかしドワーフたちは青の山脈の東側、特にルーン湾の南の地方に住んでいたし、今《いま》もなお住んでいる。ここにかれらは未だに使用されている鉱山を持っているのである。こういうわけで、かれらは、われらホビット族がホビット庄にやってくる以前にもずっとそうしていたように、本街道を東に通い慣れていたのである。灰色港には船造りキールダンが住んでいた。かれは最

後の船が西方に船出するまで、今なおそこに住んでいるという者もいる。王います世には、中つ国《なかつくに》を去りかねて留《とど》まっている上《かみ》のエルフたちの大部分はキールダンの許《もと》に、あるいは海に面したリンドンの地に住まっていた。今なお留まっている者があるにしても、その数は僅《わず》かである。」

北方王国とドゥーネダイン

エレンディルとイシルドゥルの後にはアルノールの八人の上級王がいる。エアレンドゥルのあと、かれの息子たち同士の不和が原因で、王国はアルセダイン、リュダウル、カルドランの三つに分割された。アルセダインは北西部にあって、ブランディワイン川とルーン川の間の土地、そしてまた風見丘陵にいたるまでの本街道北部の地を含んでいた。リュダウルは北東部にあり、エテン高地と風見丘陵と霧ふり山脈に囲まれた所にあったが、にびしろ川と鳴神川の間の三角地も含んでいた。カルドランは南部にあり、その境界線はブランディワイン川と灰色川と本街道であった。

アルセダインではイシルドゥルの血脈が保たれ、長く続いたが、カルドランとリユダウルではその血統はまもなく絶えてしまった。各王国の間でしばしば争いが繰り返され、これがドゥーネダインの衰退を早めた。争いの主な原因となったのは、風見丘陵とそこからブリー村にかけての西の土地の帰属をめぐる問題であった。リユダウルとカルドランはどちらもアモン・スゥル（風見が丘）の領有を欲した。この山は両王国の国境《くにざかい》に立っていたのである。かれらがこれの領有に固執《こしつ》したのも、アモン・スゥルの塔に北方のパランティーリのうちもっとも主要なものが置かれていたからである。パランティーリのあとの二個はどちらもアルセダイン国に保管されていた。

「アルノールに災いが訪れたのは、アルセダイン国のマルヴェギル王の御代のはじめであった。というのは、その頃、エテン高地より北にアングマール王国が出現したからである。その国の国土は霧ふり山脈の両側にまたがり、そこには数多くの凶悪な人間たちやオークたち、またほかの残忍な生きものたちが集められていた。〔この国の王は妖術使いの王として知られていたが、その実は指輪の幽鬼《ゆうき》の首領であり、ゴンドール国が強固であるのにひきかえ、アルノールのドゥーネダインが分裂したことに望みを抱いて、かれらを滅ぼす目的で、この北辺の地にやって来たのであるが、そのことは、後世になるまで知られなかった。」」

マルヴェギルの息子のアルゲレブの時代のことである。あとの二つの王国には、イシルドゥルの子孫がもはや一人も残っていなかったので、アルセダインの王家はふたたび全アルノールの統治権を主張した。この主張はリュダウル国によって拒否された。この国にはドゥーネダインの数が非常に少なく、実権は山岳人の邪悪な領主の手に握られていたからである。かれはひそかにアングマールと結託していた。そこでアルゲレブは風見丘陵の防備を堅固にした(1)が、リュダウルとアングマールを敵とする戦闘で討ち死にした。

アルゲレブの息子アルヴェレグは、カルドランとリンドンの援助を得て、風見丘陵から敵を駆逐《くちく》した。それから長い間、アルセダインとカルドランは風見丘陵と本街道、そしてにびしろ川下流に沿った国境線を武力で保守した。この時裂《さ》け谷《だに》が攻撃を受けたといわれている。

一四〇九年にアングマールから大軍が来襲し、川を渡ってカルドランに入り、風見が丘を包囲した。ドゥーネダインは敗れ、アルヴェレグは討たれた。アモン・スゥルの塔は焼かれ破壊された。しかし退却に際し、パランティールは無事に救出され、フォルンオストに持ち帰られた。リュダウルはアングマールに臣従する邪悪な人間たちに占領され（2）、この国に残っていたドゥーネダインは殺されるか西に逃げ去り、カルドラン国は荒廃した。アルヴェレグの息子アラフォールは、若年であったが、勇敢であり、キールダンの援助を受け、フォルンオストと北連丘から敵を駆逐した。カルドラン国のドゥーネダインの中の節士派の残党もまたテュルン・ゴルサド（塚山丘陵）で抵抗を続けるか、その背後の古森《ふるもり》に難を逃《のが》れた。アングマール国はリンドンから来《きた》ったエルフ族によって、一時鎮圧されたことがあると伝えられている。この時裂け谷からも援軍が向けられた。エルロンドが霧ふり山脈の向こうのローリエンから助けを得たからである。（にびしろ川と鳴神川の間の）三角地に定住していたストゥア族が西と南に逃げたのはこの時である。たび重なる戦乱のせいでもあるし、アングマールを恐れたためでもあり、またエリアドールとりわけその東部の土地と気候風土が悪化し、好ましからざるものになってきたからでもあった。かれらの中には荒れ地の国に戻り、あやめ川のほとりに住み、魚を漁《すなど》る川辺の民となった者もいた。

アルゲレブ二世の時代に東南からエリアドールに疫病がはいり込み、カルドラン国とりわけミンヒリアスに住む者の大半が死滅した。ホビット族もほかのすべての種族も甚大《じんだい》な被害を蒙《こうむ》ったが、疫病は北方に移るにつれてその猛威を減じ、アルセダインの北部地方はほとんどその被害を受けずにすんだ。カルドランのドゥーネダインが滅び、アングマールとリュダウルの悪霊が見捨てられた塚山にはいって住みつくようになったのはこの頃である。

「塚山丘陵は昔テュルン・ゴルサドと呼ばれていたが、そのテュルン・ゴルサドの塚山は非常に古く、その多くは、古代世界の第一紀に、エダインの祖先たちによって築かれたといわれている。かれらが青の山脈を越えて、ベレリアンドにはいって来る以前のことである。ベレリアンドのうち今に残るのはリンドンのみである。それゆえこの丘陵はドゥーネダインの帰還後、かれらの尊崇《そんすう》を受けた。ここにはかれらの主君や王たちが多数埋葬されたのである。〔一説によれば、指輪所持者の閉じ込められた塚は、一四〇九年の戦いで討ち死にした、カルドランの最後の王子の墓であるといわれている。〕」

「一九七四年、アングマールはふたたび勢いを盛り返し、魔王は冬の終わる前にアルセダインを急襲した。かれはフォルンオストを占領し、残っているドゥーネダインのほとんどをルーン川の先に追いやった。王の息子たちもその中にいた。しかしアルヴェドゥイ王は最後まで北連丘に留《とど》まって抵抗を続け、しかる後、身辺を守る者を何人か連れて北に逃《のが》れた。そしてかれらはその乗馬の駿足《しゅんそく》に助けられて逃げのびた。

「しばらくの間、アルヴェドゥイは青の山脈のはるかなはずれに近い昔のドワーフの鉱山の廃坑に隠れひそんでいたが、とうとう飢えに追い立てられ、フォロヒェルの雪人、ロッソス族(3)に助けを求めた。王はかれらが海辺に野営しているところを見いだしたのである。しかしかれらは喜んで力を貸そうとはしなかった。かれらから見ればあまり値打ちのない数個の宝石のほかには、王がかれらに提供すべき物を何も持っていなかったからである。それにかれらは魔王を恐れてもいた。（かれらによると）魔王は結氷も解氷も意のままにできるといわれていたからである。しかし一つにはやせさらばえた王とその従者たちを憐《あわ》れみ、また一つには王たちの武器を恐れて、かれらは王たちにいくばくかの食物を与え、雪小屋を建ててやった。アルヴェドゥイは南から助けの来ることを期待してここで待つほかはなかった。というのも、かれの馬はみんな死んでしまったからである。

「アルヴェドゥイの息子アラナルスから王が北へ逃げたことを聞いたキールダンは、かれを探すために直ちにフォロヒェルに船を送った。逆風に阻《はば》まれて、船は多くの日数を費やしたあと、ようやくフォロヒェルに辿《たど》り着いた。水夫たちは漂木を燃やす小さな焚火《たきび》を遠くから認めた。これはかれらが行方をたずねている者たちがどうにか明かりを絶やすまいと苦労して燃やしていたものである。しかしこの年の冬はなかなか寒気をゆるめようとはしなかった。そして時はすでに三月だというのに、氷は僅《わず》かにゆるみ始めたにすぎず、海岸から遠くまで氷が広がっていた。

「雪人たちはこの船を見て驚き恐れた。なぜならかれらはいまだかつてこのような船を見たおぼえがなかったからである。しかしかれらは今ではずっと友好的になっていたので、王と王の一行のうちの生存者を自分たちの橇《そり》に乗せ、氷の上を敢えて進める限り沖合遠くまで引っぱって行った。船からおろされた小船はこうして王たちの許《もと》に辿り着くことができた。

「しかし雪人たちは不安を抱いていた。かれらは風に危険を嗅《か》ぎつけたといった。ロッソス族の族長はアルヴェドゥイにいった。『この海の怪物には乗船なさるな！もしかれらが持っているなら、水夫たちにわれらが必要とする食物や他の品々を持って来させ、あなたは魔王が本拠地に帰るまで、ここに留《とど》まっておられるがよい。夏になればかれの力も衰えようから。しかし今はかれの息は死をもたらし、かれの腕は長く伸びている。』と。

「しかしアルヴェドゥイはこの忠告を受け入れなかった。かれはロッソスの族長に礼を述べ、別れに際し自分の指輪をかれに与えていった。『これはその古さだけでも、そなたには値踏みもできぬ値打ちのある品物である。これにはいかなる力もない。あるのはただわが王家を愛している者たちがこれに対して抱いている敬意だけである。これはそなたの助けにはならぬだろう。しかしもしそなたが窮迫するようなことがあれば、わが縁者がそなたの望む限りのものを支払ってこれを買い戻すだろう(4)。』

「しかしロッソスの忠告は、それが偶然そういう結果になったにしろ、あるいは先見の明から出たにしろ、正しいものだった。というのは、船がまだ公海に達しないうちに、大暴風が起こって、視界もふさぐ雪とともに、北方から吹きつけ、船を氷の海に押し戻し、さらにその船の上に氷を積み上げた。キールダンの水夫たちでさえ、これにはなすすべを知らず、夜中に氷は遂《つい》に船体を押しつぶし、船は水に沈んだ。こうして最後の王アルヴェドゥイは滅んだ。そしてかれとともにパランティーリも海中に没した(5)。フォロヒェル湾における難破の知らせが雪人たちの口から伝えられたのはずっと後になってからである。」

ホビット庄の住民たちは、戦乱の嵐がかれらの上にも吹きすさんだ時、その大半が逃《のが》れて身を隠したが、どうやら生き残ることができた。王の加勢にかれらは弓の名手たちを送ったが、加勢は二度と戻っては来なかった。またアングマールが打ち倒された戦いに赴《おもむ》いた者たちもいる（このことについては南の年代記にさらに委《くわ》しく語られている）。その後に続く平和な時代には、ホビット庄の住民は自分たちだけで政治を行ない繁栄した。かれらは王の代わりをするセインを選んでこれに納得していた。とはいえそれからもまだ長い間多くの者たちは王の帰還を待ち望んでいたのではあるが。しかしその望みも遂《つい》に忘れられ、ただ「王帰ります時には」という表現に残っているだけである。これは実現不可能なよいことをいうのに使われるか、あるいは改善され得ない悪いことをいうのに使われた。ホビット庄の初代のセインは沢地のブッカという者であり、オールドバック一族はかれの子孫であると称していた。ブッカがセインになったのはわれらの暦で三七九年（第三紀一九七九年）のことである。

アルヴェドゥイのあと、北方王国は滅亡した。ドゥーネダインの数は少なくなり、エリアドールに住む者は種族を問わずすべて減少していったからである。しかし王家の血はドゥーネダインの族長の中に脈々と続いていた。アルヴェドゥイの息子アラナルスが最初の族長だった。かれの息子アラハエルは裂け谷《さだに》で養育された。そしてかれから後、代々の族長たちの息子はすべて裂け谷で育てられた。ここにはまた王家重代の宝器も預けられていた。すなわちバラヒルの指輪に折れたる剣ナルシルの破片、そしてエレンディルの星にアンヌーミナスの王笏《おうしゃく》（６）である。

「王国が滅びた後、ドゥーネダインは世間に知られぬ存在となり、人の目につかぬ放浪《ほうろう》の民となった。そしてかれらの功《いさおし》も労苦もほとんど歌に歌われることもなければ、記録に留《とど》められることもなかった。エルロンドが去った今となってはかれらの記憶もほとんど残っていない。警戒下の平和が終わる以前にさえ、邪悪な者たちがふたたびエリアドールを襲い、あるいはひそかにこの地に侵入し始めていたが、それでもドゥーネダインの族長は、ほとんど代々その長い天寿を全《まっと》うした。アラゴルン一世は狼に殺されたと伝えられている。狼はその後ずっとエリアドールにおける危険の一つであり、これは今でもまだなくなってはいない。アラハド一世の代にはオークたちが突然その存在を露《あら》わにした。かれらはおいおい明らかになったことであるが、エリアドールへのすべての通行を阻《はば》む目的で、霧ふり山脈中の諸拠点をずっと前からひそかに占拠していたのである。二五〇九年のこと、エルロンドの妻ケレブリーアンはローリエンへの旅の途中、赤角《あかづの》山道で待ち伏せされ、突然襲いかかってきたオークたちによって、護衛の者たちは蹴散《けち》らされ、ケレブリーアンはとらえられて運び去られた。エルラダンとエルロヒルがそのあとを追跡し、かの女を助《じょ》け出したが、それまでにかの女は拷問《ごうもん》を受け、毒の傷を負っていた（7）。ケレブリーアンはイムラドリスに連れ帰られ、肉体の傷はエルロンドの手によって癒されたが、かの女は中つ国《なかくに》におけるすべての喜びを失って、次の年には灰色港に赴《おもむ》き、海を渡った。その後アラッスイルの時代になると、オークたちは霧ふり山脈にふたたびその数を増し、周辺の地を荒らし始め、ドゥーネダインとエルロンドの息子たちはかれらと戦った。オークが大勢隊をなして、ホビット庄に侵入するほど遠く西の方までやって来て、バンドブラス・トゥック（8）に追い払われたのはこの時のことである。」

第十六代、最後のドゥーネダインの族長であるアラゴルン二世の誕生前には十五人の族長がいた。アラゴルン二世はふたたびゴンドールとアルノール両国の王となった。「われらの王、わたしたちは王のことをそう呼んだ。そして王が北方に来られ、元に復したアンヌーミナスの都の王館にお成りになり、夕おぼろ湖《イヴンディム》のほとりにしばしご滞在になる時には、ホビット庄の者はだれもが喜ぶのだった。しかし王はホビット庄の中にはおはいりにならず、大きい人たちはだれ一人としてホビット庄の境界を越えることはならぬという、自らお作りになられた法律によってご自分をも拘束なさっておられるのである。しかし王は大勢の立派な方々とともにしばしばブランディワイン大橋の袂《たもと》まで馬を進めて来られ、ここでご自分の友人たち、そしてまた王に拝顔を願う者があればだれとでも喜んで会われるのである。そしてそのあと王とともにここから馬を進めて去り、いたいと思うだけ王の館《やかた》に滞在する者もいるのである。セイン・ペレグリンはもう何度も王の館に滞在したことがあり、庄長のサムワイズ殿もそうである。サムワイズ殿の娘金髪のエラノールは夕星《ゆうづつ》王妃の侍女の一人に加えられている。」

たとえその力は衰え、その民は減少したとはいえ、何代にもわたって連綿と父から子へ家系が継承されてきたことは北方王朝の誇りでもあり驚異でもあった。それにまた、中つ国ではドゥーネダインの寿命の長さはしだいに減じる一方にあったとはいえ、ゴンドールでは王家の絶えたあと、その衰退にはさらに速度が加わった。しかし北方の族長たちの多くは依然として人間の寿命の二倍は生き、われらの中で最も長く生きた者の寿命さえはるかに及ばぬ位であった。アラゴルンは実に二百十歳まで生きた。アルヴェギル王以来かれの先祖のだれよりも長く生きたのである。しかしアラゴルン・エレッサールの中には古《いにしえ》の王たちの威厳が再現されていた。

原註

（1）第一巻五二九ページ。

（2）第一巻五七三ページ。

（3）かれらはふうがわりで心を開かない民族である。大昔の人間フォロドワイス族の名残を留《とど》める者たちで、モルゴス王国の苛烈な寒さに慣れている。ホビット庄を北に隔たること百リーグあるかないかのところであるが、この寒気は今もなおこの地方に去りやらず残っている。ロッソス族は雪の中に住み、足に獣骨をつけて氷上を走ることができ、車輪のない車を駆《か》るといわれている。かれらはだいたいが敵の近づきがたいフォロヒェルの大きな岬に住んでいる。この岬は北西に突き出ており、同名の非常に大きな湾をさえぎっている。しかしかれらは山脈の麓《ふもと》に近いフォロヒェル湾の南の岸に、しばしば野営をすることがある。

（4）こうしてイシルドゥル王家の指輪は助かった。後にドゥーネダインによって買い戻されたからである。この指輪はナルゴスロンドのフェラグンドがバラヒルに与え、ベレンが大きな危険を冒して取り戻した指輪に他ならないといわれている。

（5）「このパランティーリはアンヌーミナスの石と、アモン・スゥルの石である。北方に残された唯一の石はルーン湾に向いているエミュン・ベライドの塔のひとつにあった石である。これはエルフたちによって守られ、われらは一度もそのことを知らなかったのだが、エルロンドが去る時、キールダンがエルロンドの船にそれをのせるまでは、この塔にずっと置かれていたのである（第一巻一二七―八、三二〇ページ）。しかし、話に聞いたところでは、これは他の石とは異なっていて、それらと照応することはなく、海の方だけを向いていたそうである。エレンディルは『直視力』によって昔を振り返り、消え去った西方のエレッセアを見ることができるように、これをその塔に置いたのである。しかし塔の下に見える湾曲した海は永遠にヌーメノールをおおってしまった。」

（6）「王笏《おうしゃく》はヌーメノールでは王位を表わすもっとも大切なしるしであると、王はわれらに語られた。そしてこれはアルノールにおいても同様であった。アルノールの代々の王は王冠を着用されず、その代わりエレンディルミルすなわちエレンディルの星と呼ばれる白い宝石をただ一個、額に巻いた銀のバンドにつけられたのである（第一巻四一五ページ、第五巻三〇八、三四五ページ、第六巻二一八ページ）。王冠のことをいう時（第一巻四八七ページ、第二巻一〇〇ページ）、ビルボはおそらくゴンドールのことを指していたのだろう。かれはアラゴルンの家系に関する事柄には非常に通暁《つうぎょう》するにいたったと思われる。ヌーメノールの王笏はアル＝ファラゾーンとともに失われたと伝えられている。アンヌーミナスの王笏はアンドゥーニエの領主の銀の杖であり、おそらく中つ国《なかつくに》に残る人間の手になる作品の中ではもっとも古いものであろう。エルロンドがこれをアラゴルンに引き渡した時（第六巻二三四ページ）、すでに五千年以上たっていたのだから。ゴンドールの王冠はヌーメノールの兜《かぶと》の形に由来したものである。はじめは本当にただの兜で、ダゴルラドの戦いでイシルドゥルが着用したものであると伝えられている（なぜならアナーリオンの兜はかれを殺したバラド＝ドゥールからの投石によって砕かれてしまったからである）。しかしこれもアタナタール・アルカリンの代に宝石をちりばめた兜に代えられた。アラゴルンの戴冠《たいかん》式に用いられた王冠である。」

（7）第二巻三九ページ。

（8）第一巻二二ページ、第六巻三五九ページ。

(二) ゴンドール、またアナーリオンの後継者たち

バラド＝ドゥールの前で討ち死にしたアナーリオンのあと、ゴンドールには三十一人の王がいた。ゴンドールの国境《くにざかい》には常に戦いのとだえることがなかったが、一千年以上にもわたって、南のドゥーネダインは、アルカリンすなわち栄誉王と呼ばれたアタナタール二世にいたるまで、陸に海にその富と権力を増大させていった。しかし衰微のきざしはこの時すでに現われていた。というのも、南方王国の貴人たちは結婚がおそく、子供の数が非常に少なかったからである。最初の子なき王はファラストゥルであり、二人目はアタナタール・アルカリンの息子ナルマキル一世で

ある。

ミナス・アノールを再建したのは第七代の王オストヘルであった。その後歴代の王たちは夏にはオスギリアスよりむしろミナス・アノールに住んだ。かれの時代にゴンドールははじめて東方からの野蛮人の襲撃を受けた。しかしかれの息子タロスタールはかれらを打ち破り、これを追い払って、ローメンダキルすなわち「征東勝者」の名を得た。しかしかれは後に新手の東夷《い》たちの大軍と戦って討ち死にした。かれの息子トゥランバールはこの仇《あだ》を討ち、東方に多くの領土を獲得した。

第十二代の王タランノンから船艦王の系列が始まった。かれは海軍を作り、アンドゥイン河口の西と南の沿岸沿いにゴンドールの国威を伸展させた。ゴンドール軍の総指揮官としての己が勝利を記念して、かれはファラストゥルすなわち「沿岸の支配者」の名で王位についた。

かれのあとに王位を継承した甥《おい》のエアルニル一世はペラルギルの古い港を修復し、大海軍を築き上げた。かれは海と陸からウンバールを包囲攻撃し、これを陥《おと》した。そしてこの地はゴンドール軍の一大港湾にして《ママ》かつ砦《とりで》となった（1）。しかしエアルニルはこの勝利の喜びの中にいつまでも生き続けることはできなかった。かれはウンバールの沖で大暴風雨に遭遇し、たくさんの船と軍隊もろとも海の藻屑《もくず》と消えたからである。かれの息子キルヤンディルも船の建造を続けた。しかしウンバールから追い払われた諸侯たちに統率されたハラド人たちが大挙して、この要衝の地に押し寄せ、キルヤンディルはハラドワイスでの合戦で果てた。ウンバールは多年にわたって包囲され続けていたが、ゴンドールの海軍力のために、敵はこれを攻略することができなかった。キルヤンディルの息子キルヤヘルは時機を待ち、兵力をその手中に収めるや遂《つい》に海陸両面から南下し、ハルネン川を渡って、かれの率いる軍隊はハラド軍を完敗せしめた。ハラドの王たちはゴンドールの主権が自分たちに及ぶことをいやでも認めざるを得なかった（一〇五〇年）。この時キルヤヘルはヒャルメンダキルすなわち「征南勝者」の名を得た。ヒャルメンダキルのその後の長い治世の間、かれの勢威に敢えて抗しようとする敵は皆無だった。かれは一三四年間王位にあった。アナーリオンの家系では一人を除いてもっとも長い治世である。かれの時代にゴンドールの国力は絶頂に達した。その版図《はんと》は北はケレブラントの野と闇の森の南辺に、西は灰色川、東はリューンの湖《うみ》、南はハルネン川、そしてそこからさらに海岸沿いにウンバールの半島と港にまで達していた。アンドゥインの谷間の人間たちはゴンドールの支配を認め、ハラドの王たちはゴンドールに忠誠を誓い、かれらの息子たちは人質としてゴンドール国王の宮廷で暮らした。モルドールは荒れ果てたまま住む者もなかったが、山道を守る大要塞によって怠りなく見張られていた。

船艦王の系列はここで終わった。ヒャルメンダキルの息子アタナタール・アルカリンは豪奢《ごうしゃ》このうえもない暮らしを送り、ために「ゴンドールでは宝石も子供たちのおはじき石」といわれたくらいである。しかしアタナタールは安楽な生き方を好み、先祖から受け継いだ国力を維持するために何一つしなかった。そしてかれの二人の息子も似たような気質だった。ゴンドールの衰退はかれが死ぬ前にすでに始まっていたのである。そしてこのことはむろんゴンドール国の敵たちの気づくところとなった。モルドールを見張る監視もなおざりにされた。とはいえ、最初の大きな災いがゴンドールを襲ったのは、ヴァラカールの代になってからである。これは同族の争いに発した内戦で、大きな損失と荒廃を招いたが、これから完全に回復することは遂に望めなかった。

カルマキルの息子ミナルカールは非常に元気旺盛な人物だった。一二四〇年伯父の王ナルマキルはすべての煩《わずら》いから逃《のが》れるため、かれを王国の摂政にした。それから以後ミナルカールは父のあとを継いで王位につくまで、王の名においてゴンドールを治めた。かれが最も懸念《けねん》していたのは北国人《ノースメン》のことであった。かれらはゴンドールの国威によってもたらされた平和の中で、大いにその数を増してきていた。ゴンドールの代々の王はかれらが並の人間たちの中ではもっともドゥーネダインに近い（かれらの大多数は大昔エダインが分かれ出た人間の種族の子孫である）という理由でかれらには好意を示してきた。そしてかれらにアンドゥインの先、緑森大森林の南の広大な土地を与え、東夷《い》たちへの守りとした。というのも過去における東夷たちの襲撃はたいていリューンの湖《うみ》と灰の山脈の間にある平原を渡って来ることが多かったからである。

ナルマキル一世の時代に東夷たちの攻撃はふたたび始められた。といってもその攻撃力は最初のうちはごく小規模のものであったが。しかし北国人《ノースメン》がゴンドールに対して常に誠実であったわけではなく、中には、略奪を欲するあまり、あるいは諸侯間の確執が進んで、東夷の軍と組む者もいることが摂政（訳註　ミナルカールは当時摂政であった）の耳にはいっていた。それゆえミナルカールは一二四八年大軍を率いて出陣し、リョヴァニオンとリューンの湖の間で東夷の大軍勢を破り、リューンの湖の東にあるかれらの野営地や居住地をことごとく破壊した。この時かれはローメンダキルを名乗った。

ローメンダキルは遠征から帰るや、アンドゥインの西岸の防備を白光川の流入口にいたるまで強化し、他国人がエミュン・ムイルから先、大河を下ることを禁じた。ネン・ヒソエルの入口にあるアルゴナスの柱を建てたのはかれである。しかしかれは人を必要としていたことと、ゴンドールと北国人との間のきずなを強化したいと願っていたことから、北国人《ノースメン》の多くを雇い入れ、その中のある者たちには軍隊の高い地位を与えた。

ローメンダキルは戦いでかれを補佐したヴィドゥガヴィアを特に引き立てた。ヴィドゥガヴィアは自らリョヴァニオンの王を称したが、事実かれは北国の諸侯の中ではもっとも勢力があった。もっともかれ自身の領国は緑森とケルドゥイン川（2）の間にあったのだが。一二五〇年ローメンダキルは息子のヴァラカールを大使として派遣し、しばらくの間ヴィドゥガヴィアの許《もと》に住まわせ、北国人《ノースメン》の言語、習慣、政治になじませた。ところがヴァラカールは父の意図をはるかに上まわってしまったのである。かれは北国の土地や人を愛するようになり、ヴィドゥガヴィアの娘ヴィドゥマヴィと結婚した。かれが帰国したのは何年かしてからである。この結婚から後に同族の争いが発した。

「というのも、ゴンドールの貴族たちは前々からゴンドールにいる北国人《ノースメン》を白眼視していたし、それに皇太子はもちろん王家の王子たちが、並のそれも異国の人間と結婚するということはまったく前代未聞《みもん》のことだったからである。ヴァラカール王が年老いてくると、南部地方ではすでに反乱が勃発《ぼっぱつ》した。かれの妃は美しい高貴な婦人であったが、並の人間の宿命に従って短命であった。それでドゥーネダインはこの妃から生まれた子孫たちがこの妃と同じ運命を辿《たど》り、人間の王たちの尊厳を失うことになるのではないかと恐れた。かれらはまたこの妃の息子を主君として受け入れるのに難色を示した。かれはその時はもうエルダカールと呼ばれていたが、異国に生まれ、青年時代は、母方の民族の名前であるヴィニトハルヤという名で呼ばれていたからである。

「それゆえエルダカールが父のあとを継ぐと、ゴンドールには戦いが起こった。しかしエルダカールは自分が継承した王位からそう簡単に押しのけられはしなかった。かれはゴンドールの血に北国人《ノースメン》の恐れを知らぬ勇気を加え持っていたのである。かれは勇敢な美丈夫で、それに父とくらべてもそれより早く老けこむ兆候《ちょうこう》は露ほども示さなかった。王家の子孫たちに導かれた不満分子の一味がかれに反旗をひるがえして兵を挙げた時、かれは己が力の尽きるまでかれらに対抗した。遂《つい》にかれはオスギリアスを包囲され、長い間持ちこたえた挙句、飢えとはるかに強大な叛徒《はんと》の軍勢に駆り立てられて、火焔《かえん》に包まれた都を落ちた。この時の包囲攻撃と炎上の結果、オスギリアスの壮麗な塔は毀《こぼ》たれて、パランティールは大河の水中に失われた。

「しかしエルダカールは敵の目をうまく逃《のが》れ、北方のリョヴァニオンにある母方の一族の許《もと》に辿り着いた。この地にあるかれの許にはゴンドールに仕える北国人《ノースメン》、そしてゴンドール北部のドゥーネダインが多数馳《は》せ参じた。ドゥーネダインの中にはかれをしだいに尊敬するようになった者が大勢いたし、王位簒奪者《さんだつ》を憎むようになった者はそれよりさらに多かったからである。王位簒奪者はローメンダキル二世の弟であるカリメヘタールの孫のカスタミルである。かれは生まれからいって王位にもっとも近い者の一人であったばかりでなく、王に反旗をひるがえした者の中でももっとも多数の部下を擁《よう》していた。なぜならかれは海軍の総指揮官であり、沿岸地方とペラルギルおよびウンバールの二大港の住民の支持を受けていたからである。

「カスタミルは王位にあることほどなくして傲慢《ごうまん》で狭量な本性を現わした。かれはオスギリアスを奪い取る時にはじめて示したように、残忍な男だった。かれは捕えられていたエルダカールの息子オルネンディルを死刑に処した。そしてまたかれの命令によって都で行なわれた殺戮《さつりく》と破壊は戦争に伴うやむを得ない範囲をはるかに越えるものであった。ミナス・アノールとイシリエンではこの記憶は薄れず、これらの地では、かれがこの国土にはほとんど関心を持たず、ただ艦隊のことだけが脳中にあって、王都をペラルギルに移そうと思っていることが明らかになってくると、カスタミルへの愛はさらに減じることになった。

「こういうわけで、かれが王位について僅《わず》か十年目に、エルダカールは時機いたるを見て、大軍を率い北から攻め下った。そしてカレナルゾンからもアノーリエンからもイシリエンからも、人々は大挙してかれの許《もと》に集まった。レベンニンではエルイの渡しで大きな合戦が行なわれ、ゴンドールのもっともすぐれた血の多くがここで流された。エルダカール自身はカスタミルを相手に戦ってこれを討ち果たし、オルネンディルの仇《あだ》を討った。しかしカスタミルの息子たちは逃《のが》れ、ほかの一族の者や艦隊の乗組員たち多数とペラルギルで長く持ちこたえた。

「この地でかれらは集められる限りの兵力を集めると（エルダカールにはかれらを海から包囲するにも船が一隻《せき》もなかったからである）、海路この地を去って、ウンバールに落ち着いた。ここにかれらは王に敵対する者すべてのために避難場所を作り、王権から独立した支配権をうち立てた。ウンバールはその後何世代にもわたってゴンドールと交戦状態にあり、ゴンドールの沿岸地方および海上のあらゆる交通にとって、一つの脅威となった。エレッサール王の御代にいたるまで、ウンバールがふたたび完全に鎮圧されることは絶えてなかった。そして南ゴンドールの地方は海賊とゴンドール王家の間の係争の地となった。」

「ウンバールを失ったことは、ゴンドールにとって悲しむべきことであった。王国の領土が南部において減少し、ハラドへの支配力が弱められるのみでなく、この地はヌーメノール最後の王、黄金王アル＝ファラゾーンが上陸し、サウロンの鼻をへし折った場所だからで、その後に大いなる災いが訪れたとはいえ、エレンディルに従った者たちでさえ、大わだつみのかなたからアル＝ファラゾーンの大軍勢が現われたことを思い出すとこれを誇らしく思わずにはいられなかったのである。そしてかれらはウンバールの港を見おろす岬の一番高い丘に、大きな白い柱を記念碑としてうち立てたのである。その頂には水晶の珠がのせられており、それは陽光と月光を浴びてきらきらかな星のように輝いたので、晴れた日にはゴンドールの沿岸にいても、あるいは遠い西の海からもこれを望むことができた。こうしてこの水晶球はサウロンの今や近づかんとしている二度目の興隆のあと、ウンバールがかれの召使の支配に屈し、かれの屈服の記念碑が打ち壊されるまで、ここにあった。」

エルダカールが王位に復したあと、王家およびその他のドゥーネダインの家系は、並の人間の血をさらにまじえることになった。というのもすぐれた家系の者たちが今度の同族の争いで大勢殺されてしまったからである。一方エルダカールは王位を取り戻すにあたって力を借りた北国人《ノースメン》に好意を示し、ゴンドール国民の減った分はリョヴァニオンからやって来たたくさんの北国人《ノースメン》によって補充された。

この混血はそれまで心配されていたように、はじめのうちはドゥーネダインの衰退を早めることはなかった。しかしドゥーネダインの衰退は少しずつではあるにせよ、それ以前と同様、依然として続いていた。というのもこれは何よりも中つ国《なかつくに》自体に起因することであったかもしれないし、また星の国（訳註　ヌーメノールを指す）の滅亡後、ヌーメノーレアンに与えられた恩恵が徐々に取り消されてきたからでもあろう。エルダカールは二百三十五歳まで生き、十年は亡命生活にあったが、五十八年間王位にあった。

第二十六代の王テレムナールの代に、二度目のそして最大の災いがゴンドールを襲った。テレムナールの父ミナルディルはエルダカールの息子で、ウンバールの海賊たちによって、ペラルギルで殺された（この海賊たちはカスタミルの曽孫アンガマイテとサンガヒャンドの二人に率いられていた）。そのあとまもなく無気味な風とともに東方から命取りの疫病が襲ってきたのである。王と王の子供たち全員が死に、ゴンドール国民、特にオスギリアスに住んでいた者たちが非常に大勢命を失った。やがて、国土の疲弊《ひへい》と、人間の不足から、モルドールの境界を見張る監視が行なわれなくなり、山道を守る砦《とりで》も無人と化した。

もっと後になって認められたことであるが、こういうことが起こったのは、緑森に影がいよいよ色濃くなり、たくさんの悪しき者たちがふたたび姿を現わし、サウロンの興隆のきざしが見られたのとちょうど時を同じくしていたのである。ゴンドールの敵たちも被害を受けたことは事実である。そうでなければ、かれらはゴンドールの弱味につけこんで、一挙にこれを制圧してしまったかもしれない。しかしサウロンは待つことができた。それにかれがもっとも欲したことはおそらくモルドールの開国であったろうから。

テレムナールが崩御《ほうぎょ》すると、ミナス・アノールの白の木も枯死した。しかしその後《あと》を継いだ甥《おい》のタロンドールは城塞に実生《みしょう》の苗を一本移植した。王宮を永久的にミナス・アノールに移したのはこの王である。というのも今やオスギリアスは半ば無人の地と化し、荒廃のきざしを見せ始めたからである。疫病をさけてイシリエンや西の谷間の国々へ逃《のが》れた者たちの中には喜んで都に戻ろうとする者がほとんどいなかったのである。

若くして王位についたタロンドールは歴代のゴンドール王の中でももっとも治世の長い王であった。しかしかれは国内を整え、国力を徐々に養っていくこと以外にはほとんど何一つ成し遂げることはできなかった。しかしかれの息子のテルメヘタールは、ミナルディルの死を忘れず、それにまたゴンドール国の沿岸をアンファラスあたりまで襲撃してくる海賊たちの無礼さに悩まされていたから、ゴンドール軍を集結し、一八一〇年ウンバールを襲ってこれを奪取した。この戦いで、カスタミルの最後の子孫たちも死に絶え、ウンバールはふたたびしばらくの間ゴンドール王の領有するところとなった。テルメヘタールはその名にウンバールダキルの称号を加えた。しかしまもなくゴンドールを襲った新たな災いのために、ウンバールはふたたび陥落し、ハラド人の手中に落ちた。

三度目の災いは馬車族の侵入である。これはほとんど百年も続いた戦争で、ゴンドールの衰えゆく力をしだいに弱らせたのである。馬車族というのは東方からやって来た一民族、あるいはいくつかの民族の連合体である。しかしかれらはそれ以前に出現したどの民族よりも強く、戦いの装備も整っていた。かれらは大きな荷馬車に乗って旅をし、首領たちは戦車に乗って戦った。後になってわかったことであるが、かれらはサウロンの密使たちに焚《た》きつけられてゴンドールを急襲したのである。そしてナルマキル二世は一八五六年、アンドゥインの先でかれらと戦って討ち死にした。リョヴァニオン東南部の国民は奴隷にされた。ゴンドールの国境《くにざかい》はこの期間アンドゥインとエミュン・ムイルまで後退した。〔指輪の幽鬼《ゆうき》たちがふたたびモルドールにはいったのはこの頃ではないかと考えられる。〕

ナルマキル二世の息子カリメヘタールは、リョヴァニオンにおける反乱に助けられて、一八九九年ダゴルラドで東夷《い》たちに圧勝し、父の仇《あだ》を討った。それからしばらくの間危険は回避された。二つの王国が長い沈黙と疎遠の果てにふたたび協議したのは、北方王国ではアラファント、南方王国ではカリメヘタールの息子オンドヘルの代であった。というのも両国はここにいたってようやくある一つの力と意志が指令を下し、手を変え品を変えヌーメノールの生き残りたちに攻撃を仕掛けていることに気づいたからである。アラファントの世継、アルヴェドゥイがオンドヘルの娘フィーリエルと結婚したのは（一九四〇年）この頃であった。しかし両王国とも互いに援軍を送ることはできなかった。というのも、馬車族がふたたび大挙して現われ、それと時を同じくして、アングマールがアルセダインの攻撃を再開したからである。

馬車族の多くは今やモルドールの南に進んで来ており、ハンド人および近《きん》ハラド人と同盟を結んだ。この結果北と南から大攻撃を受け、ゴンドール国は滅亡寸前となった。一九四四年、オンドヘル王と二人の息子アルタミルとファラミルはモランノンの北の合戦場で討ち死にし、敵軍はイシリエンになだれ込んだ。しかし、南軍の指揮官エアルニルは南イシリエンで大勝利をおさめ、ポロス川を渡って来たハラド軍を粉砕した。急遽《きゅうきょ》北に赴《おもむ》き、かれは退却する北軍の中から集められる限りの者を集めると、馬車族の野営地を襲撃した。そこではゴンドールがすでに敗北し、残るは分捕り品を手に入れることだけだと信じ込んで、飲めや歌えやのどんちゃん騒ぎをしている最中であった。エアルニルは野営地を奇襲して荷馬車に火を放ち、イシリエンから敵をことごとく敗走せしめた。かれに追われて逃げた者の多くが死者の沼地で死んだ。

「オンドヘルと二人の息子たちが死ぬと、北方王国のアルヴェドゥイが、イシルドゥルの直系の子孫として、またオンドヘルのただ一人生き残った子であるフィーリエルの夫として、ゴンドールの王位を要求した。この要求は退けられた。これにはオンドヘル王の執政であるペレンドゥルが主要な役割を果たした。

「ゴンドール国の会議は答えた。『ゴンドールの王位と王国はアナーリオンの息子メネルディルの後継者にのみ帰属する。イシルドゥルはメネルディルにこの王国を譲渡したのである。ゴンドールにあっては、この相続財産は男系をとおしてのみ伝えられることになっている。この慣習がアルノールにおいては然《しか》らずとはわれら未《いま》だに耳にしたことがない。』

「これに対しアルヴェドゥイは答えた。『エレンディルには二人の息子があった。二人のうちイシルドゥルが年長で世子であった。われらの聞き知ったるところでは、エレンディルの名はゴンドール国王統の祖たる位置にある。エレンディルはドゥーネダインの住む全土を統《す》べる上級王と見なされているからである。エレンディル生存中は、南における共同統治は息子たちに委《ゆだ》ねられた。しかしエレンディルが討死にすると、イシルドゥルは父の上級王権を引き継ぐべく出発し、それに従い南方王国の統治は弟の息子に委ねられた。かれはゴンドールにおけるかれの王権を譲渡したのでもなければ、エレンディルの王国を永久に分割しようとしたのでもない。

「『なおまた、昔ヌーメノールにおいては、王位は男女を問わず王の長子に伝えられた。この慣習が戦乱絶え間ないこの亡命の地で守られていないことは事実である。しかしオンドヘル王の子息たちが子なくして世を去った今、われらが参考とすべきわれら民族の慣習はかかるものであった(3)。』

「これに対しゴンドールはいかなる回答も行なわなかった。王位は凱旋《がいせん》将軍エアルニルの要求するところとなり、ゴンドール国のドゥーネダインの同意を得てかれに授《さず》けられた。かれが王家の出であったからである。ナルマキル二世の弟アルキルヤスの息子カリンマキルの息子シリオンディルの息子であったからである。アルヴェドゥイは自分の要求をあくまで通そうとはしなかった。かれにはゴンドールのドゥーネダインの選択に異議を唱えるだけの力も意志もなかったからである。しかしこの要求は北方王国が滅亡した時ですら、かれの子孫たちの脳裡《のうり》からはけっして忘れられることはなかった。というのも、北方王国終焉《しゅうえん》の時は今や間近に迫っていたからである。

「アルヴェドゥイはその名の示すとおり、事実最後の王となった。この名はかれが生まれた時、予見者マルベスによって与えられたといわれている。かれはアルヴェドゥイの父にこういった。『このお子をアルヴェドゥイとお呼びなされ。と申すのもこのお子はアルセダイン最後の王となられましょうから。もっともドゥーネダインは一つの選択をすることになりましょう。その時かれらが見込みがうすく思われるほうの選択をすれば、その時はお子がお名を変えられ、大王国の王となられましょう。もし然らずば、その時は多くの悲しみが生じたくさんの人命が失われることになりましょう。いつかふたたびドゥーネダインが勃興《ぼっこう》し、一つに合わされるまでは。』

「ゴンドールにおいてもエアルニルの後には一人の王しか続かなかった。もし王冠（南方王国）と王笏《おうしゃく》（北方王国）が合体したとしたら、王位も保たれ、多くの災いが回避されたかもしれない。とはいえエアルニルは賢明な人で、ゴンドール国のほとんどの人間の目に映じていたのと同じく、かれの目にもアルセダインの王国が王統連綿たる王家をいただくとはいえ、一小国としか映じていなかったにもかかわらず、かれは傲慢《ごうまん》な態度は取らなかった。

「かれは、南方王国の慣習と必要に従い、ゴンドールの王冠を戴《いただ》いた旨、アルヴェドゥイに知らせた。『しかし予はアルノールの王権を忘れるものでもなく、またわれらの血族関係を否定するものでもない。またエレンディルの両王国が疎遠であることを願う者でもない。予は貴国が必要とされる時には、可能な限り、援軍を送るつもりである。』

「しかしながら、この約束どおり実行し得るだけの充分な自信をエアルニルが持つにいたるまでには時間が必要であった。アラファント王は衰えゆく国力をもって、アングマールの攻撃を防ぎ続けた。その後《あと》を継いだアルヴェドゥイも同様にした。しかし一九七三年の秋遂《つい》に、アルセダインが危急存亡《ききゅうそんぼう》の時にあり、魔王がこれに最後の攻撃を与えるべく準備中であるという知らせが届いた。そこでエアルニルはできる限り速やかに、そして割《さ》ける限りの兵力を割いて、息子のエアルヌルを艦隊とともに北に派遣した。が時すでにおそく、エアルヌルがリンドンの港に着くまでに、魔王はアルセダインを征服し、アルヴェドゥイは滅んだのである。

「しかしエアルヌルが灰色港にやって来ると、エルフと人間たちの間に喜びと大きな驚きが起こった。船の吃水《きっすい》の深さ、その数の多さたるや、停泊の場所を見つけがたいほどであった。ハルロンドの港もフォルロンドの港も船で埋まった。そしてこれらの船からは大いなる王たちの戦いに備える軍需品や糧食とともに、精鋭なる軍隊が降り立ったのである。少なくとも北方の民の目にはそう見えた。ゴンドール国軍全体から見れば、一小派遣軍にすぎなかったのだが。中でもとりわけ馬は讃嘆の的であった。というのも、その多くはアンドゥインの谷間から来たもので、この馬たちとともに、リョヴァニオンの丈高い金髪碧眼《へきがん》の騎士たちや、堂々たる王侯たちも来ていた。

「ついでキールダンがリンドンから、またアルノールから、かれの許《もと》に来ようとする者たちを召集し、すべての準備が整うや、全軍勢はルーン川を渡って、アングマールの魔王に挑戦すべく北へ進んで行った。その時魔王はフォルンオストに住んでいたといわれている。かれはこの都を邪悪な輩《ともがら》で満たし、王宮と王の統治権を奪っていた。かれは増長心から敵が本拠に攻めて来るのを待たず、かれらを迎撃すべく出て行った。それまでほかの敵にもなしたように、かれらを一掃してルーン川に放り込むつもりだったのである。

「しかし西軍は夕おぼろ丘陵《イヴンディム》からかれに襲いかかり、ネヌイアル湖と北連丘の間の平原で大合戦が行なわれた。アングマール軍の敗色すでに濃く、フォルンオストに向けて退却しようとしている時、北連丘を回って来た騎馬の主力部隊が北から攻め下ってかれらをさんざんに蹴散《けち》らし完敗せしめた。そこで魔王は敗残の兵の中から集められる限りを集め、かれ自身の国アングマールを指して北に逃走した。かれがカルン・ドゥームの隠れ場所に行き着く前に、ゴンドールの騎兵部隊が、エアルヌルを先頭に追い着いて来た。同時にエルフの殿グロルフィンデルに率いられた軍勢が裂《さ》け谷《だに》から出撃して来た。ここでアングマール軍は完全に敗れ去ったので、この国の人間もオークも一人として霧ふり山脈の西には残らなかった。

「しかしいい伝えによれば、敵軍が全滅した時、突然魔王その人が黒の長衣《ローブ》に黒の仮面《マスク》をつけ、黒い馬に打ちまたがって姿を現わしたという。かれを目にした者はみな恐怖に打たれた。しかしその遺恨《いこん》を晴らさんがために大勢の中からゴンドールの指揮官を選び出した魔王は、恐ろしい叫び声をあげ、まっすぐかれに突っかかって行った。エアルヌルはかれに抵抗したであろうが、かれの乗馬がこの攻撃に耐えられず、かれが制御する間もなく道をそれてかれを遠くに運び去ってしまった。

「その時魔王は笑った。これを聞いた者は一人としてこの声の恐ろしさを忘れることができなかった。しかしこの時グロルフィンデルが白い乗馬にまたがって近づいて行った。すると高笑いをしていた魔王は逃走に転じ、薄闇の中に消え失せた。戦場にはもう夜が訪れていた。そしてかれの行方は見失われ、だれ一人かれがどこに行ったか見た者はいなかった。

「エアルヌルはこの時戻って来たが、グロルフィンデルは深まっていく闇の中にじっと目を注ぎながらいった。『かれを追跡なさるな！　かれはこの土地には戻らぬだろう。かれの滅びる日はまだ遠い先のことだ。それにかれは人間の男の手では討たれぬだろう。』多くの者がこの言葉を記憶に留《とど》めた。しかしエアルヌルは怒り、自分の恥辱《ちじょく》を雪《そそ》ぐことのみを願った。

「こうしてアングマールの悪しき王国は終わり、こうしてゴンドールの指揮官エアルヌルは魔王の憎しみをだれよりも多く受けることとなった。しかしそれが明らかにされるまでにはまだ長い年数がたたねばならなかった。」

こういうわけで、後《のち》に明らかになったように、北方から逃《のが》れた魔王がモルドールにやって来て、そこで自分が首領である指輪の幽鬼《ゆうき》たちを集めたのはエアルニル王の御代《みよ》であった。しかしかれらがキリス・ウンゴルの山道を越えてモルドールから出撃し、ミナス・イシルを包囲攻撃したのは二〇〇〇年になってからである。二〇〇二年にかれらはこれを占領し、イシルの塔のパランティールを分捕った。第三紀が終わるまで、かれらはここから追い出されなかった。そしてミナス・イシルは恐怖の場所となり、ミナス・モルグルと改名された。イシリエンにまだ残っていたゴンドールの民の多くはこの地を捨てて去った。

「エアルヌルは剛勇の人である点では父と似ていたが、智恵分別においては似ていなかった。かれは強い体と怒りっぽい気性の持ち主であった。かれは妻を娶《めと》ろうとせず、戦《いく》さや武術の稽古《けいこ》にのみ喜びを見いだしていた。その腕前のほどは、ゴンドール国中に一人として、武芸試合で立ち向かう者がいなかったことでもわかろう。かれは武芸試合が大好きで、大将あるいは王というよりむしろ闘士に見えたくらいである。そしてかれはその体力と技《わざ》を当時普通とされているよりはずっと晩年まで保ち続けた。」

二〇四三年にエアルヌルが王冠を受けると、ミナス・モルグルの王がかれに一騎打ちを挑み、北方の戦いでは自分の前に立つこともできなかったではないかといってかれを嘲《あざけ》った。この時は執政のマルディルが王の怒りを制止した。ミナス・アノールはテレムナール王の時代から王国の首都となり、王の住まわれるところとなっていたが、モルグルの悪に警戒怠りない都として、今ではミナス・ティリスと改名された。

エアルヌルが王位について僅《わず》か七年しかたたぬ時、モルグル王はエアルヌルが若年の頃の意気地のなさに今では老齢の弱気を加えていると嘲って、またもや挑戦を繰り返してきた。この時はマルディルももはや王を引き止めることができず、王は少数の騎士だけを伴って、ミナス・モルグルの門に赴《おもむ》いた。馬で去ったこの一団の者たちの消息はその後二度と聞かれなかった。ゴンドールでは不実な敵が王を罠《わな》にかけ、王はミナス・モルグルで責めさいなまれて死んだと信じられた。しかしかれの死を目撃した者がいないところから、善良なる執政マルディルは王の名において何十年もゴンドールを統治した。

王家の血を引く者の数はその頃非常に少なくなっていた。その数は同族の争いではなはだしく減少していたのである。それかあらぬか、代々の王たちは同族の王族たちをそねみ、警戒心を強めるにいたった。嫌疑《けんぎ》をかけられた者たちがウンバールに逃げ、叛徒《はんと》に加わることもたびたびあった。一方では自分の高貴な血筋を放棄し、ヌーメノールの血を引かない婦人を妻に娶《めと》る者たちもいた。

そういうわけで、純粋な血統の王位請求者も、あるいはその要求をだれもが承認するような王位請求者も見つからなかった。それにだれもが同族の争いの記憶を恐れていた。もしこのような不和が再現すれば、その時はゴンドールが滅びることを知っていたからである。それゆえ時は移っていっても、執政がゴンドールを治め続け、エレンディルの王冠は死者の館《やかた》のエアルニル王の膝《ひざ》の上に置かれたままであった。エアルヌルがここに置いて行ったのである。

原註

（1）大きな岬で囲まれ外海から切り離されたウンバールの入江は古《いにしえ》の時代からヌーメノールの土地であった。しかしここは後《のち》に黒きヌーメノール人と呼ばれるにいたった、サウロンによって堕落させられた王党派の拠点であった。そしてかれらは何にも増して、エレンディルに従った者たちを憎んでいた。サウロンの没落後、かれらの数は速やかに減少し、あるいは中つ国《なかつくに》の人間たちとまざっていった。しかしかれらはゴンドールへの憎しみだけは減ずることなく受け継いでいたのである。それゆえウンバールは非常な犠牲を払って初めて陥落したのである。

（2）早瀬川。

（3）「この慣習は（王からわれらがお聞きしたところでは）ヌーメノール第六代の王タル＝アルダリオンがひとりっ子の娘を残して死んだ時、ヌーメノールで作られたものである。かの女《じょ》は最初の統治する女王、タル＝アンカリメとなった。しかし、かの女以前には、この慣習は行なわれていなかった。第四代の王タル＝エレンディルの後《あと》を継いだのは、息子のタル＝メネルドゥルであった。長子は娘のシルマリエンであったのだが。しかしながら、このシルマリエンからエレンディルが出ている。」

執政家

執政家はフーリン家と呼ばれていた。というのは、かれらはミナルディル王（一六二一―三四年）の執政、高貴なヌーメノール人種の一人であるエミュン・アルネンのフーリンの子孫だからである。フーリンの死後、代々の王は常にかれの子孫の中から執政を選んできた。そしてペレンドゥルの時代以降、執政職は王権と同じく、父から息子あるいは最も近い近親者に伝えられる世襲の職となった。

事実代々の執政が新たに就任する時には、「王還りますまで、王の御名において杖を持ちて統治す」という宣誓を行なった。しかしこれもまもなく気に留める者もほとんどいない儀式用語になってしまった。というのも執政が王の権能をすべて行使したからである。しかしゴンドールには将来いつか王が本当に戻って来ることを依然と信じ続ける者が大勢いた。また中には北方王国の古《いにしえ》の王統を憶《おぼ》えている者もいた。その王統が世に知られずに今なお絶えることなく続いているという噂があったのである。しかし統治権を持つ代々の執政たちはこのような考えには心を硬化させた。

とはいえ、執政たちは一度として古来の玉座にすわることはなかった。かれらは王冠も戴《いただ》かず、王笏《おうしゃく》も持たなかった。かれらが持っていたのはその職権を示す白い杖だけであった。またかれらの旗は紋章なしの白旗であったが、王旗は黒地で、そこには一本の白の木が七つの星の下に花開いていた。

統治権を持つ執政家の初代とみなされているマルディル・ヴォロンウェ以降、統治権を持つ最後の執政である第二十六代デネソール二世まで、二十四人のゴンドールを実際に統治した執政が続いた。初期の執政たちは平穏に統治することができた。当時は警戒下の平和の時代だったからである。この間サウロンは白の会議の力の前に引き下がり、指輪の幽鬼《ゆうき》たちはモルグル谷に隠れひそんで出なかった。しかしデネソール一世の時代から後、完全な平和は二度と来なかった。そしてゴンドールが大きな戦いや公然たる戦いを持たない時ですら、その国境《くにざかい》は絶えざる脅威のもとにあった。

デネソール一世の晩年のこと、大力の黒オーク、ウルク族が初めてモルドールから出現し、二四七五年、破竹の勢いでイシリエンを渡ってオスギリアスを陥《おと》した。デネソールの息子ボロミル（後の九人の徒旅人《かち》の一人ボロミルはかれの名を取ってつけられたのである）は、かれらを破り、イシリエンを取り戻した。しかしオスギリアスは遂《つい》に廃墟《はいきょ》と化し、その大きな石橋は壊された。その後ここには人っ子一人住む者はなかった。ボロミルは偉大な大将で、魔王でさえかれを恐れたくらいである。かれは端正《たんせい》な顔だちの堂々たる人間で、肉体も意志も強固であったが、この時の戦いでモルグルの傷を負って寿命を縮めることになった。かれは苦痛に身もしなび、父におくれること十二年で死んだ。

かれのあと、キリオンの長い治世が始まった。かれは警戒心があり用心を怠らなかったが、ゴンドールの力の及ぶ範囲はすでに狭まっていたので、かれにできることといえば、国境線を守るのがやっとであった。一方かれの敵たちは（というよりかれらを動かしている力は）かれに攻撃を加えるべく準備していたが、かれはこれを妨ぐことができなかった。海賊たちはゴンドール国の沿岸を荒らし回った。しかしかれの最大の危険が存在するのは北であった。闇の森と早瀬川の間の広大なリョヴァニオンの地には、今では凶暴な人間たちが住んでいて、完全にドル・グルドゥルの影の下にあった。かれらはしばしば闇の森を抜けて奇襲を仕掛け、ためにあやめ川より南のアンドゥインの谷間は住む者もほとんどいなくなるほどだった。これらバルクホスは東から来る同類の人間たちが加わることによって絶えずその数を増していたが、それに反し、カレナルゾンの民はどんどん少なくなっていった。キリオンは大河アンドゥインの川筋を守るのに非常に窮したのである。

「嵐を見越して、キリオンは北に援軍を求めたが、時すでにおそかった。なぜならその年（二五一〇年）バルクホスはアンドゥインの東岸でたくさんの大きな船や筏《いかだ》を建造し、大挙して大河を渡り、防ぎ手たちを一掃した。南から進軍して来た軍勢は進路を断たれ、白光川の北に追いやられた。するとかれらはそこで突然霧ふり山脈から出て来たオークの大軍に襲撃され、アンドゥインにじりじりと押されていった。その時、北方から思いがけない援軍が現われ、ロヒルリムの角笛《つのぶえ》がはじめてゴンドールの国で聞かれたのである。青年王エオルがかれの率いる騎士たちとともに現われ、敵を一掃し、バルクホスどもをカレナルゾン平原の先まで追いつめてこれを滅ぼした。キリオンはエオルが住むようにその土地を与えた。そしてエオルはキリオンにエオルの誓い、すなわちゴンドールの大侯の危急に際し、あるいはその呼び出しにすぐに応じる友好の誓いを立てたのである。」

第十九代の執政ベレンの時代には、さらに大きな危難がゴンドールを襲った。長い間かかって準備された大艦隊が三つもウンバールとハラドからやって来て、ゴンドールの沿岸を大挙して襲ったのである。そして敵は方々に上陸し、アイゼンの川口のような遠い北の方にまで上陸してきた。この時同時にロヒルリムは西と東から襲撃を受け、かれらの土地は敵に席捲《せっけん》され、かれらは白の山脈の谷間に追い込まれた。この年（二七五八年）長い冬が、北と東からの寒気と大雪を伴って始まり、ほとんど五カ月続いた。ローハンのヘルム王とその二人の息子はこの時の戦いで死んだ。そしてエリアドールとローハンには不幸と死が訪れた。しかし白の山脈の南にあるゴンドールでは事態はそれほどひどくはなかった。そして春が来る前に、ベレンの息子ベレゴンドは侵略者たちを打ち負かした。直ちにかれはローハンに援軍を送った。かれはボロミル以後ゴンドールに現われたもっとも偉大な大将であった。そしてかれが父のあとを継ぐと（二七六三年）、ゴンドールは昔日の力を取り戻し始めた。しかしローハンがその受けた傷から癒《いや》されるのにはもっと時間がかかった。ベレンがサルマンを喜んで迎え、かれにオルサンクの鍵《かぎ》を与えたのも、この理由によるのである。そしてその年（二七五九年）から、サルマンはアイゼンガルドに居を構えた。

霧ふり山脈でドワーフとオークの戦いが行なわれたのは（二七九三—九九年）、ベレゴンドの時代である。このことは噂だけが南に伝わってきたが、そのうちナンドゥヒリオンから逃げて来たオークたちがローハンを縦断し、白の山脈に居を定めようとした。この危険から辛うじて逃《のが》れるまでに、谷間の地方では何年もの間戦闘が行なわれたのである。

第二十一代の執政ベレクソール二世が死んだ時、ミナス・ティリスの白の木もまた枯れた。しかし枯れた木は「王還ります時まで」そのまま残されていた。実生《みしょう》の若木が見つからなかったからである。

トゥーリン二世の時代に、ゴンドールの敵たちはふたたび動き始めた。というのもサウロンがふたたび力を得て来て、その興隆の時が近づいていたからである。民の中でももっとも大胆な者を除き、すべての者がイシリエンを捨て、アンドゥインを渡って西へ移住して行った。なぜならイシリエンの地はモルドールのオークの跋扈《ばっこ》するところとなったからである。イシリエンに兵士たちのための秘密の隠れ場所を建設したのはトゥーリンである。その隠れ場所の中でも最後まで守りおおせることができ、兵を配置することができたのは、ヘンネス・アンヌーンである。かれはまたアノーリエンの守りにカイル・アンドロス（1）の島の防備をふたたび強化した。しかしかれの第一の危険は南に存在した。そこではハラドリムが南ゴンドールを占領し、ポロス川沿いにしばしば戦闘が行なわれた。イシリエンが敵の大軍に侵略された時、ローハンのフォルクウィネはゴンドールに多くの兵を送って、エオルの誓いを果たし、ベレゴンドのもたらした援軍への借りを返済したのである。ローハンの助けを得て、トゥーリンはポロス川の渡しで勝利を得たが、フォルクウィネの息子たちはこの時の戦いで、討ち死にした。ローハンの騎士たちはかれら民族のやり方に従って二人を埋葬した。そして二人は一つの塚に葬られた。この二人は双生児兄弟だったからである。この塚山ハウズ・イン・グワヌールはポロス川のほとりにいつまでも高く聳《そび》え立っていた。そしてゴンドールの敵たちはこの近くを通ることを恐れた。

トゥーリンの後を継いだのはトゥルゴンであるが、かれの時代でもっとも記憶さるべきことは、かれの死ぬ二年前に、サウロンがふたたび立ち上がり、公然と名乗りを上げて、かれのために前々から用意されたモルドールにふたたび入城したことである。その時バラド＝ドゥールは再建され、滅びの山は焔《ほのお》を上げて噴火した。そしてイシリエンに最後まで残っていた民は遠く逃げ去った。トゥルゴンが死ぬと、サルマンはアイゼンガルドを自分のものにし、これを要害堅固な砦《とりで》とした。

トゥルゴンの息子エクセリオン二世は叡智《えいち》の人であった。かれは残された軍事力を総動員して、モルドールの襲撃に備え、国の守りを強化し始めた。かれは出身地の遠近を問わずすべての人材にかれに仕えることを勧めた。そしてその結果頼みになるとわかった者には、高い地位と褒美《ほうび》を与えた。かれはその功業の多くにおいて、だれよりも重用したあるすぐれた大将の助力と助言を得た。この大将のことをゴンドールでは人呼んでソロンギルすなわち星の鷲《わし》といった。なぜならかれは敏速で眼力が鋭く、マントに銀の星を一つつけていたからである。しかしかれの本当の名が何というのか、生国がどこであるのか、だれ一人知る者はなかった。かれはローハンからエクセリオンの許《もと》にやって来た。ローハンでかれはセンゲル王に仕えていたのであるが、ロヒルリムの一人ではない。かれは陸にあっても海にあっても、偉大な統率者であったが、エクセリオンの代が終わる前に、かれのやって来たいずこともしれぬ地へ去って行った。

「ソロンギルはエクセリオンにしばしば忠告していった。もしサウロンが戦いを始めるつもりになれば、ウンバールにおける叛徒《はんと》の力は、ゴンドールにとっては非常に大きな危険となり、南の封土《ほうど》にとっては致命的な脅威になろうと。遂《つい》にかれは執政の許しを得て小さな艦隊を集め、夜半にウンバールを奇襲して、そこにあった海賊どもの船の大半に火を放って燃やした。かれ自身は波止場の合戦で、港の大将を倒し、それから僅《わず》かな損失を蒙《こうむ》っただけで艦隊を撤収《てっしゅう》した。しかし艦隊がペラルギルに戻ると、かれは大いなる栄誉がかれを待っているミナス・ティリスに戻ろうとはせず、一同を悲しませもし、不思議がらせもしたのであった。

「かれはエクセリオンに別れの言葉を送っていった。『殿よ、今度はほかの仕事がわたしを呼んでいます。もしふたたびゴンドールを訪れることがわたしの運命であれば、それまでに多くの時と多くの危難を経なければなりますまい。』この仕事というのが何であるのか、またどのような呼び出しをかれは受けたのか、だれにも推量できないことであったが、かれがどこに行ったかはわかっていた。なぜならかれは船に乗ってアンドゥインを渡り、そこで仲間たちに別れを告げ、自分はそのまま一人で先に進んで行った。最後にかれを見た時、その面《おもて》は影の山脈に向いていた。

「ソロンギルが去ったことを聞いて、都の人々は驚き落胆した。だれにとってもこれは大きな損失に思えたのである。ただエクセリオンの息子デネソールにとってはそうは思えなかったであろう。デネソールはそれから四年後父の死に際して執政職を継承するのであるが、この時すでにその職にふさわしい老練さを具《そな》えていたのである。

「デネソール二世は自尊心が強く、身の丈すぐれた剛勇の人で、ここ何代かの間ゴンドールに現われた人の中でその比を見ないほど堂々たる王者の風を具えていた。

それにかれはまた賢明でもあり、先見の明もあり、伝承にも通じていた。かれがソロンギルに似ていることは、実にもっとも近い親族の一人に似るかのごとくであったが、それにもかかわらず人々の気持ちの上でも、かれ自身の父親の評価においても、かれは常にこの異邦人の次に置かれていたのである。ソロンギルは競争者が主人になる前に去って行ったのだと当時多くの者は考えた。ところがソロンギル自身は本当のところ一度もデネソールと張り合う気持ちはなかったし、また自分をデネソールの父の召使以上に考えたこともなかった。そして執政に対するかれら両人の助言で一致しなかったのは、ただ一つのことにおいてのみである。ソロンギルはアイゼンガルドにある白のサルマンに信を置かぬよう、むしろ灰色のガンダルフを歓迎するようにしばしば警告を発したのであるが、デネソールとガンダルフの間にはほとんど愛情らしきものは存在していなかった。そしてエクセリオンの時代以後になると、ミナス・ティリスでは灰色の放浪者《ほうろう》に対する歓迎はさらに減じることになったのである。それゆえ後になって、すべてが明らかになってみると、多くの者は、鋭敏な知力の持ち主であり同時代のだれよりも遠く深く見ていたデネソールがこの異邦人ソロンギルが本当は何者であるかに気づき、ソロンギルとミスランディルがかれに取って代わろうと企てているのではないかと疑ったのだと考えた。

「デネソールが執政になると（二九八四年）、かれは老練な支配者であることを示した。かれは万事裁量の権をその手に握った。かれは口数少なく、助言には耳を傾け、しかる後自分の思うところに従った。かれはおそく結婚し（二九七六年）、ドル・アムロスのアドラヒルの娘フィンドゥイラスを妻に娶《めと》った。かの女《じょ》はすぐれた美しさと優しい心の持ち主であったが、結婚して十二年たたぬうちに世を去った。デネソールはかれなりにこの妻を愛していた。かの女が生んだ二人の息子の兄のほうを除いては、ほかのだれよりもかの女を愛したのである。しかし人々の目に映ったフィンドゥイラスは、海に面した谷間に育ちながら不毛の岩の上に移された花のように、この防備堅固な都で萎《な》えしぼんでいったように思われた。東にある影はかの女を恐怖で満たし、かの女はいつもその目を恋しい南の海に向けていた。

「妻の死後、デネソールは今までにも増して気むずかしく寡黙《かもく》になった。そしてただ一人長時間その塔に座して沈思し、モルドールの攻撃が自分の時代に行なわれることを予見していた。後代にいたって信じられたところでは、かれは知る必要があったからでもあるが、自尊心と自らの意志の力を恃《たの》む気持ちとから、敢えて白の塔のパランティールを覗《のぞ》いたのではないかと考えられる。イシルドゥルのパランティールが敵の手にはいることとなったミナス・イシルの陥落以後、代々の執政のだれ一人敢えてこのことをしようとする者はいなかった。エアルニル王、エアルヌル王でさえしなかったことである。なぜならミナス・ティリスの石はアナーリオンのパランティールであり、サウロンの所有するパランティールともっともよく相応《あいおう》じたからである。

「こうしてデネソールはその領国内において、そしてまた遠く国境外で起こった出来事について大いに知識を得て、人々を驚嘆させた。しかしこの知識の代償は高価であった。かれはサウロンの意志と競い合うことにより、年よりも早く老けた。こうしてデネソールの心中には絶望とともに自尊心がますます強まり、遂《つい》にはかれは当時のあらゆる功業の中に、白の塔の支配者とバラド=ドゥールの支配者との一騎打ちを見るようになった。そしてかれにのみ仕えているのでなければ、サウロンに抵抗する者たちでも信用しなかったのである。

「こうして時はいよいよ指輪戦争に近づいていった。そしてデネソールの息子たちも成人した。五歳年長のボロミルは父に寵愛《ちょうあい》され、顔立ちも自尊心の強さも父に似ていたが、それ以外はほとんど似るところがなかった。妻も娶《めと》らず、戦いを大いに喜ぶところは、むしろ古《いにしえ》のエアルヌル王の人柄に似ていたといえる。恐れを知らぬ強健な若者であったが、軍記物語以外は伝承にほとんど関心を寄せなかった。弟のファラミルは外見はかれに似ていたが、心は似ていなかった。かれは父同様機敏に人の心を読んだが、読むことによってかれは人を軽蔑するよりむしろ同情するほうに心を動かした。その物腰は穏やかで、伝承の学と音楽を愛していたので、勇気においてはその兄に劣るのではないかと当時多くの者が考えたのであるが、これは当たっていなかった。かれはただ目的もなく危険を冒して賞讃を求めようとしなかっただけである。かれはガンダルフが都に来ることがあると、これを喜び迎え、かれの智恵から学び得る限りのものを学んだ。そしてかれは多くの他のことと同様このことでも父の不興を買ったのである。

「しかし兄弟の間には強い愛情があった。そしてこの愛情はボロミルがファラミルの援助者であり保護者であった幼少時代から存在した。その頃から二人の間には父の寵《ちょう》や人々の賞讃を競うようないかなる妬《ねた》み心も対抗心も生じたことがなかった。ファラミルにはデネソールの世継、白の塔の大将であるボロミルに匹敵する者がゴンドールにいようとは思えなかった。ボロミルもそれは同様に感じていた。しかしこれは試されることによってそうではないことがわかったのである。しかし指輪戦争でこの父子三人にふりかかったさまざまな出来事のうち多くは別の場所で述べられている。そして指輪戦争の後、統治権を持つ執政の時代は終わることになった。なぜならイシルドゥルとアナーリオンの世継が戻って来て王権が復活し、白の木の王旗がふたたびエクセリオンの塔からたなびいたからである。」

原註

（1）この名は「長き水沫《みなわ》の船」の意である。というのは、この島の形は大きな船のようであり、高い船首は北を指し、それにぶつかるアンドゥインの水が、とがった岩角に当たって白い水沫と砕けるからである。

㈭ アラゴルンとアルウェンの物語（その一部）

「アラドールは王の祖父にあたる。かれの息子アラソルンはディールハエルの娘、美しきギルラエンに求婚した。ディールハエル自身もアラナルスの子孫であった。ディールハエルはこの結婚に反対した。というのもギルラエンはまだ年が若く、ドゥーネダインの婦人が普通結婚する年齢に達していなかったからである。

「『そのうえ、』と、かれはいった。『アラソルンは壮年の峻厳《しゅんげん》な男子であり、皆が予期しているより早く族長になろう。しかしわたしの予感ではかれは短命であろう。』

「しかしその妻イヴォルウェンは夫と同じように予見の力を持っていたが、答えていった。『それならいっそう急がねばなりますまい！　嵐を前に時はいよいよ暗さを増し、大事が出来《しゅったい》しましょう。もしこの二人が今結婚すれば、わが民族に望みが生まれるかもしれませぬ。しかし二人がぐずぐずしておれば、第三紀の続く間望みの生じることはありますまい。』

「ところで、アラソルンとギルラエンが結婚して僅《わず》か一年目のこと、アラドールが裂《さ》け谷《だに》の北の岩山で山トロルの一団に捕えられ殺されるという椿事《ちんじ》が起こった。そしてアラソルンはドゥーネダインの族長になった。翌年ギルラエンは男子を出産し、その子はアラゴルンと名づけられた。しかしアラゴルンが僅か二歳の時、アラソルンはエルロンドの息子たちとともにオーク征伐に出かけ、オークの矢に目を射抜かれて死んだ。この時かれは六十歳にしかなっていなかったから、かれの種族の一人としては事実短命であったわけである。

「そこでイシルドゥルの世継となったアラゴルンは母親とともに引き取られて、エルロンドの館《やかた》で暮らすこととなった。エルロンドはかれの父親代わりとなり、かれをわが子同様にかわいがるようになった。しかしかれはエステルすなわち、『望み』と呼ばれ、本当の名前と出生はエルロンドのいいつけで秘密にされた。というのも、イシルドゥルの世継がこの地上に残っているものなら見つけ出さんものと敵が探していることを賢者たちは知っていたからである。

「しかしエステルがやっと二十歳になった時、かれはエルロンドの息子たちとともに数々の功業をなし遂げて、たまたま裂《さ》け谷《だに》に戻って来た。エルロンドはかれを見て満足した。かれが美しく堂々としており、これからまだまだ心身ともに成長するとはいえ、早くも大人らしさを具《そな》えてきたからだった。そこでエルロンドはその日かれを本当の名で呼び、かれが何者であり、だれの息子であるかを教えた。そしてかれの家に伝わる宝器をかれに引き渡した。

「『ここにあるのはバラヒルの指輪だ。』と、かれはいった。『遠い昔からわれらの間にあるつながりを示すしるしの品である。それからここにはナルシルの折れたる刃《やいば》もある。そなたはいつかこれを使って偉大な功業をなし遂げることになるかもしれぬ。なぜならそなたの寿命は、そなたに災いがふりかかるか、試練に失敗するようなことがない限り、人間の標準よりずっと長いものになることがわたしには予言できるからだ。しかしそなたの受くべき試練はきびしく長いものになろう。アンヌーミナスの王笏《おうしゃく》はわたしが預かっておく。そなたはまだこれからこれを受けるにふさわしい者にならなければいけない。』

「次の日の夕暮れ時、アラゴルンはただ一人林の中を歩いていた。かれは心が弾《はず》み、口からは歌が出てきた。なぜなら心に望みが溢《あふ》れ、四囲の世界は美しかったからである。そしてちょうど歌を歌っていたその時、一人の乙女《おとめ》が白樺《しらかば》の木立ちの間の草地を歩いているのを不意に見かけたのだった。かれはびっくりして立ち止まり、夢路をさ迷っているのか、それともエルフの吟遊《ぎんゆう》詩人の贈り物を受けたのかと考えた。エルフの吟遊詩人は聞き手の眼前にかれらが歌うものを現出させることができるのである。

「なぜならアラゴルンはネルドレスの森におけるルーシエンとベレンの出会いを語ったルーシエンの歌物語の一部を歌っていたからである。そして、見よ！　この裂け谷で、かれの眼前をルーシエンが歩いているではないか。エルフの故国の黄昏《たそがれ》の光のように美しい銀青色のマントを着て。その黒っぽい髪は不意に起こった風になびき、額の飾り環《わ》には星のような宝石がつけられていた。

「一瞬アラゴルンは無言のまままみつめていたが、乙女が歩み去って二度とふたたび会えないことを恐れて、声をあげて呼びかけた。『ティヌーヴィエル、ティヌーヴィエル！』と。遠い昔上古の代に、ベレンがしたように。

「すると乙女はかれの方を向いて微笑み、そしていった。『あなたはどなたですか？どうしてわたくしをその名でお呼びになるのですか？』

「そしてかれは答えた。『わたしはあなたのことを本当にルーシエン・ティヌーヴィエルだと思ったのです。その人のことをわたしは歌っていました。もしあなたがルーシエンでないにしても、その歩かれるお姿はルーシエンそっくりです。』

「『そうおっしゃる方は今までにも大勢おいでです。』乙女はまじめな様子で答えた。『けれどその名はわたくしの名ではありません。といってもおそらくわたくしの運命はあの方と異なるものにはならないでしょう。それであなたはどなたですか？』

「『エステルと呼ばれていましたが、』と、かれはいった。『わたしはアラソルンの息子アラゴルン、イシルドゥルの世継、ドゥーネダインの王です。』しかしこういいながらも、かれは今の今まで心にうれしく思っていたこの高貴な血筋ももはやたいして価値あるものではなく、この乙女の威厳と美しさにくらべれば無に等しいとさえ感じられるのであった。

「しかし乙女は快活に笑っていった。『それではわたくしたちは遠い昔から血がつながっているのですわ。わたくしはエルロンドの娘アルウェンで、またの名をウンドーミエルという者ですから。』

「『よくあることですが、』と、アラゴルンはいった。「危険の多い時代には、人はその一番大切な宝物を隠しておくものです。それにしてもエルロンド殿とあなたのお兄上たちには恐れ入りました。わたしは子供の時からこの館《やかた》に住んでいるのですが、あなたのことは一言も聞いたことがありません。どうして今までに一度もお会いしなかったのでしょう？　父上はまさかあなたをお蔵《くら》の中に閉じこめておかれたわけではありますまい？』

「『いいえ、』乙女はそういうと、東に聳《そび》える霧ふり山脈を見上げた。『わたくしはしばらくの間、母の里方の地、遠いロスローリエンに住んでいました。父を訪ねるためにごく最近戻って来たばかりなのです。もう何年も何年もイムラドリスを歩いておりませんわ。』

「そこでアラゴルンは、驚嘆した。なぜなら乙女はかれとくらべて少しも年上には見えなかったからである。かれ自身はこの中《なか》つ国《くに》に生をうけて僅《わず》か二十年にしかならないのだから。しかしアルウェンはかれの目を見ていった。『驚かれることはありませんわ！　エルロンドの子供たちはエルダールの命を受けているのですから。』

「そこでアラゴルンは恥ずかしく思った。乙女の目にエルフの眼光と長い年月を生きてきた叡知《えいち》が見られたからである。けれどこの時から、かれはエルロンドの娘アルウェン・ウンドーミエルを愛するにいたった。

「そのあとアラゴルンはふっつりと物をいわなくなり、そのまま何日かがたった。母親は何か変わったことがかれの身にふりかかったことを認めた。そしてかれは遂《つい》に母親の質問に屈して、林の中での夕暮れの出会いを語った。

「『息子よ、』と、ギルラエンはいった。『たとえそなたが王家の裔《すえ》であるにせよ、それは高望みというもの。なぜならあの姫は今地上にある者の中ではもっとも高貴でもっとも美しいお方だからです。それに死すべき命の者がエルフの血を引く者と結婚することは適当なことではありません。』

「『けれどわたしたちもその血をいくらか受けているのではありませんか。』と、アラゴルンがいった。『わたしの聞いているわが先祖の話が本当であればです。』

「『その話は本当です。』と、ギルラエンがいった。『しかし、それはずっと昔、第一紀の世のことで、わが国びとが減少する以前のことです。それゆえわたしは心配です。エルロンド様のご好意がなければ、イシルドゥルの世継はすぐに絶えましょうから。しかしこのことでそなたはエルロンド様のご好意を得られるとはわたしには思えませぬ。』」

「『それではわたしの人生は辛いものになりましょう。ただ一人荒野《あれの》を歩くように
なりましょう。』と、アラゴルンはいった。

「『確かにそれがそなたの運命でしょう。』と、ギルラエンはいった。かの女はその一族に具《そな》わった先見の能力をいくらか持ち合わせてはいたが、自分の予感をそれ以上息子に語ろうとはせず、また息子が話したことをだれにも口外しなかった。

「しかしエルロンドは多くのことを見、多くの心を読んだ。それで、その年の暮れる前のある日、かれはアラゴルンを自分の部屋に呼んで、いった。『アラソルンの息子アラゴルン、ドゥーネダインの王よ、わがいうことを聞け！　大いなる運命がそなたを待っている。エレンディル以降のそなたの先祖たちが達した高み以上に登るか、あるいはそなたの一族の残党もろともに暗闇の中に落ちるかだ。そなたの前途には長い試練の年月が横たわっている。そなたの時が到来し、そなたがそれにふさわしい者であることがわかるまでは、そなたは妻を持ってはならない。またいかなる婦人であろうと結婚の約束で縛《しば》ってはならない。』

「そこでアラゴルンは当惑していった。『母がこのことをお話ししたわけではないでしょうね？』

「『むろんそうではない。』と、エルロンドはいった。『そなた自身の目がそなたの心を語っているのだ。だがわたしは自分の娘のことだけをいっているのではない。そなたはまだ何人《なんぴと》の娘であろうと将来をいいかわしてはならない。だが、イムラドリスとローリエンの姫、その一族の夕星《ゆうづつ》たる美しきアルウェンについていえば、姫はそなたよりはるかにすぐれた血筋を受け、そしてまたこの世にすでに数多《あまた》の年月を重ねてきた。姫にとってはそなたは幾多の春秋を経た若い樺《かば》の木の傍らに生え出た僅《わず》か一年に足らぬ苗木のようなものだ。姫はそなたのはるかに及ばぬ存在である。姫にとってもおそらくそう思えるであろう。しかしたとえそうではなく、姫の心がそなたに向かおうと、わたしはわれらに課された運命ゆえに、やはり心を痛めずにはいられないのだ。』

「『その運命といわれるのは何でしょうか？』と、アラゴルンはいった。

「『わたしがこの地に留《とど》まる限り、姫はエルダールの若さを保って生きるということだ。』と、エルロンドは答えた。『そしてわたしが去る時には、姫が望めば、姫はわたしとともに行けるのだ。』

「アラゴルンはいった。『ベレンがかつて望んだシンゴルの宝にも劣らぬ貴重な宝物にわたしが目を向けてしまったことがわかりました。こういうめぐり合わせだったのですね。』その時かれの一族に具《そな》わった先見の能力が不意に生じて、かれはいった。『これはいかに！　エルロンド様、あなたの滞留の時は遂《つい》に尽きようとしています。そしてまもなくお子たちは、あなたとお別れになるか、この中《なか》つ国《くに》と別れられるか、選択をされなければなりませぬ。』

「『いかにも。』と、エルロンドはいった。『われらの見るところまもなくだが、人間の時でいえば、それまでにまだまだ数多の年月がたたねばならぬのだ。だがわが愛する娘アルウェンは、アラソルンの息子アラゴルンよ、そなたがわれら親娘の間に入り来《きた》って、われら二人、すなわちそなたかわたしか、どちらかをこの世が終わったあとまでも相会うことのない辛い別れに導くのでない限り、選択に心迷わすこともなかろうに。そなたにはこのわたしに何を求めているのかが、まだわかってはおらぬのだ。』かれは嘆息したが、ややあって、まじめなまなざしを若者に注ぎ、ふたたび口を利《き》いた。『時がたてばなるようになろう。数多の年月が移るまで、このことはもうこれ以上口にすまい。時代は暗くなり、多くの災いが起ころうから。』

「そこでアラゴルンは敬愛の念をこめてエルロンドに暇《いとま》をつげた。そして次の日かれは母親とエルロンドの家中《かちゅう》の者とアルウェン姫に別れを告げ、荒野《あれの》に出て行った。

ほとんど三十年近く、かれはサウロンを敵とする大目的に身を挺《てい》して働いた。そして賢者ガンダルフの友人となり、かれから多くの智恵を得た。かれはガンダルフとたびたび危険な旅をともにした。しかし年経て行くうちに、独りで旅をするほうがなお多くなった。かれの旅行く道は辛《つら》く長かった。かれの顔はたまたま微笑でも浮かべていない限り、見た目にはいくぶんこわそうな顔になった。しかしかれがその真実の姿を隠さない時には、かれは人の目に流浪《るろう》の王として尊敬にあたいする者に映ったのである。というのもかれはさまざまな姿を装い、さまざまな名のもとに功名手柄をたてたからである。かれはロヒルリムの軍勢に加わって馬を走らせ、ゴンドールの大侯のために陸に海に奮戦した。そして勝利の時が来ると、かれは西軍の人間たちから消息を断ち、ただ一人遠く東方に、そして南の奥深く旅をし、善人たると悪人たるとを問わず、人々の心を探り、サウロンの召使たちの陰謀策略を暴露《ばくろ》した。

「こうしてかれは遂《つい》に現存する人間の中でもっとも艱難辛苦《かんなんしんく》に耐えうる者となり、人間の技と学問に長《た》けた者となった。しかもかれは人間以上であった。かれはエルフの智恵を持ち合わせ、その目に光る眼光が燃える時目を伏せずに耐えられる者はほとんどいないくらいだった。かれの顔は課せられた運命ゆえにきびしく悲しげであったが、その心の奥底には常に望みが宿り、そこから時折岩から泉が湧き出るように喜ばしい笑いが湧いてくるのであった。

「四十九歳の時、アラゴルンはモルドールの暗い国境《くにざかい》の危険な旅から戻って来た。サウロンは今やふたたびモルドールに住みつき悪事に専念していた。アラゴルンは疲れ果て、遠い国々にさらに旅を続ける前に裂《さ》け谷《だに》に戻り、しばらくそこで休みたいと思ったのである。そしてその途中かれはローリエンの境界にさしかかり、ガラドリエルの奥方によってこの秘められた地にはいることを許された。

「かれはそのことを知らなかったのだが、アルウェン・ウンドーミエルもやはりこの地にいて、ふたたび母方の親族としばらく一緒に暮らしていたのである。アルウエンはほとんど変わっていなかった。定命《じょうみょう》の人間の歳月は姫を素通りして行くだけだからである。しかしその面《おもて》はきびしさを加え、その笑い声の聞かれることも今では珍しくなった。ところでアラゴルンは心身ともに円熟しきっていたのであるが、ガラドリエルはかれに命じて旅に着古した衣服を脱ぎ捨てさせて、銀と白の衣裳《いしょう》を着せ、エルフの灰色のマントを羽織らせ、額に輝く宝石を一つつけさせた。するとその姿はいかなる人間の王も及ばず、西方の島から来《きた》ったエルフの若殿のように見えた。こうした姿のかれにアルウェンは長い別離のあとはじめて再会したのである。金色の花がたわわに咲いたカラス・ガラゾンの木々の下でアラゴルンがかの女《じょ》の方に歩み寄って来た時、かの女の選択はなされ、その運命は定まった。

「それから後その季節が続く間、二人はアラゴルンの旅立ちの時が来るまで、ロスローリエンの林間の小道をともにさ迷い歩いた。そして夏至《げし》の日の夕べ、アラソルンの息子アラゴルンと、エルロンドの娘アルウェンはこの国の真ん中にある美しい丘、ケリン・アムロスに登り、エラノールとニフレディルが足許《もと》に咲き乱れる常緑の芝草の上を靴もはかずに歩いた。そしてこの丘の頂で二人は東の方に横たわる影を見、西の方に黄昏《たそがれ》の光を見た。そして二人は結婚の約束をして喜び合った。

「そしてアルウェンはいった。『影は暗くとも、わたくしの心は喜んでいます。なぜならエステルよ、あの影を打ちこわす勇気を持つ偉大な者たちの中にあなたもはいっておいでだからです。』

「しかしアラゴルンは答えた。『悲しいかな！　わたしにはそれは見えません。それがどうやって起こるかもわたしには隠されています。けれどあなたの望みによって、わたしも望みを抱くとしましょう。そしてわたしは影をあくまでも退けます。しかし、姫よ、黄昏の光もわたしには向いていません。なぜならわたしは有限の命しか持たぬ人間ですから。それゆえ、夕星姫《ゆうづつ》よ、あなたがわたしについておいでになるおつもりなら、その時はあなたも黄昏の光をお捨てにならねばなりません。』

「アルウェンはその時白い木のように身動きもせず佇立《ちょりつ》して、西の方《かた》をじっと見やっていたが、ようやく口を開いていった。『ドゥーナダンよ、わたくしはあなたにつき、黄昏の光にそむくとしましょう。とはいえ、かしこにはわが種族の国、わが一族すべてのとこしえの故郷《ふるさと》があるのです。』アルウェンは父を非常に愛していたのである。

「娘の選択を知った時、エルロンドは何もいわなかった。とはいえかれの心は深く悲しみ、前々から恐れていたこの運命に耐えることがけっしてやさしくないことを悟った。しかしアラゴルンがふたたび裂《さ》け谷《だに》に来ると、エルロンドはかれを自分の許《もと》に呼んでいった。

「『わが子よ、望みの薄れていく時が来た。その先のことはわたしにもほとんどわからぬ。そしてわれら両人の間には影が横たわる。わたしが失うことにより人間の王権が回復されるのかもしれぬ。おそらくそのような定めであったのだろう。それゆえ、わたしはそなたを愛しているにもかかわらず、これだけはいっておく。このことより小さな目的のために、アルウェン・ウンドーミエルにその生が亨《う》けている恩寵《おんちょう》を減じさせはせぬ。ゴンドールとアルノール両国を統《す》べる王以上の人間でなければ、何人《なんぴと》もアルウェンを花嫁にはできぬ。その時はわれらの勝利でさえ、わたしにもたらすのはただ悲しみと別れのみである——しかしそなたにはしばしの喜びの望みをもたらそう。ああ、わが息子よ！　アルウェンにとって、その生を終わる時、人間の宿命はさぞ苛酷《かこく》なものに思われるのではないかと、わたしはそれを恐れるのだ。』

「その後もエルロンドとアラゴルンの間は変わらなかった。二人はこのことについてはもう何も話さず、アラゴルンはふたたび危険と苦労の多い旅に出かけて行った。そして、サウロンの力が増大し、バラド＝ドゥールがいよいよ高くいよいよ堅固に聳《そび》え立つにつれ、世の中は暗くなり、恐怖の影が中つ国《なかつくに》をおおったのであるが、その間アルウェンは裂《さ》け谷《だに》に留《とど》まり、アラゴルンが留守の時は、思いの中で遠くからかれを見守っていた。そしてかの女《じょ》は望みを抱いてかれのために非常に大きな威風ある旗印をこしらえた。ヌーメノールの王であり、エレンディルの後継者であることを主張する者だけが掲げることのできる旗印であった。

「数年後、ギルラエンはエルロンドに暇《いとま》を乞い、エリアドールの一族の許《もと》に戻り、一人で暮らした。そして息子に会うことも滅多になかった。息子はもう何年も遠い国々で日を送っていたからである。しかしある時、アラゴルンが北方に戻って来た折のこと、かれは母の許にやって来た。そしてかれが去る前にかの女はいった。

「『わが息子、エステルよ、これがそなたとの最後の別れです。わたしは心労のため、老《ふ》け込んでしまいました。並の人間だとしても老けすぎているくらいに。そして中つ国に色濃くなりまさるわれらの時代の暗闇がいよいよ近づいた今、わたしにはそれを直視することができません。まもなくわたしは中つ国を去るでしょう。』

「アラゴルンは母を慰めようとしていった。『けれど、暗闇の先には光があるかもしれません。もしそうなら、わたしは母上にそれを見て喜んでいただきたいのです。』

「しかしギルラエンは答に代えて、ただ次のようなリンノドを口にした。

オーネン　イ＝エステル　エダイン、ウー＝ヘビン　エステル　アニム（1）

そしてアラゴルンは重い心を抱いて去った。ギルラエンは翌年の春を待たずに世を去った。

「こうして時はしだいに指輪戦争に近づいていった。このことについては別の個所でさらに詳《くわ》しく語られている。すなわちサウロンを滅ぼし得るかもしれぬ予知せざる手段が明らかとなり、望みを絶した望みが成就されるにいたった段々である。そしてあわや敗北を喫《きっ》せんという時に、アラゴルンが海から来《きた》って、ペレンノール野の合戦にアルウェンの旗印をひるがえし、そしてその日初めてかれは王と呼ばれて迎えられることになった。そしてすべてが成就された時、遂《つい》にかれは父祖の王位を継いで、ゴンドールの王冠とアルノールの王笏《おうしゃく》を受けた。そしてサウロン滅亡の年の夏至《げし》の日にかれはアルウェン・ウンドーミエルの手を取り、二人は歴代の王たちの都でめでたく結婚した。

「第三紀はこうして勝利と望みのうちに終わった。しかしながら、この時代のもたらしたありとある悲しみの中でも痛ましいものは、エルロンドとアルウェンの別れであった。なぜなら二人は海と運命によって隔てられ、この世の終わる後までも相会うことがないからである。大いなる指輪が滅び、三つの指輪がその力をはぎ取られた時、エルロンドは遂に倦《う》み疲れ、中《なか》つ国《くに》を捨てて去って、二度と戻らなかった。しかしアルウェンは人間の女のように限りある命しか持たぬ身となったが、それでもかの女《じょ》の得たものすべてを失うまでは死なぬ運命にあった。

「エルフと人間の女王として、かの女はアラゴルンとともに百二十年の間大いなる栄光と喜悦のうちに暮らした。しかし遂にアラゴルンは老衰の近づくのを感じ、長命であったとはいえ、その寿命がしだいに尽きようとしているのを知った。そこでアラゴルンはアルウェンにいった。

「『この世でもっとも美しく、もっともいとしき者、夕星《ゆうづつ》王妃よ、遂にわが世界は薄れ行こうとしている。見よ！　われらは集め、われらは費やした。今や清算の時が近づいている。』

「アルウェンにはかれの意図するところが充分わかっていた。ずっと前からこのことのあるのを予見していた。にもかかわらずかの女は悲しみに打ちのめされていった。『殿よ、それでは殿は殿のお言葉によって生きている国民《くにたみ》を置いて、時いたらぬうちに行かれるおつもりでしょうか？』

「『時のいたらぬうちではない。』と、かれは答えた。『今わが意志で行かぬとすれば、まもなく否でも応でも行かねばならなくなる。それにわれらの息子エルダリオンは充分に円熟し、いつでも王位に登ることができる。』

「そこでアラゴルンは沈黙の通りにある王家の廟所《びようしよ》に赴《おもむ》き、かれのために用意されている長い寝台に身を横たえた。ここでかれはエルダリオンに別れを告げ、かれの手にゴンドールの翼ある王冠と、アルノールの王笏《おうしゃく》を渡した。やがてアルウェンを残して他の者は皆かれの許《もと》を去った。アルウェンはただ一人かれの寝台の傍らに立った。そしてかの女はその知恵とエルフの血を引く生まれにもかかわらず、今しばらくこの世に留《とど》まるようかれに嘆願せずにはいられなかった。アルウェンはまだその生に倦《う》み疲れてはいなかった。こうしてかの女は自ら負うた死すべき運命の苦い悲しみを味わったのである。

「『ウンドーミエル王妃よ、』と、アラゴルンはいった。『最期《さいご》の時はまことに辛《つら》いものだ。しかし、これは今は歩く者とてないエルロンドの庭園の白樺《しらかば》林の下でわれらが出会ったあの日にすでに定められたことなのだ。そしてケリン・アムロスの丘の上で、われら二人が暗闇と黄昏《たそがれ》の光をともに捨てた時、この運命をわれらは受け入れたのだ。愛する者よ、そなた自身に問うてみるがいい、そなたはわたしが老衰し、意気地もなく老いほけて高い玉座から転がり落ちるまで本当にわたしを待たせたいと思っているのかどうか。いいや、妃よ、わたしは最後のヌーメノーレアンであり、上古の代を今につなぐ最後の王である。わたしには中《なか》つ国《くに》の人間の三倍の寿命が与えられたばかりでなく、己が意のままに世を去り、この授《さず》かりものをお返しする恩寵《おんちょう》も与えられているのだ。だからこれでわたしはもう眠ることにする。

「『わたしはそなたに慰めの言葉はいわぬ。この世界の圏内《けんない》にはこのような苦しみを慰めるべきものは何もないからだ。そなたの前には最終的な選択がある。悔い改めて港に行き、われらがともに暮らした日々の思い出を西方に運び去れば、その思い出はかの地で色褪《あ》せることはなかろう。思い出は思い出以上のものにはならぬとしても。そうでなければ、人間の運命に従うのだ。』

「『いいえ、殿よ、』と、アルウェンはいった。『その選択はとっくに終わっています。今はもうここからわたくしを運んでくれる船もございませぬ。望もうと望むまいと、わたくしは人間の運命に従うほかはありません。失いそして沈黙する運命に。しかしヌーメノーレアンの王よ、あなたに申しあげますが、わたくしは今の今まで、あなたの一族とその没落の物語を理解していませんでした。罪深い愚《おろ》か者とかれらのことを軽蔑しておりました。けれどようやく今になってわたくしはかれらに憐《あわ》れみを覚えます。なぜと申せば、もしこれがエルダールたちのいうように本当に唯一の神が人間に与え給うた贈り物であるとすれば、受けるのは辛いことですから。』

「『そう思えよう、』と、かれはいった。『しかし、この最後の試練に敗れぬようにしよう。われらは昔暗闇と指輪を拒んだのではないか。悲しみのうちにわれらは行かねばならぬとしても、絶望して行くのではない。ご覧！　われらはいつまでもこの世の圏内《けんない》に縛《しば》られているのではない。そしてこの世を越えたところには思い出以上のものがあるのだ。ではご機嫌よう！』

「『エステル、エステル！』アルウェンは叫んだ。その声が発せられるやかれはかの女の手を取ってそれにキスし、直ちに眠りに陥《おちい》った。するとその顔には大いなる美が顕《あらわ》れたので、後にここにやってきた者たちはすべて驚嘆してかれを眺めたのである。なぜならかれらはかれの青年期の優雅さと、壮年期の勇猛心と、老年期の叡《えい》智《ち》と威厳がことごとく一つにまじり合っているのを目《ま》のあたりに見たからである。そして長くかれはそこに横たわっていたが、それはこの世が破壊される以前の翳《かげ》ることのない栄光の中にある人間の王たちの輝くような威容を偲ばせる姿であった。

「しかしアルウェンは廟所《びょうしょ》から出て行った。その目の光は消え、国民《くにたみ》の目には、かの女《じょ》はまるで星一つ出ない冬の日の夕暮れのように冷たく灰色と化したように見えた。それからかの女はエルダリオンと娘たち、そしてかの女が愛したすべての者たちに別れを告げ、ミナス・ティリスの都を出て、ローリエンの地に去り、冬の来《きた》るまでそこでただ一人色褪《あ》せてゆく木々の下に住んだ。ガラドリエルはすでに去り、ケレボルンもおらず、ローリエンの地は黙したまま静まっていた。

「マッロルンの葉が散りながらも、春がまだ到らぬ頃（2）、この地でついにかの女はケリン・アムロスの丘に憩《いこ》うべく身を横たえた。世が変わり、かの女の全生涯が後代の人々からまったく忘れ去られ、エラノールもニフレディルももはや大海の東には咲かなくなる日が来るまで、ここにかの女の緑の塚山がある。
「この物語はこれで終わる。南からわれらの許《もと》に伝えられてきたままである。夕星《ゆうづつ》王妃が身まかられた時のことについては昔を語るこの本の中にはこれ以上何も述べられていない。」

原註

（1）「わたしはドゥーネダインに望みを与えた。わたしはわたし自身のためには望みを取って置かなかった。」
（2）第二巻三四一ページ。

II　エオル王家

「青年王エオルはエーオセーオド国人の主君であった。この国はアンドゥインの水源に近い所、霧ふり山脈が遠く果てるあたりの山並と、闇の森の最北端との間にあった。エーオセーオド国人はエアルニル二世の時代に大河の中の岩山カルロックとあやめ川の間のアンドゥインの谷間の地方からこの地に移ってきたのである。かれらはもともとビヨルン族と闇の森西端に住む人間たちとに非常に近い種族であった。エオルの父祖たちはリョヴァニオンの王家の末裔《まつえい》であると称していた。リョヴァニオン王国は馬車族の侵入前は闇の森の先にあったのである。それゆえかれらは自分たちをエルダカールから出たゴンドール王家の縁続きであるとみなしていた。かれらは何よりも平原を愛し、馬と馬乗りとしてのあらゆる技《わざ》に喜びを見いだしていた。しかしアンドゥインの中間の谷間地方には当時多くの人間が住んでいた。加うるにドル・グルドゥルの影はしだいに長く伸びてきていたのである。それゆえかれらは魔王の敗北を耳にすると、北方に発展の余地を求め、霧ふり山脈の東側に残っているアングマール国民の残党を追い払った。しかしエオルの父レーオドの時代にはかれらはおびただしい数となり、本国の土地だけではまたもやいくぶん手ぜまとなってきた。

「第三紀の二五一〇年のこと、新たな危険がゴンドールを脅《おびや》かした。北東から攻めて来た蛮夷《ばんい》の大軍がリョヴァニオンを席捲《せっけん》し、茶色の国から南下して、アンドゥインを筏《いかだ》で渡って来た。同時に、偶然かあるいは意図されたことか、オークたち（かれらの勢力はドワーフと戦う前のその頃、非常に強大になっていた）が、霧ふり山脈から下って来た。侵入者はカレナルゾンを蹂躙《じゅうりん》した。そこでゴンドールの執政キリオンは北方に助けを求めた。アンドゥインの谷間の人間とゴンドール国人の間には昔から友好関係が存在していたからである。しかし大河の谷間の地方の人間の数は今は非常に少なく、おまけに四散していたから、かれらとして可能な援助をなかなか与えられないでいた。やがてゴンドールの危急を告げる知らせが遂《つい》にエオルの耳に達し、もはや時を失したと思われたものの、かれは騎馬の大軍を率いて出発した。

「かくてかれはケレブラントの野の合戦に参じた。これは銀筋川と白光川の間にある緑野の名である。このケレブラントの野でゴンドールの北軍は危殆《きたい》に瀕《ひん》した。かれらは高地《ウォルド》で敗北を喫《きっ》し、南への退却路を断たれ、白光川の先に追いやられた。するとその時オークの大軍が突如襲いかかってきて、かれらをじりじりとアンドゥインに向かって追いつめて来た。今やこれまでと思われた時、思いがけなくも北方からやって来た騎士たちが不意に敵の後衛《こうえい》部隊の前に姿を現わしたのである。そこで戦《いくさ》の帰趨《きすう》は逆転し、敵はさんざんにやっつけられて白光川の向こうに追いやられた。エオルは部下を率いてこれを追撃した。北方の騎馬部隊の来襲を前にして恐怖が非常に大きかったので、高地《ウォルド》の侵入者たちも恐慌《きょうこう》を来《きた》して浮足《うきあし》立ち、騎士たちは敵を追って、カレナルゾンの平原を縦横に駆けめぐった。」

この地域の住民は悪疫流行以後非常に数が少なくなっており、残った者もその大多数は残忍な東夷《い》たちに殺されてしまった。そこでキリオンは加勢を受けた返礼に、アンドゥインとアイゼン川の間にあるカレナルゾンの地を、エオルとその民に与えた。かれらは北方から留守を守っている妻子を呼び寄せ、家財を持って来させて、この地に定着した。かれらはこの地を新たに騎士たちの国マークと名づけ、自らをエオルの家の子と呼んだ。しかしゴンドールではかれらの国はローハンと呼ばれ、国民はロヒルリム（すなわち馬の司《つかさ》の意である）と呼ばれた。こうしてエオルはマークの最初の王となり、その領国の南の壁である白の山脈の麓《ふもと》の前にある緑の丘に居を定めた。以後ロヒルリムはこの地にかれら自らの王をいただき、自らの慣習を守り、自由な民として、しかしゴンドールとは絶えず協力関係を保ちながら住み続けたのである。

「今なお北方の生活を記憶に留《とど》めるローハンの歌には、たくさんの王侯や戦士たち、また美しく勇敢な婦人たちの名が挙げられている。フルムガールというのはエーオセーオドの地にその民を引き連れて行った族長の名前だという。かれの息子フラムについて伝えられていることは、エレド・ミスリンの大竜スカザをかれが退治し、以後この地は長虫の難を免れたということである。そのためにフラムは莫大な富を獲得したのであるが、スカザのためこんだ財宝の所有権を主張していたドワーフと確執を生ずるにいたった。フラムはかれらにびた一文与えようとはせず、代わりにスカザの歯を頸飾《くびかざ》りに作ったものをかれらに送りつけ、こういった。『お手前方の宝庫にもこのような宝玉に匹敵《ひってき》するものはなかなかござるまい。これは手に入れがたき品であるゆえ。』このような無礼に対し、ドワーフたちはフラムを討ち果たしたとも伝えられている。エーオセーオドとドワーフの間はけっして強い親愛感で結ばれてはいなかった。

「レーオドというのはエオルの父の名である。かれは野生の馬を調教した人である。

当時かれらの土地には野生の馬がたくさんいた。かれは白い子馬を生け捕った。子馬はたちまち成長し、強くて美しい堂々たる馬になった。この馬を調教できる者は一人もいなかった。レーオドが勇敢にもこの馬の背にまたがると、馬はかれを乗せて走り去り、遂《つい》にかれを振り落とした。レーオドは岩で頭を打ち、命を落とした。この時かれは僅《わず》か四十二歳であった。そしてかれの息子は十六歳の少年であった。「エオルは父の仇《あだ》を討つことを心に誓った。かれは長い間かかってかの馬を探し求めた。そして遂に馬の姿を見かけた。かれに同伴した者たちは、かれが矢頃《やごろ》まで行って、その馬を殺すものと思っていた。ところが一同が近づいた時、エオルは立ち止まって、大声で呼ばわった。『人間の禍《わざわい》よ、こちらに来て、新しい名前を受けるがいい！』一同が驚いたことに、馬はエオルの方を向き、かれの前に来て立ち止まった。エオルはいった。『お前をフェラローフと名づけよう。お前はわが身の自由を愛した。わたしはそのことでお前を咎《とが》めはせぬ。だが今は大きな負い目をわたしに負うている。だからお前は生涯身の自由をわたしに委《ゆだ》ねねばならぬ。』「そしてエオルはかれの背にまたがった。フェラローフは甘んじてかれを乗せた。エオルはそのまま轡《くつわ》も手綱も用いずに家に戻った。その後ずっとかれは同じやり方で乗った。馬は人間たちのいうことをすべて理解したが、エオル以外の者はだれ一

人乗せようとはしなかった。ケレブラントの野にエオルが乗り進めた馬はフェラロ

ーフであった。というのもこの馬は人間と同じくらい生きたからである。その子孫

も同じであった。この子孫たちがメアラスであり、かれらは飛蔭《とびかげ》の代にいたるまで

マークの王と、その息子たち以外の者はだれも乗せようとはしなかった。この馬た

ちについて人々はベーマ（エルダールはオロメと呼んでいる）が海のかなたの西方

からかれらの先祖を連れて来たにちがいないといっていた。」

「エオルからセーオデンにいたる歴代のマークの王のうち、槌手《ついしゅ》王ヘルムについて述べられていることが最も多い。かれは力すぐれた不屈の人であった。その頃フレカという名の男がいた。かれはフレーアウィネ王の末裔《まつえい》であると称していた。もっともかれの血には多くの褐色国人《ダンレンディング》の血が流れているといわれていた。そしてかれは髪の色も黒かった。かれはしだいに富と力を握り、アドルン川（1）の両側に広大な土地を所有した。この川の源に近いところに、かれは自分の本拠地を作り、王のことは歯牙《しが》にもかけなかった。ヘルムはかれのことを信用していなかったが、王の会議にはかれを呼んだ。そしてフレカは自分の気の向くままにやって来た。

「ある時、このような会議の一つに、フレカは大勢の家の子郎等を引き連れてやっ

て来た。そしておのが息子ウルフの嫁にヘルムの娘をくれるようにいった。ヘルムはいった。『そちは前回ここに来た時よりまたぐんと大きくなったな。だが脂肪がほとんどだろうて。』人々はこれを聞いて笑った。なぜならフレカは腹周《まわ》りがたっぷりしていたからである。

「そこでフレカは激怒して、王を罵《ののし》り、最後にこういった。『差し出された杖を断る老いぼれ王は跪《ひざまず》くことになるかもしれんぞ。』ヘルムは答えた。『もういい！　そちの息子の結婚は小事だ。そのことは後からヘルムとフレカの二人で片づけよう。王と王の会議の当面なすべきことは、目下の懸案《けんあん》を図《はか》ることなのだ。』

「会議が終わると、ヘルムは立ち上がり、その大きな手をフレカの肩に置いていった。『王は王宮内での喧嘩沙汰《けんかざた》を許してはおらぬ。しかし外ではもう少し自由だ。』そして王はむりやりフレカに自分の前を歩かせ、エドラスから野に出た。駆けつけて来たフレカの家の子郎等に向かってかれはいった。『行け！　立ち会いはいらぬ。二人だけで私的な問題を話し合うところだ。お前たちは予の家来のところへ行っておるがいい！』かれらは王の家来と友人たちの数がはるかに勝っているのを見て、引き下がった。

「『さて、褐色国人《ダンレンディング》よ、』と、王はいった。『お前の相手は単身武器一つ持たぬこのヘルムだけだ。だがお前はもういろいろいいたいことをいった。今度は予が話す番だ。フレカよ、お前の愚《おろ》かさも腹周りと同じだけ大きくなってきたな。お前は杖のことをいっておったが！　ヘルムはな、自分に押しつけられたねじれた杖が気に入らなきゃ、折ってしまうまでだ。そら！』こういうと、かれは、こぶしで強くフレカを打ったので、フレカは気を失って倒れ、すぐに息絶えた。

「次いでヘルムはフレカの息子と近親者を王の敵であると宣言した。そしてかれらは逃げた。ヘルムが直ちに大勢の手兵を西境《さいきょう》一帯に差し向けたからである。」

それから四年後（二七五八年）大きな災いがローハンを見舞ったが、三つの海賊の大艦隊の襲撃を受け、沿岸のいたるところでかれらと戦っていたゴンドールから援軍を送ってもらうことができなかった。ゴンドールと時を同じくして、ローハンもふたたび東からの侵略を受け、褐色国人《ダンレンディング》たちが時いたると見て、アイゼン川を渡り、アイゼンガルドから下って来た。かれらを率いるのがウルフであることはまもなく知られた。レフヌイ川とアイゼン川の河口に上陸したゴンドールの敵軍もその中に加わっていたので、かれらは大軍にふくれ上がっていた。

ロヒルリムは敗れ、その国土は蹂躙《じゅうりん》された。殺されたり奴隷にされたりすることを免《まぬが》れた者は白の山脈の谷間に逃げ込んだ。ヘルムはアイゼンの浅瀬で手痛い損害を蒙《こうむ》って撃退され、角笛《つのぶえ》城とその背後の峡谷《きょうこく》（後にヘルム峡谷として知られる）に難をさけた。かれはここで敵に包囲された。ウルフはエドラスを陥《おと》し、メドゥセルドの玉座にすわって、自ら王を称した。ヘルムの息子ハレスは王宮の入口を守って、最後の一人になるまで戦って死んだ。

「そのあとまもなく長い冬が始まり、ローハンは五カ月近く（二七五八年の十一月から五九年の三月にかけて）雪の下に埋まった。この寒さとそれより長く続いた食糧不足に、ロヒルリムも敵もともに手ひどい痛手を蒙った。ヘルム峡谷では、ユールのあと、人々は非常な飢えに悩まされた。そして王の次子ハーマは自暴自棄となって、王の忠告も聴かず、兵を率いて敵陣を侵攻すべく撃って出たが、雪の中で行方不明になった。ヘルムは飢えと悲しみのためにしだいに猛々《たけだけ》しくなり、ひどくやせさらばえた。かれ一人のもたらす恐怖は城を守る多数の兵たちと同じ威力を発揮した。かれはしばしば白い装束に身を固め、単身城を出ると、まるで雪トロルのようにのっしのっしと敵の野営地に乗り込み、素手でたくさんの人間を殺した。かれが身に寸鉄を帯びぬ時は、どんな武器もかれを刺すことはできぬと信じられていた。褐色国人《ダンレンディング》たちが噂《うわさ》したことであるが、かれは食物が見つからない時には人間を食べたといわれている。褐色国《ダンランド》ではこの話は長く残っていた。ヘルムは大きな角笛を持っていたが、まもなく人々は次のようなことに気づいた。かれは出撃の前にいつもこの角笛を一吹き高らかに吹き鳴らし、その音はヘルム峡谷にこだました。すると敵たちは名状しがたい恐怖に襲われて、その結果、かれを捕え、討ち取るべく集結する代わりに奥出《おくい》での谷を下ってどんどん逃げ去って行ったのである。

「ある夜人々は角笛が吹き鳴らされるのを聞いた。しかしその夜ヘルムは戻らなかった。朝が来て、絶えて久しく見ない日の光が射してきた。そして人々は堤防の上にただ一人白い姿の者が身じろぎもせず立っているのを見た。褐色国人《ダンレンディング》たちはだれ一人近寄ってみる勇気を持たなかった。そこに立っていたのは死んで石のように動かぬヘルムだった。死んでもその膝《ひざ》は折れなかった。しかしそれからも時折ヘルム峡谷にはかの大角笛がこだまするのが聞かれ、ローハンの敵の陣地をヘルムの亡霊が歩いて、恐怖でかれらを殺すことがあると、人々はいい伝えた。

「それからまもなく、さしもの冬も終わった。そこでヘルムの妹ヒルドの息子フレーアラーフがやしろ岡から出陣して来た。やしろ岡砦《とりで》には大勢の者が難を逃がれていた。かれは命知らずの部下たちの小部隊を率いて、メドゥセルドにあるウルフを奇襲し、かれを討ち取ってエドラスを奪回した。降りに降った雪のあとには大洪水が起こり、エント川の谷間の地は広大な沼沢地と化した。東からの侵略者たちは死ぬか、撤退するかした。そして遂《つい》にゴンドールからの援軍が白の山脈の東西両方の道からやって来た。この年（二七五九年）の終わるまでに、褐色国人《ダンレンディング》はアイゼンガルドからさえもすべて追い払われた。そしてフレーアラーフが王となった。
「ヘルムは角笛《つのぶえ》城から運ばれ、第九の塚山に埋葬された。その後、この塚山にはスインベルミュネの白い花がどこよりも数多く一面に絶えることなく咲き乱れて、ために雪をかぶったように見えるほどであった。フレーアラーフが死ぬと、かれから始まる新たな塚山の列ができた。」

戦争と饑饉《ききん》と家畜や馬の損失によって、ロヒルリムははなはだしくその数を減じた。その後長い間大きな危険がふたたびかれらを脅《おびや》かさなかったのは幸いであった。なぜならロヒルリムが昔日《せきじつ》の力を取り戻したのは、フォルクウィネ王の時代になってからだからである。

フレーアラーフ王の戴冠《たいかん》式の時であった。サルマンが贈り物を持って現われ、ロヒルリムの勇敢さを口を極めて賞《ほ》め讃えた。だれもがかれを歓迎すべき客と考えた。その後まもなくかれはアイゼンガルドに居を定めた。ゴンドールの執政ベレンがこの許しをかれに与えたのである。というのも、ゴンドールはいまだにアイゼンガルドをローハンの一部ではなく、ゴンドール国の要害の地であるとしてその領有を主張していたからである。ベレンはまたオルサンクの鍵《かぎ》の保管もサルマンに委《ゆだ》ねた。この塔はそれまでいかなる敵にも損ねられず侵入もされずにきた。

こうしてサルマンは人間たちの領主のようにふるまい始めた。というのは、初めのうちかれは執政の副官、塔の管理人としてアイゼンガルドを預かっていたからだが、フレーアラーフもアイゼンガルドが強力な味方の手にあることを知り、ベレン同様このような措置《そち》を喜んだ。長い間サルマンは味方のように見えた。おそらく最初のうちはかれも真の味方だったかもしれない。もっとも後になると人々はサルマンがアイゼンガルドに行ったのは、パランティールの石がまだそこにあるのを見つけ出そうと思い、自分自身の勢力を築き上げる意図があったからだということをほとんど疑わなくなった。確かに最後の白の会議（二九五三年）からあと、表面は何喰わぬ顔をしながらローハンに対するかれの下心には、よこしまなものがあった。やがてかれはアイゼンガルドを自分のものとし、この要害の地をあたかもバラド＝ドゥールに比肩《ひけん》すべき、堅固な守りと恐怖の場所に変えていった。ついでかれは人間であろうとさらに邪悪なほかの生きものであろうとゴンドールとローハンを憎むすべての者たちの中から味方と召使を誘い寄せた。

マーク歴代の王たち

第一王統

年代（2）

二四八五―二五四五　初代、青年王エオル。かれは若くして父の後《あと》を継ぎ、死ぬまでずっと黄色い髪と血色のよさを保っていたので、こう呼ばれた。かれの生涯は新たに加えられた東夷《い》たちの襲撃によって縮められた。エオルは高地《ウォルド》の合戦で討ち死にし、最初の塚山が築かれた。愛馬フェラローフもここに葬られた。

二五一二―七〇　二代、ブレゴ。かれは高地《ウォルド》から敵を駆逐《くちく》した。ローハンはその後長い間敵の攻撃を受けなかった。二五六九年、かれはメドゥセルドの壮麗な王宮を完成した。祝宴の席で、かれの息子バルドルは「死者の道」を踏んでみせることを誓い、ふたたび戻らなかった（3）。ブレゴは悲しみのあまり翌年世を去った。

二五四四―二六四五　三代、長命王アルドル。ブレゴの次男である。かれは非常に長生きをし、七十五年間王位にあったので、長命王として知られるにいたった。かれの時代にロヒルリムの数はどんどんふえ、アイゼン川の東にまだ残っていた褐色国人《ダンレンディング》の残党をすべて駆逐するか鎮圧《ちんあつ》した。やしろ谷やその他の山間の谷間にも人間が住みついた。続く三人の王についてはあまりいうことはない。かれらの時代にはローハンは平和を享受《きょうじゅ》し、繁栄を楽しんだからである。

二五七〇―二六五九　四代、フレーア。アルドルの長男であるが、第四子である。かれは王になった時、すでに老齢であった。

二五九四―二六八〇　五代、フレーアウィネ。

二六一九―九九　六代、ゴールドウィネ。

二六四四―二七一八　七代、デーオル。かれの時代になると褐色国人《ダンレンディング》がアイゼン川を渡ってしばしば攻め込んで来た。二七一〇年かれらは当時無人であったアイゼンガルドの環状岩壁の地を占拠し、そこからかれらを追い出すことはできなかった。

二六六八―二七四一　八代、グラム。

二六九一―二七五九　九代、槌手王《ついしゅおう》ヘルム。かれの治世の終わり頃、ローハンは敵の侵攻と長い冬によって、手痛い損失を蒙《こうむ》った。ヘルムとかれの息子ハレスおよびハーマは死に、ヘルムの妹の子フレーアラーフが王になった。

第二王統

二七二六—二七九八　十代、ヒルドの息子フレーアラーフ。かれの時代にサルマンがアイゼンガルドに来た。褐色国人《ダンレンディング》はもうすでにここから追い出されていた。饑《き》饉《きん》とそれに続く国力の疲弊《ひへい》した時期には、ロヒルリムも初めのうちかれの友情によって益を得たのである。

二七五二—二八四二　十一代、ブリュッタ。かれは国民のだれからも愛され、レーオヴァと呼ばれた。物惜しみせず、困窮している者にはだれにでも助けの手を伸べた。かれの時代に、オークとの戦いが行なわれたことがある。オークは北方から追い払われ、白の山脈に逃げ場所を求めたのである（4）。ブリュッタが死んだ時、オークたちはもうすっかり追い出されてしまったと考えられたが、そうではなかった。

二七八〇—二八五一　十二代、ワルダ。僅《わず》か九年しか王位になかった。かれはやしろ岡から馬を進め、山道を通っていた時、オークの罠《わな》にかかり、従者もろとも殺された。

二八〇四—六四　十三代、フォルカ。すぐれた狩猟家であったが、ローハンに一人のオークでも残っている限りは、一匹たりと野の獣を追うことはしないと誓いを立てた。オークの最後の隠れ場が見つけ出され、これがすっかり滅ぼされると、かれはフィリエン森にある野猪林《エヴァホルト》の大猪《おおいのしし》を狩りに行った。かれはこの猪を仕止めたが、猪の牙から受けた傷が元で死んだ。

二八三〇—二九〇三　十四代、フォルクウィネ。かれが王になった時、ロヒルリムは昔日《せきじつ》の力を取り戻した。かれは褐色国人《ダンレンディング》の占領していた西境《さいきょう》（アドルン川とアイゼン川の間の地）を征服してこれを取り返した。ローハンはその苦難の時代にゴンドールから大きな助力を得ていた。それゆえ、フォルクウィネはハラドリムが大挙してゴンドールを襲撃していることを聞くと、執政を助力すべくたくさんの兵を送った。かれは自ら援軍の先頭に立ちたいと望んだのであるが、それは断念させられた。その代わりに双生児の息子たちフォルクレドとファストレド（二八五八年生まれ）が赴《おもむ》いた。二人はイシリエンの合戦で、肩を並べて討ち死にした（二八八五年）。ゴンドールのトゥーリン二世はフォルクウィネに報償として多量の金を送った。

二八七〇―二九五三　十五代、フェンゲル。フォルクウィネの三男で第四子である。かれの記憶を賞讃をもって語る者はいない。かれは食物と黄金を貪《むさぼ》り、将軍たちとも自分の子供たちとも仲が悪かった。かれの第三子でただ一人の息子であるセンゲルは成年に達するとローハンを離れ、ゴンドールに長く住みついて、トゥルゴンに仕え、功名をかちえた。

二九〇五―八〇　十六代、センゲル。かれはおそくまで妻を娶《めと》らなかった。しかし、二九四三年にゴンドール国ロッサールナハのモルウェンと結婚した。モルウェンはかれより十七歳年少であった。かの女《じょ》はゴンドール国で三人の子を生んだ。その中で二番目の子セーオデンがかれのただ一人の息子である。フェンゲルが死んだ時、かれはロヒルリムに呼び戻され、いやいやながら帰国した。しかしかれは善良で賢明な王となった。もっとも王宮ではゴンドールの言葉が用いられた。みんながみんなこれを好ましいことに思っていたわけではなかったが。モルウェンはローハンでさらに二人の娘を生んだ。一番末のセーオドウィンはかれの晩年の子で、おそく生まれたのだが（二九六三年）、もっとも美しかった。かの女の兄はかの女を非常に愛していた。

センゲルがローハンに戻ってまもなく、サルマンはアイゼンガルドの領主たることを自ら宣言し、ローハンの国境《くにざかい》に侵入したり、ローハンの敵に援助を与えたりして、ローハンを悩ませ始めた。

二九四八―三〇一九　十七代、セーオデン。ローハンの伝承ではかれはセーオデン・エドニュー（更生せる）と呼ばれている。なぜならかれはサルマンの魔力にかけられて心身ともに衰退したが、ガンダルフによって癒《いや》され、その生涯の最後の年には、奮起して、自ら兵を率い、角笛《つのぶえ》城の戦いに勝利をおさめ、そのあと直ちに第三紀史上最大の合戦たるペレンノール野に赴《おもむ》いた。かれはムンドブルグの城門の前で討ち死にした。しばらくの間、かれはその誕生の地で、代々のゴンドールの王たちの間に眠っていたが、やがてローハンに運ばれ、エドラスのかれの王統八番目の塚山に埋葬された。ここでまた新しい王統が始まったのである。

第三王統

二九八九年にセーオドウィンはマークの軍団長たるイーストフォルドのエーオムンドと結婚した。二九九一年に息子のエーオメルが生まれ、二九九五年に娘のエーオウィンが生まれた。その頃サウロンがふたたび力を得てきて、モルドールの影はローハンにまで達するにいたった。ローハンの東域にはオークたちが侵入し、馬を殺したり盗んだりし始めた。霧ふり山脈から下って来たオークたちもいた。中にはサルマンに仕える大型ウルクたちもたくさんいた。もっともそのことは長い間気づかれないでいたが。エーオムンドが主に委《まか》されていたのは東の国境地帯だった。そしてかれは大の馬好きで、オーク嫌いだった。オークによる奇襲の知らせがとどくと、しばしばかれは怒りにのぼせて用心も忘れ、僅《わず》かな手兵を伴って征伐に出かけることがあった。それで三〇〇二年オークに殺される結果になった。というのは、かれがオークの小隊を追ってエミュン・ムイルの国境《くにざかい》まで来ると、岩陰に強力なオーク軍が待ち伏せしていて、急襲したからである。

それからまもなく、セーオドウィンが病を得て亡くなり、王を悲嘆にくれさせた。かれはセーオドウィンの子供たちを王宮に引き取り、かれらを息子と呼び、娘と呼んだ。かれには自分の子は当時二十四歳の息子のセーオドレド一人しかいなかった。王妃のエルフヒルドは出産の時に亡くなり、セーオデンはその後再婚しなかったからである。エーオメルとエーオウィンはエドラスで大きくなり、セーオデンの宮殿に暗い影が落ちるのを見た。エーオメルは先祖の男たちに似ていたが、エーオウィンはすらりと背が高く、南の国の優雅《みやびや》かさと誇りを、ロヒルリムが刃《やいば》の光沢と呼んだロッサールナハのモルウェンから受けていた。

二九九一—第四紀六三年（三〇八四年）エーオメル・エーアディグ。かれは若年でマークの軍団長となり（三〇一七年）、東の国境地帯における父の任務を与えられた。指輪戦争の時、セーオドレドはアイゼンの浅瀬におけるサルマンとの合戦で討ち死にした。それゆえ、ペレンノール野で息絶える前に、セーオデンはエーオメルを後継者に名指し、かれを王と呼んだ。この同じ日、エーオウィンも功名をかちえた。かの女《じょ》は変装して出陣し、この合戦で戦ったのである。そしてかの女は後《のち》にマークで盾《たて》の腕の姫として知られた（5）。

エーオメルは偉大な王となった。そして若くしてセーオデンの後《あと》を継いだので、その治世は六十五年間にわたり、長命王アルドルを除いて、歴代のどの王よりも長く在位した。指輪戦争の時、かれはエレッサール王およびドル・アムロスのイムラヒル大公と友情を結び、その後しばしばゴンドールに赴《おもむ》いた。第三紀の最後の年、かれはイムラヒルの娘ロシーリエルと結婚した。かれらの息子金髪王エルフウィネがかれの後を継いで統治した。

エーオメルの時代にマークでは、人々は望むがままの平和を得た。そして谷間にも平原にも住む人の数はふえ、馬の数も増した。ゴンドールでは今はエレッサール王が統治し、アルノールも然りであった。かれは古《いにしえ》の二つの王国の版図《はんと》全域の王となった。除かれているのはただローハンだけである。かれはエーオメルに改めてキリオンの贈り物を与え、エーオメルはエオルの誓いを新たにした。かれはたびたびこの誓いを果たした。なぜなら、サウロンは滅びたとはいえ、かれが生じさせた憎しみや悪はまだ消え去ってはおらず、白の木が平和に育つ日が来るまで、西の国の王は多くの敵を鎮圧しなければならなかったからである。そしてエレッサール王が戦いに出《い》で行くところにはいつでもエーオメル王の姿が見られた。そしてリューンの湖《うみ》のかなたにも、南の遠い平野にも、マークの騎馬部隊の蹄《ひづめ》の轟《とどろ》きが聞かれ、緑の地に白馬の躍る王旗は、エーオメルが年老いるまで、さまざまな風になびいた。

原　註

（1）エレド・ニムライスの西からアイゼン川に注いでいる川。

（2）ゴンドールの暦年による（第三紀）。冒頭の数字は生年と没年を示す。

（3）第五巻一三六―一三七、一六五―一六六ページ。

（4）追補編A「執政家」。

（5）「エーオウィンの盾《たて》持つ左腕は魔王の鉾《ほこ》で折られたからである。しかし魔王自身はこの時無と帰した。かくて遠い昔グロルフィンデルがエアルヌル王に語った『魔王は人間の男の手では滅びぬだろう』という言葉が成就されたのである。というのは、マークで歌われる歌に次のようなことがいわれているからである。エーオウィンはこの功業に際し、セーオデンの小姓《こしょう》の助力を得たと。そしてこの小姓も人間の男ではなく、遠い国から来た小さい人であったと。エーオメルはかれにマークにおける栄誉ある礼遇と、ホルドウィネの名を与えたという。」〔このホルドウィネこそだれあろう、バック郷《ごう》の館主偉丈夫と呼ばれたメリアドクその人である。〕

Ⅲ　ドゥリンの族《やから》

ドワーフの起源に関しては、エルダールによってもドワーフ自身によっても、いろいろと不思議な話が語られている。しかしこういったことはわれらの時代をさかのぼること遥かな昔のことなので、ここではほとんどふれていない。ドゥリンというのはドワーフがその種族の七人の父祖たちの中の最長老で、長鬚族（１）のすべての王たちの先祖である者に用いた名である。かれはただ一人眠っていたが、やがて太古の昔、その族《やから》が目覚めると、かれはアザヌルビザールにやって来た。そして霧ふり山脈の東ケレド＝ザーラムの上にある洞窟《どうくつ》にその住まいを定めた。ここにその後、歌に名高いモリアの坑道が作られたのである。

この地でかれは非常に長く生きたので、不死のドゥリンとしてあまねく知られるにいたった。しかし上古の世が過ぎる前に、かれもついに世を去った。その墓はカザド＝ドゥームにあった。しかしかれの血統は絶えることなく、その家系には太祖ドゥリンにそっくりな世継が五度生《たび》まれたので、かれらはドゥリンの名を受け継いだ。かれはまことにドワーフたちにより、回帰する不死なる者と考えられていた。というのも、かれらは自分たち自身と、この世における自分たちの運命に関していろいろ不思議な話や信仰を持っていたからである。

第一紀の終わったあと、カザド＝ドゥームの力と富は大いに増大した。というのは、サンゴロドリムの崩壊に際し、青の山脈にあるノグロド及びベレグオストの古い都が滅んだ時、カザド＝ドゥームは多くの民と、多くの伝承と技《わざ》によって豊かになったからである。モリアの力は暗黒時代の続く間も、サウロンの支配する間も持ちこたえることができた。たとえエレギオンが滅ぼされ、モリアの門が閉ざされたとはいえ、カザド＝ドゥームの館《やかた》は非常に深く非常に堅固で、それに数限りない勇敢な者たちによって満ち溢《あふ》れていたので、さすがのサウロンも外からこれを征服することはできなかったのである。それゆえモリアの富は長い間奪われることなく残っていた。ただその民の数はしだいに減少し始めたのであるが。

第三紀の中頃のことであるが、ドゥリンがふたたびモリアの王となった。ドゥリンの六代目である。モルゴスの召使、サウロンの力はその頃ふたたびこの世界に育ち始めていた。とはいえ、モリアの方を向いている闇の森にある影が本当は何であるのかはまだ知られていなかった。ありとある悪しきものたちが蠢動《しゅんどう》し始めていた。ちょうどこの頃ドワーフたちはミスリルを求めてバラジンバルの下を深く掘り進んでいた。ミスリルは、値《あたい》のはかれないほど貴重な金属で、年々入手が困難になってきていた（2）。かくてかれらはある恐ろしい生きものを眠り（3）から起こしてしまったのである。これはサンゴロドリムから飛来し、西方の大軍の来襲以来ずっと地の底に隠れひそんでいたもので、モルゴスのバルログといった。ドゥリンはこれに殺された。そして翌年、その息子ナーイン一世も殺された。かくてモリアの栄華は去り、国民《くにたみ》は殺されるか、あるいは遠くに落ちのびたのである。

逃げた者のほとんどは北に向かった。そしてナーインの息子スラーイン一世は、闇の森の東辺に近いエレボールすなわちはなれ山に来て、ここで新しい工事を始め、山の下の王となった。エレボールでかれは山の精髄《せいずい》のこりかたまった大宝石、アーケン石（4）を見いだした。しかしかれの息子ソーリン一世はここを去って、ずっと北の灰色山脈に移って行った。ここにはドゥリンの族《やから》の大部分が集まっていたのである。というのも、灰色山脈は資源が豊かで、ほとんど開発されていなかったからである。しかしその先の荒れ地には竜たちがいた。多年の後、竜たちはふたたび力を得、数を増した。そしてかれらはドワーフたちに戦いを仕掛け、かれらの作り上げたものを略奪した。そして遂《つい》にダーイン一世は、大きな冷血竜によって次男のフロールとともに己が館《やかた》の入口で殺されたのである。

それからまもなく、ドゥリンの族のほとんどは灰色山脈を捨てて去った。ダーインの息子グロールは多くの家来を連れてくろがね連山に去って行った。しかしダーインの世継スロールは父の弟ボリンと残った民とともに、エレボールに戻った。スロールはスラーインの大広間にアーケン石を持ち帰った。そしてかれとかれの民は富み栄え、近隣に住むすべての人間たちとも親しくなった。というのも、かれらは不思議な美しい品物ばかりでなく、非常に値打ちのある武器や甲冑《かっちゅう》も作っていたからである。そしてかれらとくろがね連山の一族との間には鉱石を運ぶ往来が絶えなかった。こうして、ケルドゥイン（早瀬川）とカルネン（赤水川）の間に住む北国人《ノースメン》は強大となり、東部からすべての敵を追い払った。そしてドワーフたちは数もふえ、エレボールの幾つもの広間（5）では宴《うたげ》と歌の絶えることがなかった。

かくてエレボールの富の噂《うわさ》は遠く広まって、遂に竜たちの耳に達した。そして当時竜の中でも最大最強の黄金のスマウグが遂にみこしを上げ、スロール王を襲うべく警告も発せず飛来し、炎を上げてはなれ山に降り立った。そのあとはなれ山王国が滅び、近くの谷間の国が滅んで無人の地になるまでには時間はかからなかった。スマウグは大広間にはいり込み、そこで黄金を寝床に長々と体を横たえた。

略奪と炎上から、スロールの一族の多くは脱出した。そして最後に秘密のドアを通ってスロール自身と息子のスラーイン二世が脱出してきた。二人は家族（6）とともに南に去り、家を失った長い放浪の旅に出た。少数の縁者たちと忠実な従者たちもかれらに同伴した。

それから何年かたち、今は年老いて貧しく望みをすべて失ったスロールは、かれがまだ所有していた一つの大きな宝物、すなわち七つの指輪のうちの最後のものを息子のスラーインに与えた。それからかれはナールという名の年老いた連れをただ一人だけ伴って立ち去って行った。別れに際し、かれはスラーインに指輪のことをこういった。

「これはそのうちいつかお前にとって、新しい運命の土台になるかもしれぬ。もっともそういうことはありそうには思えぬが。しかし金《きん》を生むには金が必要じゃからな。」

「まさかエレボールに戻ろうと思っておいでではないでしょうね？」と、スラーインはいった。

「この年ではな。」と、スロールはいった。「スマウグめに復讐《ふくしゅう》するのはお前とお前の息子たちに残しておくぞ。だがわしは貧乏と人間たちの蔑《さげす》みにあきあきしたんじゃ。何が見つかるかわしは行ってみる。」かれはどこに行くのかいわなかった。

かれはおそらく老齢と逆境と、そしてまた祖先たちの時代のモリアの壮麗さにいつも心を馳《は》せていたために少し頭がおかしくなっていたのかもしれない。でなければ、かれの指輪がその主人の目覚めた今、邪悪なものに変わり、かれを愚行と破滅に追いやったのかもしれない。かれはその当時住んでいた褐色国《ダンランド》から、ナールとともに北に向かった。そして二人は赤角《あかづの》山道を越え、アザヌルビザールに降りて行った。

スロールがモリアに来ると、門は開いていた。ナールはかれに用心するように頼んだが、かれは耳も貸さないで、父祖の地に戻って来た後継者らしく堂々と中にはいって行った。しかしかれはそれきり戻って来なかった。ナールは何日もその近くに隠れひそんでいた。ある日かれは声高などなり声と角笛《つのぶえ》の音を聞いた。そして戸口の前の石段に死体が一つ放り出された。スロールではないかと恐れ、かれはそろそろと忍び寄って行った。ところがその時門の中から声がした。

「やって来い、鬚《ひげ》じじい！　こっちからはお前が見えてるぜ。だが、今日のところは怖《こわ》がるには及ばねえよ。お前に使いをやってもらうからな。」

そこでナールが近寄ってみると、それは本当にスロールの死体だった。しかし首は切り離され、顔は俯《うつむ》いていた。かれがその場に跪《ひざまず》くと、暗闇の中からオークの嘲《あざ》笑《わら》う声が聞こえてきた。そして声はいった。

「乞食《こじき》のやつが入口に待ってようとはせんで、こそこそ中にはいり込み盗みを働くつもりなら、おれたちはこうしてやるのさ。もしお前の一族がそのきたねえ鬚っつらをもう一度ここに突っ込んでみろ、おんなじ目にあわしてやるからな。みんなにそういに行って来い！　だが、今はだれがここの王なのか、もしやつの家族が知りたがったらな、やつの顔にその名が書いてあらあ。おれが書いたのよ！　おれがやつを殺したのよ！　おれがここの主《ぬし》よ！」

そこでナールは首をひっくり返し、その額にかれにも読めるドワーフ文字で、アゾグ（7）という名が焼きつけてあるのを見た。その名はその後かれの心に、またすべてのドワーフの心に消しがたい烙印《らくいん》となって残った。ナールは首を拾おうと身をかがめた。するとアゾグの声がいった。

「置いて行け！　とっとと失せろ！　駄賃《だちん》をやるわ、鬚《ひげ》乞食め。」小さな袋がかれにぶっつけられた。中にはほとんど値打ちのない小銭が二、三枚はいっていた。

ナールは泣き泣き銀筋川を逃げ下った。しかし一度だけ後ろを振り返って、オークたちが門から出て来たのを見た。かれらは死体を切り刻み、それを黒いからすたちに投げ与えていた。

ナールがスラーインの許《もと》に持ち帰った話というのは以上のようなものであった。スラーインは鬚をかきむしりさめざめと泣いた後、ふっつりと黙り込んだ。七日間かれは坐り込んだまま一言も口を利《き》かなかった。それからかれは立ち上がっていった。「こんなことは堪《た》えられん！」これがドワーフとオークの戦いの始まりである。戦いは長く熾烈《しれつ》であった。そしてその大部分は地中の深い場所で戦われた。

スラーインは直ちにこの話を伝える使者を北に東にまた西にと送った。しかしドワーフたちが戦力を結集するには三年の歳月がかかった。ドゥリンの族《やから》は全軍勢を集めた。そして先祖を異《こと》にする全ドワーフ王家からも大軍が続々と送られ、それに合流した。ドワーフ族の最長老であるドゥリンの世継に加えられた侮辱《ぶじょく》は全ドワーフを激しい怒りで満たした。すべての準備が整うやドワーフたちはグンダバドからあやめ川にいたるオークたちの拠点のうち見出せる限りのものはすべてこれを襲って、一つずつ奪い取っていった。敵味方ともに情け容赦なく、暗いところたると明るいところたるとを問わず、死闘が繰り返され、残酷な行為が行なわれた。しかしドワーフたちは、山の下の洞穴《ほらあな》という洞穴にアゾグを探し求めながら、その兵力と、天下無双《むそう》の武器と、火のように燃える怒りによって勝利をわが物にしていった。

ドワーフたちの前から逃げ去ったオークたちは遂《つい》に全員モリアに集結した。そしてドワーフ軍はこれを追跡してアザヌルビザールにやって来た。これは霧ふり山脈の主脈とケレド＝ザーラムの湖を囲むように突き出たその支脈との間に横たわる大きな谷間で、昔はカザド＝ドゥームの王国の一部であった。ドワーフたちは山腹に自分たちの先祖の館《やかた》の門を見いだすと、雷のように谷間に轟《とどろ》く大喚声をあげた。しかしかれらを見おろす山腹には敵の大軍が勢揃《せいぞろ》いし、門からはこの最後の緊急事にそなえアゾグが今まで出撃させずにいたおびただしいオークたちがどっと溢《あふ》れ出て来た。

最初のうちはドワーフたちにとって形勢不利と見えた。というのも、その日は太陽の出ない暗い冬の日で、オークたちは動揺を来《きた》さなかったからである。それにかれらは数においてもその敵たちに勝《まさ》り、また敵よりも高いところに位置を占めていたからでもある。こうしてアザヌルビザール（エルフ語ではナンドゥヒリオン）の戦いは始まった。これを想起して、オークたちはいまだに身をおののかせ、ドワーフたちは啜《すす》り泣くのである。スラーインの率いる先兵部隊の最初の攻撃は敵に阻止され、おまけに損害を蒙《こうむ》った。そしてスラーインはケレド＝ザーラムからほど遠からぬところにその頃まだ生《お》い茂っていた大樹の林に追い込まれた。ここでかれの息子フレリンは討ち死にし、身内のフンディンおよびほかにも大勢の者が討ち死にした。そしてスラーインとソーリンの二人は傷を負った（8）。ほかの場所でも戦いはここかしこに大量の死者を出しながら揺れ動いていた。するとその時、くろがね連山の一族がやって来て、遂《つい》に戦局を一変させたのである。戦場に遅れて新たに到着したグロールの息子ナーインの率いる、鎖かたびらに身を固めた戦士たちは「アゾグ！　アゾグ！」と呼ばわり、前に立ちはだかる者があればつるはしで当たるをさいわい斬《き》り倒しながら、オークたちの間をモリアの入口に向かって突進して行った。

そこでナーインは門の前に立って、大音声で呼ばわった。「アゾグ！　居るなら出て来い！　それとも谷間での勝負は不利と見たか？」

するとすぐにアゾグが出て来た。かれは図体の大きなオークで、鉄を被《かぶ》った大きな頭をしていたが、動作は敏捷《びんしょう》で、力も強かった。かれと一緒にかれに似たオークがぞろぞろ出て来た。かれを護衛する戦闘員である。かれらがナーインの率いる部隊を相手に戦っている間に、アゾグはナーインに向かっていった。

「何だ！　またもう一人物乞《ものご》いに来やがったのか？　おめえにも焼印を押してやろうか？」こういうやかれはナーインに襲いかかってきて、二人は取っ組み合った。しかしナーインは半ば怒りに目が眩《くら》み、それに闘いに疲れてもいた。それに反しアゾグは戦場に出て来たばかりで、その上残忍で奸智《かんち》に長《た》けていた。まもなくナーインは全身に残っていた力をふりしぼって大上段に発止《はっし》と打ちおろした。しかしアゾグはさっとわきに跳びのき、ナーインの足を蹴《け》った。そしてナーインのつるはしは今までアゾグが立っていた場所の石に当たって折れ、ナーインはよろよろと前によろめいた。そこをアゾグはすばやい一撃で首に斬りつけてきた。鎖の首当てが刃《やいば》の切先《きっさき》を防いだが、非常に強い一撃だったので、ナーインの首は折れ、かれは命を落とした。

そこでアゾグは呵々《かか》と笑い、大きな勝鬨《かちどき》をあげようと頭をもたげた。しかしその叫び声は喉元《のどもと》で消えた。かれは谷間にいる味方の軍勢が蜘蛛《くも》の子を散らすように逃げ惑《まど》っているのを見た。そしてドワーフたちはあちらでもこちらでも手当たり次第かれらをやっつけていた。ドワーフたちから逃《のが》れた者は悲鳴をあげながら南の方に逃走して行った。そしてすぐ近くではかれの護衛の兵士たち全員が死んで横たわっていた。かれは踵《くびす》を返して門の方に逃げ戻った。

かれの後《あと》から赤いまさかりを持ったドワーフが一人跳ぶように階段を駆《か》け上って行った。ナーインの息子、鉄の足のダーインである。ちょうど入口の前でかれはアゾグに追いつき、かれを討ち取って、その首を刎《は》ねた。これはたいへんな手柄といえた。なぜならダーインはドワーフの年齢からいえば、まだほんの青二才だったからである。しかしかれの前途には長い生涯と数々の闘いが横たわっていた。そして指輪戦争の時、年老いたりとはいえ矍鑠《かくしゃく》と背も曲がらぬかれも遂《つい》に命を落とすのである。かれは大胆不敵で、激しい怒りに満ちていたのであるが、モリアの門から降りて来た時、その顔は強い恐怖を感じた人のように土気色《つちけいろ》に見えたそうである。

合戦に遂に勝利を占《おさ》めた時、生き残ったドワーフたちはアザヌルビザールに集まった。かれらはアゾグの首を拾い、その口に例の小銭入りの財布を突っ込み、それから杭《くい》の上にその首をのせた。しかしその夜は祝宴も開かれず、歌も歌われなかった。なぜなら味方の死者は一人一人その死を悼《いた》む暇《いとま》もないほど多かったからである。かろうじて半数の者が立つことができるか、あるいは治癒の望みを持てたにすぎない。

にもかかわらず、朝になるとスラーインはかれらの前に立っていった。かれは片目を失い、脚には傷を受けていた。「よし！　わしらは勝った。カザド＝ドゥームはわしらのものだ！」

しかしかれらは答えていった。「あなたはドゥリンの世継かもしれぬ。しかしたとえ片目であろうと、あなたはもっとはっきり見るべきだ。われらは復讐《ふくしゅう》のためにこの戦いをしたのだ。そして復讐をなしとげた。しかしこれは甘いものではない。もしこれを勝利というなら、われらの手はこれを維持するには小さすぎる。」

そしてドゥリンの族《やから》でない者たちはまたこうもいった。「カザド＝ドゥームはわれらの父祖の家ではない。宝物があるという望みでもない限り、われらにとってそれは何だというんだ？　だが、われらに支払われるべき褒美《ほうび》も償《つぐな》いももらわずに行かねばならぬのなら、早く郷里に戻れればそれに越すことはない。」

そこでスラーインはダーインの方を向いていった。「だがまさかわしの身内の者はわしを捨てて行きはしまいな？」「そんなことはしません。」と、ダーインはいった。「あなたはわれらの族の父です。われわれはあなたのために血を流しました。これからも流しますよ。しかし、われわれはカザド＝ドゥームの中にははいりません。あなたもおはいりにならないでください。ただわたしは門の陰の暗闇をすかし見たのです。暗闇の向こうで今もまだあれが、ドゥリンの禍《わざわい》が、あなたを待っています。ドゥリンの族がふたたびモリアを歩くまでには、世の中が変わり、われわれ以外の別の力が出現しなければならないのです。」

こうしてドワーフたちはアザヌルビザールのあとふたたび散らばって行った。しかしその前にまず非常に骨を折って味方の戦死者たちの体からその身につけているものを脱がせた。オークたちがやって来て、死者の武器や鎧《よろい》を手に入れるといけないからである。いい伝えによると、戦場から立ち去ったドワーフたちはだれもが腰も曲がるほど重い荷を負うていたそうである。それからかれらはあちらにもこちらにも薪を積み上げ、一族の亡骸《なきがら》を火葬に付した。そのために谷間の木々が大量に伐《き》られ、ためにこの谷間はその後ずっと裸のままに残り、火葬の煙はローリエンからも望めるほどであった(9)。

恐ろしいほど燃える火が灰となった時、ドワーフの連合軍はそれぞれの故国に去って行った。そして鉄の足のダーインは亡父の民を率い、くろがね連山に戻って行った。そこでスラーインは大きな杭《くい》の傍らに立ったまま、ソーリン・オーケンシールドにいった。「この首を購《あがな》うにはずいぶん高くついたと思う者もいよう！　少なくともわしらはこれにわしらの王国を支払ったのだ。お前はわしと一緒に鉄床《かなどこ》に戻るか？　それとも誇り高き者たちの戸口にパンを乞うつもりか？」

「鉄床に。」と、ソーリンは答えた。「槌《つち》を振っていればせめて腕だけはなまりますまい。いつの日かふたたびもっと鋭い道具を揮《ふる》う時が来るまで。」

かくてスラーインとソーリンは残った部下を引き連れ（その中にバリンとグローインもいた）、褐色国《ダンランド》に戻った。その後まもなくかれらはこの土地を去り、エリアドールを放浪《ほうろう》したが、やがてルーン川の先、エレド・ルインの東にやっと流離の身の仮住《かりず》まいを持った。その頃かれらが鍛《きた》えて作った物はほとんどが鉄が材料であった。しかしかれらはどうやら曲がりなりにも成功し、人数もゆっくりとではあるがふえていった（10）。しかしスロールがいったように、スラーインの持つ指輪は金を生み出す金を必要とした。そして金もほかの貴金属もかれらはほとんどあるいはまったく持たなかった。

ここでこの指輪のことにいくらかふれておいたらいいかもしれない。ドゥリンの族《やから》のドワーフたちは、これが七つの指輪のうち最初に作られたものであると信じていた。かれらの話では、これはサウロンではなく、エルフの金銀細工師たち自身から、カザド＝ドゥームの王ドゥリン三世に与えられたのだということになっているが、七つの指輪が鍛えられる時には、全部サウロンが手を貸していたのであるから、かれの邪悪な力がそれに吹き込まれていることは疑いない。しかし指輪の代々の所有者たちはこの指輪をあからさまに人目にふれさせることはせず、またこのことを口にもしなかった。そして死に際《ぎわ》まで滅多に譲り渡すこともしなかったので、この指輪がどこにしまわれているのか、確かに知る者は本人以外だれもいなかったのである。これはカザド＝ドゥームの歴代の王の秘密の墓所に、もしそれらがあばかれたり、略奪されたりしていなければ、今もそのまま残っているのだと考える者もいた。またドゥリンの世継の一族の間では、スロールが軽率にもカザド＝ドゥームに戻って行った時、はめていたのだと（誤って）信じられていた。そのあと指輪がどうなったか、かれらは知らなかった。アゾグの体からは指輪は見つからなかった(11)。

にもかかわらず、ドワーフたちが現在信じているように、サウロンがその奸策《かんさく》によって、七つのうちかれの手にとらえられていない最後の指輪であるこの指輪の持ち主を見つけ出し、またドゥリンの世継を次々と見舞った異常ともいえる不幸も主としてかれの悪意によるということは大いにあり得る。なぜならドワーフたちをこの方法で服従させることがなかなかできなかったからである。唯一七つの指輪がドワーフたちに及ぼした効力は、金と貴金属に対する飽くことなき欲望でかれらの心を燃やすことだった。それゆえ、金と貴金属を欠く時には、ほかのものはどんなにいいものでも、かれらにとっては益ないものに思えた。そして金や貴金属をかれらから奪う者があればだれであろうと、怒りと復讐《ふくしゅう》心にかれらの心はいっぱいになる。しかしかれらはその種族のそもそもの始まりから、いかなる権勢にももっとも頑強に抵抗する性質を持っていた。たとえ殺されようと砕かれようと、かれらは別の意志に隷属する影の存在となり果てることはなかった。また同じ理由でかれらの寿命も指輪による影響を受けなかった。指輪のために長生きしたり、早死にしたりすることはなかった。それだけになおさらサウロンは指輪の所有者を憎み、かれらから指輪を奪い取ろうと欲したのである。

そういうわけで、何年か後スラーインがそわそわと落ち着かなくなり、不満を抱くようになったのも、いくぶん指輪の悪意のなせるわざであったかもしれない。黄金への渇望は常にかれの心中にあった。もはやこれ以上この渇望に堪えられなくなった時、かれは遂《つい》にその思いをエレボールに向けた。そしてそこに戻ろうと決心した。かれは自分の心にあることを何一つソーリンには告げず、バリンとドワリンとほかに数人を伴って、朝起きると別れを告げて去って行った。

その後かれの身に起こったことについてはほとんど知られていない。今になってみると、かれが少数の連れと出かけるやいなや、サウロンの密偵《みってい》がその後をつけたものと思われる。狼《おおかみ》たちがかれを追い、オークたちが待ち伏せし、悪い鳥たちがかれの道に影を落とし、かれが北へ向かおうとすればするほど、災難が次々とふりかかってきて、かれの邪魔だてをしたのである。かれとかれの仲間がアンドゥインの先の土地をさ迷っていたある暗い夜のことだった。その時黒い雨が降ってきて、かれらは雨宿りをするために闇の森の軒下に追い込まれた。朝になってみると、野宿した場所からかれの姿が見えなくなっていた。連れたちは空しくかれの名を呼び続けた。一同は何日もかかってかれを探し求めたが、遂に望みを捨ててその地を去り、ようやくソーリンの許《もと》に戻って来た。スラーインが生きたまま捕えられてドル・グルドゥルの地下牢《ろう》に連れて行かれたことがわかったのは、ずっと後になってからである。かれは拷問《ごうもん》を受け、指輪は奪われた。そしてその土牢《つちろう》でかれは遂に死んだ。

そこでソーリン・オーケンシールドがドゥリンの世継となったが、望みなき世継だった。スラーインが行方知れずになった時、ソーリンは九十五歳、挙措《きょそ》尊大な大ドワーフであった。かれは喜んでエリアドールに腰を落ち着けているかに見えた。ここでかれは営々と働き、交易《こうえき》を営み、かれとしては可能な富を得ていた。そしてさ迷えるドゥリンの族《やから》のうちの多くの者がかれが西の地に住まっていることを聞きつけてその許にやって来たので、かれの一族の数もふえてきた。今では山の中に立派な館《やかた》が並び、品物も貯えもでき、生活もそれほど辛《つら》いものではなくなった。といってもかれらの歌の中ではいつも遠いはなれ山のことが歌われるのだったが。

歳月が過ぎ去っていった。ソーリンの胸の中の燠《おき》がふたたび熱くなり、かれは一家の経てきた悲運と、自分の受け継いだ竜への復讐《ふくしゅう》を念頭に絶やさなかった。鍛冶場に大槌《おおづち》を鳴り響かせながら、かれは武器と軍隊とドワーフ連合軍のことを考えた。しかし軍隊は解散し、連合軍はばらばらになり、かれの一族の持つまさかりの数は僅《わず》かである。鉄床《かなどこ》の上で赤い鉄を打ちながら、かれは望みのない激しい怒りに身を焦がした。

ところが遂《つい》にある時(12)、ガンダルフとソーリンがたまたま出会うことになった。この出会いがドゥリン家の命運をすっかり変え、そのうえ別のもっと大きな大団円の原因となるのである。ある時、ソーリンは旅から西へ帰る途中、ブリー村に一泊した。その時ガンダルフもブリー村にいた。かれはホビット庄に行く途中だった。かれはホビット庄をかれこれ二十年ばかり訪ねていなかったのである。かれは疲れていたので、しばらくホビット庄で休養するつもりだった。

心配事はいろいろあったが、かれの心を悩ましていたのは、北方の危険な状態だった。なぜならかれはサウロンが戦いを計画しており、自分の力に充分自信ができるやいなや、裂《さ》け谷《だに》を攻撃しようともくろんでいることを、その時すでに知っていたからである。しかしアングマールの国土と霧ふり山脈の北の山道を取り戻そうとする東方からの企てに抵抗し得る者は、今ではくろがね連山のドワーフしかいなかった。その先には竜の荒らし場が広がっているのである。この竜を使用してサウロンは恐るべき効果をあげるかもしれぬ。それではいったいどうやって黄金のスマウグに止めを刺すことができるだろうか？

ガンダルフが坐ったままこんなことを考えこんでいたちょうどその時、ソーリンがかれの前に立った。そしてこういった。「ガンダルフ殿、あなたのお顔だけは存じあげておったが、ここでとっくりお話しができれば、うれしい次第ですじゃ。と申すのは、このところちょいちょいあなたのことがわしの想念の中に出て来ますのじゃ。まるであなたを探すようにいいつけられでもしたようにな。どこへ行けばあなたが見つかるか、知ってさえおれば、まっことわしはそうしたでしょうとも。」

ガンダルフは驚きの色を浮かべて、かれに目を向けた。「奇妙なことがあるもんじゃ、ソーリン・オーケンシールドよ。」と、かれはいった。「なぜといえば、わしもあんたのことを考えていたからじゃ。わしは今ホビット庄に行く途中じゃが、この道はあんたの館《やかた》に行く道でもあるわいと、そう思っとったところよ。」

「館とおっしゃりたいなら、そうおっしゃるがよろしい。」と、ソーリンがいった。「みすぼらしい仮住まいにすぎませんからな。しかし、おいでくださるなら、喜んでお迎えいたしますぞ。と申すのも、あなたは賢者であり、この世界に起こっておることをほかのだれよりもよくご存じと聞いておりますからの。わしは心にかかることがいろいろあり、あなたのご助言がいただければうれしいと存じますのじゃ。」「うかがいますぞ。」と、ガンダルフはいった。「なぜなら少なくとも一つわしらに共通した悩みごとがあるように思われるからじゃ。わしの心にかかっておるのはエレボールの竜のことじゃ。よもやスロールの孫息子たるあんたがあいつのことをお忘れではあるまいのう。」

この出会いからどういうことが起こったか、その話は別のところで語られている。すなわち、ソーリンを助けるためにガンダルフが立てた奇妙な計画のこと、そしてソーリンとその仲間がはなれ山を求めてホビット庄を旅立ったことの次第、そしてこの探索行が予期せざる大終局を迎えたことなどである。ここではドゥリンの族《やから》に直接関係のあることだけを想起するに止める。

竜はエスガロスのバルドによって仕止められた。しかし谷間の国では合戦が行なわれた。ドワーフたちが戻って来たことを聞きつけたオークたちが直ちにエレボールに攻め寄せて来たからである。かれらを率いているのは、ダーインが若年の頃討ち取ったアゾグの息子ボルグであった。この最初の谷間の国の合戦で、ソーリン・オーケンシールドは致命傷を負うた。そしてかれは死んで、胸にアーケン石を抱いたまま山の下の墓に葬られた。この時かれの妹の息子たちフィーリとキーリも討ち死にした。しかしやはりかれの正当な相続人であり、援軍を率いてくろがね連山から馳《は》せ参じたかれのまたいとこの鉄の足ダーインがダーイン二世王となり、ガンダルフの望みどおりここに山の下の王国が再建された。ダーインは賢明にして偉大な王であることを示した。そしてドワーフたちはかれの時代にふたたび繁栄し、しだいに力を得てきた。

同じ年（二九四一年）の晩夏、ガンダルフはようやくサルマンと白の会議を説き伏せて、ドル・グルドゥルを攻撃した。そしてサウロンはモルドールに退却した。ここならすべての敵から安全であるとかれは考えた。そういうわけで、遂《つい》に大戦が勃発《ぼっぱつ》すると、サウロンの攻撃は主に南に向けられることになった。とはいえ、ダーイン王とブランド王がかれの邪魔をしなければ、かれはその遠く伸びる右手で北方の国々に大きな災いをもたらしたかもしれない。後《のち》にガンダルフがフロドとギムリとともに一時ミナス・ティリスに一緒に住んでいた頃、かれがいったとおりである。遠くで起こった出来事の知らせがほどなくゴンドールにとどいた時のことである。

「ソーリンが死んだ時、わしはたいそう悲しく思ったもんじゃ。」と、ガンダルフはいった。「そして今度はダーインがまたも谷間の国で戦って死んだという知らせじゃ。ちょうどわしらがここで戦っている頃のことじゃのう。これは重大な損失というべきじゃろうが、かれがあの高齢でエレボールの門の前でブランド王の亡骸《なきがら》の傍らに立ちはだかり、暗闇が襲うまで、人々のいうごとく力強くまさかりを揮《ふる》うことができたとは、むしろ驚異ではないか。

「じゃが事態はずっと別の方向に進み、はるかに悪化したかもしれぬところじゃった。お前さんたちが、ペレンノール野の大合戦のことを考える時は、谷間の国の戦いとドゥリンの族《やから》の武勇を忘れるんじゃないぞ。ひょっとしたらあり得た事態を考えてもみるがいい。エリアドールを竜の火と野蛮な剣が荒れ狂い、裂《さ》け谷《だに》には夜が訪れる。ゴンドールに妃はおわさぬことになったかもしれぬ。わしらにしてもこの地における勝利からただ廃墟《はいきょ》と灰の中に戻ることを望むしかなかったかもしれぬ。じゃが、これはさけられた——それもおもとはといえば、ある春の始めの夕べ、ブリー村でわしがソーリン・オーケンシールドに出会ったからじゃ。中《なか》つ国《くに》でいうめぐり会いというやつじゃのう。」

ディースはスラーイン二世の娘だった。かの女《じょ》はこれらの記録の中で名前の出てくるただ一人のドワーフの婦人である。ギムリによると、ドワーフの婦人というのは数が非常に少なく、全ドワーフ族の三分の一にも満たないだろうという話であった。婦人たちはよほど緊急な必要に駆《か》られない限り、滅多に出歩かない。旅に出なければならない場合があるとしても、かの女たちは声といい、姿といい、身なりといい、ドワーフの男たちとそっくりなので、ドワーフ以外の者たちの目や耳では両者の区別をつけがたいのである。このことが人間たちの間に、ドワーフには女がおらず、かれらは「石から生じる」というばかげた考えを起こさせることになった。

ドワーフ族の数の増加が緩慢《かんまん》で、安全な落ち着き場所を持たぬ時には絶滅の危機さえあるということは、かれらの間に女性が非常に少ないということによるのである。というのは、ドワーフたちはそれぞれ一生に一人の妻、あるいは一人の夫しか持たず、それにかれらは自分が権利を持つあらゆる事柄においてそうであるように、嫉妬《しっと》深いからである。ドワーフの男性で結婚する者の数は実際には三分の一にも満たない。なぜならドワーフの女性たちが全部結婚するとは限らないからである。夫を持つのをまったく望まぬ者もいるし、また中には自分が夫に望んだ者を夫にすることができず、それなら、だれとも結婚しないという者もいるからである。男はと

- ファリン 2560-2803
  - グローイン 2671-2923
    - グローイン 2783-第四紀15
      - ギムリ（エルフの友） 2879-3141（第四紀120）
    - オーイン 2774-2994†
  - フンディン 2662-2799†
    - ドワリン 2772-3112
    - バリン 2763-2994†

- グロール 2563-2805
  - ナーイン 2665-2799†
    - *ダーイン二世（鉄の足） 2767-3019†
      - *ソーリン三世（石の兜） 2866 ----（ドゥリン七世 ドゥリンの族の最後）
- フロール 2552-2589†
- *スロール 2542-2790†
  - *スラーイン二世 2644-2850†
    - ディース 2760
      - キーリ 2864-2941†
      - フィーリ 2859-2941†
    - フレリン 2751-2799†
    - *ソーリン二世（樫の盾） 2746-2941†

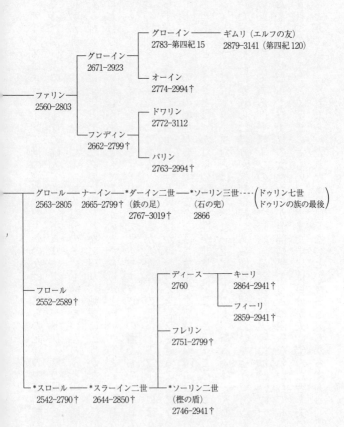

グローインの息子ギムリがエレッサール王に説明したエレボールのドワーフの家系

不死のドゥリン
（第一紀）

*ドゥリン六世
1731-1980†

*ナーイン一世
1832-1981†

*スラーイン一世
1934-2190

*ソーリン一世 2035-2289 ── *グローイン 2136-2385 ── *オーイン 2238-2488 ── *ナーイン二世 2338-2585 ── *ダーイン一世 2440-2589† ──

ボリン 2450-2711 ──

エレボールの創建	1999
ダーイン一世竜に殺さる	2589
エレボールへの帰還	2590
エレボール略奪さる	2770
スロール殺さる	2790
ドワーフ軍の召集	2790-3
ドワーフとオークの戦い	2793-9
ナンドゥヒリオンの合戦	2799
スラーイン放浪の旅に出る	2841
スラーインの死とその指輪の紛失	2850
五軍の戦とソーリン二世の死	2941
バリン、モリアに行く	2989

*ドゥリンの族《やから》の王とみなされた者の名には流離の境涯にあろうと*印をつけた。ソーリン・オーケンシールド（樫の盾）がエレボールに旅した時の仲間のうち、オーリとノーリとドーリもドゥリン家の出であるが、ソーリンとはもっと遠い縁続きになる。ビーフールとボーフールとボンブールもモリアのドワーフの出であるが、ドゥリンの家系ではない。†印については追補編8ページを見よ。

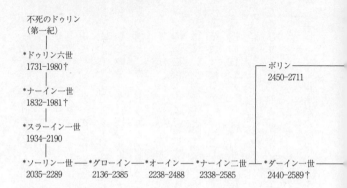

いえば、自らの技能に没頭するあまり、やはり結婚を欲しない者が非常に多いのである。

グローインの息子ギムリの名は有名である。指輪とともに出発した九人の徒旅人《かち》の一人だったからである。そしてかれは指輪戦争の間もずっとエレッサール王と行動をともにしていた。かれは、スランドゥイル王の息子レゴラスとの間に培《つちか》われた強い親愛の情と、ガラドリエルの奥方に抱く尊崇《そんすう》とにより、エルフの友と名づけられた。

サウロンの滅亡後、ギムリはエレボールのドワーフ族の一部を南に連れて来た。そしてかれは燦光洞《さんこうどう》の領主となった。かれとかれの民はゴンドールとローハンですぐれた仕事を数々行なった。ミナス・ティリスのためにかれらは、魔王によって粉砕された城門の代わりに、ミスリルと鋼の門を作り上げた。かれの友レゴラスもまた緑森《みどりもり》からエルフたちを連れて来た。かれらはイシリエンに住まったので、この地はふたたびすべての西方諸国の中でももっとも美しい国となった。

しかしエレッサール王がこの世の生を捨てた時、レゴラスは遂《つい》にその心の望みに従い、大海を渡って行ったのである。

次の一節は赤表紙本の最後に記された覚え書きの一つである。

今までエルフとドワーフの間に結ばれたどのような友情よりも強い友情のゆえに、レゴラスはグローインの息子ギムリを一緒に連れて行ったという話をわれらは耳にしている。もしこれが事実とすれば、まことに奇なりである。どのような愛情のためにしろ、ドワーフが喜んで中つ国《なかつくに》を去るということも奇であれば、エルダールがかれを受け入れることも、あるいは西方の諸王がこれを認めるということも奇である。しかしギムリが行ったのはガラドリエルの奥方の美しさを今一度目にしたいという望みがあったからでもあるといわれている。それでもしかしたら、エルダールの中でも力のある奥方がかれのためにこの恩典を手に入れてくれたのかもしれない。このことについてはこれ以上何も述べることはできない。

原　註

（1）『ホビットの冒険』九二ページ。少年文庫上の一一二ページ。

（2）第二巻二九四ページ。

（3）それとも牢《ろう》から解放したというべきか。サウロンの悪意によってとっくに目覚めていたかもしれないのである。

（4）『ホビットの冒険』三六一ページ。少年文庫下一二四ページ。

（5）『ホビットの冒険』四五ページ。少年文庫上五四―五五ページ。

（6）この中にはスラーイン二世の子供たちもいた。ソーリン（オーケンシールド）、フレリン、それにディースである。ソーリンはこの時ドワーフの年齢からいえばまだ少年であった。後に判明したところでは、この時逃《のが》れた山の下の民の数は最初に期待されたよりも多かった。しかし逃れた者たちの大部分はくろがね連山に行った。

（7）アゾグはボルグの父である。『ホビットの冒険』四八ページ。少年文庫上五八ページ。

（8）ソーリンの盾《たて》は割れ、かれはそれを投げ捨て、斧《おの》で樫《かし》の枝を切り落とし、それを左手に持ってあるいは敵の切先《きっさき》をかわし、あるいは棍棒《こんぼう》代わりに使ったと伝えられている。これがオーケンシールド（樫の盾）という名前の由来である。

（9）死者をこのように扱うことは、ドワーフたちにとって痛ましいことに思われた。かれらの習慣に反することだからである。しかしかれらがいつも作るような墓を作るとすれば（かれらは石の墓にしか死者を葬ろうとはせず、土の中には葬らないから）、何年もかかっただろう。それゆえかれらは獣や鳥や屍肉《しにく》あさりのオークどもに自分たちの親兄弟を残して行くよりは、火葬にすることを選んだ。しかしアザヌルビザールで討ち死にした者たちはいつまでも敬意をもって憶《おぼ》えられている。そして今日にいたるまで、ドワーフが先祖の一人のことをいう時、「かれは火葬にされたドワーフである。」と、誇らしげにいうことがある。そしてこれだけいえば充分なのである。

(10) ドワーフには婦人が非常に少ない。スラーインの娘ディースがいるが、かの女《じょ》はフィーリとキーリの母で、この二人はエレド＝ルインで生まれた。ソーリンには妻はなかった。

(11) 第二巻一五九ページ。

(12) 二九四一年三月十五日。

B　代々紀（西方諸国年代記）

第一紀はヴァリノールの軍勢がサンゴロドリムを破り（1）、モルゴスを打ち倒した大会戦で終わる。そのあとノルドールの大部分はさい果ての西の地（2）に戻り、ヴァリノールを望むエレッセアに住まった。またシンダールの中にも大海を渡って行った者が多数あった。

第二紀はモルゴスの召使サウロンの最初の敗北と一つの指輪の奪取で終わる。

第三紀は指輪戦争をもって、終わったのであるが、第四紀はエルロンド殿が西方に去るまでは始まらないとされた。そして中《なか》つ国《くに》に人間が君臨し、人間以外の「口を利《き》く種族（3）」がすべて衰退する時が来たのである。

第四紀には、それより前の時代のことをしばしば上古と呼んだが、正しくはモルゴスの顚覆《てんぷく》以前の時代にのみ用いられる言葉である。上古の歴史はここには記録されていない。

第二紀

第二紀は中つ国の人間にとっては暗い時代であったが、ヌーメノールにあっては全盛期であった。中つ国の出来事については記録の数が少なく、あっても短く、年代もしばしば不確かであった。

第二紀の初めには、上《かみ》のエルフもまだ多数残っていた。かれらの大部分はエレド・ルインの西、リンドンに住んでいた。しかしバラド＝ドゥールの築城前に、シンダールの多くは東の方に移り、中には遠く離れた森林に王国を築く者もいた。森に住んだかれらの民は主にシルヴァン・エルフである。緑森《みどりもり》大森林の北に君臨する王、スランドゥイルもこの一人である。ルーン川の北のリンドンには故国を離れたノルドールの王たちの最後の後継者ギル＝ガラドが住んでいた。かれは西方のエルフたちの上級王として認められていた。ルーン川の南のリンドンには一時、シンゴルと血のつながるケレボルンが住んでいた。かれの妻はエルフの婦人の中でももっとも偉大なガラドリエルだった。かの女《じょ》はかつてナルゴスロンドの王であった人間の友フィンロド・フェラグンドの妹である。フィンロドはバラヒルの息子ベレンを救うために、自分の命を捨てた。

ノルドールの中には後《のち》に、霧ふり山脈の西、モリアの西門に近いエレギオンに移った者もある。これはかれらがモリアにミスリルが発見されたこと（4）を聞き知ったからである。ノルドールは偉大なる名工であり、シンダールにくらべればそれほどドワーフによそよそしくはなかった。それどころか、ドゥリンの族《やから》とエレギオンのエルフの金銀細工師との間に培《つちか》われた友情は、この二種族間にかつて存在しなかったほど親密なものだった。ケレブリンボールはエレギオンの領主で、エルフの名工の中でももっとも偉大な存在だった。かれはフェアノールの末裔《まつえい》である。

年代

一　灰色港とリンドンの創建。

三二　エダイン、ヌーメノールにいたる。

四〇　この頃多くのドワーフ、エレド・ルインの古い都を去り、モリアに移住、ためにモリアの人口が増大する。
四四二　エルロス・タル＝ミンヤトゥル死す。
五〇〇　この頃、サウロン中《なか》つ国《くに》でふたたび活動し始める。
五二一　ヌーメノールにシルマリエン生まれる。
六〇〇　ヌーメノール国の船団、初めて中つ国沖合に現われる。
七五〇　ノルドールによるエレギオンの創建。
一〇〇〇　この頃、サウロン、しだいに強大となりゆくヌーメノールの力に驚き、拠点とすべき地にモルドールを選んでバラド＝ドゥールを築城し始める。
一〇七五　タル＝アンカリメ、ヌーメノール最初の女王となる。
一二〇〇　サウロン、エルダールを誘惑しようと努める。ギル＝ガラドはかれと交渉を持つことを拒むが、エレギオンの金銀細工師たちは説き伏せられる。ヌーメノーレアン、常設の港を作り始める。
一五〇〇　この頃、サウロンに教示を受けたエルフの金銀細工師たちの技《わざ》がその絶頂に達する。かれらは力の指輪を鍛《きた》え始める。
一五九〇　この頃、エレギオンで三つの指輪完成す。

一六〇〇　この頃、サウロン、オロドルインで一つの指輪を鍛《きた》える。サウロン、バラド＝ドゥールを完成する。ケレブリンボール、サウロンの下心に気づく。

一六九三　エルフとサウロンの戦い始まる。三つの指輪隠される。

一六九五　サウロンの軍勢エリアドールに侵入する。ギル＝ガラド、エルロンドをエレギオンに遣わす。

一六九七　エレギオン戦禍に荒廃する。ケレブリンボール死す。モリアの門閉ざされる。エルロンド、ノルドールの残党を率いて退却し、イムラドリスの隠《かく》れ処《が》を作る。

一六九九　サウロン、エリアドールを席捲《せっけん》する。

一七〇〇　タル＝ミナスティル、ヌーメノールからリンドンに大海軍を派遣する。サウロン敗退する。

一七〇一　サウロン、エリアドールから駆逐《くちく》される。西方地域はこのあと長期にわたり平和を楽しむ。

一八〇〇　この頃からヌーメノーレアン、沿岸各地に領土を持ち始める。サウロン、その勢力を東に伸展させる。ヌーメノールに暗影落ちる。

二二五一　タル＝アタナミル死す。タル＝アンカリモン王位につく。ヌーメノーレアンの反乱と分裂始まる。この頃、ナズグールすなわち九つの指輪の奴隷である指輪の幽鬼《ゆうき》たち初めて出現し始める。

二二八〇　ウンバール、ヌーメノールの大要塞と化す。

二三五〇　ペラルギルの建設。この港がヌーメノール節士派の主要港となる。

二八九九　アル＝アドゥーナホール王位につく。

三一七五　タル＝パランティルの悔悛《かいしゅん》。ヌーメノールの内戦。

三二五五　アル＝ファラゾーン黄金王王位を奪う。

三二六一　アル＝ファラゾーン船を進め、ウンバールに上陸する。

三二六二　サウロン、捕虜としてヌーメノールに連れて来られる。三二六二から三三一〇にかけ、サウロン、王を誘惑して、ヌーメノーレアンを堕落せしめる。

三三一〇　アル＝ファラゾーン大軍事力を備え始める。

三三一九　アル＝ファラゾーン、ヴァリノールに攻め寄せる。ヌーメノールの崩壊。エレンディルとその息子たちは逃《のが》れる。

三三二〇　亡国の民の王国アルノールとゴンドールの創建。パランティーリの七つの石分配される（第三巻五三八ページ）。サウロン、モルドールに戻る。

三四二九　サウロン、ゴンドールを攻撃し、ミナス・イシルを陥《おと》して、白の木を焼く。イシルドゥルはアンドゥインを下って逃《のが》れ、北方のエレンディルの許《もと》に赴《おもむ》く。アナーリオン、ミナス・アノールとオスギリアスを防衛する。

三四三〇　エルフと人間の最後の同盟が結成される。

三四三一　ギル＝ガラドとエレンディル、東のイムラドリスに兵を進める。

三四三四　同盟軍霧ふり山脈を越える。ダゴルラドの戦いとサウロンの敗北。バラド＝ドゥールの包囲攻撃開始される。

三四四〇　アナーリオン討ち死にする。

三四四一　エレンディルとギル＝ガラド、サウロンを打ち倒す。かれらもまた落命する。イシルドゥル一つの指輪を奪う。サウロン消え失せ、指輪の幽《ゆう》鬼《き》たちも暗闇に去る。第二紀終わる。

第三紀

これはエルダールが衰退してゆく時代である。サウロンが眠り、一つの指輪が失われている間、かれらは三つの指輪を使って、長期間平穏に過ごし得た。しかしかれらは何一つ新しいことは試みず、過去の思い出に生きていた。ドワーフたちは深いところに隠れ、自分たちの貯めこんだ財宝を守っていた。しかし悪がふたたび蠢動《しゅんどう》し始め、竜たちがまたも姿を現わしてくると、ドワーフたちの古い財宝は次々と略奪を受けて、かれらはさ迷える民となった。モリアは長い間安全に守られていたが、そこに住むドワーフの数はしだいに減少し、その広壮な館《やかた》の多くは住む者もいない場所となってしまった。ヌーメノーレアンの知恵と長い寿命も並の人間と混血するにつれてしだいに減じていった。

一千年くらい経った頃であろうか、最初の影が緑森《みどりもり》大森林をかげらせた頃、イスタリすなわち魔法使たちが中《なか》つ国《くに》に現われた。後世になって伝えられるところでは、かれらはさい果ての西の地から来た使者であり、サウロンの力に抗し、かれに抵抗する意志を持つ者たちすべてを結び合わせるために遣わされたということである。しかしかれらはサウロンの力に力をもって対抗することも、あるいは強圧と恐怖によってエルフや人間を支配しようと試みることも禁じられていた。

それゆえかれらは人間の姿に身をやつしてやって来た。といってもかれらは初めから全然若くはなく、年をとるのも緩慢《かんまん》であった。そして知的にも技能的にもさまざまな能力を持っていた。かれらはその本当の名前をごく僅《わず》かな者にしか明かさず（5）、自分たちにつけられた名前を用いていた。この魔法使集団（全部で五人いたといわれている）の中で上に立つ二人はエルダールからはクルニールすなわち「わざ持つ者」、およびミスランディルすなわち「灰色の放浪者《ほうろう》」と呼ばれていた。しかし北方の人間からはサルマンならびにガンダルフと呼ばれていた。クルニールはしばしば東に旅をしたが、最後にはアイゼンガルドに住みついた。ミスランディルはエルダールとだれよりも親しくしており、主として西の方を旅していたが、最後まで永続的な自分の住居というものを持たなかった。

第三紀を通じ、三つの指輪の持つ守護の働きはこれを所有する者にしか知られていなかった。しかし第三紀の終わりに、この三つを最初に持っていたのは、エルダールの中でももっとも偉大な三人の者、すなわちギル＝ガラドとガラドリエルとキールダンであったことが知られるにいたった。ギル＝ガラドは死ぬ前にかれの指輪をエルロンドに与えた。キールダンは後《のち》に自分のものをミスランディルに譲った。なぜならキールダンは中《なか》つ国《くに》のだれよりも遠く深く見ることができたからである。そしてミスランディルがいずこより来て、いずこに戻って行くのかを知り、かれを喜んで灰色港に迎えたのである。

「この指輪を受けていただきたい。」と、かれはいった。「あなたの任務は困難なものとなりましょうが、これはあなたが自ら負われた仕事に倦《う》み疲れられた時、あなたを支えるものとなりましょう。なぜならこれは火の指輪であり、あなたはこれによってしだいに冷えゆく世界の人の心をふたたび燃え立たすことができるからです。わたしのことなら、わたしの心は海とともにあり、最後の船が船出するまで、わたしはこの灰色の海辺に住まうのです。あなたをお待ちしてますよ。」

年代

二　イシルドゥル、ミナス・アノールに白の木の実生《みしょう》を移植する。かれは南方王国をメネルディルに引き渡す。あやめ野の凶事。イシルドゥル、三人の上の息子たちとともに殺害される。

三　オホタール、ナルシルの折れた剣をイムラドリスに持ち帰る。

一〇　ヴァランディル、アルノールの王となる。
一〇九　エルロンド、ケレボルンの娘ケレブリーアンを娶《めと》る。
一三〇　エルロンドの息子、エルラダンとエルロヒル生まれる。
二四一　アルウェン・ウンドーミエル生まれる。
四二〇　オストヘル王、ミナス・アノールを再建する。
四九〇　東夷《い》の最初の侵入。
五〇〇　ローメンダキル一世、東夷を破る。
五四一　ローメンダキル、討ち死にする。
八三〇　ファラストゥル、ゴンドール船艦王の始祖となる。
八六一　エアレンドゥルの死とアルノールの分割。
九三三　エアルニル一世、ウンバールを奪い取る。ウンバール、ゴンドールの拠点となる。
九三六　エアルニル、海上で行方不明となる。
一〇一五　キルヤンディル王、ウンバール包囲戦で討ち死にする。
一〇五〇　ヒャルメンダキル、ハラド人を征服する。ゴンドールの勢威絶頂に達する。このころ、緑森《みどりもり》を影がおおうようになって、人々、初めてこれを闇の森と呼ぶ。ハーフット族のエリアドール移住とともに、ペリアンナスの名がはじめて記録中に現われる。

一一〇〇　この頃賢者たち（すなわちイスタリとエルダールの長）、悪しき力がドル・グルドゥルに拠点を設けたことを発見する。これはナズグールの一人とみられる。

一一四九　アタナタール・アルカリンの治世始まる。

一一五〇　この頃ファロハイド族、エリアドールにはいる。ストゥア族、赤角山《あかづの》道を越え、三角地あるいは褐色国《ダンランド》に移動する。

一三〇〇　この頃、悪しき者たちふたたびその数を増し始める。霧ふり山脈にオークの数がふえ、ドワーフを攻撃する。ナズグールふたたび現われる。その首領、北方のアングマールに来る。ペリアンナスは西に移住する。ブリー村に定住する者多数。

一三五六　アルゲレブ一世、リュダウルとの合戦に討ち死にする。このころ、ストゥア族、三角地を去る。その一部は荒れ地の国に戻る。

一四〇九　アングマールの魔王、アルノールを侵略する。アルヴェレグ一世討ち死にする。フォルンオストおよびテュルン・ゴルサドは防ぎきる。アモン・スゥルの塔が毀《こぼ》たれる。
一四三二　ゴンドールのヴァラカール王死ぬ。同族の争いの内戦始まる。
一四三七　オスギリアスの炎上。パランティール失われる。エルダカール、リョヴァニオンに逃《のが》れる。エルダカールの息子オルネンディル殺害される。
一四四七　エルダカール復位する。簒奪《さんだつ》者カスタミル追放される。エルイの渡しの合戦。ペラルギル包囲。
一四四八　叛徒《はんと》は逃れ、ウンバールを占拠する。
一五四〇　アルダミル王、ハラド人ならびにウンバールの海賊と戦って討ち死にする。
一五五一　ヒャルメンダキル二世、ハラド人を撃退する。
一六〇一　ブリー村から移住した多数のペリアンナス、アルゲレブ二世によりバランドゥイン以西の地を与えられる。
一六三〇　この頃、褐色国《ダンランド》から北上したストゥア族、これに加わる。
一六三四　海賊、ペラルギルを荒らして、ミナルディル王を殺害する。
一六三六　悪疫ゴンドールに猛威をふるう。テレムナール王とその子供たち死ぬ。ミナス・アノールで白の木枯死する。悪疫北西部に広がる。エリアドールには無人の地と化した所が多い。バランドゥイン川彼岸の地にペリアンナスは生き残ったが、死者多数を出した。

一六四〇　タロンドール王、王宮をミナス・アノールに移し、白の木の実生《みしょう》を移植する。オスギリアス、しだいに廃墟《はいきょ》と化す。モルドール、警備手薄なまま放置される。

一八一〇　テルメヘタール・ウンバールダキル王、ウンバールを奪回し、海賊を駆逐《くちく》する。

一八五一　馬車族、ゴンドールを襲撃し始める。

一八五六　ゴンドール、東の領土を失う。ナルマキル二世討ち死にする。

一八九九　カリメヘタール王、ダゴルラドに馬車族を破る。

一九〇〇　カリメヘタール、ミナス・アノールに白の塔を築く。

一九四〇　ゴンドールとアルノールは連携《れんけい》を新たにし、同盟を結成する。アルヴェドゥイ、ゴンドールのオンドヘルの娘フィーリエルを娶《めと》る。

一九四四　オンドヘル討ち死にする。エアルニル、南イシリエンに敵を破る。次いで野営地の合戦に勝利をおさめ、馬車族を死者の沼地に追い込む。アルヴェドゥイ、ゴンドールの王位を要求する。

一九四五　エアルニル二世、戴冠《たいかん》する。
一九七四　北方王国終わる。魔王、アルセダインを席捲《せっけん》し、フォルンオストを陥《おと》す。
一九七五　アルヴェドゥイ、フォロヒエル湾に溺死《できし》する。アンヌーミナスおよびアモン・スゥルのパランティーリ失われる。エアルヌル、リンドンに艦隊を伴って来《きた》る。魔王、フォルンオストの合戦に敗れ、エテン高地に追いつめられる。魔王、北方から姿を消す。
一九七六　アラナルス、ドゥーネダイン族長の称号を受ける。アルノール王家伝来の宝器はエルロンドに預けられる。
一九七七　フルムガール、エーオセーオドを引き連れ、北方に移住する。
一九七九　沢地のブッカ、ホビット庄初代のセインとなる。
一九八〇　魔王モルドールの地にナズグールを召集する。バルログ、モリアに現われ、ドゥリン六世を殺害する。
一九八一　ナーイン一世殺害される。ドワーフたちモリアより逃《のが》れる。ローリエンのシルヴァン・エルフの多くが南に逃れる。アムロスとニムロデル行方知れずとなる。

一九九九　スラーイン一世エレボールに来て、「山の下」のドワーフ王国を創建する。

二〇〇〇　ナズグール、モルドールから出撃して、ミナス・イシルを包囲攻撃する。

二〇〇二　ミナス・イシルの陥落。ミナス・イシルは後《のち》にミナス・モルグルとして知られる。パランティールが奪われる。

二〇四三　エアルヌル、ゴンドールの王となる。エアルヌル、魔王に挑戦される。

二〇五〇　再度挑戦される。エアルヌル、ミナス・モルグルに馬を進め、行方不明となる。マルディル、最初の統治する執政となる。

二〇六〇　ドル・グルドゥルの力強まる。賢者会議、サウロンがふたたび形をとり来ったのではないかと恐れる。

二〇六三　ガンダルフ、ドル・グルドゥルに赴《おもむ》く。サウロン退いて東に隠れる。警戒下の平和始まる。ナズグール、ミナス・モルグルに屏息《へいそく》する。

二二一〇　ソーリン一世、エレボールを去り、北の灰色山脈に行く。ドゥリンの族《やから》の生存者の大部分は次第にこの地に集まる。

二三四〇　アイズムブラス一世、第十三代セインとなる。トゥック家出身の最初のセインである。オールドバック一族、バック郷《ごう》に居住する。
二四六〇　警戒下の平和終わる。サウロン、力を増して、ドル・グルドゥルに戻る。
二四六三　白の会議結成される。この頃、ストゥア族のデーアゴル、一つの指輪を見いだし、スメーアゴルに殺害される。
二四七〇　この頃スメーアゴル＝ゴクリ、霧ふり山脈に隠れる。
二四七五　ゴンドール再度攻撃される。オスギリアス遂《つい》に廃墟《はいきょ》と化し、石橋は破壊される。
二四八〇　この頃、オークたち、霧ふり山脈中にひそかに拠点を作り始め、エリアドールへのすべての通行を妨げようとする。サウロン、その手先たちをモリアに住まわせ始める。
二五〇九　ケレブリーアン、ローリエンに旅する途次、赤角山道《あかづの》で要撃を受け、毒の傷を負う。
二五一〇　ケレブリーアン、海を渡って去る。オークと東夷《い》たち、カレナルゾンを席捲《せっけん》する。青年王エオル、ケレブラントの野に勝利をおさめる。ロヒルリム、カレナルゾンに定住する。

二五四五　エオル、高地《ウォルド》で討ち死にする。
二五六九　エオルの息子ブレゴ、黄金館《こがねやかた》を完成する。
二五七〇　ブレゴの息子バルドル、禁断の入口をくぐり、行方知れずとなる。このころ、はるか北にふたたび竜たち姿を現わして、ドワーフを悩まし始める。
二五八九　ダーイン一世、竜に殺害される。
二五九〇　スロール、エレボールに戻る。弟グロールはくろがね連山に行く。
二六七〇　この頃、トボルド、南四《し》が一《いち》の庄に「パイプ草《ぐさ》」を栽培する。
二六八三　アイゼングリム二世、トゥック家十番目のセインとなり、大スマイアルを掘り始める。
二六九八　エクセリオン一世、ミナス・ティリスに白の塔を再建する。
二七四〇　オークまたもエリアドールに侵入する。
二七四七　バンドブラス・トゥック、北四が一の庄でオークの一隊を敗退せしめる。
二七五八　ローハン、東西より攻撃を受け、国土を蹂躙《じゅうりん》される。ゴンドール、海賊船団に襲われる。ローハンのヘルム王、ヘルム峡谷に難をさける。

ウルフ、エドラスを奪い取る。このあと二七五八―九、長い冬訪れる。エリアドールとローハンにおける被害は甚大《じんだい》で、多数の生命が失われる。ガンダルフ、ホビット庄民を援助すべく来庄。

二七五九　ヘルム死ぬ。フレーアラーフ、ウルフを駆逐《くちく》し、マーク第二王統を創建する。サルマン、アイゼンガルドに居を定める。

二七七〇　悪竜スマウグ、エレボールに飛来する。谷間の国破壊される。スロール、スラーイン二世およびソーリン二世とともに逃《のが》れる。

二七九〇　スロール、モリアでオークに殺害される。ドワーフ族、復讐《ふくしゅう》の戦いを目指して集結する。後《のち》に長生きのトゥックじいさまとして知られるゲロンティウス生まれる。

二七九三　ドワーフとオークの戦い始まる。

二七九九　モリア東門前、ナンドゥヒリオンの合戦。鉄の足ダーイン、くろがね連山に戻る。スラーイン二世とその息子ソーリン、西に足を向け放浪《ほうろう》する。二人はホビット庄よりさらに西のエレド・ルインの南に落ち着く（二八〇二）。

二八〇〇　これより六四年にかけ、北方からのオーク、ローハンを騒がす。ワルダ王、かれらに殺害される（二八六一）。

二八四一　スラーイン二世、エレボール再訪のため出発したが、サウロンの召使に追跡さる。

二八四五　ドワーフのスラーイン、ドル・グルドゥルに幽閉される。七つの指輪の最後の一つがかれから取り上げられる。

二八五〇　ガンダルフふたたびドル・グルドゥルにはいり、ドル・グルドゥルの主がまちがいなくサウロンであること、かれがすべての指輪を集めていて、一つの指輪およびイシルドゥルの世継に関する情報を求めていることを発見する。かれはスラーインを見いだし、エレボールの鍵《かぎ》を受け取る。スラーイン、ドル・グルドゥルで死ぬ。

二八五一　白の会議催される。ガンダルフ、ドル・グルドゥルの襲撃を勧告する。サルマンがこれを却下する（6）。サルマン、あやめ野近辺の捜索を始める。

二八七二　ゴンドールのベレクソール二世死ぬ。白の木枯死する。苗木は見いだされない。枯れた木はそのまま植えておかれる。

二八八五　サウロンの密使に扇動されたハラドリム、ポロス川を渡り、ゴンドールを襲撃する。ローハンのフォルクウィネの息子たち、ゴンドールを助けて討ち死にする。
二八九〇　ホビット庄にビルボ生まれる。
二九〇一　イシリエンに残った住民大多数は、モルドールのウルクの襲撃を受けたため、イシリエンを捨てて去る。ヘンネス・アンヌーンの秘密の隠処《が》が作られる。
二九〇七　アラゴルン二世の母、ギルラエン生まれる。
二九一一　酷寒の冬。バランドゥインその他のいくつかの川が凍結する。白狼、北方からエリアドールに侵入する。
二九一二　大洪水、エネドワイスとミンヒリアスを荒廃せしむ。サルバド、廃墟《はいきょ》と化して、無人の地となる。
二九二〇　長生きのトゥックじいさま死ぬ。
二九二九　ドゥーネダインのアラドールの息子アラソルン、ギルラエンを娶《めと》る。
二九三〇　アラドール、トロルに殺害される。ミナス・ティリスにエクセリオン二世の息子、デネソール二世生まれる。
二九三一　三月一日、アラソルン二世の息子アラゴルン生まれる。

二九三三　アラソルン二世殺害される。ギルラエン、イムラドリスにアラゴルンを連れて行く。エルロンド、養い子としてかれを受け入れ、エステル（望み）の名を与える。その家系は秘密とされる。

二九三九　サルマン、あやめ野に近いアンドゥインをサウロンの召使が捜索していること、それゆえサウロンがイシルドゥルの最期《さいご》を聞き知っていることを知って驚愕《きょうがく》するが、会議には何一つ報告しない。

二九四一　ソーリン・オーケンシールドとガンダルフ、ホビット庄にビルボを訪問する。ビルボ、スメーアゴル＝ゴクリに会い、指輪を見つける。白の会議催される。サルマン、サウロンが大河を捜索するのを妨げようとし、ドル・グルドゥルの攻撃に同意する。すでに計略を立てていたサウロンは、ドル・グルドゥルを放棄する。谷間の国にて五軍の戦《いくさ》行なわれる。ソーリン二世死ぬ。エスガロスのバルド、スマウグを仕止める。くろがね連山のダーイン、山の下の王となる（ダーイン二世）。

二九四二　ビルボ、指輪を持ってホビット庄に帰る。サウロンひそかにモルドールに帰還する。

二九四四　バルド、谷間の国を再建して王となる。ゴクリ、霧ふり山脈を去って、指輪の「泥棒」を探し始める。

二九四八　ローハン王、センゲルの息子セーオデン生まれる。

二九四九　ガンダルフとバリン、ホビット庄にビルボを訪問する。

二九五〇　ドル・アムロスのアドラヒルの娘、フィンドゥイラス生まれる。

二九五一　サウロン、公然と名乗りをあげ、モルドールに兵力を集結する。またバラド＝ドゥールの再建を始める。ゴクリ、モルドールに向かう。サウロン、ドル・グルドゥルをふたたび占拠すべく、ナズグールの三人を遣わす。エルロンド、「エステル」に真の名と家系を明かし、折れたナルシルを引き渡す。ローリエンから戻ったばかりのアルウェン、イムラドリスの林中でアラゴルンに出会う。アラゴルン荒野《あれの》に出て行く。

二九五三　白の会議、最後の会合を持つ。一同、指輪のことを検討する。サルマンは、ことを捏造《ねつぞう》して、一つの指輪がアンドゥインより大海に流れ下って失せたという。サルマン、アイゼンガルドに引きこもり、これを己がものとし防備を強化する。ガンダルフを嫉《ねた》み恐れたサルマンは、間者《かんじゃ》を用いてかれの動静を逐一見張らしめる。またガンダルフがホビット庄に抱く関心に気づく。やがてかれは、ブリー村と南四《し》が一《いち》の庄に手先を置き始める。

二九五四　滅びの山ふたたび噴火する。イシリエンにとどまった最後の住民、アンドゥインを渡って逃《のが》れる。

二九五六　アラゴルン、ガンダルフに出会う。両者の親交始まる。

二九五七　これより八〇年にかけ、アラゴルン、長途の諸国遍歴の旅に出る。ソロンギルの仮名のもとに、ローハンのセンゲルとゴンドールのエクセリオン二世に仕える。

二九六八　フロド生まれる。

二九七六　デネソール、ドル・アムロスのフィンドゥイラスを娶《めと》る。

二九七七　バルドの息子バイン、谷間の国の王となる。

二九七八　デネソール二世の息子ボロミル生まれる。

二九八〇　アラゴルン、ローリエンにはいり、アルウェン・ウンドーミエルに再会する。アラゴルン、アルウェンにバラヒルの指輪を与え、両人はケリン・アムロスの丘上に婚約する。このころ、ゴクリ、モルドールの境界に辿《たど》り着いて、シーロブと知り合う。セーオデン、ローハン王となる。サムワイズ生まれる。

二九八三　デネソールの息子ファラミル生まれる。
二九八四　エクセリオン二世死ぬ。デネソール二世、ゴンドールの執政となる。
二九八八　フィンドゥイラス、早世する。
二九八九　バリン、エレボールを去り、モリアにはいる。
二九九一　エーオムンドの息子エーオメル、ローハンに生まれる。
二九九四　バリン死ぬ。モリアのドワーフ移住地滅びる。
二九九五　エーオメルの妹エーオウィン生まれる。
三〇〇〇　この頃、モルドールの影伸びる。サルマン、オルサンクのパランティールを敢えて使用して、イシルの石を持つサウロンの陥穽《かんせい》にはまる。サルマン、白の会議を裏切る者となる。サルマンの間者《かんじゃ》、ホビット庄を野伏《のぶせ》たちが厳重に守っていることを報告する。
三〇〇一　ビルボの別れの宴《うたげ》が催される。ガンダルフ、ビルボの指輪が一つの指輪ではないかと疑う。ホビット庄の守り倍加される。ガンダルフ、ゴクリの消息を求め、アラゴルンの助けを請う。
三〇〇二　ビルボ、エルロンドの客人となって、裂け谷《さだに》に落ち着く。
三〇〇四　ガンダルフ、ホビット庄にフロドをおとない、続く四年間も折ふしかれを訪問する。

三〇〇七　バインの息子ブランド、谷間の国の王となる。ギルラエン死ぬ。

三〇〇八　この秋、ガンダルフ、フロドをおとなう。一連のフロド訪問の最後となる。

三〇〇九　ガンダルフとアラゴルン、続く八年間にしばしば繰り返しゴクリを捜索する。アンドゥインの谷間、闇の森、モルドールの境界にいたるまでのリョヴァニオンを捜し求める。この期間のある時、ゴクリ自身は大胆にもモルドールに潜入して、サウロンに捕えられる。エルロンド、アルウェンに迎えの者をやる。アルウェン、イムラドリスに戻る。霧ふり山脈および東の土地はすべて危険となる。

三〇一七　ゴクリ、モルドールより釈放される。ゴクリ、死者の沼地でアラゴルンに捕えられて、闇の森のスランドゥイルの許《もと》に連れ来られる。ガンダルフ、ミナス・ティリスを訪ね、イシルドゥルの自筆の記録を読む。

(1) 大いなる年の年表

三〇一八

四月

十二日　ガンダルフ、ホビット村に着く。

六月

二十日　サウロン、オスギリアスを攻撃する。同じ頃、スランドゥイルも攻撃を受け、ゴクリ逃亡する。

暦年の中日　ガンダルフ、ラダガストに出会う。

七月

四日　ボロミル、ミナス・ティリスを出発する。

十日　ガンダルフ、オルサンクに監禁される。

八月

ゴクリの手がかりまったく無くなる。思うに、この頃、ゴクリはエルフとサウロンの召使の双方に追跡されて、モリアに隠れていたのだろう。

ゴクリ、西門への道を遂《つい》に発見したが、そこより出られない。

九月

十八日　ガンダルフ、この朝早くオルサンクを脱出する。黒の乗手、アイゼンの浅瀬を渡る。

十九日　ガンダルフ、物乞《ものご》いとしてエドラスに来るが、入門を拒絶される。

二十日　ガンダルフ、ようやくエドラスにはいる。セーオデン、退去を命じて、「どの馬なりとくれてやろうから、明日おそくならぬうちに消え失せろ！」という。

二十一日　ガンダルフ、飛蔭《とびかげ》に出会う。飛蔭はかれを寄せつけないが、ガンダルフ、平原のはるか先まで飛蔭のあとを追う。

二十二日　黒の乗手たち、この日の夕刻、サルンの浅瀬に着く。乗手たち、野伏《のぶせ》の見張りを追い払う。ガンダルフ、飛蔭に追い着く。

二十三日　黒の乗手四人、夜明け前にホビット庄にはいる。残る五人は、野伏を追って東に行き、後《のち》戻って緑道《みどりみち》を見張る。黒の乗手一人、黄昏《たそがれ》時にホビット村を訪ねる。フロド、袋小路を去る。ガンダルフ、飛蔭を馴らして、これに乗ってローハンを去る。

二十四日　ガンダルフ、アイゼン川を渡る。
二十六日　古森《ふるもり》を通り、フロド、ボンバディルの許《もと》に来る。
二十七日　ガンダルフ、灰色川を渡る。フロド、ボンバディルの許で二晩目を迎える。
二十八日　ホビットたち、塚人に捕われる。ガンダルフ、サルンの浅瀬に着く。
二十九日　フロド、日暮れてブリー村に着く。ガンダルフ、とっつぁんを訪ねる。
三十日　早朝、くり窪とブリー村の宿急襲される。フロド、ブリー村を去る。ガンダルフ、くり窪を訪ね、夜分ブリー村に着く。

十月

一日　ガンダルフ、ブリー村を去る。
三日　ガンダルフ、この夜風見が丘山頂にて襲撃される。
六日　風見が丘山頂下の野営地、夜にはいって急襲される。フロド負傷する。
九日　グロルフィンデル、裂《さ》け谷《だに》を出る。
十一日　グロルフィンデル、ミスエイセル橋から黒の乗手を追い払う。
十三日　フロド、ミスエイセルの橋を渡る。
十八日　グロルフィンデル、夕刻フロドを見いだす。ガンダルフ、裂け谷に着く。
二十日　ブルイネンの浅瀬の逃走。
二十四日　フロド回復して目覚める。この夜ボロミル、裂け谷に着く。
二十五日　エルロンドの会議。

十二月

二十五日　この日夕暮れ、指輪の仲間、裂け谷を去る。

三〇一九

一月

八日　一行、柊郷《ひいらぎごう》に着く。
十一、十二日　カラズラスに降雪。
十三日　早朝、狼群に襲撃される。夕刻、モリア西門に着く。ゴクリ、指輪所持者のあとをつけ始める。
十四日　第二十一広間に夜を送る。
十五日　カザド＝ドゥームの橋。ガンダルフの墜落。一行はこの夜おそくニムロデルに着く。
十七日　一行、夕刻にカラス・ガラゾンに着く。
二十三日　ガンダルフ、ジラクジギルの高峰にバルログを追いつめる。
二十五日　ガンダルフ、バルログを投げ落として逝《ゆ》く。その肉体は山頂に横たわる。

二月

十五日　ガラドリエルの鏡。ガンダルフ蘇生《そせい》し、夢現《ゆめうつつ》に横たわる。
十六日　ローリエンに別れを告げる。ゴクリ、西岸の堤にひそみ、一行の出発を監視する。
十七日　グワイヒィル、ガンダルフをローリエンに運ぶ。
二十三日　一行の小船、サルン・ゲビルの近くで、夜分に襲撃される。
二十五日　一行はアルゴナスを通過し、パルス・ガレンに野営する。アイゼンの浅瀬で最初の合戦。セーオデンの息子セーオドレド討ち死にする。
二十六日　一行の離散。ボロミル死ぬ。ボロミルの角笛《つのぶえ》、ミナス・ティリスにて聞かれる。メリアドクとペレグリン捕われる。フロドとサムワイズ、東エミュン・ムイルにはいる。この夕方、オークを追ってアラゴルン出発する。エーオメル、エミュン・ムイルからオークの一隊が下山した旨を聞く。

二十七日　アラゴルン、明け方にエミュン・ムイル西端の崖《がけ》に着く。エーオメル、セーオデンの命に反して、オーク追跡のため、夜半イーストフォルドを出発する。

二十八日　エーオメル、ファンゴルンの森を出はずれたところで、オークに追い着く。

二十九日　メリアドクとピピン、逃《のが》れて、木の鬚《ひげ》に出会う。ロヒルリム夜明けにオークを襲撃して、これを殲滅《せんめつ》する。フロド、エミュン・ムイルを降り、ゴクリに出会う。ファラミル、ボロミル葬送の舟を見る。

三十日　エントの寄合《よりあい》始まる。エーオメル、エドラスに戻ろうとして、アラゴルンに出会う。

三月

一日　フロド、夜明けに死者の沼地を渡り始める。エントの寄合続く。アラゴルン、白のガンダルフに出会う。一同、エドラスに向かう。ファラミル、イシリエンに赴《おもむ》くべく、ミナス・ティリスを去る。

二日　フロド、沼地の終わりに辿《たど》り着く。ガンダルフ、エドラスに来て、セーオデンを癒《いや》す。ロヒルリム、サルマンを討つために西に馬を進める。アイゼンの浅瀬で第二の合戦。エルケンブランド敗退する。午後、エントの寄合《よりあい》、終わる。エント、アイゼンガルドに向け進軍、夜にはいって、到着する。
三日　セーオデン、ヘルム峡谷《きょうこく》に退く。角笛《つのぶえ》城の合戦始まる。エント、アイゼンガルドを完全に破壊しつくす。
四日　セーオデンとガンダルフ、ヘルム峡谷を出て、アイゼンガルドに向かう。フロド、モランノン荒廃地の外《はず》れ、燃えかすの山に着く。
五日　正午頃、セーオデン、アイゼンガルドに着く。オルサンクでサルマンと談合。翼あるナズグール、ドル・バランの野営地を通過する。ガンダルフ、ペレグリンとミナス・ティリスに出発する。フロド、モランノンの見えるところに身をひそめ、夕闇迫る頃、そこを去る。
六日　アラゴルン、早朝にドゥーネダインの一行に会う。セーオデン、角笛城を出て、やしろ谷に向かう。アラゴルン、それより遅れて出発する。
七日　フロド、ファラミルにヘンネス・アンヌーンに連行される。アラゴルン、日暮れる頃やしろ岡に来る。

八日　アラゴルン、夜明けに「死者の道」をとり、夜半にエレヒに着く。フロド、ヘンネス・アンヌーンを去る。

九日　ガンダルフ、ミナス・ティリスに着く。ファラミル、ヘンネス・アンヌーンを去る。アラゴルン、エレヒを出発し、カレンベルにいたる。夕刻、フロド、モルグル道路に達す。セーオデン、やしろ岡に着く。モルドールから暗闇が流出し始める。

十日　曙光《しょこう》のない朝。ローハンの召集。ロヒルリム、やしろ谷から出陣する。ファラミル、都の城門の外で、ガンダルフに救出される。アラゴルン、リングロー川を渡る。モランノンから出撃した軍勢、カイル・アンドロスを奪い、アノーリエンにはいる。フロド、十字路を通過し、モルグル軍の出陣を見る。

十一日　ゴクリ、シーロブを訪問する。しかし、フロドの眠る姿を見て、一時《いっとき》は後悔する。デネソール、ファラミルをオスギリアスに遣わす。アラゴルン、リンヒルに着き、川を渡って、レベンニンにはいる。東ローハン、北から敵の侵入を受ける。ローリエンははじめて襲撃される。

十二日　ゴクリ、フロドを案内して、シーロブの棲処《すみか》にはいる。ファラミル、土手道砦《とりで》に退去する。セーオデン、ミン＝リンモンの下に野営する。アラゴルン、敵を追ってペラルギルに向かう。エント、ローハンに侵入する敵を敗北せしめる。

十三日　フロド、キリス・ウンゴルのオークに捕われる。ペレンノール野攻略される。ファラミル負傷する。アラゴルン、ペラルギルに着き、敵艦隊を捕獲する。セーオデン、ドルーアダンの森に着く。

十四日　サムワイズ、塔の中にフロドを見いだす。ミナス・ティリス、包囲される。野人《やじん》の道案内によって、ロヒルリム、灰色森に着く。

十五日　夜明けまだきに、魔王、都の城門を破る。デネソール、火葬の薪の上で焼身自殺する。鶏鳴とともに、ロヒルリムの角笛《つのぶえ》聞かれる。ペレンノール野の合戦。セーオデン落命す。アラゴルン、アルウェンの旗印を掲げる。フロドとサムワイズ、塔から逃《のが》れ、モルガイ沿いに北に歩き始める。闇の森樹下の合戦。スランドゥイル、ドル・グルドゥル軍を撃退する。ローリエン、再度攻撃される。

十六日　大将たち最終作戦会議。フロド、モルガイから敵の野営地越しに滅びの山を望む。
十七日　谷間の国の合戦。ブランド王および鉄の足のダーイン王討ち死にする。多くのドワーフと人間、エレボールに避難し、包囲される。シャグラト、フロドのマントと鎖かたびら、ならびに剣をバラド＝ドゥールに持って来る。
十八日　西軍、ミナス・ティリスから進軍する。フロド、アイゼン口の見えるところに来る。フロド、ドゥルサングからウドゥーンへの路上で、オークたちに追い着かれる。
十九日　西軍、モルグル谷に達する。フロドとサムワイズ、オーク軍を逃れ、バラド＝ドゥールへの道に沿って、旅を始める。
二十二日　恐ろしい夜の訪れ。フロドとサムワイズ、本道を離れ、南の方、滅びの山に向かう。ローリエン、三度《みたび》攻撃される。
二十三日　西軍、イシリエンを去る。アラゴルン、気弱な者を去らしめる。フロドとサムワイズ、武器道具類を捨てる。
二十四日　フロドとサムワイズ、滅びの山の麓《ふもと》に最終の旅をする。西軍、モランノンの荒廃地に野営する。

二十五日　西軍、燃えかすの山で、敵に包囲される。フロドとサムワイズ、サンマス・ナウルに着く。ゴクリ、指輪を奪い、滅びの罅裂《きれつ》に落ちる。バラド＝ドゥールの崩壊とサウロンの消滅。

暗黒の塔の崩壊とサウロンの消滅のあと、サウロンに敵対する者すべての心から、大いなる影が取り除かれたが、かれの召使と同盟者たちは、恐怖と絶望に襲われた。ローリエンは三度《みたび》ドル・グルドゥルから攻撃を受けたが、かの地に住むエルフたちの勇気に加え、そこに存する力があまりに大きく、サウロン自身がここまでやって来るのでない限り、何者もこれを征服することができなかった。ローリエン外辺の美しい森は痛ましい損傷を受けたが、敵の攻撃はその都度撃退された。そして大いなる影が消滅すると、ケレボルンがローリエンの軍勢を率い、森を出て、多くの船に分乗してアンドゥインを渡った。かれらはドル・グルドゥルを陥《おと》し、ガラドリエルはその城壁をすべて打ち倒し、穴という穴はむき出しにされ、森は清められた。北方でも戦いが行なわれ、災いが起こった。スランドゥイルの王国も敵の侵入を受け、樹下に長い合戦が戦われ、火による破壊がひどかった。しかし最後には、スランドゥイル王が勝利をおさめた。そしてエルフの新年の当日に、ケレボルンとスランドゥイルは森の真ん中で出会い、二人は闇の森を、エリュン・ラスガレンすなわち緑葉の森と命名し直した。スランドゥイルはこの森に聳《そび》える山脈から以北の区域を己が領土とした。そしてケレボルンは、狭隘《きょうあい》部から下の南の森を取り、これを東ローリエンと名づけた。この中間の広大な森林はビヨルン一党と森人たちに与えられた。しかしガラドリエルが去って数年たつと、ケレボルンは己が領土にも倦《う》み、イムラドリスに赴《おもむ》いて、エルロンドの息子たちとともに暮らした。緑森ではシルヴァン・エルフたちが落ち着いて暮らしていたが、ローリエンでは、以前住んでいた者たちのごく少数が去りかねて細々とさびしく暮らしていた。そしてカラス・ガラゾンにはもはや明かりも点《とも》らず、歌声も聞かれなかった。

ミナス・ティリスを大軍が包囲攻撃したのと時を同じくして、それまで長い間ブランド王の国境《くにざかい》を脅かしていたサウロンの同盟軍がカルネン川を渡り、ブランド王は谷間の国に押し戻された。そこでかれはエレボールのドワーフたちの助力を得た。そしてはなれ山山麓で激しい合戦が戦われた。合戦は三昼夜続き、最後にはブランド王も、鉄の足ダーイン王も討ち死にし、東夷《い》が勝利を得たのであるが、かれらは城の門を陥《おと》すことができず、ドワーフも人間もともに多数がエレボールに避難し、ここで敵の包囲に抵抗した。

南での大勝利の知らせがとどくと、サウロンの北軍は驚き騒ぎ、一方包囲されていた味方は出て来て、敵を打ち負かした。生き残った敵軍は東に逃げ、二度と谷間の国を騒がせることはなかった。やがてブランドの息子バルド二世が谷間の国の王となり、ダーインの息子石の兜《かぶと》ソーリン三世が山の下の王となった。二人はエレッサール王の戴冠式《たいかんしき》には使節を送り、両王国はその後、国の存続する限り、ゴンドールと友好関係にあった。そして両国とも西の国の王の王権と保護の下に置かれた。

(2) バラド＝ドゥールの崩壊より第三紀の終わりにいたるまでの主要事項（7）の年表

三〇一九（ホビット庄暦一四一九）

三月

二十七日　バルド二世と石の兜ソーリン三世王、谷間の国から敵を駆逐《くちく》する。

四月

二十八日　ケレボルン、アンドゥインを渡る。ドル・グルドゥルの破壊始まる。

六日　ケレボルンとスランドゥイルの会見。
八日　両指輪所持者、コルマッレンの野で栄誉礼を受ける。

五月

一日　エレッサール王の戴冠。エルロンドとアルウェン、裂け谷《さだに》を出発する。
八日　エーオメルとエーオウィン、エルロンドの息子たちとともにローハンに向かう。
二十日　エルロンドとアルウェン、ローリエンに着く。
二十七日　アルウェンの一行、ローリエンを去る。

六月

十四日　エルロンドの息子たち、一行を出迎え、アルウェンをエドラスに連れて来る。
十六日　一行、ゴンドールに出発。
二十五日　エレッサール王、白の木の苗木を見いだす。
一のライズの日　アルウェン、都に着く。
暦年の中日　エレッサールとアルウェンの結婚。

七月

十八日　エーオメル、ミナス・ティリスに戻る。
二十二日　セーオデン王葬送の一行出発する。

八月

七日　一行、エドラスに着く。
十日　セーオデン王の葬儀。
十四日　客人一同、エーオメル王に暇《いとま》を乞う。
十五日　木の鬚《ひげ》、サルマンを自由に行かせる。
十八日　一同、ヘルム峡谷《きょうこく》に着く。
二十二日　一同、アイゼンガルドに着く。日没時、一同、西の国の王に暇を乞う。
二十八日　一同サルマンに追いつく。サルマン、ホビット庄に向かう。

九月

六日　一同、モリアの山並の見えるところで、暫時逗留《ざんじとうりゅう》する。
十三日　ケレボルンとガラドリエル、出発する。残る一行は裂《さ》け谷《だに》に向かう。
二十一日　一行裂け谷に戻る。
二十二日　ビルボ、百二十九回目の誕生日を迎える。サルマン、ホビット庄に来る。

十月

五日　ガンダルフとホビットたち、裂け谷を去る。

六日　一行、ブルイネンの浅瀬を渡る。フロド、初めて痛みが戻るのを感ずる。

二十八日　日暮れにブリー村に着く。

三十日　ブリー村を去る。「旅人たち」夕暮れにブランディワイン橋に着く。

十一月

一日　「旅人たち」蛙沢《かわず》で逮捕される。

二日　「旅人たち」水の辺村に来て、ホビット庄民を奮起させる。

三日　水の辺村の合戦と、サルマンの死。指輪戦争の終結。

三〇二〇（ホビット庄暦一四二〇）大いなる豊饒の年

三月

四月

十三日　フロド病む（ちょうど一年前のこの日、シーロブの毒を受ける）。

五月　六日　誕生祝いの原にマッロルンの樹の花開く。

一日　サムワイズ、ローズと結婚する。

暦年の中日　フロド、庄長職を辞任し、白足家のウィル復職する。

九月　二十二日　ビルボ百三十歳の誕生日を迎える。

十月　六日　フロドふたたび病む。

三〇二一（ホビット庄暦一四二一）第三紀最後の年

三月　十三日　フロドふたたび病む。

二十五日　サムワイズの娘、美しの（8）エラノール生まれる。ゴンドールの暦では、この日第四紀始まる。

九月

二十一日　フロドとサムワイズ、ホビット村を出発する。
二十二日　フロドとサムワイズ、末つ森で、最後の旅を行く馬上の指輪の守り手たちに会う。
二十九日　一行、灰色港に着く。フロドとビルボ、三人の指輪の守り手たちとともに海を渡る。第三紀終わる。

十月

六日　サムワイズ、袋小路に戻る。

(3) 指輪の仲間に関するその後の出来事

ホビット庄暦

一四二二　ホビット庄の暦では、この年の始まりとともに第四紀にはいる。ただしホビット庄暦の年数はそのまま継続する。
一四二七　白足家のウィル、庄長職を辞任する。サムワイズ、ホビット庄庄長に選出される。ペレグリン・トゥック、ロング・クリーヴのダイアモンドと結婚する。エレッサール王、勅令を発して、人間がホビット庄にはいるを差し止める。王はホビット庄を、北王国保護下にある自由地とする。
一四三〇　ペレグリンの息子ファラミル生まれる。
一四三一　サムワイズの娘金捲毛《ゴールディロックス》生まれる。
一四三二　「偉丈夫」と称せられたメリアドク、バック郷《ごう》の館主となる。エーオメル王ならびにイシリエンの奥方エーオウィンから、見事な祝いの品々が送られる。
一四三四　ペレグリン、トゥック一族の家長となり、セインとなる。エレッサール王、セイン並びに館主、庄長を北王国の顧問官とす。サムワイズ殿、庄長に再選される。
一四三六　エレッサール王、北王国に行幸、夕おぼろ湖《イヴンディム》のほとりに滞留する。王、ブランディワイン橋に行幸、友人方と挨拶する。王、サムワイズ殿にドゥーネダインの星を与えられる。エラノール、アルウェン王妃付き侍女となる。
一四四一　サムワイズ殿、三度《みたび》庄長となる。
一四四二　サムワイズ殿とその妻およびエラノール、ゴンドールに赴《おもむ》き、かの地に一年滞在する。トルマン・コトン殿、庄長代理を務める。

一四四八　サムワイズ殿、四度庄長となる。
一四五一　美しのエラノール、向が丘連丘緑樫《がし》のファストレドに嫁す。
一四五二　向が丘連丘から塔山丘陵（エミュン・ベライド）（9）にいたる西境《にしざかい》は、王の贈与によってホビット庄に加えられる。多数のホビットがこの地に移住する。
一四五四　ファストレドとエラノールの息子、髪吉《かみよし》エルフスタン生まれる。
一四五五　サムワイズ殿、五度庄長となる。
一四六二　サムワイズ殿、六度庄長となる。サムワイズ殿の願いにより、セイン、ファストレドを西境《にしざかい》の区長に任ずる。ファストレドとエラノール、塔山丘陵の塔の下に居を定める。この地に、かれらの子孫、塔の下の髪吉一族、子々孫々にいたるまで居住する。
一四六三　ファラミル・トゥック、サムワイズの娘金捲毛《ゴールディロックス》を娶《めと》る。
一四六九　サムワイズ殿これを最後に七度庄長となる。一四七六年、任期の終わる時は、九十六歳。
一四八二　サムワイズ殿の妻ローズ夫人、暦年の中日に死す。九月二十二日、サムワイズ殿、袋小路から馬を進め、塔山丘陵に来て、最後はエラノールに見送られる。その後髪吉家に伝えられる赤表紙本は、この時かれがエラノールに与えたものである。髪吉《かみよし》一族の間にエラノールから伝えられたいい伝えによると、サムワイズは三つの塔を過ぎて、灰色港に赴《おもむ》き、最後に残った指輪所持者として、海を渡って去ったという。

一四八四　この年の春、ローハンからバック郷《ごう》に伝言があって、エーオメル王、いま一度ホルドウィネ殿に会いたい由。この時メリアドクすでに老齢（百二歳）だが、いまだ矍鑠《かくしゃく》としていて、友のセインと相談の後、二人は直ちに各自の財産、職務をめいめいの息子に譲り、馬でサルンの浅瀬を渡って去ったまま、二人の姿はその後ふたたびホビット庄に見られない。後《のち》の噂《うわさ》では、メリアドク殿はエドラスに来て、その年の秋エーオメルの薨《こう》ずるまで、かれとともにおり、その後、メリアドク殿とセイン・ペレグリン殿は、ゴンドールに赴き、短き余生をこの国で過ごしたすえ、遂《つい》にみまかって、ゴンドールの高貴な死者とともに、ラス・ディーネンに葬られたという。

一五四一　この年（10）の三月一日、エレッサール王遂に崩御《ほうぎょ》される。メリアドクとペレグリンの棺台《ひつぎだい》は、この偉大なる王の傍らに並べ置かれたと伝えられる。この後、レゴラス、イシリエンで灰色の船を建造し、アンドゥインを下って、海を渡った。かれとともに、ドワーフのギムリも行ったという。この船が去った時、中つ国《なかつくに》における指輪の仲間は終わりを迎えた。

原註

(1) 第二巻八五ページ。
(2) 第三巻五三七ページ、『ホビットの冒険』二六六―二六七ページ、少年文庫上巻三二六ページ。
(3) 第六巻二三〇ページ。
(4) 第二巻二九四ページ。
(5) 第四巻二〇九ページ。
(6) 後に明らかになったところでは、サルマンはこの頃一つの指輪を自分で所有したいと考え始め、もしサウロンを今しばらく放置すれば、指輪がその主を求めて自ら現われるのではないかという望みを持ったのである。
(7) 月日はホビット庄暦による。
(8) エラノールはその美しさのために「美しの」エラノールとして知られるにいたった。

多くの者の伝えるところでは、エラノールはホビットというよりエルフの乙女のように見えたそうである。かの女は、ホビット庄では非常に珍しい金髪の持ち主であった。サムワイズのあとの二人の娘も金髪であった。この頃生まれた子供たちの多くが金髪の持ち主であった。

（9）第一巻二五ページ、追補編四〇―四一ページ、原註（5）。

（10）第四紀（ゴンドール国の）百二十年。

C　ホビット家系表

この家系表に出した名前は、膨大な係累から選出したもののみである。その大部分は、ビルボのお別れの宴《うたげ》に招かれた者か、その直系の先祖である。かの宴会の客たちの名には、下線をひいた。物語の事件に関係ある者の名もいくらか挙げられている。とくに、後年に名高く、影響力を持つにいたるガードナー家の創始者サムワイズに関してその家系上の詳細を付した。

氏名の後の数字は、誕生年（および記録にあるものは死去年も）である。すべて、（第三紀一六〇一年の）庄紀元年、マルコとブランコ兄弟のブランディワイン川渡河から起算されている庄暦に従う。

ビルボ 1290（袋小路の）

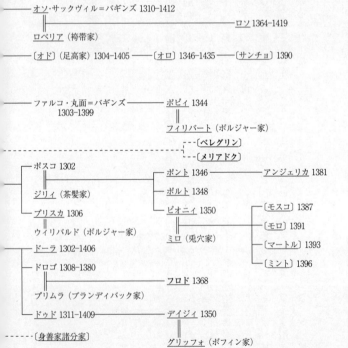

オソ・サックヴィル＝バギンズ 1310–1412
ロベリア（袴帯家）
ロソ 1364–1419

〔オド〕（足高家）1304–1405 ―― 〔オロ〕1346–1435 ―― 〔サンチョ〕1390

ファルコ・丸面＝バギンズ 1303–1399 ―― ポピィ 1344
フィリバート（ボルジャー家）

〔ペレグリン〕
〔メリアドク〕

ポスコ 1302
ジリィ（茶髪家）
ポント 1346 ―― アンジェリカ 1381
ポルト 1348
ピオニィ 1350
ミロ（兎穴家）
〔モスコ〕1387
〔モロ〕1391
〔マートル〕1393
〔ミント〕1396
プリスカ 1306
ウィリバルド（ボルジャー家）

ドーラ 1302–1406
ドロゴ 1308–1380
プリムラ（ブランディバック家）
フロド 1368
ドゥド 1311–1409 ―― デイジィ 1350
グリッフォ（ボフィン家）

〔身善家諸分家〕

ホビット村のバギンズ家

- バルボ・バギンズ 1167 ＝ ベリュッラ・ボフィン
  - マンゴ 1207–1300 ＝ ローラ（堀家）
    - バンゴ 1246–1326 ＝ ベラドンナ（トゥック家）
    - ベルバ 1256–1356 ＝ ルディガー（ボルジャー家）
    - ロンゴ 1260–1350 ＝ カメリア（サックヴィル家）
    - リンダ 1262–1363 ＝ ボド（足高家）
    - ビンゴ 1264–1363 ＝ チカ（丸面家）
  - パンジィ 1212 ＝ ファストルフ（ボルジャー家）
  - ポント 1216–1311 ＝ ミモザ（バンス家）
    - ローザ 1256 ＝ ヒルディグリム（トゥック家）
    - ポロ
  - ラルゴ 1220–1312 ＝ タンタ（角笛吹家）
    - フォスコ 1264–1360 ＝ ルビィ（ボルジャー家）
  - リリィ 1222–1312 ＝ トーゴ（身善家）

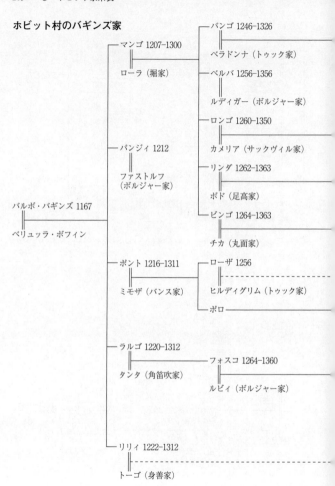

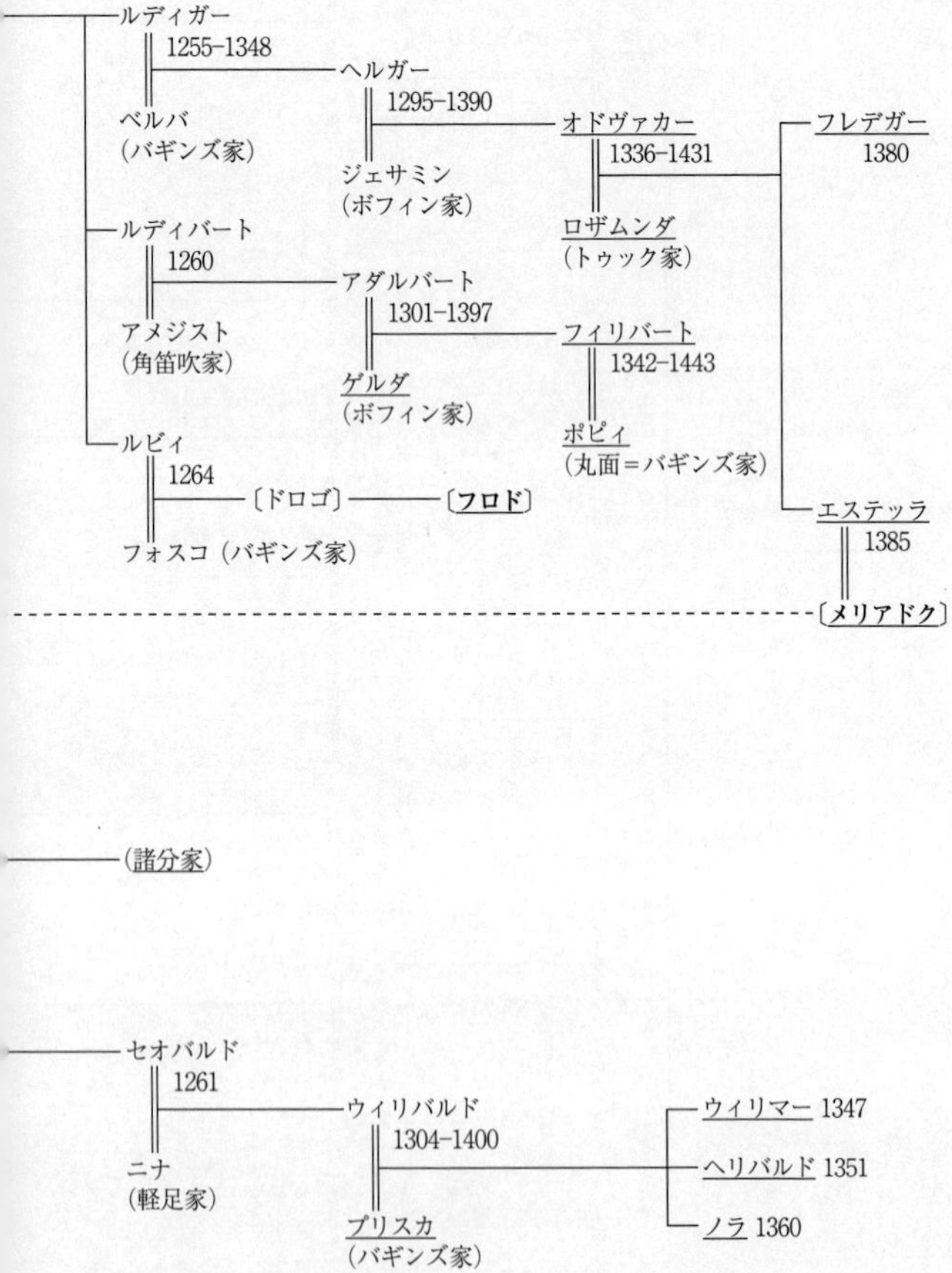

ルディガー
1255–1348
ベルバ
(バギンズ家)
ヘルガー
1295–1390
ジェサミン
(ボフィン家)
オドヴァカー
1336–1431
ロザムンダ
(トゥック家)
フレデガー
1380
ルディバート
1260
アメジスト
(角笛吹家)
アダルバート
1301–1397
ゲルダ
(ボフィン家)
フィリバート
1342–1443
ポピィ
(丸面＝バギンズ家)
ルビィ
1264
〔ドロゴ〕
〔フロド〕
フォスコ (バギンズ家)
エステッラ
1385
〔メリアドク〕
(諸分家)
セオバルド
1261
ニナ
(軽足家)
ウィリバルド
1304–1400
プリスカ
(バギンズ家)
ウィリマー 1347
ヘリバルド 1351
ノラ 1360

バッジ浅瀬のボルジャー家

グンドルフォ・ボルジャー
1131–1230
アルフリダ（イェールの）

- グンダハル
  1174–1275
  ディナ
  （ディグル家）
  - アダルガル
    1215–1314
  - アダルドリダ 1218
    マルマドク
    （ブランディバック家）
- ルドルフ
  1178
  コーラ
  （身善家）
  - ファストルフ
    1210
    パンジィ（バギンズ家）
- グンダハド
  1180
  - グンダバルド
    1222
    サルヴィア
    （ブランディバック家）

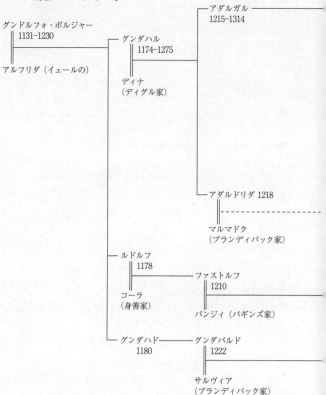

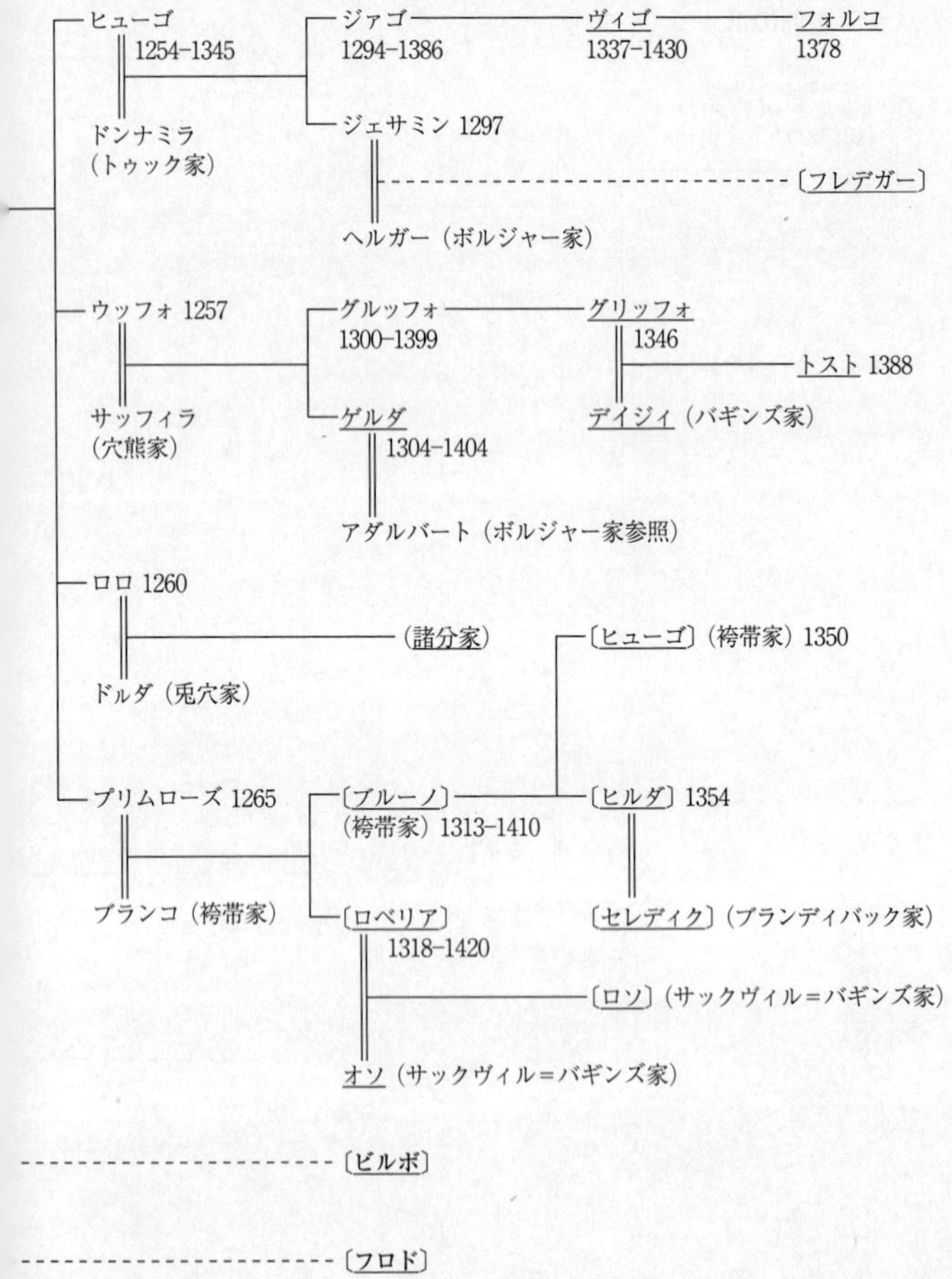
ヒューゴ
1254-1345
ドンナミラ
（トゥック家）
ジァゴ
1294-1386
ヴィゴ
1337-1430
フォルコ
1378
ジェサミン 1297
〔フレデガー〕
ヘルガー（ボルジャー家）
ウッフォ 1257
サッフィラ
（穴熊家）
グルッフォ
1300-1399
グリッフォ
1346
トスト 1388
デイジィ（バギンズ家）
ゲルダ
1304-1404
アダルバート（ボルジャー家参照）
ロロ 1260
ドルダ（兎穴家）
（諸分家）
〔ヒューゴ〕（袴帯家）1350
プリムローズ 1265
ブランコ（袴帯家）
〔ブルーノ〕
（袴帯家）1313-1410
〔ヒルダ〕1354
〔セレディク〕（ブランディバック家）
〔ロベリア〕
1318-1420
〔ロソ〕（サックヴィル＝バギンズ家）
オソ（サックヴィル＝バギンズ家）
〔ビルボ〕
〔フロド〕

イェールのボフィン家

ブッフォ・ボフィン
アイヴィ
(充善家)

ボスコ 1167-1258
オットー 1212-1300
(太っちょ)
ラヴェンダー (掘家)
(マンゴ・バギンズの妻
ローラと姉妹)

バッソ 1169
1195年に海に去った
と語られる

ブリッフォ 1170
(1210年ブリーに移る)

ベリュッラ 1172
バルボ
(バギンズ家)
〔マンゴ〕
〔ラルゴ〕

フォルティンブラス二世* 1278–1380 ―― フェルンブラス三世* (結婚せず) 1316–1415

アダルグリム 1280–1382
- 娘三人
- パラディン二世* 1333–1434 ＝ エグランタイン (土手家)
  - パール 1375
  - ピンパーネル 1379
  - パーヴィンカ 1385
  - ペレグリン一世* 1390 ＝ ダイアモンド (ロング・クリーヴの) 1395
    - ファラミル一世* 1430 ＝ ゴールディロックス (金捲毛、サムワイズ殿の娘)
- エズメラルダ 1336 ＝ サラドク (ブランディバック家)
  - 〔メリアドク〕

(子孫多数)

フラムバルド 1287–1389 ―― アデラード 1328–1423
- レジナード 1369
- 娘二人
- エヴェラード 1380

シギスモンド 1290–1391
- ロザムンダ 1338 ＝ オドヴァカー (ボルジャー家)
  - 〔フレデガー〕 1380
  - 〔エステッラ〕 1385
- ファーディナンド 1340
  - ファーディブランド 1383

〔ビルボ〕

- 〔子六人〕
- 〔プリムラ〕 ―― 〔フロド〕

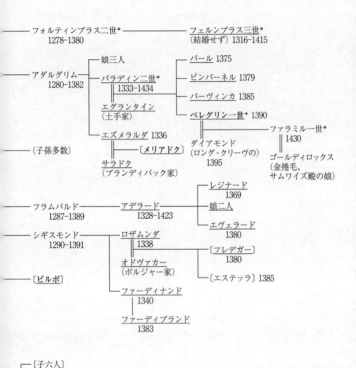

大スマイアルのトゥック家

アイゼングリム二世*
（トゥック家系十代セイン）
1020–1122

アイズムブラス三世*
1066–1159

フェルンブラス二世*
1101–1201

フォルティンブラス一世*
1145–1248

ゲロンティウス*
（長生きのトゥックじいさん）
1190–1320
＝
アダマンタ（丸面家）

バンドブラス（牛うなり）
1104–1206

子孫多数
（ロング・クリーヴの北トゥック家を含む）

アイゼングリム三世*
（子なし）1232–1330

ヒルディガルド（夭折）

アイズムブラス四世*
1238–1339

ヒルディグリム
1240–1341
＝
ローザ（バギンズ家）

アイゼムボルド
1242–1346

ヒルディフォンス
（旅に出て帰らず）1244

アイゼムバルド
1247–1346

ヒルディブランド
1249–1334

ベラドンナ
1252–1334
＝
バンゴ（バギンズ家）

ドンナミラ
1256–1348
＝
ヒューゴ（ボフィン家）

ミラベッラ
1260–1360
＝
ゴルバドク
（ブランディバック家参照）

アイゼンガル 1262–1360
（若いころ船乗りになったと伝えられる）

（訳註　＊印はセインを継いだ者）

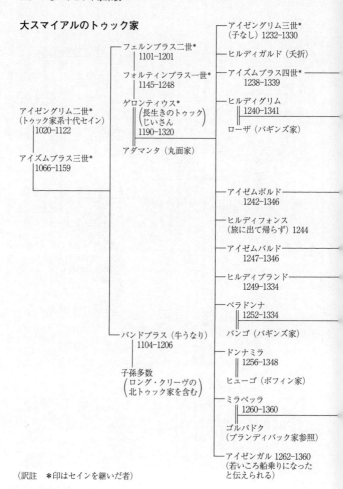

- ゴルバドク（広帯の） 1260-1363 ＝ ミラベッラ（トゥック家）
  - ロリマク（金父）（ローリーじいさん） 1302-1408 ＝ メネギルダ（グールド家）
    - サラドク（浪費家の） 1340-1432 ＝ エズメラルダ（トゥック家）
      - メリアドク（偉丈夫） 1382 ＝ エステッラ（ボルジャー家） 1385
    - メリマク 1342-1430
      - ベリラク 1380
  - アマランス 1304-1398
  - サラダス 1308-1407
    - セレディク 1348 ＝ ヒルダ（袴帯家）
      - ドデリク 1389
      - イルベリク 1391
      - セランダイン 1394
  - ドディナス
  - アスフォデル 1313-1412 ＝ ルーファス（兎穴家）
    - 〔ミロ〕（兎穴家） 1347 ＝ 〔ピオニィ〕（バギンズ家）
  - ディノダス
  - プリムラ 1320-1380 ＝ ドロゴ（バギンズ家）
    - 〔フロド〕（バギンズ家）
- （娘二人）
- オルグラス 1268
  - ゴルブラス 1308
    - マーマダス 1343
      - メリマス 1381
      - メンサ 1383
      - メリロト 1385

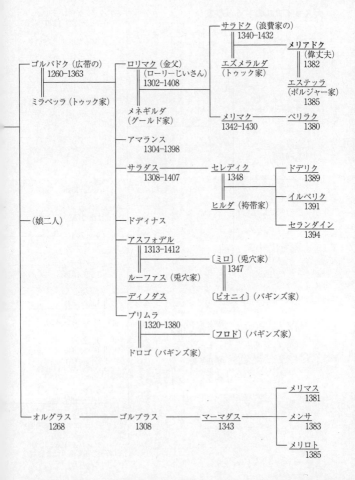

バック郷のブランディバック家

沢地のゴルヘンダド・オールドバック、740年ごろブランディ屋敷の建設を始め、家名をブランディバックと改称

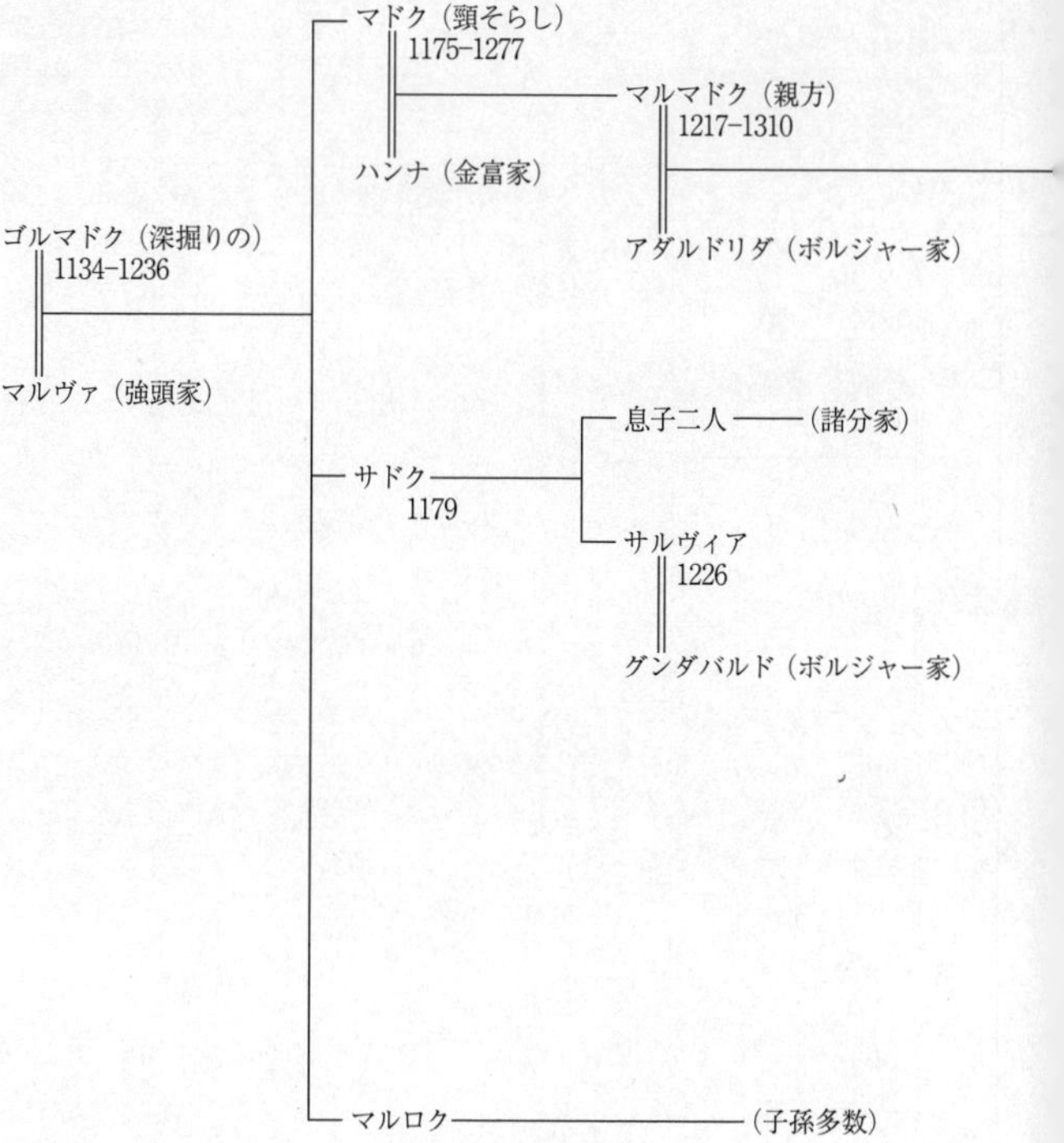

- ハムソン（伯父の綱作りアンディに弟子入り） 1365
- ハルフレド（北四が一の庄へ移住） 1369
- デイジィ 1372
- メイ 1376
- **サムワイズ**（庭師） 1380 ＝ ローズ（コトン家）
    - **エラノール**（美しの） 1421 ＝ ファストレド（緑樫の）
        - この一家は、向が丘連丘と塔山丘陵の間に（エレッサール王の贈与によって）設けられた新地、西境《にしざかい》に移住した。この一家が塔の下の髪吉家となり、西境《にしざかい》の区長を務め、赤表紙本を伝え、かつ種々の記録と後年の追記を伴う数部の複本を作った。
    - **フロド**（ガードナー家）1423 ― ホルファスト（ガードナー家）1462 ― ハーディング（お山の）1501
    - ローズ 1425
    - メリー 1427
    - ピピン 1429
    - **ゴールディロックス**（金捲毛） 1431 ＝ ファラミル一世（セイン・ペレグリン一世の子）
    - ハムファスト 1432
    - デイジィ 1433
    - プリムローズ 1435
    - ビルボ 1436
    - ルビィ 1438
    - ロビン 1440
    - トルマン（トム） 1442
- マリゴールド 1383 ＝ トルマン（トム） 1380

- トルマン（トム） 1380
- **ローズ** 1384 ＝ サム（ギャムジー）
- ウィルカム（ジョリー） 1384
- ボウマン（ニック） 1386
- カール（ニブズ） 1389

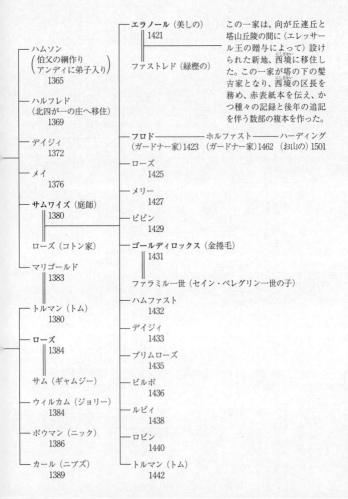

サムワイズ殿の家系

あわせてお山のガードナー家、塔の下の髪吉家の起こりを示す

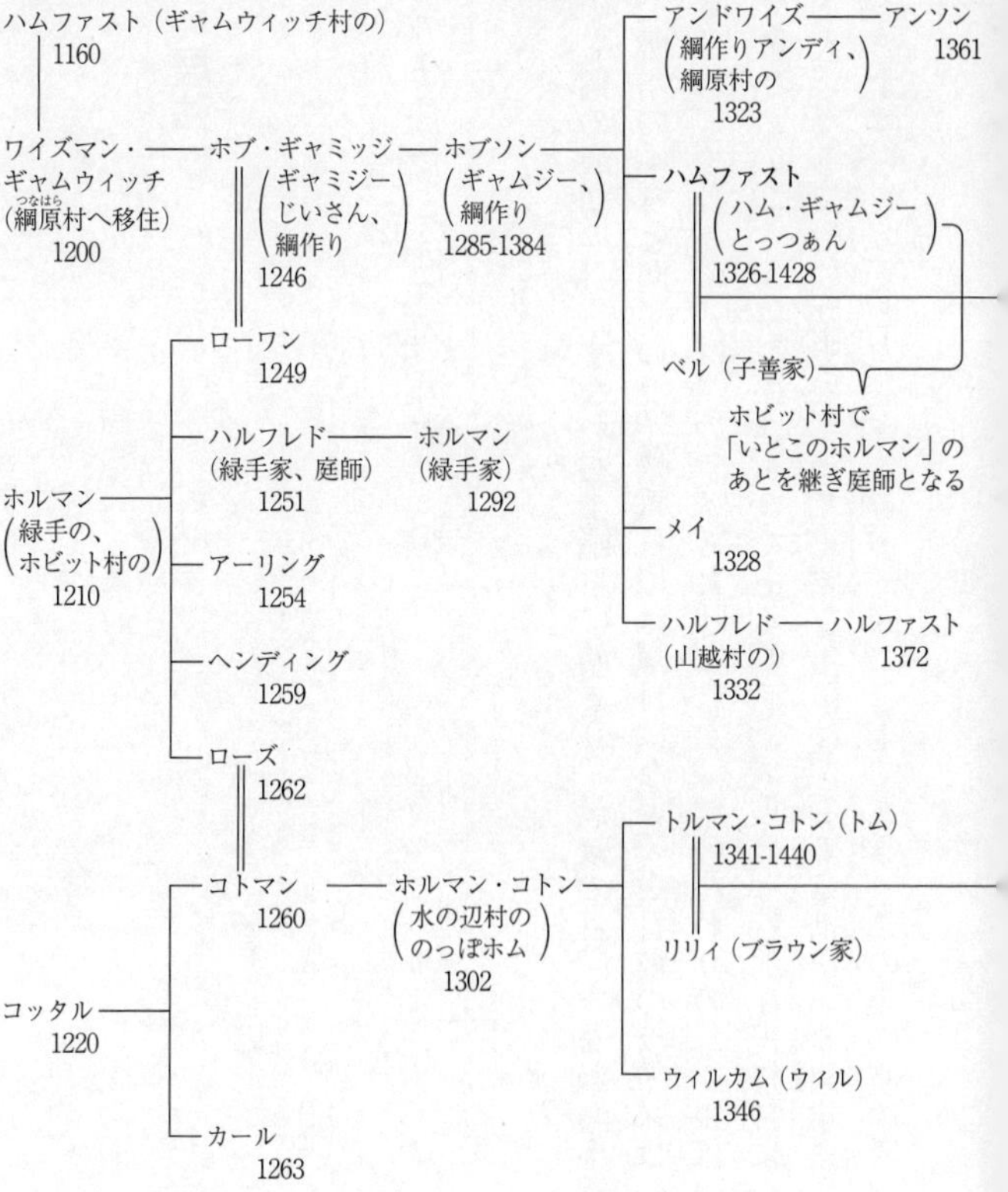
ハムファスト（ギャムウィッチ村の）
1160
ワイズマン・ギャムウィッチ
（綱原《つなはら》村へ移住）
1200
ホブ・ギャミッジ
（ギャミジーじいさん、綱作り）
1246
ホブソン
（ギャムジー、綱作り）
1285-1384
アンドワイズ
（綱作りアンディ、綱原村の）
1323
アンソン
1361
ハムファスト
（ハム・ギャムジーとっつぁん）
1326-1428
ベル（子善家）
ホビット村で「いとこのホルマン」のあとを継ぎ庭師となる
メイ
1328
ハルフレド
（山越村の）
1332
ハルファスト
1372
ローワン
1249
ハルフレド
（緑手家、庭師）
1251
ホルマン
（緑手家）
1292
ホルマン
（緑手の、ホビット村の）
1210
アーリング
1254
ヘンディング
1259
ローズ
1262
コトマン
1260
ホルマン・コトン
（水の辺村ののっぽホム）
1302
トルマン・コトン（トム）
1341-1440
リリィ（ブラウン家）
ウィルカム（ウィル）
1346
コッタル
1220
カール
1263

D　暦法

ホビット庄暦（永年使用）

どの年も週の最初の日、すなわち土曜日に始まり、最後の日、すなわち金曜日に終わる。暦年の中日と閏年のライズ重日には曜日はない。中日前のライズは一のライズと呼ばれ、後のライズは二のライズと呼ばれた。年の終わりのユールは一のユール、年の始めのユールは二のユールである。ライズ重日は特別な祝祭日になっているが、大いなる指輪の歴史にとって重要な年には、この日はない。閏年にあたるのは、かのすばらしい夏と大豊作の年、一四二〇年である。この年の宴《うたげ》の喜びは、記憶に、いや記録に残る最大なものであったと伝えられている。

諸国の暦

ホビット庄の暦は、いくつかの点で、われわれの使っている暦とは異なっている。一年の長さは、もちろん変わらない（1）。人間の歴史から見れば、当時のことは、遠い昔になるであろうが、地球の記憶から見れば、そう遥かな昔ではないのである。ホビットの記録によると、かれらは、まだ放浪《ほうろう》の民であったころには、「週」というものを持たず、月の満ち欠けで大体決定される「月」というものは持っていたが、日付けや時間の計算は、曖昧《あいまい》で不正確であった。エリアドールの西部地方に定住し始めたころ、かれらは、ドゥーネダインの用いていた王の暦法を採用した。これは元をたどると、エルダールにさかのぼるのである。ホビット庄のホビットたちは、やがてこれに若干の小さな変更を加えた。この暦、いわゆる「ホビット庄の暦」は、やがてブリー村でも採用されるようになったが、ただ、ホビット庄植民の年を紀元元年とするホビット庄の年号は使われなかった。

昔話や伝承の類から、その当時の人々にとってわかりきった、ごく当たり前のことについての情報を得ることは、かえって難しいことが多いのである（文字につけられた名前、曜日の名前、月の名前と長さも、そういうことの一つである）。しかし、ホビット庄のホビットたちは、系図への一般的な関心と、指輪戦争のあと、かれらの中の学のある者がつちかった古い歴史への関心のおかげで、日付けを大いに気にかけていたように思われる。そしてかれらは、自分たちの暦の制度と、よその制度との関係を示す複雑な表を作るようなことさえ試みてみたのである。わたし自身はこういうことは得手でなく、多くの誤りをおかしているかもしれないが、ともかく、ホビット庄暦一四一八年、一四一九年という重要な年の年表は、赤表紙本の中で非常に注意深く記されているので、その点は、日、時間などあまり疑わしいところはないはずである。

サムワイズが述べているように、中つ国《なかつくに》のエルダールは、使える時間をずっと多く持っていていて、長い時間を単位に時を数えていたことは明らかなようである。クウェンヤのイェーン yên はしばしば〔年 year〕（第二巻四六四ページ、詩の中のイェ

(1) ユール後月
Afteryule

ユール	7	14	21	28
1	8	15	22	29
2	9	16	23	30
3	10	17	24	–
4	11	18	25	–
5	12	19	26	–
6	13	20	27	–

(2) ソマス
Solmath

–	5	12	19	26
–	6	13	20	27
–	7	14	21	28
1	8	15	22	29
2	9	16	23	30
3	10	17	24	–
4	11	18	25	–

(3) レセ
Rethe

–	3	10	17	24
–	4	11	18	25
–	5	12	19	26
–	6	13	20	27
–	7	14	21	28
1	8	15	22	29
2	9	16	23	30

(4) アストロン
Astron

1	8	15	22	29
2	9	16	23	30
3	10	17	24	–
4	11	18	25	–
5	12	19	26	–
6	13	20	27	–
7	14	21	28	–

(5) スリミッジ
Thrimidge

–	6	13	20	27
–	7	14	21	28
1	8	15	22	29
2	9	16	23	30
3	10	17	24	–
4	11	18	25	–
5	12	19	26	–

(6) ライズ前月
Forelithe

–	4	11	18	25
–	5	12	19	26
–	6	13	20	27
–	7	14	21	28
1	8	15	22	29
2	9	16	23	30
3	10	17	24	ライズ中日（夏至）（ライズ重日）

(7) ライズ後月
Afterlithe

ライズ	7	14	21	28
1	8	15	22	29
2	9	16	23	30
3	10	17	24	–
4	11	18	25	–
5	12	19	26	–
6	13	20	27	–

(8) ウェドマス
Wedmath

–	5	12	19	26
–	6	13	20	27
–	7	14	21	28
1	8	15	22	29
2	9	16	23	30
3	10	17	24	–
4	11	18	25	–

(9) ハリマス
Halimath

–	3	10	17	24
–	4	11	18	25
–	5	12	19	26
–	6	13	20	27
–	7	14	21	28
1	8	15	22	29
2	9	16	23	30

(10) ウィンターフィルス
Winterfilth

1	8	15	22	29
2	9	16	23	30
3	10	17	24	–
4	11	18	25	–
5	12	19	26	–
6	13	20	27	–
7	14	21	28	–

(11) ブロドマス
Blotmath

–	6	13	20	27
–	7	14	21	28
1	8	15	22	29
2	9	16	23	30
3	10	17	24	–
4	11	18	25	–
5	12	19	26	–

(12) ユール前月
Foreyule

–	4	11	18	25
–	5	12	19	26
–	6	13	20	27
–	7	14	21	28
1	8	15	22	29
2	9	16	23	30
3	10	17	24	ユール

ーニ yéni がそれ）と訳されているが、本当はわれわれの年月の一四四年を意味している。エルダールはできるだけ六とか一二とかを単位に数えるのを好んだ。太陽の運行による一日 day をかれらはレー rë と呼び、日没から日没までとした。イェーン yén は五二、五九六日である。かれらはまた、実際的な目的のためというより儀式のために、週、すなわち六日間からなるエンクウィエ enquië（複数形はエンクウィエル enquier）を持っていた。イェーンにはこのエンクウィエが八、七六六あって、その期間を通して数えられた。

中つ国《なかつくに》では、エルダールは、短い単位、すなわち太陽年にも従った。太陽年は、天体の運行を大なり小なり考慮した場合は、コラナール coranar すなわち「太陽の一巡」と呼ばれたが、ふつうは（特に北西地方において）ロア loa「生長」と呼ばれた。これは、一般的にエルフの常であることだが、植物の生長における季節的変化を第一に考えた場合である。ロアはさらに、長い月、もしくは短い季節とも考えうる単位に分けられる。これは明らかに地域によって異なっていたようだが、ホビットたちが提供してくれたのは、イムラドリスの暦についての見聞だけである。その暦では、このような「季節」は六つあり、クウェンヤで、トゥイレ tuilë、ライレ lairë、ヤーヴィエ yávië、クウェッレ quellë、リーヴェ hrívë、コイレ coirë の名がついていた。しいて訳せば、「春、夏、秋、褪、冬、萌」といったところであろうか。シンダリンでは、エスイル ethuil、ラエル laer、ヤヴァス iavas、フィリス firith、リーウ rhîw、エフイル echuir の名で呼ばれた。「褪」はラッセ＝ランタ lasse-lanta「落葉」とも呼ばれ、シンダリンではナルベレス narbeleth「日の衰え」とも呼ばれた。

ライレとリーヴェはそれぞれ七二日、あとはそれぞれ五四日である。ロアはトゥイレの前日におかれるイェスタレ yestarë で始まり、コイレの翌日におかれるメッタレ mettarë で終わる。さらに、ヤーヴィエとクウェッレの間には、エンデリ enderi すなわち「中日」が三日挿入されている。これで一年三六五日になる。そして一二年ごとにエンデリを倍にする（つまり三日を加える）ことで、さらに調整を加えたのである。

結果的に生じる不正確さにどのように対処したかは、明確でない。当時も一年の長さが今と同じとすれば、イェーンは一日以上長すぎることになる。不正確なところがあったことは、赤表紙本の暦のところに、次のような趣旨の記述があることで示される。すなわち「裂《さ》け谷《だに》暦法」では、イェーンの三周ごとに、最後の年を三日短くする。すなわちその年は、三日のエンデリの倍増をしないですますのである。

「しかし、われわれの時代には、そのことはたまたま起こらなかった」とある。ほかにも残る不正確さをどのように調整したかは、記録がない。

ヌーメノーレアンは、エルダールのかかる取り決めに変更を加えた。かれらはまず、ロアをもっと規則的な長さの、より短い周期に分割した。かれらはまた、一年を冬至をもって始める習慣にあくまで固執した。これは、第一紀に、かれらがそこから分かれて出た北西部の人間によって遵守されていたのである。後になると、かれらはまた一週を七日にした。そして一日を日の出（東の海からの）から日の出までとした。

ヌーメノールで、そしてまた王たちがいなくなるまでアルノールとゴンドールで用いられていた、ヌーメノール方式は、王の暦法と呼ばれた。平年は三六五日だった。それを一二のアスタール astar すなわち月に分け、そのうち一〇の月は三〇日、二つの月は三一日であった。長い方のアスタールは、暦年の半ばを境に両側におかれた。われわれの暦では、おおよそ六月と七月である。一年の最初の日は、イェスタレ yestarë と呼ばれ、中日は（一八三日目）ロエンデ loëndë と呼ばれ、最後の日は、メッタレ mettarë と呼ばれた。この三日はどの月にも属していなかった。一世紀（ハランイエ haranyë）の最後の年を除き、四年目ごとに、ロエンデの代わりに、二日のエンデリすなわち中日二日が使われた。

ヌーメノールでの暦法は、第二紀一年に始められた。一世紀の最後の年から一日を引くことによってひきおこされる不足は、一〇〇〇年の最後の年まで調整されず、四時間四六分四〇秒という一〇〇〇年分の不足を残した。ヌーメノールでは、第二紀の一〇〇〇年、二〇〇〇年、三〇〇〇年に、この不足が追加されていった。第二紀三三一九年のヌーメノール滅亡の後も、この制度は亡国の民によって引きつがれた。しかし第三紀の始まるころには、新しい数え方によって、かなり混乱が生じた。第二紀三四四二年が、第三紀一年になったのである。第三紀三年（第二紀三四四四年）の代わりに、四年を閏年とすることにより、三六五日しかない短い年が、さらに一年割りこむことになり、五時間四八分四六秒の不足が生じた。一〇〇〇年分の加算は四四一年おくれてなされた。すなわち第三紀一〇〇〇年（第二紀なら四四四一年になる）と二〇〇〇年（第二紀なら五四四一年）になされたからである。このようにして生じた誤差と、一〇〇〇年の不足の累積を修正するために、執政のマルディルは、第三紀の二〇六〇年に発効する改定暦を発布した。そしてその際二〇五九年（第二紀なら五五〇〇年）に、特に二日を加えることにしたのである。この年は、ヌーメノールの方式の始まりから五五〇〇年を経過した年である。しかし、これでも八時間が不足する。不足は一日分には全く達していなかったのだが、ハドルは二三六〇年に一日を加えた。そのあとは、もういかなる調整もなされなかったのである（第三紀の三〇〇〇年には、今にも起こりそうな戦争の脅威のため、このような事柄はなおざりにされたのである）。第三紀の終わりはさらに六六〇年あとのことであるが、その時までに、不足はまだ一日分に達していなかった。

マルディルによって導入された改定暦は、「執政の暦法」と呼ばれ、結局、ホビット庄を除く西方語圏の大多数によって用いられるようになった。各月ともすべて三〇日で、月に入れられていない日が二日持ちこまれた。一日は、第三の月と第四の月（つまり三月と四月）の間に、もう一日は、第九の月と第一〇の月（九月と一〇月）の間に。これら、月に入れられていない五日、すなわちイェスタレ、トゥイレーレ、ロエンデ、ヤーヴィエーレ、メッタレは休日だった。

ホビットたちは、保守的で、自分たちの習慣に合うように手直しした王の暦法の方式を使い続けた。ホビット庄暦の各月は、それぞれ三〇日で相等しい。しかし六月と七月の間に、ライズあるいはライズの日と呼ばれる夏の真中の日が三日ある。

また一年の最後の日と、翌年の最初の日は、ユールの日と呼ばれた。ユールの日とライズの日は月の中に入らず、従って一月一日は、一年の第一日目ではなく、第二日目になる。世紀の最後の年（2）を除き、四年ごとにライズの日が四日ある。ライズの日とユールの日は主要な祝祭日で、ご馳走を食べて楽しむ日である。四年ごとの特別なライズの日は、中日のあとに加えられる。それゆえ、閏年の一八四日目は、ライズ重日と呼ばれ、特に歓を尽くす日となっていた。ユール祭りの全期間は、各年の最初の三日間と最後の三日間を含み、六日間にわたる。

ホビット庄のホビットたちは、ささやかな自分たちの新しい試みを一つ取り入れた（これはやがてブリー村でも用いられるようになった）。かれらはこれをホビット庄の暦改善と呼んだ。ホビットたちは曜日と日付けの関係が毎年一定しないのを、乱雑で不便に思った。それゆえ、アイゼングリム二世の時代に、連続を狂わす半ぱな日には、曜日をつけないことが決められた。それ以降、中日（およびライズ重日）は、そういう名前の日があるだけで、週に属さないことになった（第一巻四八五ページ）。この改革の結果、一年は常に週の第一日に始まり、週の最後の日に終わることになった。そしてどの年も同じ日付けが同じ曜日を持つことになった。そういうわけで、ホビット庄の者は、手紙や日記にわざわざ曜日を入れるようなことはしなくなってしまった(3)。そしてかれらは、自分の国にいるかぎり、これを全く便利なことに思っていたが、ひとたび、ブリー村より先に旅するようなことがあれば、そうそう便利とはいってられなかったのである。

以上記した中では、物語の中でと同様、月の名、曜日の名に、現代のわれわれが使っている名前を用いた。もちろん、エルダールであれ、ドゥーネダインであれ、ホビットであれ、実際にそのような名前を用いたわけではなかったが、西方語からの翻訳が、混乱を避けるため必須に思われたのである。しかし、われわれの用いている暦の名の季節的な意味合いは、少なくともホビット庄で使われているものと、おおむね同じだった。ただし中日は、できるだけ夏至に合わせるようになっていたようだ。その場合、ホビット庄暦の日付けは、わたしたちの暦より実際には一〇日ばかり進んでいることになり、わたしたちの新年は、ホビット庄暦では、おおよそ一月の九日ごろになる。

現在、ラテン語の月の名が、各国で広く用いられているように、西方語では、クウェンヤの月の名が、ふつうに使われていた。ナルヴィンイェ Narvinyë、ネーニメ Nénimë、スーリメ Súlimë、ヴィーレッセ Víressë、ローテッセ Lótessë、ナーリエ Nárië、ケルミエ Cermië、ウーリメ Úrimë、ヤヴァンニエ Yavannië、ナルクウェリエ Narquelië、ヒースィメ Hísimë、リンガレ Ringarë がそれである。シンダリン名（ドゥーネダインによってのみ用いられた）は次の通りである。ナルワイン Narwain、ニーヌイ Nínui、グワエロン Gwaeron、グウィリス Gwirith、ロスロン Lothron、ノールイ Nórui、ケルヴェス Cerveth、ウルイ Urui、イヴァンネス Ivanneth、ナルベレス Narbeleth、ヒスイ Hithui、ギリスロン Girithron。

しかしホビットたちは、月の名に関しては、ホビット庄であれ、ブリー村であれ、西方語をはなれ、旧来の自分たちの呼名に固執した。それは、はるか昔、アンドゥインの流域地方の人間たちから、かれらの先祖が聞きおぼえたものと思われる。ともかくそれに似たいい方が、谷間の国やローハンで聞かれたからである。（追補編FⅠ二八四ページ、Ⅱ三〇〇、三〇二―三ページ参照）。人間たちによって考えだされたこれらの名前が本来持つ意味は、たとえホビットたちが昔は知っていたとしても、とうの昔にほとんど忘れられてしまっていた。その結果、語形も曖昧なものになったのである。たとえば、いくつかの月の名前の終わりについている math は month の縮小された形である。

ホビット庄の月の名は、前出の暦に記しておいたが、次のことに言及しておきたいと思う。Solmath はふつう Somath と発音され、時にはそのように書かれることもあった。Thrimidge はしばしば Thrimich（古くは Thrimilch）と書かれた。そして Blotmath は Blodmath あるいは Blommath と発音された。ブリー村では、名称が異なり、フレリ Frery、ソルマス Solmath、レーゼ Rethe、チャイジング Chithing、スリミッジ Thrimidge、ライズ Lithe、夏日 The Summerdays、ミード Mede、ウェドマス Wedmath、収穫月 Harvestmath、冬入り Wintring、ブルーティング Blooting、ユール月 Yulemath となる。フレリ、チャイジング、ユール月は東四が一の庄でも用いられた（4）。

ホビット庄暦の週は、ドゥーネダインから取り入れたものであり、曜日の名は、北方古王国で使われていた名前を訳したものである。さらにさかのぼると、それはエルダールから出ているのである。エルダールの曜日は六日で、それぞれ、星、太陽、月、二つの木、天、ヴァラールすなわち力ある者たちにこの順でささげられ、あるいはそれにちなんで名づけられた。最後の日が週の主日である。クウェンヤでの曜日の名は、エレンヤ Elenya、アナルヤ Anarya、イシルヤ Isilya、アルドゥーヤ Aldúya、メネルヤ Menelya、ヴァランヤ Valanya（あるいはターリオン

Tárion）である。シンダリンでは、オルギリオン Orgilion、オラノール Oranor、オリシル Orithil、オルガラザド Orgaladhad、オルメネル Ormenel、オルベライン Orbelain（あるいはロデュン Rodyn）になる。

ヌーメノーレアンは以上の奉献名と順序はそのまま用いたが、週の四日目をアルデア Aldëa（オルガラズ Orgaladh）に変えた。二つの木のうち白の木のみを指してつけた名である。ヌーメノールの王宮の庭に育っていたニムロスが、その木の子孫であると信じられていたからである。かれらはまた、七番目の日を持ちたいと思い、すぐれた航海者であるところから、天の日のあとに、海の日エアレンヤ Eärenya（オラエアロン Oraearon）を挿入した。

ホビットたちはこれを受けついだのだが、訳語の意味はすぐに忘れてしまうか、あるいはそれにもはや注意を払わなくなってしまった。特に日常使われる発音の関係上、語形がかなり縮められた。ヌーメノールの曜日名が最初に訳されたのは、恐らく第三紀の終わりからさかのぼること二〇〇〇年かそれ以上前、北方の人間たちが、ドゥーネダインの曜日を採用した時であろう（ドゥーネダインの暦法の中で最も早い時期に異民族によって採用されたものである）。西方語を使うほかの地域では、どこでもクウェンヤ名が使われていたのに、ホビットたちは、月の名と同様、曜日の名も、この時以来の翻訳名に固執したのである。

ホビット庄には、あまり多くの古文書は残されていない。第三紀の終わりまで遺存した最も注目に値する史料は、黄皮《おうひ》紙本《しほん》、すなわちタックバラの年鑑である（5）。その最も初期の記載は、フロドの時代より少なくとも九〇〇年前に始まったように思われる。そして赤表紙本の編年的記録や系図には、そこから多くのことが引用されている。ここには、曜日名が古い形で現われている。次に挙げるのが、最も古い形である。(1) Sterrendei、(2) Sunnendei、(3) Monendei、(4) Trewesdei、(5) Hevenesdei、(6) Meresdei、(7) Hihdei。指輪戦争の時代には、これがSterday、Sunday、Monday、Trewsday、Hevensday（あるいはHensday）、Mersday、Highdayとなっていた。

わたしはこれら曜日の名を、わたしたちが使っていることばに訳し、当然、日曜、月曜で始まるようにした。この二つはホビット庄の曜日名でも、たまたま同じ名前がついているが、ほかは適宜つけかえた。ただ注意していただきたいのは、曜日名による連想が、ホビット庄では全く異なることである。週の最後の日金曜（Highday）は、主要な日であり、休日（正午より）の一日で、夕べの宴《うたげ》の日であった。それゆえ、土曜日はむしろわれわれの月曜に近く、木曜はわれわれの土曜に近いというわけである（6）。

厳密な意味の暦法に用いられたわけではないが、時間に関係のある名前を、ほかにいくつかあげておきたいと思う。ふつう使われる季節の名は、トゥイレ tuilë 春、ライレ lairë 夏、ヤーヴィエ yávië 秋（または取り入れ）、リーヴェ hrívë 冬である。しかしこれらの季節名には厳密な定義があるわけではなかった。また、秋の後半から冬の初めを指して、クウェッレ quellë（あるいはラッセランタ lasselanta）ということばが用いられた。

エルダールは（北の方の地域のことであるが）、「薄明」に特別な注意を払った。主として星の光のうすれていく時と、星が現われる時である。エルダールがこの時間帯を指すのに用いることばはいろいろあるが、最もふつうに使われるのが、ティンドーメ tindómë とウンドーメ undómë である。前者はたいてい夜明けに近いころを指し、後者は夕べを指す。シンダリンではウイアル uial といい、ミヌイアル minuial とアドゥイアル aduial に分けられた。ホビット庄ではこの薄明のことを、しばしば朝おぼろ morrowdim、夕おぼろ evendim と呼んだ。夕おぼろ《イヴンディム》湖 Lake Evendim はネヌイアル Nenuial の訳語である。

指輪戦争の記述で重要なのは、ホビット庄暦と、それによる日付けだけである。赤表紙本に出てくるすべての年月日は、ホビット庄用語に直されている。あるいは註でそのように直されているものもある。それ故、本書を通じて、月も日もホビット庄暦に従っているのである。三〇一八年の終わりから三〇一九年（ホビット庄暦の一四一八年、一四一九年）の初めにかけての重大な時期に、ホビット庄暦とわれわれの使っている暦との違いが、物語の理解にとって大事になるのは、次のような点だけである。一四一八年の一〇月は三〇日しかない。一月一日は一四一九年の二日目である。そして二月は三〇日である。だからバラド＝ドゥール滅亡の日、三月二五日は、われわれの暦では、三月二七日になる。われわれの一年が季節的に同一点から始まっているとすればのことであるが。しかし、王及び執政の暦法では、その日はやはり三月二五日である。

新しい暦法は、王政復古なった王国で、第三紀の三〇一九年に開始された。それは、エルダールのロアのように、春に一年の始まりをおくように手直しされた王の暦法への回帰を意味した（7）。

新暦法では、サウロンの没落と指輪所持者の功業を記念して、一年は旧暦法の三月二五日に始まった。月の名は以前のものをそのまま用い、ヴィーレッセ Víressë（四月）が、年の始めの月になったわけだが、以前より概して五日早い時期に四月の始めがあるわけである。各月はすべて三〇日で、ヤヴァンニエ Yavannië（九月）とナルクウェリエ Narquelië（一〇月）の間に、三日間のエンデリ Enderi すなわち中日（その二日目はロエンデ Loëndë と呼ばれた）がある。これは旧暦法でいうと九月の二三、二四、二五日に相当する。しかしフロドを記念して、かれの誕生日である旧暦法の九月二二日に当たるヤヴァンニエの三〇日が祝日とされた。そして閏年には、この祝日が二日になり、コルマレ Cormarë すなわち指輪の日と呼ばれた。

第四紀は、エルロンド殿の旅立ちと共に始まったと考えられた。それは三〇二一年九月のことである。しかし王国での記録という目的のために、第四紀第一年は、旧暦法でいえば三〇二一年三月二五日に新暦法によって始まる年のことをいう。

この新しい暦法は、エレッサール王の御代に、ホビット庄を除き、王の支配の及ぶすべての地域で用いられるようになった。ホビット庄では、古い暦がそのまま使われ、ホビット庄暦の使用が続けられた。それ故、第四紀一年は、一四二二年と呼ばれ、ホビットたちが第三紀から第四紀への変化をいささかなりと考慮する時は、かれらはそれが一四二二年ユールの二日に始まったのであり、その前の三月ではないというふうにいうのであった。

ホビット庄民が、三月二五日、もしくは九月二二日を祝ったという記録はないが、西四《し》が一《いち》の庄、とりわけホビット村のお山の周りでは、お天気さえよければ、四月の六日を休日にし、誕生祝いの原でダンスをする習慣が次第に根づいていった。その日は庭師サムの誕生日だという者もいたし、いや一四二〇年に初めて金色の木が花開いた日だという者もいたし、いや、エルフの新年だという者もいた。バック郷《ごう》では、毎年一一月二日の日没時に、マークの角笛《つのぶえ》が吹き鳴らされ、大篝火《おおかがりび》祝宴がそれに続くのであった（8）。

原註

（1）三六五日、五時間、四八分、四六秒。

（2）ホビット庄では、紀元一年は第三紀一六〇一年に相当し、ブリー村では、第一年は第三紀一三〇〇年に相当するから、世紀の第一年目というわけである。

（3）ホビット庄暦を見て気がつくことは、月の一日《ついたち》にあたっていない唯一の曜日は金曜日だということである。それゆえホビット庄には、「一日の金曜日」という冗談めいた表現がある。存在しない日のことや、あるいは豚が飛んだり、（ホビット庄で）木が歩いたりといったあり得べからざる出来事が起こりそうな日のことを指していうのである。さらにていねいにいうと、「サマーフィルス（夏充つ月）の一日の金曜日に」となる。

（4）ブリー村の冗談の一つに、「（ぬかるむ）ホビット庄のウィンターフィルス（冬充つ月）Winterfilth」がある。しかしホビット庄の者たちにいわせると、ブリー村で使う冬入り Wintring というのは、もともと冬を前に、一年が充ちる、すなわち完成することを意味し、王の暦法が全面的に使用されるようになる以前の、収穫のあと新年が始まった時代から伝えられた冬充つ月という古い名前を、ブリー村の者が勝手に変えてしまったことばなのだというのである。（訳註　ウィンターフィルスのフィルスは古英語で fylleth。充つるの意。しかし古英語の fylth、現代英語 filth は汚物の意になる。なお Winterfylleth は古英語で十月のこと。）

（5）トゥック一族の誕生、結婚、死亡を、土地の売買など、ホビット庄のさまざまな出来事といっしょに記録したもの。

（6）それゆえわたしは、ビルボの歌（第一巻四五〇—四五四ページ）の中で、木曜と金曜の代わりに、土曜と日曜を用いた。

（7）実際には、新暦法のイエスタレは、イムラドリスの暦より早くなっている。イムラドリスの暦では、その日はおおよそホビット庄の四月六日に当たる。

（8）三〇一九年に、ホビット庄で初めてその角笛が吹かれた記念の日である。

E 書き方、綴り方

I 単語及び固有名詞の発音

西方語すなわち共通語は、これを完全に英語に翻訳した。ホビットの固有名詞と特殊なことばは、英語にしたがって発音されるようにした。たとえばBolger の g は bulge の g のように、mathom は fathom と韻をふむように発音される。

古写本から英訳するに当たっては、もとの音を（その音を決定できるかぎり）かなり厳密に再現するようにつとめると共に、現代の字を用いて書いても、あまりおさまりが悪くないように努力したつもりである。上《かみ》のエルフ語であるクウェンヤは、発音の許すかぎり、ラテン語のように綴った。それゆえ、エルダールの二つのことばでは、KよりもCを用いるようにした。

このような細かい点に関心をお持ちの方々のために、以下のことを列挙することにした。

子音

Cは、e及びiの前でも、常にkと発音される。celeb「銀」はkelebと発音しなければいけない。

CHは、（ドイツ語あるいはウェールズ語における）bachで聞かれるchの音を示す。英語のchurchのchのようには発音されない。ゴンドールでは、語の終わりとtの前を除いて、この音はhに弱まる。この変化は、Rohan, Rohirrimのように、いくつかの固有名詞に見られる。（Imrahilはヌーメノールの名前である。）

DHは、英語のthese clothesのthのような有声（軟音）のthを表わす。クウェンヤのaldaに対応するシンダリンのgaladh「木」のように、ふつうはdと関連するが、時には、n+rからくることもある。たとえばcaran-rassがCaradhras「赤《あか》角《づの》」になるように。

Fはfの音を表わす。ただし、語の終わりでは、(英語のofのfのように)vの音を表わすNindalf, Fladrif。

Gには、give, getのgの音しかない。Gildor, Gilraen, Osgiliathの中のgil「星」は、英語のgildのgilのように発音される。

Hは、これだけが単独で用いられ、ほかに子音を伴わなければ、house, beholdのhのように発音される。クウェンヤのhtの組み合わせは、ドイツ語のecht, achtのchtの音である。たとえばTelumehtar「オリオン(1)」のhtはそのように発音される。

CH, DH, L, R, TH, W, Yの各項も参照されたい。

Iは、語頭にきて、別の母音を従えている時は、シンダリンの場合のみ、英語のyou, yoreのyと同じ子音音になる。たとえば、Ioreth, Iarwainのように。Yを見よ。

Kは、エルフ語以外のことばに由来する固有名詞に用いられ、cと同じ音である。それゆえ、khはオーク語のGrishnákh、あるいはアドゥーナイク(ヌーメノール語)のAdûnakhôrではchと同じ音を表わす。ドワーフ語(クズドゥル

Khuzdul）については、後記の付記を見られたい。

Lは、let の l のように、語頭にくる英語の l の音と大体同じである。しかし e または i のあとにきて、そのあとに子音がきた場合、あるいは、e または i のあとにきて、語のおしまいにある場合は、ある程度「口蓋音化」された（エルダールであれば、英語の bell, fill をおそらく beol, fiol のように書き表わすだろう）。LH は無声音の場合（ふつうは語頭の sl- から発している）、この音を表わしている。（古代）クウェンヤでは、これを hl と書いたが、第三紀には通常 l と発音された。

NG は、finger の ng のように発音される。ただし ng が語尾にきた時は、英語の sing の場合のように発音される。クウェンヤでは、語頭にきた場合でも、後者のように発音されることがあったが、第三紀の発音に従って、ng は（Noldo のように）、n と表記されてきた。

PH は f と同じ音である。これが用いられるのは、（a）alph「白鳥」のように、語尾に f 音が起こる場合、（b）i-Pheriannath「小さい人たち」（perian）のように、f 音が p と関連している、もしくは p から出ている場合、（c）Ephel「外の囲い」のように、語の真ん中にきて、長い ff（pp からくる）を表わす若干の語の場合、（d）アドゥーナイクや共通語の中の、たとえば Ar-Pharazôn（pharaz は

「金」）のような場合がある。

QUは、cwを表わすのに用いられる。クウェンヤでは頻繁に用いられた組み合わせであるが、シンダリンには見いだされない。

Rは、どの場所におかれても、顫動音《せんどう》のrを表わし、子音の前でも、（英語のpartのように）その音が失われることはない。オークや一部のドワーフは、後舌あるいは口蓋垂音のrを使ったといわれる。これはエルダールの耳には非常に不快な音であった。RHは無声のrを表わしている（より古い語頭のsr-からふつうは発している）。クウェンヤではhrと書かれる。Lを参照されたい。

Sは、常に無声音で、英語のso, geeseの場合のように発音される。zの音は、当時のクウェンヤ、シンダリンには現われていない。共通語、ドワーフ語、オーク語に現われるSHは、英語のshと同じような発音である。

THは、thin, clothにおける英語の無声音thを表わしている。この音は、クウェンヤの話しことばではsになった。クウェンヤのIsil、シンダリンのIthil「月」のように、今も違った字で書かれている。

TYは、恐らく英語のtuneのtと似た音と思われる。主として、c又はt+yからきている。英語のch音は、共通語には頻繁に現われ、共通語の話し手は、このch

の音をTYの代わりに用いるのがふつうだった。Yの項のHYを参照。

Vは、英語のvの音であるが、語の終わりには使われない。Fの項を見よ。

Wは、英語のwの音である。HWは英語（北部方言の発音）のwhiteにおけるような無声音のwである。クウェンヤでは、語頭に起こる音としてまれというわけではないが、この本の中では、例は見当たらない。クウェンヤを移しかえるに当たって、その綴りをラテン語に似せたにもかかわらず、VとWの両方の字を用いた（訳註　ラテン語にはWの字がない）。この二つの音はもともと別のものであり、クウェンヤには、その両方が現われているからである。

Yは、クウェンヤでは、英語のyouにおけるように、子音のyを表わしている。シンダリンのyは母音である（母音のところ参照）。HYとyの関係は、HWとwの関係と同じであり、hew, hugeのような、英語でよく聞かれる音を表わしている。クウェンヤのeht, ihtのhも同じ音である。英語のshの音は、共通語によく出てくる音であるが、このことばを話す者は、しばしばこの音をHYの代わりに用いた。上記のTYの項を参照。HYはふつうsy-及びkhy-からきている。どちらの場合も、関連したシンダリンには、語頭にhが見られる。クウェンヤHyarmen「南」、シンダリンHarad。

tt, ll, ss, nn のように、同じ子音が二つ続いている時は、長子音、あるいは「二重」子音であることに注意されたい。二音節以上の語の終わりでは、通常これらの音は短くされる。たとえば、Rohann（古語では Rochand）が Rohan になる。

初期のエルダール語で特に好まれた ng, nd, mb の組み合わせは、シンダリンではさまざまな変化を受けた。mb はすべての場合 m になったが、強勢をおくため（強勢の項を見よ）、やはり長子音と見なされている。それ故、強勢の有無がはっきりしないように見える場合には、mm と書かれた（2）。ng は変わらないで残った。ただし語頭と語尾にくる時には、（英語の sing のように）単純な鼻音になった。nd は、Ennor「中《なか》つ国《くに》」――クウェンヤでは Endóre――のように、ふつうは nn になったが、thond「根」（Morthond「黒根」）のような、完全にアクセントのある単音節の語の終わり、あるいは Andros「長い水沫《みなわ》」のように r の前では、nd のままである。この nd は、Nargothrond, Gondolin, Beleriand のように、もっと古い時代にさかのぼる古代の名前にも見られる。第三紀には、長い語の終わりの nd は、Ithilien, Rohan, Anórien のように、nn から n になっていた。

母音

母音に使われる文字はi, e, a, o, uとy（シンダリンのみ）である。決定できる範囲では、（yを除く）これらの字で表わされる音は、標準的な母音の音である。もちろん地域地域で微妙な音の相違があり、検出できないでいることは確かであろうが（3）。つまり母音の音は、音の長短に関係なく大体英語のmachine, were, father, for, bruteにおけるi, e, a, o, uによって表わされる音に近似している。

シンダリンでは、長い母音のe, a, oは、比較的近い時代に短母音から出たものなので（より古い時代のé, á, óが変化してしまっていたのである）、短母音と同質であった。クウェンヤでは、長母音のéとóは、たとえばエルダールによって発音される時のように、正しく（3）発音された場合は、短母音よりさらに緊張音となり、「狭母音」になった。（訳註　舌の筋肉が緊張し、口の開きが狭くなる）

当時使われていた諸言語の中で、シンダリンのみが、「ウムラウトによって変化させられた」あるいは前舌面音に転化したu、おおよそフランス語のluneのuに近い音を持っていた。それは幾分は、o及びuの母音変異であり、幾分は、より古い時代の二重母音eu, iuからきたものである。この音を表わすのには、（古期英語におけるように）yを用いた。例えば lŷg「蛇」（クウェンヤでは leuca）、あるいは emyn（amon「丘」の複数形）におけるように。ゴンドールでは、このyは通常iのように発音された。

長母音は通常、「鋭アクセント符号」（訳註　フランス語でいうアクサン・テギュ〔´〕）で示される。フェアノール文字のいくつかの異体字にそれが見られる。シンダリンでは、強勢のおかれた単音節の長母音は、「曲アクセント記号」（訳註　フランス語でいうアクサン・シルコンフレックス〔ˆ〕）で示される。このような場合には、特別に引きのばされる傾向があるからである（4）。Dúnadan にくらべ dûn の方がひきのばされる。アドゥーナイク、あるいはドワーフ語のようなほかの言語で用いられる曲アクセント記号には特に意味はなく、それらの語が異邦のことばであることを示すためにのみ用いられた（Kの使用と同じように）。

語の終わりにくるeは、発音されないということは絶対になく、また英語におけるように、単に音の長さを示す印でもない。語の終わりのこのeを目立たせるために、（一貫してはいないが）しばしばëと書かれる。

（語尾、あるいは子音の前にくる）er, ir, ur は、英語の fern, fir, fur の場合のようには発音されず、むしろ英語の air, eer, oor のように発音されるのであろう。

クウェンヤでは、ui, oi, ai 及び iu, eu, au は二重母音である（つまり一音節で発音される）。それ以外の二つの母音の組み合わせは二音節である。これはしばしば ëa（Eä）、ëo, oë と表記することによって示される。

シンダリンでは、二重母音は、ae, ai, ei, oe, ui, au と表記される。これ以外の組み合わせは二重母音ではない。語尾の au を aw と書くことは英語の習慣に従ったのであるが、実際は、フェアノール文字の綴りでも非常に珍しいことではない。

これらの二重母音はすべて（5）、「下降二重母音」であった。つまり第一番目の要素に強勢があり、単一の母音が二つ結合してなりたっている。それ故、ai, ei, oi, ui はそれぞれ、英語の rye（ray ではなく）、grey, boy, ruin の母音のように、そして au（aw）は laud, haw のようにではなく、loud, how の母音のように発音される。

ae, oe, eu に厳密に対応するものは、英語にはない。ae と oe は ai, oi のように発音されることもあるかもしれない。

強　勢

「アクセント」すなわち強勢のある場所は、はっきり示されてはいない。というのは、ここで問題とされているエルダールの二言語では、強勢の位置は、語形によって決定されるからである。二音節の語では、強勢はほとんどすべての場合、第一音節におかれる。それより長い語の場合は、最後から二つ目の音節が、長母音、もしくは二重母音、あるいは二つ（もしくはそれ以上）の子音をあとに伴う母音を含んでいる場合にはそこ、つまり最後から二つ目の音節におかれる。最後から二つ目の音節の母音が、（しばしば見られるように）短母音で、そのあとにただ一つ子音を伴うか、あるいは子音を全く伴わない場合は、強勢は、その前の音節、つまり終わりから三つ目の音節におかれる。エルダール語、特にクウェンヤでは、この最後の形を持った語が好まれる。

次に挙げた例では、強勢のおかれた母音を大文字で示した。isIldur, Oromë, erEssëa, fËanor, ancAlima, elentÁri, dEnethor, periAnnath, ecthElion, pelArgir, silIvren の如くである。elentÁri「星の妃」のタイプの語は、クウェンヤでは、母

音がê, â, ôである場合、（この場合のように）複合語でない限り、めったに出てこない。andÛne「日没、西」のように、母音がî, ûの場合はもっとふつうに見られるが、シンダリンでは、複合語を除いては見られない。シンダリンのdh, th, chは単一子音で、もとの書体では、一字で表わされる。

付記

エルダール語以外の言語から出ている名前については、以上述べたところに特に記されていないかぎり、ドワーフ語の場合を除き、文字に同じ音価を与えるものとした。ドワーフ語にはth, ch（kh）の表記で前述したような音はなく、thとkhは、いずれも帯気音である。つまりouthouse, backhandにおけるように、hを伴ったtでありkなのである。

zがある場合、その音は英語のzの音である。黒のことば及びオーク語でのghは「後部摩擦音」（dに対するdhのように、gに対して）を表わす。ghâsh, aghにおけるように。

ドワーフが「外向け」に使う人間風の名前には、北欧風の形をあてた。ただし文字の音価はすでに述べた通りである。そしてローハンの人名、地名も（現代風になっていない場合は）音価は同じである。ただしローハンでは、ea と eo は二重母音で、英語の bear の ea、そして Theobald の eo で表わされるかもしれない。y はウムラウトによって変化させられた u である。現代化された形は簡単に見分けることができ、英語のように発音すればいい。それらは Shadowfax「飛蔭《とびかげ》」、Wormtongue「蛇の舌」を除いて、ほとんどが、Dunharrow（Dúnharg の現代語表記名）「やしろ岡」のような地名である。

原　註

（1）ふつうシンダリンで、Menelvagor（第一巻二三三ページ）、クウェンヤで Menelmacar と呼ばれた。

（2）例えば galadhremmin ennorath（第二巻七〇ページ）「中《なか》つ国《くに》の木々織りなす地」のように。Remmirath（第一巻二三三ページ）は、rem「網目《あみめ》」、クウェンヤでは rembe に、mîr「宝石」が加わったのである。

（3）西方語でも、また西方語的発音によるクウェンヤの名前の場合でも、長母音の é と ó を、英語の say, no の ei, ou のように発音する傾向は広く見られた。その傾向は ei, ou と綴る（つまり当時の表記のやり方でそれに相当するもの）ことで示される。しかしこのような発音は不正確、かつ粗野なものと見なされていた。ホビット庄では、もちろんこれがふつうだった。それ故、yéni únótime「数えられないほど長い年月」を英語でならふつう発音されるごとく（おおよそ yainy oonoatimy のように）発音する者は、ビルボ、メリアドク、ペレグリンたちと同様に間違った発音をすることになる。フロドは「異言語の発音にすぐれた才能」を示したといわれる。

（4）Annûn「日没」、Amrûn「日の出」の場合もそうである。この二つに関連したことば、dûn「西」、rhûn「東」の影響を受けている。

（5）元来はすべてそうであったが、クウェンヤの iu は、第三紀にはふつう、英語の yule の yu のように、上昇二重母音として発音された。

Ⅱ　書記法

第三紀に用いられた書記法と文字は、さかのぼればすべてエルダール起原であり、当時すでに非常に長い年代を経たものであった。その頃には、全字母（アルファベット）が揃う段階に達していたが、文字は子音だけを示し、母音は付加記号で示す古い書記法も、まだ使われていた。

字母には、起原的には互いに無関係な、ふたつの主要な種類があった。ひとつは、ここでは「文字」と訳しておいたが、テングワール Tengwar、すなわちティーウ Tîw である。もうひとつは「ルーン文字」と訳したケルタール Certar、すなわちキルス Cirth である。テングワールは、筆またはペンで書くために考案されたもので、碑文などに見られる角ばった書体は、筆記体から派生して出来たものである。ケルタールは、石などに刻み目をつけて書く文字として考案され、主にそれだけに使われた。

ふたつの中では、テングワールの方が、より古い時代から伝わったものである。エルダールの中でもこのような事に最も熟達していたノルドール族によって、かれらが中つ国《なかつくに》で流離の暮らしを始めるずっと以前に作り出されたものだからである。最古のエルダール文字は、ルーミルのテングワールであり、これは中つ国では用いられなかった。それより後代の文字であるフェアノールのテングワールは、ほとんどが新しく考案されたものであるが、その幾分は、ルーミルの文字に負うていた。フェアノール文字は、流離のノルドールによって中つ国にもたらされ、エダイン及びヌーメノーレアンに知られるにいたった。第三紀には、この文字の使用は、共通語の知られている地域と大体同じ範囲に広がっていたのである。

キルスは、最初、ベレリアンドで、シンダール族によって考案され、長い間、木や石に名前や短い記録などを刻みつけるためにだけ用いられていた。かど立った形は、そのような起原に由来しているのである。形がかど立っているところは、われわれの時代のルーン文字と非常に似通っているが、細部は異なっており、配列も全く異なっている。より初期の、より単純な形のキルスは、第二紀に東に広まり、人間、ドワーフ、オークにいたるまで、多くの種族に知られるようになった。かれらはそれぞれ、自分たちの用途に合うように、またそれぞれの種族の能力に応じ、あるいは能力の欠如に応じ、キルスに変更を加えていった。このような単純な形のひとつが、谷間の国の人間たちによって、またそれに類したものが、ロヒルリムによって、当時まだ使われていたのである。

しかしベレリアンドでは、第一紀の末に、ノルドール族のテングワールの影響もあって、キルスが新たに整理され、さらに工夫された。その最も豊かで整った形が、ダエロンの字母表として知られていた。エルフの伝承によると、ドリアスのシンゴル王の吟遊《ぎんゆう》詩人であり、伝承の学の大家であったダエロンによって考案されたといわれていたからである。エルダールの間では、ダエロンの字母は、真の筆写体にまでは発展しなかった。エルフたちは、自分たちが書く時は、フェアノール文字を用いたからである。西方地域のエルフたちは、大体において、ルーン文字の使用をほとんどやめてしまったのである。しかしエレギオンでは、ダエロンの字母はまだ用いられていて、そこからモリアへ伝えられ、その地で、ドワーフたちの最も愛用する字母となった。その後もドワーフたちの間で使われ、かれらと共に北方に伝えられた。それ故、後世、ダエロンの字母表は、しばしばアンゲルサス・モリア Angerthas Moria すなわちモリアの長いルーン文字の列と呼ばれた。ドワーフたちは、話しことば同様、字も、一般に通用している書き方を用い、多くの者がフェアノール文字を上手に書きこなしたが、自分たちのことばを書き表わすのには、あくまでキルスを使おうとし、ペン字書体を作り出した。

(i) フェアノール文字

表に示したのは、第三紀の西方地域で、共通に用いられていたすべての文字を、楷書体の形にしたものである。並べ方は、当時最もふつうに行なわれていた配置の仕方であり、この並べ方に従い、それぞれの文字につけられた名前を声に出して誦《しょう》することがふつうに行なわれたのである。

この文字は、本来アルファベットとは異なっていた。つまり、それぞれ独立した音価を持ちながら、文字の形や機能となんら関係なしに、ただ伝統的に誦されてきた順序で無方針につながれた文字の羅列などではない（1）。むしろこれは、似たような形、型を持つ子音の記号の一つの体系であって、エルダールによって守られてきた（あるいは工夫された）ふたつの言語の子音を表わすのに、好きなように、あるいは都合のいいように改めることができたのである。どの文字も、それ自身には定まった音価はなかったが、文字と文字の間のある一定の関係が次第に認められた。

この体系には、二十四の基本的な文字が含まれていた。1から24まで、四つのテーマル témar（系列）に並べられ、それぞれに六つのテュエッレル tyeller（階梯）があった。さらに「追加の文字」があり、25から36までは、その例である。その中で厳密に独立した文字は、27と29だけで、あとはほかの字を変形させたものである。また、さまざまに使用されるテヘタール tehtar（記号）がいくつかあるが、これらは表には出ていない（2）。

テングワール

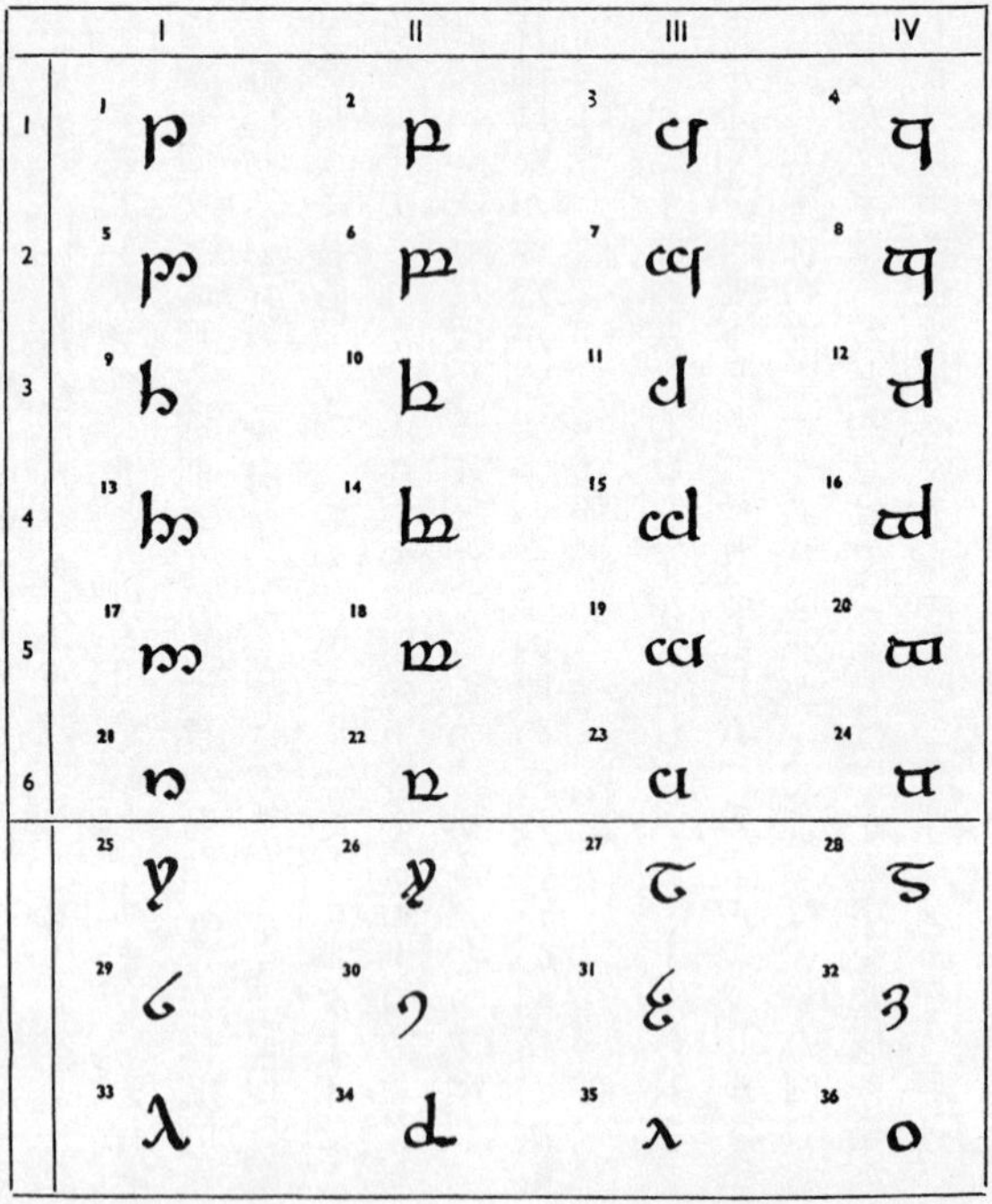

基本的文字はそれぞれ、テルコ telco（軸線）とルーヴァ lúva（弓形線）から作られている。1から4に見られるのが、標準と見なされる形であった。軸線は、9から16におけるように、上にのばすことも、あるいは17から24におけるように縮めることもできた。弓形部分は、系列Ⅰ、系列Ⅲにおけるように開くことも、あるいは、系列Ⅱ、系列Ⅳにおけるように閉じることもできた。そしていずれの場合も、例えば5から8におけるように、弓形をだぶらせることができた。

音声に文字をあてる際の理論上の自由度は、第三紀には慣習によりある程度修正された。すなわち系列Ⅰは一般的に歯音、すなわちt-系列（ティンコテーマ tincotéma）に、そして系列Ⅱは唇音、すなわちp-系列（パルマテーマ parmatéma）に適用されるようになったのである（訳註　歯音は〔t, d, θ, ð〕など、唇音は〔p, b, m, f, v〕など）。Ⅲ、Ⅳの系列の適用は、異なる言語の必要に応じて変化した。

英語のch, j, shのような子音（3）を多用した西方語（共通語）のような言語では、系列Ⅲが、通常このような音にあてられた。この場合、系列Ⅳは、標準的k-系列（カルマテーマ calmatéma）にあてられた。カルマテーマのほかに、口蓋音系列（チュエルペテーマ tyelpetéma）と、唇音化系列（クウェッセテーマ

quessetéma）の両方を持っていたクウェンヤでは、口蓋音は「y に続く」を意味するフェアノール文字の発音区別符号（ふつうは下に二つの点をつける）によって表わされ、系列Ⅳは kw- 系列だった。

これら一般的な適用のなかで、次のような関係も共通して認められた。標準的な文字である階梯1は、「無声閉鎖音」t, p, k などにあてられた。弓形をだぶらせるのは、有声音になることを示した。つまり、1、2、3、4が t, p, ch, k（あるいは t, p, k, kw）とするなら、5、6、7、8は d, b, j, g（あるいは d, b, g, gw）になるということである。軸線を上にのばすことは、その子音が「摩擦音」になることを示した。というわけで、階梯1の音価を右に示したものと仮定すれば、階梯3の9から12は、th, f, sh, ch（あるいは th, f, kh, khw/hw）そして階梯4の13から16は、dh, v, zh, gh（あるいは dh, v, gh, ghw/w）となる。

最初のフェアノール体系にも、軸線を上下にのばした階梯があった。これらは通常、気息音（[h] 音）の入った子音（例えば t+h, p+h, k+h）を示していたが、必要に応じてほかの子音変化を示していたのかもしれない。これらは、フェアノール書記法を用いていた第三紀の諸言語には必要とされなかったが、のばした形は、階梯3と4の（階梯1からさらにはっきり区別できる）変形として多用された。

階梯5（17—20）は通常鼻子音にあてられた。それ故、17と18は、nとmの最も一般的に用いられる記号である。前述した原則に従うと、階梯6は無声鼻音を表わしていたことになるが、このような音（ウェールズ語のmh、あるいは、古英語のhnを例に挙げることができる）は、今問題になっている言語の間ではめったに聞かれなかったので、階梯6（21—24）は、各系列の最も弱い子音、あるいは「半母音」的子音を表わすのに最も多く用いられた。階梯6は、基本的文字の中で最も小さく、最も簡単な形でできている。つまり21は、弱い（顫動《せんどう》しない）rを表わすのにしばしば用いられ、もともとはクウェンヤに現われ、この言語体系のティンコテーマ tincotéma（t-系列）中、最も弱い子音とみなされていた。22はwを表わすのに広く用いられた。系列Ⅲが口蓋音系列として用いられた所では、23は一般に子音yとして用いられた（4）。

階梯4の子音には、発音すると弱くなり、（前述したような）階梯6の子音に近づいたり、あるいはそれと一つになってしまう傾向のものもあったので、後者の多くは、エルダール二語の中では、はっきりした機能を持たなくなってしまった。母音を表わす字が主に派生してきたのは、これらの文字からであった。

クウェンヤの標準的な綴りは、前述した文字の適用とは異なっていた。階梯2は、nd, mb, ng, ngw を表わすのに用いられ、どれも頻繁に使われた。b, g, gw はこの組み合わせでのみ現われたからである。一方rd, ld を表わすのには、26、28の特別な文字が用いられた（lvを——lwをではない——表わすのに、話者の多く、特にエルフたちは、lbを用いた。lmbというのはなかったので、これは27＋6の形で書かれた）。同様に階梯4は、非常に使用頻度の高い組み合わせであるnt, mp, nk, nqu を表わすのに用いられた。というのもクウェンヤには、dh, gh, ghw がなく、vを表わすのには22番の文字を用いたからである。後述のクウェンヤ文字の名称を参照されたい。

追加文字　27番は、一般的にlを表わすのに用いられた。25番（もともと21番の形態変化）は、「完全」顫動音《せんどう》のrを表わすのに用いられた。26番、28番はこの二つの形態変化であった。これらはそれぞれ、無声のr（rh）とl（lh）を表わすのに、高い頻度で用いられていた。しかしクウェンヤでは、rd及びldを表わすのに用いられた。29はsを表わし、31（巻形《カール》が二つある）は、zを必要とする諸言語で、zを表わした。逆さの形の30と32は、単独の記号としても利用することができたが、たいていは、29、31の単なる変形として、書く時の都合に従って用いられた。たとえば、重ねたテヘタールを伴った場合に多用された。

33番は、もともと11番のもっと弱い変化音を表わす異体字だった。第三紀で、この使用頻度が最も高かったのは、hである。34は（もし使われたとしたらのことだが）たいていの場合、無声のw（hw）を表わすのに用いられた。35と36は、子音として用いられる時は、主として、それぞれyとwに適用された。

母音は、多くの書記法においてテヘタールで表わされ、ふつうは子音字の上におかれた。大部分の語が母音で終わるクウェンヤのような言語では、テヘタは先立つ子音の上におかれたが、大部分の語が子音で終わるシンダリンのような言語では、次にくる子音の上におかれた。必要とされる位置に子音がない場合は、テヘタは「短符号」（訳註　母音記号をのせる短い符号）の上におかれた。短符号でよく見られる形は、点のないıのような形をしていた。それぞれ異なる言語での母音を表わすために、実際に用いられたテヘタールの数は非常に多かった。中でももっとも一般的なのは、e, i, a, o, u（のそれぞれの音価）を表わすのに適用されたもので、本編に現れる例（訳註　原書の扉タイトル頁や指輪の銘）に示されている。点三つは、aを表わす正式な書き方として最もふつうに使われたのであるが、速く書くためには、いろいろな書き方があり、曲アクセント記号のような形がしばしば用いられた（5）。点一つと、「鋭アクセント記号」は、i及びeを表わすのに（e及びiを表わすという書記法も存在した）頻用された。巻形《カール》はoとuを表わすのに用いられ、指輪の銘では、右に開いている巻形《カール》はuを表わすのに使われ、扉のページでは、これがoを表わし、左に開いた巻形《カール》がuを表わしている。右に開く巻形《カール》の方が好んで用いられたが、実際の適用は、用いられている言語によった。黒のことばでは、oはめったに使われなかった。

長母音は、通常テヘタを「長符号」（訳註　長母音をのせる長い符号）の上におくことで表わされた。長符号でふつう用いられる形は、点のないıのような形だった。しかし同じ目的のために、テヘタールを二重につけることもあった。しかしこれは巻形《カール》を使ってなされることもしばしばあったし、「アクセント記号」を使う場合もあった。点二つは、次に続くyを表わす記号として用いられることの方が多かった。

西門の銘は、母音を別の字で表わす「完全文字化」の形式の例証になる。シンダリンで用いられたすべての母音性文字が、ここに示されている。30番が、母音性のyを示す記号として用いられていること、また二重母音を表わすのには、次に続くyのためのテヘタが母音字の上に置かれていることが注目される。次に続くwを示す記号（au, aw を表わすのに必要）は、この方法で、u-巻形《カール》か、あるいはその変形の~であった。しかし二重母音は、転写の場合など、略さずに書くこともしばしばあった。このような書き方では、母音の長さは、その場合アンダイス andaith「長音記号」と呼ばれる「鋭アクセント記号」で示されるのがふつうだった。

すでに述べたテヘタールのほかにも、いくつかの記号があった。主として略書きに用いられたのだが、特に頻繁に出てくる子音の組み合わせを、全部書き出さないですますために用いられた。その中で、子音の上におかれた横棒（あるいはスペイン語の tilde「波形符〜」のような符号）は、同系列の鼻音（nt, mp あるいは nk のような）が前にあることを示すために、しばしば用いられた。しかし子音の下におかれた同様の符号は、主としてその子音が長音であるか、あるいは二重であることを示すのに用いられた。弓形につけられた下向きのかぎ形（扉のページの最後の語 hobbits に見られるように）は、次に続くsを表わすのに使われた。クウェンヤで好まれた ts, ps, ks（x）の組み合わせにおいて、特にこの下向きのかぎ形が用いられた。

もちろん、英語の表記のための「方式」があったわけではない。発音的にまあまあ妥当なものを、フェアノール体系を使って書いてみることができるというだけのことである。扉のページの短い例は、これを示そうという試みではない。ただ、ゴンドールの人間だったら、かれにとって親しい文字の音価と、英語の文字の伝統的な綴り方との間に立って、ためらいがちに、こうも書いてみたのではないかと思われるものの例である。子音の下の点は（その用法の一つは、弱い曖昧な母音を表わすことであった）、ここではストレスのおかれていない and を表わすのに用いられているのだが、同時に、here の最後の発音されない e を示すのにも用いられていることに注意されたい。the, of, of the は、省略した形（それぞれ軸線をのばした dh, v, v の下にストロークをつける）によって表わされている。

文字の名前　すべての方式において、それぞれの文字、符号には名前がついていた。これらの名前は、各方式において、その音声の使用に合うように、あるいはそれを記述できるように工夫されたものだった。しかし、それぞれの字の形自体に名前のある方が、特にほかの方式での文字の用法を説明する場合などに望ましいと思われることがしばしばあったわけである。この目的のためには、クウェンヤの「フルネーム（省略されない名前）」が一般に用いられた。クウェンヤに特有な用法に言及する場合にさえ用いられた。各「フルネーム」は、当該《とうがい》の文字をその中に含んだ、実際のクウェンヤの単語である。可能な場合には、語の最初の音がそうであったが、その音、もしくは表わされる音の組み合わせが語頭にこない場合は、最初の母音のすぐあとに続いた。表にかかげた文字の名前は次の通りである。

（1）tinco 金属、parma 本、calma ランプ、灯《あかり》、quesse 羽根　（2）ando 門、umbar 運命、anga 鉄、ungwe 蜘蛛の巣　（3）thúle（súle）霊、息、formen 北、harma 宝物（あるいは aha 憤怒）、hwesta そよ風　（4）anto 口、ampa 鉤《かぎ》、anca 顎《あご》、unque 洞　（5）númen 西、malta 金、noldo（古くは ngoldo）ノルドール族の者、nwalme（古くは ngwalme）苦痛。（6）óre ハート（内なる心）、vala 守護の力を持つ者、anna 贈り物、vilya 空気、空（古くは wilya）。rómen 東、arda 地、領域、lambe 舌、言葉、alda 樹木、silme 星の光、silme nuquerna（逆にしたs）、áre 日光（もしくは esse 名前）、áre nuquerna。hyarmen 南、hwesta sindarinwa、yanta 橋、úre 熱。異なる名前がある文字について言えば、流離のエルフたちが中《なか》

つ国《くに》で話したクウェンヤは、どうしても幾分の変化をこうむることになり、変化以前につけられた名前が、異名となったのである。それ故、11番は、それが語の中のどの位置にあっても、摩擦音のchを表わしている場合にはharmaと呼ばれたが、この音が語頭で（語中にとどまったとしても）無声音のhになった時には（6）、ahaという名が考え出された。áreはもともとはázeであったが、このzが次第に消失して21番と一つになると、この記号は、クウェンヤでは、クウェンヤで頻出するssを表わすのに用いられ、esseという名がつけられた。hwesta sindarinwaすなわち「灰色エルフのhw」がそのように呼ばれたゆえんは、クウェンヤでは、12番がhwの音であり、chwとhwを区別する別個の符号は必要とされなかったからである。最も広く知られ、用いられた文字の名前は、17番n、33番hy、25番r、10番fのnúmen, hyarmen, rómen, formen＝西、南、東、北（シンダリンでは、dûnまたはannûn, harad, rhûnまたはamrûn, forod）であった。これらの文字は、全く別の用語を用いていたほかの言語の場合も含め、一般的にW, S, E, Nの方位を指すのに用いられた。西方地域では、方位を列挙するのに上述の順序でいったのである。先ず西を向くことから始めたからである。さらにhyarmenとformenは、左方の地域、右方の地域をも意味した（多くの人間の言語の約束とは逆である）。

原註

（1）われわれの用いているアルファベットの中で、エルダールから見て理解できる関係があるとすれば、PとBの関係だけである。かれらにとっては、PとBが互いに離れていること、そしてまたF,M,Vとも離れていることは、なんとも不合理なことに思われるであろう。

（2）そのうちの多くを、本書の扉のページ、そして第一巻一四三ページの銘文（第二巻一一九―一二〇ページにその音と訳を記した）に、例として見ることができる。それらは主として母音を表わすのに用いられたが、クウェンヤでは、ふつう、それが付されている子音の形態変化と見なされていた。あるいはまた、非常に頻出度の高い子音組み合わせのあるものをより簡単に表現するために用いられることもあった。

（3）ここに挙げた音の表記は、前述されたものと同じである。ただこの場合、chは、英語のchurchのchを表わし、jは英語のj、zhはazure, occasionで聞かれる音を表わしている。

（4）モリアの西門の銘文は、シンダリンの綴りに用いられた一つの方式の一例である。シンダリンでは、階梯6は単鼻音を表わす。しかし階梯5は、シンダリンでよく使われた二重鼻音あるいは長鼻音を表わしていた。21番＝nに対して17番＝nnとなる。

(5) aが頻出するクウェンヤでは、それに該当する母音記号は全くはぶかれることが多かった。だからcalma「ランプ」はclmと書くことができたし、それはもちろんcalmaと読まれたわけである。なぜなら、clの組み合わせが、クウェンヤで語頭にくることはありえなかったし、mが語末にくることも決してなかったからである。calamaというふうに読もうと思えば読めるだろうが、こういう語は存在しなかった。

(6) 無声音hを表わすのに、クウェンヤではもともと、弓形のない、ただの一本の上にのびた軸線を用い、これをhalla「たけが高い」と呼んだ。これは子音の前におかれて、それが無声の有気音であることを示すことができたのだろう。無声のrとlは通常そのように表わされ、書き移すとhr, hlになる。後になると、33番が、独立したhを表わすのに用いられた。そして(33番の古い方の音価である)hyの音価は、次に続くyを示すテヘタを加えることで表わされた。

(ii) キルス (CIRTH)

ケルサス・ダエロン(Certhas Daeron)は、もともと、シンダリンだけの音を表わすために考案された。最も古いキルスは、1、2、5、6番、8、9、12番18、19 22番 29、31番 35、36番 39、42、46、50番である。そして13番から15

番の間でケルス（certh）は変化した。音価の取り決めは体系的でなかった。39、42、46、50番は母音で、その後の発展を経ても、ずっとそのままであった。35番がsもしくはhを表わすのに用いられるのに応じて、13番、15番は、hもしくはsを表わすのに用いられた。sとhの音価を指定するのをためらう傾向は、もっと後になっても続いた。一本の軸線と一本の枝でできていた文字は、1番から31番まででは、枝を片側だけにつける場合、通常右側につけた。逆はまれというわけではなかったが、音声上の意味は全くなかった。

このケルサスがその後増補され、練り上げられていったのだが、より古い方の形を、アンゲルサス・ダエロン Angerthas Daeron と呼んだ。古いキルスに追加を施し、再編成したのはダエロンであるといわれていたからである。しかし主要な追加部分である13番から17番、23番から28番の新しい二つの連続部分は、実際は恐らく、エレギオンのノルドール族の発明であったと思われる。それらが、シンダリンでは見出されない音を表わすのに使われていたからである。

アンゲルサスの再編成に当たって、次のような原則があったことが認められる（明らかにフェアノール体系に影響を受けたものと見える）。(1)枝にストロークを加えることで「有声音」にする。(2)ケルスを逆にすることで「摩擦音」になることを示す。(3)軸線の両側に枝を置くと、声と鼻音が加わる。これらの原則は、一点を除いて規則的に実行された。つまり（古代）シンダリンには、摩擦音ɱ（あるいは鼻音v）の記号が必要とされた。それには、ɱの記号を逆にすることが最も都合がよかったので、逆に使える6番にɱの音価が与えられ、5番にはhwの音価が与えられたのである。

36番の音価は、理論的にはzだが、シンダリンあるいはクウェンヤの綴りでは、ssを表わした。フェアノール文字31番を参照。39番はiまたはy（子音）に用いられた。34番と35番は区別なしにsを表わすのに用いられた。そして38番は、頻出する連続音ndを表わすのに用いられたが、形の上では、歯音字（訳註　歯音はt, d, θ, ðなど）との明らかな関係はない。

音価表のなかで、「—」の印で分けられている場合、左にあるのが、より時代の古いアンゲルサスの音価である。右にあるのが、ドワーフの用いたアンゲルサス・モリアの音価である（1）。モリアのドワーフは、ごらんのように、37、40、41、53、55、56番のような新しいキルスをいくつか導入すると共に、系統立っているとはいえない若干の変化を音価に取り入れた。音価の転置は、主として二つの理由に

アンゲルサス

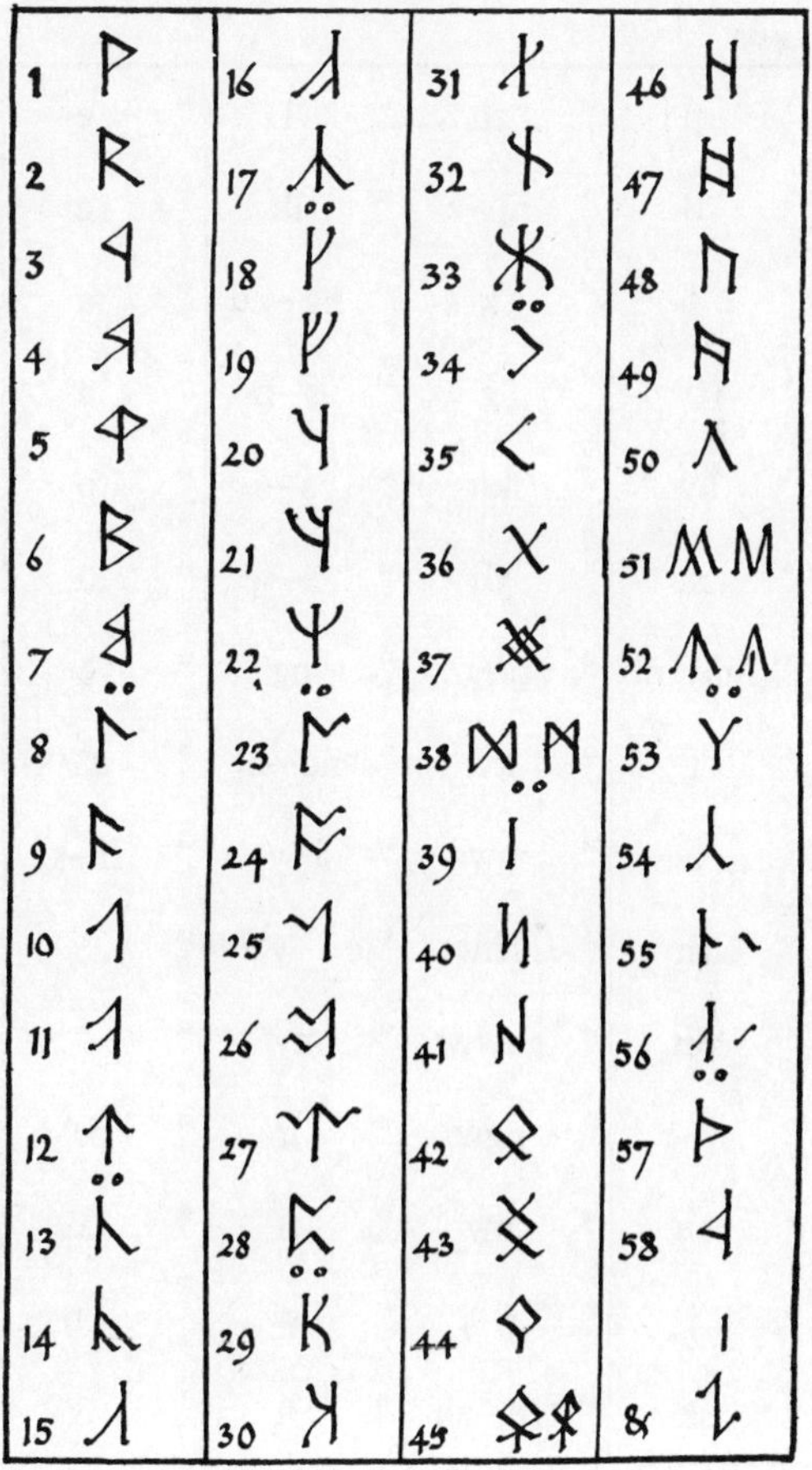
1 2 3 4 5 6 7 8 9 10 11 12 13 14 15
16 17 18 19 20 21 22 23 24 25 26 27 28 29 30
31 32 33 34 35 36 37 38 39 40 41 42 43 44 45
46 47 48 49 50 51 52 53 54 55 56 57 58 &

アンゲルサス

音価表

1	p	16	zh	31	l	46	e
2	b	17	nj—z	32	lh	47	ē
3	f	18	k	33	ng—nd	48	a
4	v	19	g	34	s—h	49	ā
5	hw	20	kh	35	s—’	50	o
6	m	21	gh	36	z—ŋ	51	ō
7	(mh) mb	22	ŋ—n	37	ng*	52	ö
8	t	23	kw	38	nd—nj	53	n*
9	d	24	gw	39	i (y)	54	h—s
10	th	25	khw	40	y*	55	*
11	dh	26	ghw,w	41	hy*	56	*
12	n—r	27	ngw	42	u	57	ps*
13	ch	28	nw	43	ū	58	ts*
14	j	29	r—j	44	w		+h
15	sh	30	rh—zh	45	ü		&

よる。(1)34、35、54の音価が、それぞれh（これはKhuzdul語に見られる語頭に母音を持った語の口蓋音化、あるいは声門音化するのである）とsに変わること。(2)14番と16番を捨て、代わりに29番と30番を当てた。その結果rを表わすのに12番を用い、nを表わすのに53番を作り出し（結果、それと22番が混同された）、17番をzとして用い、音価をsとした54番と均合《つりあ》わす。そして結果的に36番をŋとして用い、新しいケルスの37番をngとして用いたことに気づかれよう。新しい55番と56番は、もともと46番を半分にした形で、英語のbutterで聞かれるような母音を表わすのに用いられた。この音は、ドワーフ語でも、西方語でも、頻出度の高い音である。弱く、あるいはかすかに発音される場合は、しばしば軸線のない、単なる斜線だけになることもあった。このアンゲルサス・モリアの例は、墓碑銘に見られる（第二巻三〇〇ページ）。

エレボールのドワーフたちは、この方式をさらに修正して用いた。エレボール方式として知られているもので、マザルブルの書に例が示されていた。その主な特徴は、43番をzとして、17番をks（x）として用い、psとtsを表わす二つの新しいキルス57番と58番を作り出したことである。かれらはまたj、zhの音価を表わすのに、14番、16番を再導入したが、29番と30番はg, ghを表わすのに使うか、あるいは単に19番、21番の別形として用いた。これらの特異な字は、特別なエレボール式キルス57番と58番を除き、この表には含まれていない。

原註

(1)（ ）内は、エルフ語にのみ見出される音価である。★印は、ドワーフによってのみ用いられたキルスである。

F

I　第三紀の諸言語と諸種族

この物語の中で英語で表現されていることばは、西方語、すなわち第三紀に中《なか》つ国《くに》の西方地域で用いられていた共通語を訳したものである。第三紀を通じて、西方語は、アルノール及びゴンドール両古王国の版図《はんと》内、つまりウンバールから北にさかのぼってフォロヒェル湾に至る全沿岸地方、そして霧ふり山脈とエフェル・ドゥーアスまでの内陸部に住む、ことばを使って話すほとんどすべての種族（エルフを除く）の母語となった。西方語はまた、アンドゥインを北上してさらに広まり、大河アンドゥインの西、霧ふり山脈の東の地方に伝播《でんぱ》し、あやめ野に至る地域にまで用いられるようになった。

第三紀の末の指輪戦争のころには、以上に述べたような地域が、依然として西方語を母語として話す地域であった。ただエリアドールの広範な部分が、住む者もなく荒れはて、あやめ野からラウロスに至るアンドゥインの両岸には、ほとんど住人の影はなかった。

アノーリエンのドルーアダンの森には、昔のままに暮らす野人《やじん》が少数とはいえ、依然として隠れ住んでいたし、褐色国《ダンランド》の山間部には、ゴンドールの大半の地にかつて住まっていた先住者である古い種族の末裔《まつえい》が、死に絶えることなく残っていた。かれらは自分たちのことばを大事に守っていた。一方、ローハンの平原には、北方民族のロヒルリムが住んでいたが、かれらは五百年ばかり前に、この地に移ってきたのである。しかし西方語は、自分たちのことばを守り続けている種族たちにとっても、他種族とつきあうための第二の母語であり、エルフでさえこれを用いた。アルノールとゴンドールだけでなく、アンドゥインの全流域、そして東は、闇の森の東の外れまで通用したのである。よそ者を避けて暮らす野人や褐色国人《ダンレンディング》たちの中でさえ、ブロークンではあっても、西方語を話す者がいたほどである。

エルフのことば

エルフたちは、遠く時代をさかのぼる上古に、大きく二つに枝分かれした。すなわち西のエルフ（エルダール）と東のエルフである。闇の森とローリエンのエルフの大半は、後者に属する。しかしかれらのことばは、この物語の中には出てこない。ここに出てくるエルフ語の固有名詞や単語は、すべてエルダール語に属する(1)。

本書に見いだされるエルダール語には二種類がある。上《かみ》のエルフ語すなわちクウェンヤと、灰色エルフのことば、シンダリンである。上のエルフ語は、大海のかなたのエルダマールの古語であり、文字に書いて記録された最初のことばである。それはもはや日常語ではなかったが、いってみれば「エルフのラテン語」とでもいったらよいものになっていた。第一紀の末に故国を去って、中《なか》つ国《くに》に戻ってきた上のエルフたちによって、儀式の場合や、あるいは伝承、歌といった高尚な事柄を表現する場合に、それまでどおり使われてきたのである。

灰色エルフのことばは、もともとはクウェンヤに近いことばだった。なぜなら、中つ国《なかつくに》の海辺にまで辿《たど》りつきながら、ついに大海を渡ることなく、ベレリアンドの沿岸地方に留《とど》まっていた上《かみ》のエルフのことばだったからである。その地では、ドリアスの灰色マント王シンゴルが、かれらの王であった。そして長い薄明の中で、かれらの使うことばは、生者必滅《しょうじゃひつめつ》の地の習いである移ろい易さを受けて変化し、大海のかなたから戻ってきたエルダールのことばとは、ずいぶん異なるものになってしまったのである。

故国を捨てた流謫《るたく》のエルフたち（訳註　中つ国に戻った上のエルフ）は、自分たちより遥かに数の多い灰色エルフの中に住んで、日常の用には、シンダリンを用いるようになった。それ故、シンダリンが、この物語に現われるすべてのエルフ及びエルフの王族の使っていたことばなのである。なぜならかれらはみな、たとえその民がかれらより劣るエルフ族であったとしても、かれら自身はエルダールに属していたからである。かれらの中で最も高貴な者は、フィナルフィン王家の出で、ナルゴスロンドの王、フィンロド・フェラグンドの妹であるガラドリエルの奥方であった。故国を捨てた流謫の者たちの心底には、大海への憧憬が、決して鎮《しず》められることなく胸をさわがし続けたのであった。灰色エルフたちの胸中では、それは眠っていたが、一度目覚めさせられると、もはやこれを鎮めることはできなかった。

原註

（1）ローリエンで当時話されていたのは、シンダリンであった。ただローリエンの民のほとんどがシルヴァン系（訳註　霧ふり山脈から西に進まなかった森のエルフ）のエルフであったので、そのシンダリンには「訛《なま》り」があった。フロドはこの「訛り」と、かれ自身のシンダリンの知識が限られていたためもあって、（セイン本の中で、ゴンドールの注釈者に指摘されているように）勘違いをしたのである。第二巻六、七、八章に引用されているエルフ語はすべて、実はシンダリンである。また地名、人名の大部分がそうである。しかしローリエン、カラス・ガラゾン、アムロス、ニムロデルは、恐らくシルヴァン系のことばを、シンダリン風に変えたものと思われる。

人間のことば

西方語は、エルフ語の影響を受けて豊かになり、響きもやさしくなっているが、元来人間のことばである。もともとは、エルダールがアタニ（Atani）あるいはエダイン（Edain）すなわち「人間の父たち」と呼んだ者たちの用いたことばである。かれらは、第一紀に西の方《かた》ベレリアンドに来て、エルダールを援《たす》け、北方の暗黒の力を相手に、大宝玉戦争を戦った、エルフの友たる三家の血を引く者たちだったからである。

暗黒の力の壊滅に際し、ベレリアンドの地の大部分が海に呑まれるか、破壊されたので、エルフの友への報賞として、かれらにもまた、エルダールと同じく大海を渡ってもよいという許しが出された。しかし不死の国が、かれらにとって禁断の地であることは変わりなく、有限の命の者に許された極西の海に、大きな島が別に設けられた。この島の名をヌーメノール Númenor（西方国）といった。そこで、エルフの友の大部分が中《なか》つ国《くに》を去って、ヌーメノールの地に住みついた。その地でかれらは強大になり、船乗りとして世に聞こえ、多くの艦船を所有する支配者となった。かれらは容貌がすぐれ、背丈高く、寿命が中つ国の人間の三倍はあった。これがヌーメノーレアン、人間たちの王、エルフたちがドゥーネダインと呼ぶ者たちであった。

全人間族の中で、ただドゥーネダインだけが、エルフの言葉を知っており、話すことができた。なぜなら、かれらの父祖たちがシンダリンを習得し、これを伝承の学として、時代の経過にもほとんど変化をこうむることなく、次代へと伝えていったからである。さらに、かれらの中で知者、賢者といわれる者は、上《かみ》のエルフのクウェンヤをも習得し、すべての言語に増してこれを尊び、このことばを用いて、多くの有名な場所、尊崇《そんすう》の対象となる場所、あるいは王族や令名高い者たちの名前をつけたのである(1)。

しかし、ヌーメノーレアンの自国語は、大体が、父祖代々使われてきた人間のことば、アドゥーナイク Adûnaic が、そのまま使われていた。そして後《のち》にヌーメノーレアンが得意の絶頂にあった時、古来からのエルダールとの友好関係を維持している、わずか一握《ひとにぎ》りの者たちを除き、王たち貴族たちはエルフ語を棄て、人間のことばに戻っていった。国力が強大になるにつれ、ヌーメノーレアンたちは、自国の艦船の便宜のために、中つ国の沿岸地方に、砦《とりで》や港を築いた。そのうちの主なものの一つが、アンドゥインの河口に近いペラルギルにあった。その地では、アドゥーナイクが話され、かれらより劣る一般の人間たちの使うことばの多くとまざり合い、そこから沿岸地方を伝って、ヌーメノールとかかわりを持つすべての人々の間に広まって、共通語となったのである。

ヌーメノールの没落後、エレンディルはエルフの友たる生き残りを率い、中つ国の北西海岸に戻ってきた。そこには、純血のヌーメノーレアン、あるいはヌーメノールの血のまじった人たちが、すでにたくさん住んでいたが、かれらの中でエルフ語を憶《おぼ》えている者は、ほとんどなかった。こういうわけで、ドゥーネダインは、全部合わせても、そもそもの始まりから、かれらが共生し、その長い寿命と強大な力と知恵を兼ねそなえた君主として統治した並の人間たちより、数において、はるかに僅少だったのである。それ故ドゥーネダインは、自分たち以外の者とつきあうために、そして広大な領土を治めるために、共通語を用いたのであるが、かれらは、エルフ語から多くの語を借用して、共通語を富ませ、豊かにしていったのである。

ヌーメノール王朝の時代に、この品位のより高まった西方語は、あまねく各地にひろまり、敵たちの間でさえ使われていた。ドゥーネダイン自身によっても、ますます多く用いられるようになり、その結果、指輪戦争の時代には、エルフ語は、ゴンドール諸侯国のほんの一部の人たちに知られているにすぎなかった。まして、日々これを話す者の数はなお一層少なかった。この僅《わず》かな人たちは、主に、ミナス・ティリスとそれに隣接した町々、そしてゴンドールの属領ドル・アムロス公国に住んでいた。とはいえ、ゴンドール王国内のほとんどすべての地名人名は、エルフ語の語形と意味を持っていた。名前の中には語の起原が忘れられてしまったものもあり、それらは疑問の余地なく、ヌーメノールの艦船が大海を渡ってくるより以前から伝えられてきたものである。ウンバール、アルナハ、エレヒなどがそれであり、エイレナハ、リンモンといった山の名もそうである。フォルロングも同様である。

中《なか》つ国《くに》西方地域の北部に住む人間たちは、ほとんどが第一紀のエダイン、またはそれに近い血筋の者たちの子孫である。それ故、かれらの使っていたことばはアドゥーナイクと関係があり、共通語との類似点をそのまま残しているところがあった。このようなことばを使っていた者たちは、アンドゥインの上流域地方の人間たちであった。ビヨルンの一党、西闇の森の森人たち、そしてさらに北東のたての湖《うみ》と谷間の国の人間たちだった。あやめ野とカルロックの間の地方から来たのは、ゴンドールでロヒルリムすなわち馬の司《つかさ》として知られている者たちだった。かれらは祖先伝来のことばを話し、かれらが新しく移住してきた土地のほとんどすべての地名に、自分たちのことばで、新しい名前をつけた。かれらは自らをエオルの家の子、騎士《リダー》国人《マーク》と呼んだ。しかしかれらの中の主だった者たちは、共通語を自由に使いこなし、盟邦ゴンドールの友たちにならって、共通語を上品に話した。なぜなら共通語の発祥地ゴンドールでは、より丁寧で古雅なことば遣いが保たれてきたからである。

全く異質なのが、ドルーアダンの森の野人《やじん》のことばであった。褐色国人《ダンレンディング》たちのことばもまた異質であった。共通語に似たところがたとえあったとしても、微々たるものでしかなかった。かれらは遠い昔、白の山脈の谷間地方に住まっていた民族の生き残りである。やしろ岡の死者たちは、かれらに近い者たちであった。しかし暗黒時代に、ほかの者たちは霧ふり山脈の南の谷々に移り住み、中にはそこからさらにまた、無人の地を求めて、北は塚山丘陵まで移って行った者もあった。ブリー郷《ごう》の人間も、もとはそこからきたのである。しかしかれらはずっと昔に、アルノールの北方王国の民となり、西方語を話すようになっていた。ただ褐色国《ダンランド》に住んでいた者たちだけが、同じ種族ではあったが、自分たちの古いことば、古い習慣を棄てず、ドゥーネダインに好意を持たず、ロヒルリムを憎み、隠れひそんで暮らしていた。かれらのことばは、本書中では、かれらがロヒルリムにつけたフォルゴイル Forgoil（藁頭《わらあたま》の意味であるといわれている）という名前のほかは、一つも出てこない。褐色国 Dunland、褐色国人 Dunlending というのは、かれらの肌の色が浅黒く、頭髪が黒っぽかったために、ロヒルリムがかれらにつけた名前である。このdun（n）と、灰色エルフ語 Dûn「西」には、そういうわけでなんの関係もない。

原　註

（1）たとえば、ヌーメノール Númenor（もしくは完全な形で、ヌーメノーレ Númenóre）、エレンディル Elendil、イシルドゥル Isildur、アナーリオン Anárion、そしてゴンドール王家の名前はすべて、エレッサール Elessar「エルフの石」を含め、クウェンヤである。それ以外のドゥーネダインの男女の名は、アラゴルン Aragorn、デネソール Denethor、ギルラエン Gilraen など、大部分がシンダリンである。それらはしばしば、第一紀の歌、物語の中で記憶されているエルフや人間の名（たとえばベレン、フーリンのように）であることが多い。中にはボロミル Boromir のようにミックスされた形もある。

ホビットのことば

ホビット庄とブリー郷のホビットは、当時すでに、恐らくは一千年にわたって共通語を用いていた。かれらはホビット流に、自由に気楽に使っていた。もっともかれらの中でも比較的学のある者は、必要とあれば、もう少し改まった話し方をすることもできた。

ホビット固有の言語というのは記録されていない。ずっと昔には、かれらはいつも、自分たちの近くにいる人間、もしくは自分たちがその中に混じって暮らしている人間たちのことばを使っていたのではないかと思われる。そういうわけで、エリアドールに移ってきたあとは、たちまち共通語を用いるようになり、ブリー郷に定住するころには、以前使っていたことばはもう忘れ始めていたのだ。かれらが以前使っていたことばというのは、明らかに、アンドゥイン上流域の人間のことばであり、ロヒルリムの言語に近いものではなかったろうか。もっとも南のストゥア族は、北上してホビット庄に来るまでは、褐色国人《ダンレンディング》のことばとつながりのある言語を使っていたものと思われる（1）。

フロドの時代には、まだこれらの古いことばの名残が、ホビット庄特有のことばや、固有名詞に残っていた。その中には、谷間の国やローハンで見いだされるのと、たいへんよく似たことばがたくさんあった。最も顕著なのは、曜日、月、季節の名前である。ほかにも同類のことばがいくつか（マゾムとか、スマイアルのような）、一般に使われていたし、ブリー郷やホビット庄の地名には、さらに多くが残されていた。ホビットたちの名前も風変わりで、多くが大昔から伝わってきたのである。

ホビットというのは、ふつうホビット庄の住民が、自らを称して用いた名である。人間はかれらのことを小さい人と呼び、エルフたちはペリアンナスと呼んだ。ホビットの語原については、ほとんど忘れられてしまっている。しかしどうやら最初は、ファロハイド族、ストゥア族が、ハーフット族を呼んだ名前のように思われる。それは恐らく、ローハンでもっと完全な形で残っているホルビュトラ holbytla すなわち「穴の家を造る者」ということばが、次第にくずれてできたものなのであろう。

原　註

（1）三角地（訳註　ブルイネンとミスエイセルにはさまれた土地）のストゥア族は、荒れ地の国に戻ってきた時には、すでに共通語を用いるようになっていた。しかし、デーアゴル Déagol とスメーアゴル Sméagol という名前は、あやめ野に近い地域の人間のことばである。

そのほかの種族のこと

エント　第三紀に生存していた最も古い種族は、オノドリム Onodrim すなわちエニュド Enyd である。エント Ent というのは、ローハン語の形である。エルダールは、太古の世に、すでにかれらのことを知っていた。エントたちは、エルダールが与えてくれたのは、自分たちのことばではなく、ことばを話したいという欲求なのだと考えていた。エントたちが作ったことばは、ほかのどのような言語とも似ていない。ゆったりとして、よく響き、膠着《こうちゃく》性（訳註　格変化などの語形変化をせず助辞や接辞にその代わりをさせる日本語、朝鮮語など）で、反復が多く、息が非常に長く続くことばで、母音の多様で微妙な差と、音調の弁別、音質の弁別とで成り立っているので、たとえ、エルダールの伝承の大家であっても、これを文字に表わそうとは試みなかったのである。エントたちは、このことばを自分たち同士でしか用いなかったが、秘密にする必要はなかったのである。よそ者には、これを習得することはとてもできなかったからである。

しかしエントたち自身は、言語の習得にすぐれ、聞けばたちまちおぼえ、一度おぼえたら決して忘れなかった。しかしかれらは、エルダールの二つの言語を好み、古《いにしえ》の上《かみ》のエルフ語を最も愛した。木の鬚《ひげ》やほかのエントたちが用いたとして、ホビットたちが記録にとどめておいた耳慣れないことばや名前は、そういうわけで、エルフ語であるか、もしくはエント式につなぎ合わせたエルフ語の断片なのである（1）。その中には、タウレリローメア＝トゥンバレモルナ　トゥンバレタウレアローメアノール Taurelilómëa-tumbalemorna Tumbaletaurëa Lómëanor のようなクウェンヤもある。英語に直せば、Forestmanyshadowed-deepvalleyblack Deepvalleyforested Gloomyland とでもしたらいいだろうか。木の鬚がこれで意味したのは、だいたい「この森の深い谷間には黒い影がある」といったところだろう。またファンゴルンFangorn「鬚‐木（の）」とかフィンブレシルFimbrethil「ほっそりした‐橅《ぶな》の木」のようなシンダリンもある。

原　註

（1）ただしホビットたちが、エントの発した短い呟《つぶや》きや呼びかけを表現しようとつとめた個所はその限りではない。a-lalla-lalla-rumba-kamanda-lindor-burúmeもエルフ語ではない。これは、実際のエント語の断片を表現しようとする、現存するものでは唯一の（おそらくは非常に不正確な）試みである。

オークと黒のことば　オークというのは、この忌まわしい者たちを指して、ほかの種族が用いた名称であり、ローハン語である。シンダリンではオルフorchといった。これは疑いもなく、黒のことばのウルクurukと関連があるだろう。もっともこの語は、ふつうは、当時モルドールとアイゼンガルドから現われた、図体の大きい兵隊オークにだけ使われた名前である。もっと柄の小さいオークの方は、特にウルク＝ハイによって、スナガsnaga「奴隷」と呼ばれた。

オークは、上古の代に、初め北方の暗黒の力（訳註　モルゴスのこと）によって作り出されたのである。かれらは自分たちのことばを持たず、ほかの種族のことばを行き当たりばったりに借用し、それを自分たちの好むように、ねじ曲げて使ったといわれている。しかしかれらは、粗暴で形のくずれた混合語しか作れず、罵《のの》りことばや悪態をのぞけば、自分たちの用を足すことさえおぼつかない貧弱なことばしかなかった。またかれらは、もともと悪意にみち、自分の仲間さえ憎んでいたので、集団や集落の数だけあるといってもいい位、たくさんの粗野な方言がたちまち発生したのである。それ故、同じオークでも部族がちがえば、ことばは通じず、役に立たなかったのである。

そこで第三紀になると、オークたちは部族間の意思疎通のために、西方語を使うようになった。そのころまだ北方の地や霧ふり山脈を徘徊していた、より古い部族の多くは、実はそれよりずっと以前から、西方語を自分たちのことばとして使っていたのである。といっても、かれらの口から出る西方語は、オーク語とほとんど変わらない不快なことばとしか聞こえなかったのであるが。このくずれたオーク風西方語のタルク tark「ゴンドールの人」は、タルキル tarkil のくずれた形である。タルキルは、西方語の中で使われるクウェンヤで、ヌーメノーレアンの血を引く者を指すことばである。第六巻四一ページを見よ。

黒のことばは、暗黒時代にサウロンによって作られ、かれはそれをかれに仕える者すべてに使わせるつもりであったといわれている。かれのこの目論見《もくろみ》は失敗したが、第三紀にオークの間で広く使われた、ガーシュ ghâsh「火」のような単語が、この黒のことばから多く出ている。しかし、サウロンの最初の敗北のあと、昔の形のままでの黒のことばは、ナズグールのほかには、これをおぼえている者はいなくなった。しかし、サウロンが再び勢いを盛り返すと、これは再びバラド＝ドゥールとモルドールの指揮官たちによって使われるようになった。指輪の銘は、古い黒のことばで記されていた。一方第三巻一〇八ページのモルドール・オークの罵りことばは、グリシュナーハが隊長をつとめる暗黒の塔の兵士たちによって使われていた、よりくずれた形である。黒のことばでシャルクー Sharkû というのは、老人の意味である。

トロル　シンダリンのトログ Torog を英訳するに当たって、トロルを用いた。はるか上古の薄明の世界にかれらは出現したのであるが、そのころのかれらは、愚鈍な性質の生きものであり、ことばを持たないことでは、けものと変わるところがなかった。しかしサウロンがかれらを利用しようとして、かれらなりにおぼえられることを教えこみ、悪知恵が働くように仕込んだ。そこでトロルたちは、どうかこうか使える範囲のことばをオークから習い、また西方地域では、岩のトロルたちがくずれた共通語を話していた。

しかし第三紀の終わりに、それまで見られたことのない種類のトロル族が、南闇の森や、モルドール境界の山岳地帯に現われた。かれらは黒のことばで、オログ＝ハイ Olog-hai と呼ばれる者たちだった。サウロンが種の交配によって作り出した者たちであることは確かだが、どのような種族を用いて交配したのかは定かでない。かれらのことをトロルでなく、ジャイアント・オークだと考える者もいたが、オログ＝ハイは、体の作りも頭の働きも、一番体の大きなオークにさえ似ていなかった。オログ＝ハイの方が、大きさといい、力といい、ずっとまさっていた。かれらは確かにトロルではあったが、主人の邪悪な意志が吹きこまれていたので、腕力が強く機敏で、獰猛で悪賢く、しかも石より固いという恐ろしい種族だった。薄明の中に生まれた昔からの種族と違い、かれらは、サウロンの意志によって支配されている限り、太陽の光にも堪えられたのである。かれらは口をきくことはほとんどなかったが、知っている唯一つのことばはバラド＝ドゥールの黒のことばであった。

ドワーフ　ドワーフは独特な種族である。かれらの一風変わった誕生と、かれらがエルフ及び人間に似てもおれば、異なってもいる理由については、『シルマリルの物語』に語られている。しかしこの件《くだ》りについては、中《なか》つ国《くに》の並のエルフたちは何一つ知らなかったし、一方後《のち》の世の人間の話の中では、ほかの種族についての記憶とまざりあってしまっているのである。

かれらは大体が頑固で、つむじ曲がりの種族である。何事も秘密にしたがり、仕事にいそしみ、損害を（あるいは恩恵を）受ければ、いつまでも記憶にとどめ、石と宝玉を愛し、命を持った生きものよりも、工人の手によって形造られたものの方を愛した。しかしかれらの天性は悪ではなく、人間たちが物語の中でどのようにいおうとも、自らの意志でかの敵に仕えた者はほとんどいない。昔の人間たちは、かれらの富と、かれらの手のわざが作り出すものをそねみ、人間とドワーフの間には反目があったのである。

しかし第三紀にはまだ多くの場所で、強い友情が両種族間に見いだされた。そしてドワーフたちが昔から住みついていた館《やかた》が破壊されたあと、かれらは各地をめぐって労働にいそしみ、交易に従事しながら流浪《るろう》の生活を送っていたのだが、移り住む先々で、土地の人間のことばを用いたのは、かれらの本来の気質によるものであった。しかしドワーフたちは、長い年月にもほとんど変わることのない、自分たち自身の風変わりなことばを、ひそかに使うことはあった（エルフとちがって、ドワーフたちは自分の友人にさえ、秘密を進んで明かすことはなかった）。ドワーフのことばというのは、かれらが小さいころから耳にして育ったことばというより、伝承を伝えることばになっていたからで、かれらはそれを、まるで過去から伝わった宝物のように、大切に守ってきたのである。ドワーフのことばを習いおぼえた者は、ほかの種族にはほとんどいない。この物語の中では、ギムリが旅の仲間に明かした地名と、角笛《つのぶえ》城の攻城の際に、かれが発した鬨《とき》の声にしか例は見られない。この鬨の声は少なくとも秘密ではなかったわけである。この世界が若いころから、多くの戦場で聞かれてきたのだから。バルク　カザード　Baruk Khazâd!　カザード　アイ＝メーヌ Khazâd ai-mênu!「ドワーフの斧を受けよ！　ドワーフが汝らを討つぞ！」と。

しかし、ギムリという名も、かれの一族のドワーフたちの名も、北方の（人間の）ことばから出たのである。かれら自身の秘密の、「内向きの」名前、かれらの本当の名前は、決してどのような異種族にも明かされなかった。墓にさえ、これを刻むことはなかったのである。

Ⅱ　翻訳について

赤表紙本の内容を、一つの歴史として今日の読者に紹介するためには、ことばはすべて可能なかぎり現代のものに直した。共通語と異質の言語のみを元の形にとどめたが、それらは主として人物の名前と地名である。

共通語は、ホビットたちの話しことばであり、かれらの記した物語のことばでもあるのだが、これは当然現代英語に直すことになった。その過程で、西方語（共通語）の種族や民族による用法の違いが目立たなくなってしまったが、英語に変化を持たせることによって、このような違いを表現してみようと試みたところもある。しかし、ホビット庄の発音とことばの使い方は、エルフや、ゴンドールの貴人の口から出る西方語とはかなり異なっており、その差は、実際は、この本に現われているよりずっと大きかったのである。ホビットは大体において、田舎風の方言を話していたわけであり、一方ゴンドール及びローハンでは、もっと古風なことばが使われており、格調高く簡潔な話し方がされていたのである。

相違点の一つをここに挙げてみることにする。重要な違いではあるのだが、翻訳でこれを示すことが不可能だからである。西方語では、二人称の代名詞において、(そしてしばしば三人称においても)単数、複数とかかわりなく、「親称」と「敬称」の区別があった。しかしホビット庄の口語表現からは、敬称がすっかり失われてしまい、これがホビット庄ことばの特徴の一つとなっていた。元「敬称」の代名詞は、田舎のホビットたち、特に西四が一《し いち》の庄の村民の間で、かろうじて生きのび親愛の情を表わすのに用いられていた。ゴンドールの人間がホビットたちのことば遣いの風変わりなことを話す時にふれたことの一つが、こうした特徴である。例を挙げると、ペレグリン・トゥックは、ミナス・ティリスに滞在するようになって最初の数日は、デネソール大侯をも含め、あらゆる階級の人に、「親称」を用いた。これは老執政を興がらせたかもしれないが、従者たちの目をむかせたにちがいない。「親称」の二人称を、だれかれかまわず使ったために、ペレグリンは、故国では非常に身分の高い者であるという噂が広く流布されるということになったにちがいない(1)。

読者諸氏は、ホビットではフロドのように、また、ほかの種族では、ガンダルフやアラゴルンのように、常に同じ口の利《き》き方をするわけではない人物たちがいることに気づかれるだろう。このような口の利き方は意図的なものである。ホビット族の中でも学があり有能な者は、ホビット庄でいうところの「書物ことば」の知識を持ち合わせていた。またかれらは、自分たちが出会った人たちの話し方にすぐ注意がいき、それを自分のものとして使うことができた。諸国を遍歴して歩いている者にとっては、その時その時、自分が身を置いた土地の者たちの話し方に倣《なら》って話すのが、いずれにせよ自然なことであった。アラゴルンのように、自分の出自や任務を秘匿《ひとく》したいと思っている者たちの場合は特にそうであった。とはいえ、当時かの敵を敵とする者たちはみな尚古の風《ふう》を持っていたので、ことばについても、ほかのことに劣らず古きをたっとび、それぞれの知識に応じ、古いことばに喜びを覚えたのである。エルダールはとりわけことばに熟達していたので、さまざまな話し方を使いこなすことができた。しかしかれらが最も自然に話すのは、自分たち自身のことばに最も近い話し方であり、それは、ゴンドールのことば遣いよりさらに古雅な話し方であった。ドワーフ族も巧みに話すことができ、まわりの人たちの口の利《き》き方にたやすく合わせることができた。もっともかれらの発音の仕方は、人によっては軟口蓋音が気になる、耳ざわりなものに受け取られた。オークやトロルは、ことばにも物にも愛情を持たず、気随気儘《きずいきまま》に話した。かれらのことばは実際は、ここに訳出したよりさらに卑俗卑猥なものだったのである。それに一層近づいた訳を望まれる方は恐らくおられまいが、似たものはいくらでも耳にされるだろう。現在でも、オークの心を持った人間たちの口から、それとほとんど変わらないしゃべり方を聞くことができるからだ。憎しみと蔑《さげす》みをこめて繰り返される単調なことば。善なるものから余りに長く引離されていたため、ことばの活力さえ失ってしまったのである。もっとも、汚い響きだけを力強いものに聞く耳もあるのであろうが。

この種の翻訳は、過去のことを扱った物語の場合、どうしても避けられないことであるので、もちろん普通に行なわれることである。しかしそれ以上の処置がとられることはめったにないのだが、それをわたしは試みたのである。わたしはまた、西方語の固有名詞を意味に則して翻訳してみた。本書中に英語の名前や称号が使われている場合は、西方語の名前が、異言語（だいたいエルフ語）の名前と別に、あるいはその代わりに、当時用いられていたことを示すためである。

西方語の名前は、裂け谷《さけだに》、にびしろ川、銀筋川、長浜、われらの敵、暗黒の塔のように、だいたいがより古い名前を訳したものである。中には、もとの意味と異なってしまったものもある。燃える山を意味するオロドルイン Orodruin に滅びの山、あるいは大いなる恐怖の森を意味するタウル・エ＝ンダエデロス Taur e-Ndaedelos に闇の森を当てるが如くである。エルフ語から転訛《てんか》したものも若干ある。ルーン Lune、ブランディワイン Brandywine がそれぞれ、リューン Lhûn、バランドゥイン Baranduin から派生している如くである。

わたしの取ったこのような措置《そち》については、いくらか弁明の必要があるかもしれない。わたしとしては、すべての固有名詞を元の形で残しておくことは、（かれらの視点に立って見ることを、わたしが第一に心がけた）ホビットたちの目に映《うつ》ったその時代の重要な特徴ともいうべき、二つの言語の鮮やかな対照がぼやけてしまうのではないかと思われたのである。広く使われていた西方語は、われわれにとっての英語のように、かれらにとっては日常的で当たり前なことばであり、片やエルフ名は、はるかに古く尊ぶべきことばの生きた名残《なごり》なのである。また元の名前をすべてそのまま用い、たとえばエルフ名のイムラドリス Imladris とその西方語訳カルニングル Karningul の両方をそのまま残しておくとすれば西方語もエルフ語も、現代の読者にとってはひとしく耳慣れないものに思われるであろう。しかし裂《さ》け谷《だに》をイムラドリスというのは、今の世の中でウィンチェスターのことをキャメロット

（訳註　アーサー王の宮廷があったといわれる。現在のウィンチェスターであるという説がある）というようなものである。ただし、どちらも二つの異なる名前が同一の場所を指していることはたしかながら、裂け谷には、たとえアーサー王が今なお生きていてウィンチェスターの王であったとしても、とても及ばない齢を重ねた令名高き君主が住まっていたのである。

スーザ Sûza を訳したホビット庄（the Shire）を始め、すべてのホビットたちの地名は、以上に述べた理由で英語に直した。これにはとりたてて困難は感じられなかった。なぜならこのような地名は一般に、わがイギリスの比較的単純な地名に用いられているのと同じような要素——たとえば hill とか field のように、今も使われている語であれ、あるいは town にくらべて幾分すたれ気味の ton のようなことばであれ——からできていたからである。しかし中には、すでにふれたように、当時もう使われていなかった古いホビット語に由来している名前もある。これらには、wich, bottle（共に住居の意）あるいは michel「大きい」のように、同様な運命をたどった英語をあてた。

しかし人物の名前についていうと、ホビット庄及びブリーのホビットたちの名前は、当時にあってさえ変わっていたのである。それぞれの家族に伝わる名前を受けつぐという、当時をさかのぼること何世紀も前から続いてきた習慣があったのである。これらの姓の大部分は、（当時使われていたことばで、こっけいな綽名《あだな》とか地名とか、あるいは《特にブリーで》植物や木の名前からきており）はっきりした意味を持っていた。これらを訳すのにも殆ど困難はなかった。ただ一つか二つ、今では意味の忘れられた古い名前があり、これはスペルを英語風にすることですますことにした。Túk を Took, Bophîn を Boffin とした如くである。

ホビットのファースト・ネームも、できるだけ同じようなやり方で扱った。女の子には一般的に花や宝石の名前をつけ、男の子には何も意味のない名前をつけるのがふつうだった。女の名前でも同様に意味のない名前がつけられることもあった。ビルボ Bilbo、バンゴ Bungo、ポロ Polo、ロソ Lotho、タンタ Tanta、ニナ Nina などが意味のない名前である。われわれイギリス人のファースト・ネームとそっくりな名前も多く、これは避けがたい偶然の類似といえよう。たとえば、オソ Otho、オド Odo、ドロゴ Drogo、ドーラ Dora、コーラ Cora などである。これらの名前はそのまま用いたが、たいていの場合、語尾をちょっと変え英語風にした。なぜならホビットの名前では、終わりの a は男の名前につき、o と e は女の名前についたからである。

しかし古い家系、特にトゥックとか、ボルジャーのように、ファロハイド族に発する家では、ぎょうぎょうしいファースト・ネームをつけるのが習慣だった。そのほとんどは、過去の伝説の中のホビットだけではなく、人間の名前からも取られたように思われる。その多くはその頃のホビットたちにとっては意味のないものになっていたが、アンドゥインの流域や谷間の国、あるいはマークに住む人間たちの名前に非常に似通っていた。それ故、わたしは主としてフランク族、ゴート族に発し、今でもわれわれの間で使われ、われわれの歴史の中で散見する古い名前にそれらを直し、そうすることによって、ホビットたち自身も充分気づいていた、ファースト・ネームと姓との間にしばしば生ずるこっけいな対比を失わないようにつとめたのである。翻訳に際し、ギリシャ、ローマ起原の古典的名前はほとんど用いなかった。なぜならホビット庄の学問で、ラテン、ギリシャに相当するものといえば、エルフ語であるわけだが、ホビットたちは、エルフ語を名前に用いることはほとんどしなかった。かれらのいうところの「王たちのことば」を知る者は、いつの時代であれ、ほんの少数しかいなかったからである。

バック郷《ごう》に住む者たちの名前は、ホビット庄のほかの地域に住む者の名前とは異なっていた。沢地に住むホビットたち、及びその分かれである、ブランディワイン対岸に住むホビットたちは、すでに述べたように、いろいろな点で変わっていたのである。かれらの非常におかしな名前は、その多くが、南に住むストゥア族が以前使っていた古いことばからきたに違いないのである。これらの名前はだいたいそのまま変えずに使った。今も奇妙に聞こえる名前であろうが、当時においてもおかしな名前だったのである。現在のわれわれがなんとなく「ケルト風」と感じるような独特なひびきを持っていたのではなかろうか。

ストゥア族とブリー郷の人間の間に残る古いことばの痕跡は、イギリスでケルト的な要素が残っていることに似ていると思われるので、わたしは翻訳にあたって、時にケルト風の名前をつけてみた。Bree（ブリー村）、Combe（Coomb）（谷の意、邦訳名　小谷村）、Archet（アーチェト村）、Chetwood（チェトの森）などの名は、古代ウェールズ語の名前で生き残ったものを手本にして作ってみたのである。bree は「丘」、chet は「林」の意味である。しかし人物の名前については、この方式を用いたのは、一人のホビットの名前だけである。メリアドクの名を選んだのは、この人物の縮めた名 Kali が、西方語で「陽気な、快活な」という意味だったからである。もっとも Kali は、実際にはもはやなんの意味も持たなくなっていた Kalimac というバック郷《ごう》で使われた名前の短縮形なのである。

名前を移し換えるに当たって、ヘブライ語、あるいはそれに類する起原の名前は用いなかった。ホビットの名前で、われわれの中に見られるヘブライ要素に対応するものはない。Sam, Tom, Tim, Mat のような短い名前は、Tomba, Tolma, Matta のような実際のホビット名前の短縮形としてよく使われていたのである。しかしSam と父親の Ham は、ほんとうはそれぞれ Ban, Ran と呼ばれていた。これは Banazîr と Ranugad の短縮形で、もともとは綽名《あだな》であり、それぞれ「うすのろ、お人よし」、「よそに行かない者」を意味したが、日常使われることばではなくなっていたので、家系によっては、代々受けつぐ名前として残った。そこでわたしは、意味の上で照応すると思われる古い英語の samwīs, hāmfæst を現代化した Samwise, Hamfast を用いることにより、これらの特色を生かしたいと思ったのである。

ホビットのことばや名前を現代風にし、耳に親しみやすいものにしようと、上述のような試みをしているうちに、わたしはいっそう深みにはまりこむことになった。西方語に関連のある人間の諸言語も、やはり英語に関連のある形に変えるべきであると思われてきたのである。そこでローハン語は古英語に似せるようにした。なぜならローハン語は共通語（より遠い関係性）と、北方のホビット族が昔使っていたことば（非常に近い関係性）との両方に関わりを持ち、共通語の古語に擬せられるからである。赤表紙本を読んでいると、ホビットたちがローハンのことばを耳にした時、かれらにわかることばがたくさんあり、自分たちのことばに非常に似ている言語だと感じる個所がいくつかあることに気づく。それ故、そこに記録されたロヒルリムの名前や単語を全く異質のものとしてそのままにしておくのは、かえって不合理なことに思えたのである。

Dunharrow（邦訳名　やしろ岡）や Snowbourn（邦訳名　雪白川）の場合のように、ローハンの地名の語形や綴りを現代（英語）風に直したところも数個所あるにはあるが、必ずしも首尾一貫しているわけではない。わたしはあくまでホビットたちのやったようにやっているからである。かれらは自分たちが耳にした名前を、聞いてそれとわかる要素でできているとか、あるいはその名前がホビット庄の地名に似ているとかといった場合は、わたしのやったのと同じようなやり方でホビット風に直したが、多くの場合、たとえば「宮廷」を意味するエドラス Edoras などは、わたし同様にそのまま放置しておいた。わたしは、人や動物の名前もいくつか、同じ理由で現代（英語）風に直した。Shadowfax（邦訳名　飛蔭《とびかげ》）や Wormtongue（邦訳名　蛇の舌）である（2）。

このように類比させることによって、北方起原であるホビット庄独特の奇妙な地方語を表現することのできる便利な方法が手に入ったわけである。それらのホビット語を表わすには、今は失われてしまった古い英語の単語が、もし今日まで伝えられてきたら持つであろうような形を当てることにした。だから mathom は古英語の máthm を想起させるつもりで用いたのである。そうすることによって、ホビットたちが実際に使っている kast と、ローハン語の kastu の関係を表わすつもりだったのである。同様に smial（あるいは smile）「掘った穴の意」は smygel がたどったかもしれない形であると共に、ホビット庄の trân とローハン語の trahan の関係をもよく表わしているのである。Sméagol と Déagol も、やはり北方で使われていたことばの Trahald「穴を掘る、這《は》うように穴にはい進む」、そして Nahald「秘密の」という名前に相当するように作り上げた人物名なのである。

さらに北方の谷間の国のことばが本書中で見られるのは、その地方の出身で、その地域の人間のことばに馴染み、そのことばを用いて、自分たちの「外向き」の名前をつけているドワーフたちの名前だけである。ついでにいえば、dwarf の複数形は、辞書を引けば dwarfs となっているだろうが、本書では、『ホビットの冒険』の場合と同様、dwarves の形を用いていることに気づかれただろうか。man と men, goose と geese のように、単数と複数がそれぞれ今日まで元の形をとどめながら変わってくれば、dwarf の複数は dwarrows（あるいは dwerrows）であっただろう。しかし今日ではもはや、われわれの会話の中には、dwarf ということばは、man ということばほどには、いや goose ということばほどにも出てこないのである。そして今では、民話の中に、そして遂《つい》にはナンセンス・ストーリーの中に見捨てられてしまった種族のための特殊な複数形を忘れないでおぼえておけるほど、かれらについての記憶はもはや鮮明ではないのである。民話の中にはまだ少なくとも真実の投影のようなものがとどめられているが、これがナンセンス・ストーリーのたぐいになると、ドワーフは、ただのおもしろおかしい存在になりはててしまっているのである。しかし第三紀にはまだ、かれらの種族が昔から保持していた性格と力が、すでにいくらか弱められていたとはいえ、多少なりと瞥見《べっけん》されたのである。かれらは上古のナウグリムの子孫であり、心臓には、鍛冶神アウレの古《いにしえ》の火がなお燃えており、長い間エルフ族にいだいてきた恨みの熾火《おきび》がくすぼっていたのである。そしてかれらの手には、何人《なんぴと》もこれを凌駕《りょうが》することのできない石工の技が変わらず生き続けていたのである。

わたしがあえて dwarves の形を用いたのは、このことに注意をうながし、そうすることによって、後《のち》の世に流布されるに到った愚にもつかぬドワーフの話から、少しでもかれらを救い出したいからである。Dwarrowsという形を使えばもっとよかったかもしれないが、実際にその形を使ったのは、Dwarrowdelfという地名の中だけで、これは共通語でモリアを意味するPhurunargianを訳したものである。なぜならこの語は、「ドワーフが掘った洞穴」を意味し、当時すでに古い形のことばだったからである。一方モリアはエルフ語であり、愛情をもってつけられた名前ではない。というのも、暗黒の力とのたび重なる苦しい戦いを通じ、エルダールは必要に迫られ、やむをえず地下に砦《とりで》を築くこともないわけではなかったが、好きこのんでそのような場所に住まう種族ではなかったからだ。かれらは緑の大地と天空に充ちる光を愛する民であったのだ。モリアはエルフのことばで黒い深い穴を意味する。しかしドワーフ自身はこれをカザド＝ドゥームすなわちカザードの館《やかた》と呼び、少なくともこの名は秘密にはしなかった。なぜならカザードは太古の昔、かれらを創ったアウレがかれらに与えて以来、かれらが自らを呼んだ名であり、今も用いている名だからだ。

エルフElf, 複数形Elvesは、エルフ族全体を指して上《かみ》のエルフ族が用いたクウェンディQuendi「話す者たち」という名前と、この世の始まりに、不死の国を求めてそこに到った（シンダールのみを除く）三種族につけられた名前であるエルダール Eldar の両方を訳すのに用いた。この古い語は、実際のところ現在使用が可能な唯一の語で、かつては人間が心に留めていたこの種族についての記憶にあてはめるのに適していたし、また全く似ていなくもない人間の知性の成り立ちを語るのにも適していた。しかしこの語の持つイメージは、今では、矮小化されてしまった。多くの人にとって、エルフということばは、ただかわいらしいか、でなければばかばかしい空想の産物を思い浮かばせるのではなかろうか。そのようなイメージが古《いにしえ》のクウェンディと似ても似つかぬものであることは、チョウチョが天《あま》かけるハヤブサと似ても似つかぬものであるのと同じである――といってもクウェンディの体に翼があったなどというつもりはない。そんなことは、人間同様、かれらにとっても不自然なことである。かれらは高貴で美しい種族だったし、この世界で、人間より以前に生まれた子らだったのである。そのエルフの中でも、エルダールは王者に等しかったが、もはやかれらはいない。かれらは大いなる旅に出た種族であり、星の種族であった。背丈高く、肌の色白く、灰色の眸《ひとみ》を持っていた。ただしその頭髪は、フィナルフィンの金髪の家系を除けば、暗褐色（3）である。かれらの声は、今聞くことのできるいかなる生きものの声より音楽的であった。かれらは剛勇の者たちであったが、エルフの故国を去って、中《なか》つ国《くに》に戻ってきた者の歴史はいたましいものであった。かれらのその歴史は、遠い昔には人間の父祖たちの運命と交わることもあったが、かれらの運命は人間のそれではない。かれらの支配圏は遠い昔に消失し、今ではかれらはこの世界の圏外《けんがい》に住んで、二度と戻ってはこないのである。

原　註

(1) 必ずしも首尾一貫しているわけではないが、thou を用いることによって、このような区別を匂わせる試みをした個所がある。この thou という代名詞は、今では普通用いられない古風な表現であるが、主に儀式ばったことばづかいを示すために利用した。ただし you から thou, thee への変化は、ほかに方法がないこともあって、敬意や男女の普通の会話から、親しみの情を込めた言い方に変わったことを示すために用いている場合もある。

(2) ことばに関してこのような手続きをとったからといって、ロヒルリムが他の点でも、つまり文化や芸術、武器や戦いの方法でも、古代のイギリス人に似ているということではない。ただ概括的にいえば、おかれた情況としては似ていただろう。より高度で由緒ある文化と接触を持ち、かつてはその文化の及んだ地域の一部であった土地に住んでいる、より単純素朴な民族であるという点である。

(3) 二〇〇四年版編者註〔顔貌及び頭髪を描写するこれらの言葉は、ノルドール族のみに

あてはまる。*The Book of Lost Tales, part One* 四四ページを見よ〕

三つの名前についての註

ホビット

ホビットは創作である。西方語では、かれらのことはめったに人の口に上らなかったとはいえ、まれに口にされることがあれば、バナキル banakil「小さい人」が用いられた。しかし当時、ホビット庄及びブリー郷の住民はクドゥク kuduk の語を用いた。これはそれ以外の土地では見いだされない語である。しかしメリアドクが現に記録しているところによると、ローハン王は「穴に住む者」を意味するkûd-dûkan なる語を使ったそうである。すでに述べたように、ホビット族はかつて、ロヒルリムのことばと密接な関係を持つことばを話していたので、kuduk は kûd-dûkan のくずれた形であるように思われる。kûd-dûkan には、すでに説明した理由から holbytla の訳語をあてた。もしかりに、われわれ自身の古《いにしえ》の英語に holbytla の語が出てきたとしたら、それがくずれて hobbit になることは充分考えられるのである。

ギャムジー

赤表紙本にくわしく述べられている家族代々の伝承によると、Galbasi、あるいは短くしてGalpsiの姓は、Galabasという村の名から来ているようである。この名は一般には、gameを意味するgalab-と、だいたい英語のwick, wichに相当するbas-という古い要素から出てきたものとされている。そこでGamwich（Gammidgeと発音される）が訳語として適切に思われたのである。しかし、Galpsiを表わすのにGammidgyをさらに縮めてGamgeeにしたことについては、別にサムワイズとコトン家のつながりを考えたわけではない。もっともこの種のしゃれは、もしホビット語の中にその根拠があれば、いかにもホビットらしいしゃれということになるであろう。（訳註　gamgeeは外科医ギャムジーによって考案されたガーゼの間に脱脂綿をはさみこんだもののことをいうウォリック方言。そこでCottonとのつながりということばが出てくる。）

コトンは実のところ、ホビット庄ではかなりありふれた村の名前であるHlothranを表わしている名である。「二部屋の住居、または穴」を意味するhlothと、丘の中腹に造られたこのような住居の小さな集まりを意味するran(u)から出ている。姓としては、hlothram(a)「コテージに住む者」から変わったものかもしれない。Hlothramをわたしは Cotmanに直したが、これはお百姓のコトンの祖父の名前である。

ブランディワイン

この川のホビット名は、「金色がかった茶色」を意味する baranと「(大きい)川」を意味するduinに由来するエルフ名のBaranduin（アクセントはandにおかれる）の変化したものである。現代なら、BaranduinがBrandywineとなまるのは、自然な転化と思われた。実は、もっと古いホビット名は、Branda-nîn（境の川）で、Marchbournとした方がもっと近い訳語になったろう。しかし習い性ともなっていたホビット流のしゃれにより、やはり麦酒のような川の色を指して、通常、Bralda-hîm「頭へくるビール」と、当時この川は呼ばれていた。

ここで一言ふれておかなければいけないが、Oldbucks（Zaragamba）一族が姓をBrandybuck（Brandagamba）に改めた時、最初の要素Brandaは、「境の土地」を意味しており、Marchbuckとすれば、意味的にはもっと近かったろう。そしてバック郷《ごう》の館主に聞こえるところで、かれのことをBraldagambaとあえて呼ぶ者があるとすれば、その者はよほど大胆なホビットであったろう。

著者ことわりがき

この物語は、語るうちにだんだん大きくなり、遂《つい》には指輪大戦争の歴史となって、それに先行するさらに古い歴史をもしばしば垣間《かいま》見させる結果となった。これに着手したのは、『ホビット（邦訳名ホビットの冒険）』が書かれたすぐあと、そして一九三七年にそれが出版される前のことであった。しかしわたしは『ホビット』のこの続篇を書く仕事をそのまま続けなかった。まずその前に何年も前から形を取り始めていた上古の神話や伝説を完成し整理したいと思ったからである。わたしはただ自分の興味を満足させるためにこれをしたいと思ったのであり、他の人がこの仕事に関心を抱いてくれることはほとんど期待していなかった。とりわけこれをわたしに書かせようとしたのは、主として言語学的な関心であり、エルフの言語に「歴史」的背景を与えるために始めたものだからである。

「ほとんど期待していなかった」と書いたが、これもわたしが助言と意見を求めた人たちによって、「まったく期待できない」ものと訂正された時に、わたしは、ホビットとその冒険についてさらにいろいろ聞きたいという読者からの要請に励まされ、ふたたび続篇の仕事に戻ったのである。しかし物語は抗《あらが》いようもなくより古い世界へと引き寄せられてゆき、この話はいわば、古い世界の始まりと盛時を語る前に、その終わりと衰退を語るものとなった。この推移過程は『ホビット』執筆中にすでに念頭にあったものである。『ホビット』の中では、エルロンド、ゴンドリン、上《かみ》のエルフ、それにオークといったより古い時代のことに言及《げんきゅう》した個所がすでにいくつか存在する。またドゥリン、モリア、ガンダルフ、死人占《しびとうらな》い師、指輪といった、その表層よりは高くもあれば、深くもあり、あるいは暗くもある事物からおのずと生じてきたものの姿を垣間見ることもできるのである。『ホビット』の中にちらと姿を見せたこれらのものの重要性を見いだし、これらのものと古い歴史とのつながりを見いだすことによって、第三紀が現われ、指輪戦争においてその時代が頂点に達することがおのずと見えてくるのである。

ホビットについてさらにいろいろ知りたいと望まれた方々には、結局はご希望にそうことができたものの、長い間待っていただかなければならなかった。というのは、『指輪物語』の執筆は、一九三六年から一九四九年にかけては、折々にしか筆を進めることができなかったからである。この時期は、わたしとしてもなおざりにしがたい多くの務めをかかえ、また研究者として、教師として他の多くの関心事に心を奪われていた時期でもあった。また一九三九年に大戦が勃発《ぼっぱつ》したことによってこの遅れにますます拍車がかかったことはいうまでもない。この年の末には物語はまだ旅の仲間　前篇の終わりまで達していなかったのである。続く五年間の時代の暗さにもかかわらず、わたしはもう今となってはこの物語をすっかり投げ出してしまうことはできないことがわかり、主として夜分、こつこつと書き続け、やっとモリアのバリンの墓の傍らにたたずむところまできた。そこでわたしは長いこと筆を止めた。わたしがふたたび筆を進めたのはほとんど一年後のことで、ロスローリエンと大河に達したのは一九四一年も末近くであった。翌年、わたしは現在二つの塔前篇として出されている部分の最初の草稿と、王の帰還　前篇の第一章と第三章の始まりの部分を書いた。そして、アノーリエンにのろしが上がり、セーオデンがやしろ谷に来たところで筆を止めた。その先が見えなかったし、考えている時間もなかったからである。

一九四四年には、わたしは、自分がその指揮を取る必要のある、少なくとも報告する任務を持つ戦争の場面を混乱と無秩序のまま放っておいて、モルドールに向かうフロドの旅の場面に強引に取り組むことにした。のちに二つの塔 後篇となったこの数章は続稿形式で書かれ、当時英国空軍に所属して南アフリカに駐屯していた息子のクリストファーに次々に送られた。それでもこの話が現在の結末を迎えるにはさらに五年を要した。その間にわたしは家を変わり、講座を変わり、学寮を変わった。時代はいくらか明るさを加えてきたとはいえ、少しもらくにはならなかった。そしてどうやらやっと物語の「終わり」に達すると、今度は話全体にすっかり手を加えなければならなかった。実際にはその大部分をさかのぼって書き直したくらいである。それから全篇をタイプに打たなければならなかったくらいである。それも一回ではすまない。タイプを打つのはわたしである。両方の指を全部使う専門のタイピストに頼むことはとてもわたしの資力ではできなかった。

『指輪物語』は、ようやく活字になって世に出て以来、多くの人に読まれてきた。そしてこの物語の動機や意味に関して多くの意見や推測がわたしのもとに寄せられてきたし、また書評を読む機会もあった。それでわたしは、その動機なり意味なりについてここで一言いわせていただきたいと思う。一番主な動機は、本当に長い話で腕試しをしたいという物語作家の欲求である。読者の注意をひきつけ、おもしろがらせ、喜ばせ、時にははらはらさせ、あるいは深く感動させるような長い話を書いてみたいと思ったのである。何が読者に訴え、読者を感動させるかについて案内人になったのは、わたし自身の感触しかなかった。多くの読者にとってこの案内人がたびたび方向を誤ったことは当然であった。この本を読んだ方の中には、あるいはともかくこれを論評された方の中には、この本を退屈だとか、ばかばかしいとか、軽蔑すべきものだと思われたむきもあったようだが、わたしはこれに対して不平をいう筋合いはない。わたし自身、その人たちの作品、あるいはその人たちが明らかに好んでいるとみられるような作品に対して同じ意見を抱いているからである。しかしわたしの作品を喜んでくれた多くの方々の目から見ても、あまり感心しないところがたくさんあるようである。長い物語では、おそらく、すべての点ですべての人を喜ばすこともできない代わり、同じ個所でだれにも不満足となることもまたあり得ないのではないだろうか。今まで受け取った手紙からみて、わたしは、ある読者たちからは失敗だと批判された行や章の全部が全部、別の読者からは特に賞讃されるということを経験したのである。すべての読者の中でもっとも批判的な読者ともいえるわたし自身は、すでに大なり小なり多くの欠点を見いだしている。しかし幸運にも、この本を批評する立場にもなければ、書き直す義務もないので、ただ一点を除いては黙してこれを看過することにする。その一点とは、他の人にもいわれてきたことだが、この本が短かすぎるということである。

この物語には隠された意味とか「メッセージ」とかが含まれているのではないかという意見に対しては、作者の意図としては何もないと申しあげよう。これは寓意的なものでもなく、今日的な問題を扱ったものでもない。物語が育つにつれ、それは（過去に）根をおろし、予期しなかった枝をあちこちにさし出すことになったのだが、その主要な主題《テーマ》となるものは、この物語と『ホビット』をつなぐものとして必然的に指輪を選んだことによって、最初から決まっていたのである。きわめて重要な章である「過去の影」はこの物語の一番古い部分の一つである。この部分は一九三九年に見られた暗い徴候が回避しがたい大戦を予告するよりずっと前に書かれた。そしてこの大戦がたとえ避けられたとしても、この物語自体は、これを出発点として、本質的に同じ方向に発展しただろう。この話の素材のかずかずはずっと前から心中にあって、一部はすでに書かれたこともあり、一九三九年に始まった戦争やその後のさまざまな事件によって、この物語に修正が加えられることは、ほとんど、あるいはまったく、なかった。

実際の戦争は、その経過においても、結末においても、お話の戦いとは似てはいない。もし実際の戦争がこの物語の発展に影響を及ぼしたり、方向づけをしたりしたとすれば、その場合はきっと指輪は押収《おうしゅう》され、サウロンと戦うために用いられたはずである。そしてサウロンは滅亡せずにとりことなり、バラド＝ドゥールは壊されずに占領されただろう。また指輪を手に入れそこなったサルマンは、時代の混乱と不信に乗じて、かれがそれまで研究してきた指輪学の中で系列上欠けていると思われる要素をモルドールにおいて発見し、遠からず、かれ自身大いなる指輪を作り出して、それをもって自ら中《なか》つ国《くに》の支配者を僭称《せんしょう》する者に挑《いど》もうとしたことだろう。こうして互いに争いながら、両陣営はともにホビットを憎みさげすむようになっただろう。その結果ホビットたちはたとえ奴隷としてでもそう長くは生き残れなかったはずである。

　寓意や、今日的な問題にふれたものを好む人たちの見解や好みに合わせて、これをいろいろ違ったふうに改作することもできるだろう。しかしわたしは、寓意というものが、どんな形で示されようとどうしても好きになれない。わたしは長じて以来ずっとそうだったし、少しでも寓意の存在が感じられればすぐにそれに気がつくくらい用心深い。わたしは、事実であれ、作為であれ、読者の考えや経験に応じてさまざまな適応性を持つ歴史のほうがずっと好きである。わたしには、「適応性」と「寓意」とを混合しているむきが多いように思われるのだが、一方は読者の自由な読み方に任され、他方は著者の意図的な支配に委《ゆだ》ねられるものである。

無論著者は、かれ自身の経験からまったく影響を受けないというわけにはいかない。しかし物語の萌芽《ほうが》が経験という土壌を利用するその仕方はこのうえなく複雑なもので、その過程を明らかにしようとする試みはせいぜいよくて、不充分であいまいな証拠からひき出したあて推量にすぎない。そしてまた、著者の世代と批評家の世代が重なっている場合、両者に共通な時代の思想の動向や出来事が必然的に最も強力な影響を与えるものとなっていると仮定することは、もちろん魅力的ではあろうけれど、誤っている。たしかに人は戦争による苦しみを充分に実感するためには、自ら戦争の影の下にはいらねばならない。しかし年月がたつにつれ、青年時代に一九一四年の戦争で遭遇した経験は、一九三九年およびそれに続く数年に経験されたことにくらべ、けっしてその怖ろしさにおいて劣ってはいないことを、今ではしばしば忘れられているように思われる。一九一八年までには、わたしの親しい友人たちは一人を残してみんな死んでしまった。それともこれほど悲しくない事柄を取り上げてみれば、「ホビット庄の掃蕩」は、わたしが物語を書き終えようとしていた当時のイギリスの状況を反映していると想定する人たちもいるが、そうではない。これは話の構想の中では重要な部分であり、最初から見通しが立てられていた。ただ物語の中で展開されていくサルマンの性格によって結果的には修正が施されたが、それは、わたしがいうまでもなく、何らかの寓意的な意味を持つものではなく、あるいはいかなる形であろうと現代の政治にふれたものではない。それはもちろんいくらか経験に基づいているとはいえるだろう。しかしそれはあまり強固なものではない（経済的状況がまったく異なるからである）。それに経験といってもずっとさかのぼったものである。わたしが幼年時代を過ごした田舎は、すでにわたしが十になるまでにいかにも無惨に破壊されつつあった。当時は自動車が珍しく（わたしは一台も見たことがなかった）、都市郊外における鉄道はまだ建設途上であったのに。最近わたしは新聞紙上で、ずっと昔、子供のわたしにとって非常にゆゆしいものに見えた、かつては繁盛した水車場がその池のかたわらに老残の身をさらしているのを見た。わたしはこの製粉所の若い粉屋の顔つきがけっして好きになれなかった。しかし、かれの父親の老粉屋は黒いあごひげをしており、砂色頭《サンディマン》とは呼ばれていなかった。

『指輪物語』の新版が出ることになり、訂正する機会を得ることができた。文中に未だに残っていた多くの誤りや矛盾を正し、注意深い読者の提起されたいくつかの疑問点に対し参考となることを提供する試みもなされた。わたしは読者から寄せられた批評や問い合わせのすべてにていねいに目を通した。もし看過されたと思われるようなものがあるとすれば、それはおそらくわたしが覚え書きをきちんと整理しておかなかったからである。しかし多くの問い合わせに対してはさらに補遺をつけ加えるか、あるいは事実上別の一巻を付録にこしらえて、もとの版には含めなかった多くの資料、特により委《くわ》しい言語学上の参考資料をのせることによってしか答えられない。それまでの間、この版ではこの序文、序章の一部、原註若干、さらに人名地名の索引がつけられた。この索引を作るにあたって、項目をあげる点では完全を期したが、現在の目的としてどうしても紙数を減らす必要があるため、すべて完全に参照するというわけにはいかなかった。完全な索引は、N・スミス夫人がわたしのために整えてくださった材料を全部利用して、むしろ先に述べた付録の巻に属させることとする。

（この序文は、一九六六年新版の折に冒頭にのせられたものであるが、全巻読了後の興味をよぶところが多いので、訳本最終巻巻末に移すこととした。——訳者）

「訳者あとがき」について

訳者のお一人である田中明子先生は、「訳文の見直し」について、「『指輪物語』の電子書籍化にあたり」（『最新版　指輪物語』文庫版第一巻所収）の中で触れていらっしゃいます。翻訳見直しに利用した底本はハーパーコリンズ社刊出版五十周年記念版（二〇〇四年）でした。

以下に続く二つの文章のうち最初の「邦訳新版あとがき」は、『新版　指輪物語』三巻本および七巻本刊行時（一九九二年）に、また二つ目の「文庫版あとがき」は、『新版　指輪物語』文庫版『追補編』刊行時（二〇〇三年）に田中先生がそれぞれの「あとがき」としてお書きになったものをそのまま掲載しています。

評論社編集部

邦訳新版あとがき

一九九二年は、J・R・R・トールキンの生誕百年にあたります。今秋、イギリスでは、それを記念して、『指輪物語』の新装版が、アラン・リーによる五十葉の挿画入りの一冊本で出版されました。

邦訳本も、この機会に版を改めたいという評論社の御意向により、二十年前、訳者の瀬田貞二さんのお手伝いをしたわたくしが、「新版」のための見直しをお引き受けいたしました。瀬田さんは十二年前に亡くなられて、もうおいでにならないからです。

瀬田さん御存命中に、一度小さな見直しは行なわれたことがありますが、全篇を通し手を入れるということはありませんでした。全六巻にわたるこの三部作の翻訳は数年に及び、訳了次第順次出版されたこともあり、またお手伝いをしたわたくしの準備不足もあって、固有名詞の統一、和訳名の適切さなどの点で、当然手を入れなければならない個所も少なくありませんでした。さらに追補篇の一部が未訳になっていることも、ずっと気にかかっていました。

固有名詞に特にこだわるのは、著者ことわり書きの中に述べられているように、中つ国の神話、伝説、歴史を著者に書かせる発端になったのが、言語的関心であり、それが作品の中で生かされているのが、若干の詩句、語句を除けば、地名、人名であるからです。

ハンフリー・カーペンターによるトールキンの伝記（『J・R・R・トールキン或る伝記』菅原啓州訳　評論社刊）を読むと、トールキンがすでに少年の頃から、言語の発明という知的な遊びに喜びを見出していたことがわかります。それは一時の気晴らしに終わらず、生涯持続し、その私製言語は変化発展して、クウェンヤ、シンダリンという二種類のエルフ語の形をとることになります。追補篇のEに、このエルフ語についての解説があります。わたくしもこれを唯一の手引きとして、エルフ語の発音など、おぼつかない勉強を試みたわけですが、著者の意図通りには発音できていないかもしれません。特に長音の扱いは、かなり恣意的になったところ（ティヌーヴィエルをティヌゥヴィエルとしたごとく）もあると思います。（著者の肉声のテープによると、アラゴルンはアラゴーン、またエルフ語ではありませんが、アイゼンガルドはアイゼンガード、スメーアゴルはスミーガルと発音されています。）

本書は、中つ国北西部で共通語として用いられていた西方語で書かれた赤表紙本から現代英語に翻訳されたという体裁になっています。その際、共通語で書かれた地名、人名もすべて現代英語に直されました。現代英語を用いることによって、エルフ語との対比を際立たせようとつとめたと著者は言っています。現代英語化されなかったものに、北方の人間の言葉に属するローハン語の地名、人名、ブリー郷に残る古い地名、そしてホビット庄ことばがあります。ローハン語には古英語があてられ、ブリーの地名には、イギリスに残るケルト風の地名（日本でアイヌ語の地名が残っているのと似ています）をあて、ローハン語と同根の庄ことばには、古英語のくずれた形（スマイアル、マゾム）があてられました。なおホビット庄の地名は、ひなびたイギリス風の地名です。

この手順をそのまま日本語訳にあてはめるのは無理ですから、原則として、現代英語化されたものは、いくつかの例外を除き、大体これを和訳し、その他の言語は、エルフ語はもちろん、古英語も、ケルト語も、庄ことばも、読者にとって、これらの言語間の違いが際立たなくなることを恐れず、すべて片仮名で表記しました。

今回このような原則で固有名詞を統一しようとつとめた結果、旧版の地名、人名と異なるものもかなり出てきてしまいましたことを、古くからの読者にお断りしておきたいと思います。粥村をブリー村に変えてしまったこともその一例です。同じ文字を使うヨーロッパ語への翻訳であれば、訳者の側からのこのような手続きは恐らく必要とされないでしょう。読み方も読者の側にまかされることでしょう。読み方ということであれば、英語圏の読者にとっても同じことで、大多数の読者は、エルフ語も古英語も現代英語風に発音するのではないかと思われます。

かつて存在したイギリスの田園を思わせる、平和で自足したホビット庄の日常的暮らしに始まるこの物語を読みながら、旅の仲間と共にさまざまな不思議と恐ろしさに充ちた外の世界へと足を踏み出し、東に進み、さらに冒険を重ねて南に下っていくにつれ、わたくしたちは時間的にもより古い時代へさかのぼっていくような錯覚をおぼえます。フロドとサムは、身の毛のよだつ恐怖の国に去り、残る一行は、古英語に訳するのがふさわしいローハン語を話す剛毅廉直な騎士の国へ、そしてさらに南のゴンドール国の戦いに赴きます。ゴンドールには、ギリシャ、ローマに比すべき古典文化、エルフの風が色濃く残っています。至福の地の俤《おもかげ》を伝えるローリエンの美しさといい、不毛と恐怖の地モルドールのおぞましさといい、中つ国には、善も悪も、美も醜も、魔法も不思議も、エルフも竜も、すべて大きなスケールで存在していたのでした。物語の終わりで、サムたちと共に灰色港に佇み、フロドたちを乗せたエルフの船が西に去っていくのを見送る時のかなしみは、もはや存在しない中つ国そのものを悼む気持ちにも通じるように思われるのです。

一千に近い固有名詞を整理する意味もあり、今回固有名詞便覧を作ってみました。索引としては初出のみを記した不完全なものですが、簡単な解説つきです。なお、訳註および便覧の資料になったのは、本書追補篇、『ホビットの冒険』(ページ数は岩波書店刊のA五判本による)および『シルマリルの物語』(評論社刊)です。

「新版」出版にあたり、共訳者として名前を出していただくことになり、大変面映い気持ちでおります。最初の出版の際、共訳者として是非名前を連ねるよう強くお勧め下さった瀬田さんのお声を思い出し、きくよ未亡人と、評論社の御意向に従うことになりました。

『指輪物語』に寄せる評論社の竹下晴信さんの御熱意に励まされ、絶えず貴重な御助言をいただきながら、見直しの作業を終えることができました。このような機会を与えて下さったことと併せ、厚く感謝申し上げます。また、長い作品の校正を何度も見ていただいた方々を始め編集の皆様に心から感謝いたします。

一九九一年十二月

田中明子

文庫版あとがき

『指輪物語』(原題 *The Lord of the Rings*)は、『ホビットの冒険』(一九三七年刊)と同じアレン・アンド・アンウィン社から、一九五四年八月に第一部、十一月に第二部が出版され、続けて第三部も出るはずでした。物語の本体は一九四九年にすでに完成していたのです。問題は追補でした。書きためられた膨大な覚書を元に、できるだけくわしいものを、別巻としてでも出したいトールキンに対し、アレン・アンド・アンウィン社はできるだけ短いものを望んだわけで、追補は結局第三部の巻末に付されることになり、トールキンは、大学教師としての本業の傍ら、準備した追補の圧縮作業そして索引の制作に忙殺されます。

出版元のアレン・アンド・アンウィン社から催促や嘆願を受けたトールキンは、一九五五年三月六日付け、レイナー・アンウィンあての手紙で、追補なんか約束しなければよかった、短く切り詰めた追補など、だれも喜ばない、少なくとも自分は満足できない、『指輪物語』を英雄ロマンスとしてのみ楽しむ読者は、追補など必要とせず、他方、地理、年代記、言語など、細部にわたる情報を欲しがる読者には、しかるべき長さが必要なのだから、という主旨のことを言っています。すでに出版された第一部、第二部の読者から、早くもさまざまな質問が寄せられ、トールキンを喜ばせていたようです。

この時は結局、索引を断念し、五月に最終稿を渡し、その年一九五五年十月に第三部が刊行されます。

それからほぼ十年後、一九六六年に新版が出版され、それには、トールキンの序文と、前回断念した索引が付け加えられました。邦訳はこの新版によっていますが、序文は、全巻読了後のほうが興味を呼ぶだろうという瀬田さんのお考えで、「著者ことわりがき」として、追補の巻末に付されました。邦訳も旧版では、追補が『王の帰還』の巻末に収められていたのです。

一九九二年の邦訳新版の追補は、未訳の部分を訳し、訳者（田中）による固有名詞便覧を付け加え、別巻として出されました。ただ、全ての固有名詞と全ての記載頁を網羅するという完全な索引は、その時も、今回も用意できず、申し訳ないことです。

『指輪物語』の文庫版は一九九二年に初版が出て、追補編はつきませんでした。今は文庫で読まれる方が多い時代ですから、ご不満の方も多かったことと思います。今回、文庫の読者に追補編をお届けできるのをうれしく思うと同時に、索引の不備、固有名詞便覧の、訳者による誤り、思い違いの未訂正をそのままにお届けすることになったことをお許しいただきたいと思っております。

トールキンの手紙ではありませんが、『指輪物語』を英雄ロマンスとしてのみ楽しんでおられる方にも、中つ国に残った六人の旅の仲間のその後のこと、あるいは「アラゴルンとアルウェンの物語」など、興味をそそられる話を、追補編の中に見出していただけるのではないかと思っています。

二〇〇三年十月

田中明子

ライズ Lithe
ホビット庄暦で、6月と7月の間に設けられた三日にわたる一年の中日。古英語のLitha。〔1-33, 追補編D〕

ラウレリン Laurelin
クウェンヤでlaurëは「金」、lin-は「歌う」の意。ヴァリノールの二つの木の一つ。〔追補編AのIの（イ）, Sil.〕

ラッセミスタ Lassemista
エントのブレガラドの歌にある、かれが愛したななかまどの木の名前。〔3-218〕

リンノド linnod
ギルラエンが息子アラゴルンに歌い聞かせた句のような、エルフの短い詩型。lin-は「歌う」の意。〔追補編AのI〕

レベスロン Lebethron
ゴンドールの木工職人たちが珍重して細工物に使う木。ファラミルがフロドとサムに与えた杖、ゴンドールの王冠を運んだ箱は、この木で作られていた。〔4-280〕

レンバス lembas
エルダールの行糧のシンダール名。lennm-bass「旅行用食糧」という古いことばに由来する。あらびきの粉でできた薄い焼き菓子。1枚で1日もつという。〔2-442〕

レンミラス Remmirath
「網の目のような星群（the Netted stars)」の意。〔1-233〕

はかれの紋章でもある。〔2-425〕

メッロン　mellon
シンダリンで「友人」の意。モリアの西門の銘に使われている。〔2-268〕

メネルヴァゴール　Menelvagor
シンダリンで「空の剣士」の意。menel は「天」である。オリオン星座を指す。〔1-233〕

モルグルの刃　Morgul-knife
ナズグールの首領の短剣。フロドはこれで刺されるが、危ないところで、冥王の支配下にある幽鬼の一人になることをまぬがれる。しかしこの邪剣に刺された傷が快癒することはなかった。〔2-24〕

ユール　Yule
ホビット庄の年末年始の祭り。6日間続く。〔6-377〕

指輪戦争　War of the Ring
サウロン自身の手になり、かれの力のよって立つ源となる一つの指輪はフロドの手にあり、それを無に帰せしめようとする西側の自由な民の同盟と、それを再び見出そうとするサウロンとの間に戦われた戦争であり、指輪所持者の使命達成により、サウロンは遂に滅びる。この次第はビルボ・バギンズとフロド・バギンズによって記され、赤い革表紙によって装幀され、赤表紙本と呼ばれた。原本は失われたが、写本が多く作られた。〔1-44〕

である。最初の所持者は、ギル＝ガラド、ガラドリエル、キールダンである。この三つの指輪の力で、或程度第三紀の平和は保たれたが、一つの指輪が無に帰した時、三つの指輪も持ち主と共に中つ国を去った。各指輪の項目を見よ。〔1-144〕

緑野の合戦　Battle of Greenfields

ホビット暦1147年北四が一の庄で戦われ、バンドブラス・トゥックがオークの進入を阻止した。〔1-22〕

ミナス・ティリスの石　Stone of Minas Tirith

ミナス・ティリスの白の塔に置かれたパランティール。これを用いていたデネソールが、両手にかかえたまま自ら炎に焼かれて死んだので、この石をのぞく者はその二つの手を見るという。〔6-259〕

南《みなみ》丘《おか》辺《べ》印　Southlinch

ブリー郷で産出する最上のパイプ草。〔6-288〕

見る石　Seeing Stones

パランティールを見よ。〔4-278〕

ミルヴォール　miruvor

イムラドリスの強壮飲料。〔2-222〕

目　the Eye

バラド＝ドゥールの目とも、まぶたなき目とも、赤い目ともいわれる。いずれも単数で用いられる。サウロン自身は、物語を通じ姿を現わさず、示されるのは目だけである。赤い目

水の辺村の戦い　Battle of Bywater
ホビット暦1419年、サルマン一味の支配に抗して立ち上がったホビットたちと、サルマン配下のごろつきとの間に戦われたホビット庄最後の戦い。〔6-359〕

ミスリル　mithril
mithは「灰色」、rilは「輝き」の意。モリアで産出されたので、モリア銀と呼ばれる。すべての民の垂涎の的であり、まことの銀とも言われる。くろずむことなく、軽くて鋼よりも堅かった。イシルディンもこれから作られた。〔2-63〕

ミスリルの胴着　mithril-coat
ミスリルで作られた鎖かたびら。はなれ山の宝物奪回に大手柄をたてたビルボに、ソーリンから贈られ、ビルボからフロドに贈られた。ミスリルのくさりをつらね、真珠と水晶で飾られていた。フロドは、致命傷を受けながら、この鎖かたびらで救われる。〔2-345, Hob.〕

三つの人間の家系　Three Houses of Men
上古の世に、東の生国を旅立ち霧ふり山脈を越え、青の山脈を越えてベレリアンドに入ったエダイン、即ちエルフの友であるベオルの族《やから》、ハラディンの族、マラハの族の三氏族について用いられる。エルフと共にモルゴスと戦ったかれらは、西海に島を与えられ、ヌーメノール国を建設する。即ちヌーメノーレアンである。〔4-232, Sil.〕

三つの指輪　the Three (Rings)
第二紀の1590年、エレギオンの金銀細工師たちによって作られた三つのエルフの指輪。即ちヴィルヤとネンヤとナルヤ

ボルギル Borgil
火のような赤い星ということから、天空の赤い恒星であろう。〔1-233〕

マザルブルの書 Book of Mazarbul
モリアに移り住んだバリンとその一党によって記された日記体の記録。後にマザルブルの部屋でガンダルフやギムリによって発見される。mazarbul はドワーフ語で「記録」の意味である。〔2-308〕

マゾム mathom
贈り物好きのホビットたちは、貯える一方の贈り物をホビット語で kast と呼んだ。この語を古英語で「宝物」を意味する máthm を用いて現代英語に訳し、邦訳ではマゾムとした。〔1-22, 追補編FのI〕

マッロス Mallos
ゴンドール国レベンニンの野に咲く花の名。恐らく黄色の花であろう。〔5-386〕

マッロルン Mallorn
複数形でメッリュルン Mellyrn とも呼ばれる。〔2-360〕ロスローリエンに生い茂る木。ローリエンのエルフは丈高いマッロルン樹の大枝にフレトを造って住む。花と葉は金色、幹と枝は銀色である。mal は「金の」という意味である。黄金の森の名もこの木に由来するのであろう。ホビット庄にもガラドリエルからサムに贈られた種から生い出たマッロルン樹が育っている。〔2-363〕

282〕

ホビット庄召集兵　Shire-muster
危急の場合にのみ召集されるホビット庄の軍隊。セインが司令官をつとめる。〔1-32〕

『ホビット庄の古語および古名』　*Old Words and Names in the Shire*
ブランディ屋敷の館主メリアドク・ブランディバックによって書かれた短い論文。〔1-46〕

ホビット庄の暦　Shire-reckoning
ホビット庄のホビットたちはファロハイド族のマルコとブランコがホビットを多数ひきつれブランディワイン川を渡った年をホビット紀元元年とした。即ち第三紀の1601年である。暦法もホビット庄独特の曜日、月、日、の数え方と名前が用いられており、本書もそれに従っている。追補編Dを読まれたい。〔1-19, 追補編D〕

『ホビット庄本草考』　*Herblore of the Shire*
郷土の事物に民俗学的関心を抱いていたと思われるメリアドク・ブランディバックの著書の一つ。序説にパイプ草のことが記されている。〔1-28〕

ホビット庄民兵　Hobbitry-in-arms
非常の場合のみセインの指揮のもとに侵入者と戦う組織。〔1-32〕

〔2-447〕

一つの指輪　the One Ring
暗き御座《みくら》の冥王即ちサウロンのために、かれ自身によって鋳造された。かれの力の大部分がその中に吹きこまれており、他のすべての指輪を支配することができる。本書はこの「一つの指輪」をめぐる物語である。〔1-143〕

プーケル人　Púkel-men
やしろ谷の登り道の曲がり目ごとに立つ巨大な古い石像。ローハンの騎士たちはこれをプーケル人と呼んでいる。かれらはゴンドール建国以前にこの地方に住んでいた民族で、ドルーアダンの住人に似ていなくもない。〔5-154〕

フレト　flet
ロスローリエンのエルフたちはマッロルン樹の頂近くに木製のプラットフォームを作って、そこに住んだ。多くは壁もなく手すりもなかったが、ケレボルンとガラドリエルの住むフレトには、館のような家がのっていた。エルフたち自身はこれをタランと呼んだ。〔2-363〕

ヘルグリム　Herugrim
ローハン王セーオデンの剣。〔3-318〕

ペレンノール野の合戦　Battle of the Pelennor Fields
指輪戦争の際、ミナス・ティリスの攻防をかけ、ナズグールの指揮するモルドール軍とそれを迎え撃つゴンドール軍、救援のローハン軍、そして灰色の一行との間に戦われた合戦。ローハン王が討ち死にし、ナズグールの首領が滅びる。〔5-

ネンヤ　Nenya, Ring of Adamant
エルフの三つの指輪の一つ。ミスリルで作られ、光の明滅する白い石が一つついている。ガラドリエルが持ち主である。nen は「水」の意。〔2-428〕

パイプ草　pipe-weed
パイプ草と呼ばれる草を燃やして、その煙をパイプと呼ぶ管を通して吸うのはホビット庄の奇妙な習慣である。最上のパイプ草は南四が一の庄で栽培される。ゴンドールではガレナスと呼ばれ、もっぱら鑑賞用である。ガレナスを見よ。〔1-28〕

バック郷の非常用角笛　Horn-call of Buckland
古森に接しているバック郷に伝えられた、非常を知らせる角笛。〔1-505〕

パランティール　Palantír
「遠くを見るもの」の意。palan はクウェンヤで「あまねく」tir は「見張る」を意味する。複数形はパランティーリ Palantíri。エレンディルと二人の息子たちがヌーメノールから中つ国にもたらした7個の「見る石」のことをいう。オルサンクの石もその一つである。サウロンのものとなったミナス・イシルの石、執政が使ったミナス・アノールの石、塔山丘陵のエレンディルの石のほかは失われたと思われる。フェアノールによって作られたといわれる。〔3-528, Sil.〕

ヒスライン　hithlain
ロスローリエンで作られる細くて強靭《じん》な繊維。サムがもらったロープはこれで作られている。語義は「霧の糸」である。

南星印《なんせい》 Southern Star
ホビット庄南四が一の庄で産出されるパイプ草の銘柄。〔1-29〕

西境《にしざかい》の赤表紙本 the Red Book of Westmarch
西境の区長を代々つとめた髪吉家（サムワイズの娘の嫁ぎ先）の塔の下邸に保存されていた記録。指輪物語の歴史の最も重要な史料であり、この物語は主としてこれに依拠している。もともとはビルボの日記であり、それにフロドが自分の体験した指輪戦争の記述を加え、その他の記録と共に赤革で装釘した。全部で５冊あったが、原本は伝わっていない。〔1-11〕

ニフレディル niphredil
ロスローリエンのケリン・アムロスに咲く淡い青色を帯びた白い花。〔2-386〕

ニムロス Nimloth
「白い花」の意。ヌーメノールの白の木である。この果実を一つ、イシルドゥルが取り、そこから、ミナス・イシルの白の木が育つ。後にミナス・ティリスに移されるが枯れる。その子孫の若木がガンダルフとアラゴルンによって見出される。〔6-231,Sil.〕

ニムロデルの歌物語 Lay of Nimrodel
昔ローリエンに住んだ美しいエルフの乙女ニムロデルのことを歌った悲しい歌。ゴンドールのドル・アムロスの人たちの間でも歌われていた。〔5-240〕

なぞなぞ遊び　Riddle-game
ビルボが指輪を手に入れるに至ったいきさつは『ホビットの冒険』の中でも重要な場面として語られているが、その中でもなぞなぞ遊びのくだりは、ビルボにとってまさに食うか食われるかの切迫した事態で、きわどいところで、ゴクリに勝つが、そこに幾分のルール違反があったことは否めない。〔1-37, Hob.〕

七つ（の）石　Seven Stones
パランティールを見よ。〔3-535〕

七つ（の指輪）　the Seven (Rings)
ドワーフの王たちが所有していた力の指輪である。エルフの金銀細工師たちがサウロンの力を借りて作ったものと思われる。三つはサウロンによって奪われ、四つは竜の火によって焼かれた。〔1-144〕

ナルシル　Narsil
エレンディルの剣。ノグロドのテルハルによって作られた。アンドゥーリルを見よ。クウェンヤでnarは「火、或いは太陽」、silは「白い光、或いは月」である。〔2-85〕

ナルヤ　Narya the Great
エルフの三つの指輪の一つ。最初キールダンが所有していたが、後にかれからガンダルフにゆずられた。Narは「火」の意味であるが、その名の通り、火のように燃える赤い石がはまっている。〔6-400〕

つらぬき丸 Sting

ビルボからフロドにゆずられたエルフの名剣。ビルボがこの剣を手に入れたいきさつは『ホビットの冒険』２章に見られる。〔2−185〕

鉄の王冠 Iron Crown

第一紀の冥王モルゴスの冠。かれが盗んだ三つのシルマリルがはめられていた。〔4−331, Sil.〕

テルペリオン Telperion

ヴァリノールの二つの木のうちの一つ。白の木と呼ばれた。ガラシリオン、ニムロス、そしてゴンドールの白の木はその子孫である。〔6−232、Sil.〕

ドゥリンの石 Durin's Stone

モリアの大門に近い鏡の湖ケレド＝ザーラムの傍らに立つ石の柱。ドワーフの祖ドゥリンが初めて鏡の湖をのぞいた場所を示す。〔2−338〕

トビィ爺印 Old Toby

南四が一の庄長窪村の角笛吹きトボルド即ちトビィ爺が、最初にパイプ草を栽培したことに因み名付けられたパイプ草の銘柄。〔1−29〕

長窪葉印 Longbottom Leaf

ホビット庄南四が一の庄の長窪村で産出される最上パイプ草の銘柄名。〔1−29〕

の最後の同盟によって倒され、ここで第二紀は終わる。〔1-47, Sil.〕

大宝玉　Great Jewel
シルマリルのこと。ヴァリノールの二つの木の光を中に込めた三つの宝玉。上《かみ》のエルフのフェアノールによって作られた。モルゴスにより盗まれ、それを取り戻すための長い苦しい戦いが戦われた。〔2-184, Sil.〕

第四紀　Fourth Age
第三紀は3021年で終わる。ゴンドールの暦では、サウロン滅亡の3月25日が新年とされたので、この年の3月25日から第四紀が始まるのだが、第三紀が本当に終わるのは、同じ年の9月29日、三人のエルフの指輪所持者が、ビルボとフロドと共に西方へ去った日である。〔1-43〕

ダエロンのルーン文字　Daeron's Runes
シンダリンの音を表わすため、シンゴル王の伶人ダエロンによって考案された。キルスと呼ばれる。のちにエレギオンのノルドールによって追加され、モリアのドワーフによってさらに改良された。追補編EのⅡを参照されたい。〔2-300〕

ダゴルラドの戦い　Battle of Dagorlad
第二紀の末、エルフと人間が最後の同盟を結び、モルドールの黒門前のダゴルラドでサウロンの軍勢と戦い、サウロンの手から指輪を奪う。〔2-85〕

タラン　talan
フレトを見よ。〔2-363〕

大暗黒　Great Darkness

第一紀にモルゴスによってかもし出され、中つ国のベレリアンドを覆って、すべての生きる者を苦しめた黒い影をいう。〔3-175〕

第一紀　First Age

おそらくは天地創造から始まり、モルゴスが滅びるまでの非常に長い期間をいう。上古の世ともいう。〔Sil.〕

第三紀　Third Age

第二紀はサウロンの敗北で終わり、第三紀が始まる。比較的平穏な1000年を経たのち、サウロンの力が再び強まり、見出された一つの指輪をめぐって、自由な民と、モルドールとの間に凄絶な戦いが戦われたが、3019年、遂に指輪は無に帰し、サウロンは消滅する。3021年フロドとビルボ、３人のエルフの指輪所持者は海を渡って去り、第三紀は終わった。〔1-15〕

代々記　Tale of Years

トゥック家の大スマイアルには多くの写本が収蔵されていた。ここに集められた材料と、メリアドクの助力を得て、編纂されたのが西方諸国年代記である。〔1-47〕

第二紀　Second Age

モルゴスの滅亡で第一紀が終わったあと第二紀が始まり、ヌーメノールにエダインの国が創建される。一方中つ国では、サウロンの力が次第に強大となり、暗い時代が訪れる。サウロンは次にヌーメノーレアンを誘惑して、遂にこの国を滅亡に到らしめ、自分は再び中つ国で活動するが、エルフと人間

神秘の火　the Secret Fire
ガンダルフは火の使い手であるが、カザド＝ドゥームの橋上でのバルログとの戦いで、その火がアノール（太陽）の焔であり、かれはその神秘の火に仕える者であることが明らかにされる。〔2－330〕

スィンベルミュネ　simbelmynë
ローハンのことばで「思い出をいつも」すなわち「忘れじ草」の意である。四季を通じて、墓所に咲く白い花。〔3－285〕

スマイアル　smials
ホビットたちはもともと丘陵地に穴（トンネル）を掘って住んだが、次第に最も貧しい者と最も富める者を除き、地上に住むようになった。トゥック家やブランディバック家のような豪族の住む大家族のための豪華なトンネル屋敷をスマイアルと呼んだ。スマイアルは古英語のsmygelの変形であり、ホビット語のtrânの訳語にあてられた。〔1－24, 追補編FのI〕

西方語　Westron
共通語を見よ。〔1－19〕

セイン本　Thain's Book
赤表紙本の写本の一つ。セイン・ペレグリン・トゥックからエレッサール王に献じられた。王の祐筆フィンデギルによって、ここからさらに写本が作られ、大スマイアルに所蔵された。〔1－45〕

奪われたシルマリルを取り戻すため中つ国にもどったノルドール族の悲劇的な運命を描いたのが『シルマリルの物語』である。奪い返されたシルマリルの一つは地中に、一つは海中に、一つは星となって天上にある。〔1-553, Sil.〕

白の会議 White Council

サルマン、ガンダルフ、ガラドリエル、エルロンド、キールダンらにより、中つ国の悪に対処するため開かれた賢者たちの会議。しかし、会議を司っていたサルマンの下心によって、必ずしも目的を達したとはいえなかった。〔1-124, Hob.〕

白の木 White Tree (of Gondor)

ゴンドール国のしるしである。イシルドゥルがヌーメノールの白の木ニムロスの果実からミナス・イシルの白の木を育て、その子孫が、ミナス・アノールに植えられたが、指輪戦争当時はすでに枯れて久しかった。エレッサール王の即位と共にその若木が見出された。テルペリオン、ガラシリオン、ニムロスの項を見よ。〔2-89〕

白の手 White Hand

サルマンが用いたしるし。アイゼンガルドのオークたちはこのしるしを帯びていた。〔3-49〕

シンダリン Sindarin

二つに大別されるエルダール語の一つ。灰色エルフ語、ベレリアンドのエルフ語とも呼ばれる。もともとはクウェンヤに近いことばであったが、中つ国にとどまった灰色エルフによって使われているうちに変化を蒙ることになった。本書中に現われるエルフ語は殆どシンダリンである。〔追補編ＦのＩ〕

最後の同盟　Last Alliance
第二紀の末、モルドールのサウロンと戦うべく、エルフと人間が最後の同盟を結び、ダゴルラドで戦う。サウロンは倒れるが、同盟軍も大きな犠牲を払った。〔1－529, Sil.〕

西方諸国年代記　Chronology of the Westlands
代々紀を見よ。〔追補編〕

山頂の闘い　Battle of the Peak
ガンダルフが銀枝山の頂でバルログと闘い、遂にこれを滅ぼした闘い。〔3－270〕

自由市《いち》　Free Fair
ライズの期間、白が丘連丘で行なわれるホビット庄の行事。7年目ごと、ライズの中日に、大堀町の町長、即ち庄長が選挙で選ばれる。〔1－33〕

上　古　Elder Days
第一紀を指していうことば。第四紀には、それより前の時代をしばしば上古と呼んだが、正しくはモルゴスの顚覆以前を指す。〔1－15〕

庄民集会　Shire-moot
非常の場合にのみ召集され、セインがその議長をつとめた。〔1－32〕

シルマリル　Silmaril（単数形）、Silmarilli（複数形）
上古の代に、ヴァリノールの二つの木の光を中にこめて、フェアノールによって作られた三つの宝玉。モルゴスによって

グロンド Grond
モルゴスの大鉄杖の名であるが、本書では、その名を取ったモルドールの巨大な破城槌。〔5-252〕

警戒下の平和 Watchful Peace
第三紀2063年にサウロンがドル＝グルドゥルから逃げてから約4世紀にわたる中つ国において比較的平和な時代。〔追補編A、B〕

ケレブラントの野の戦い Battle of the Field of Celebrant
ローハン国の祖エオルがゴンドールの救援に北方から兵を進めて戦い、敵を殲滅《せんめつ》した戦い。〔3-298〕

五軍の戦《いくさ》 Battle of the Five Armies
第三紀の2941年、はなれ山付近で、エルフ軍、人間の軍、ドワーフ軍対ゴブリン軍とオオカミ軍の間で行なわれた戦い。その戦いについては『ホビットの冒険』17章を読まれたい。〔1-36〕

九つ（の指輪） the Nine (Rings)
サウロンが人間の王たちに与えた九つの力の指輪。その指輪の持ち主たちは恐るべき指輪の幽鬼となり（即ちナズグールである）、サウロンに仕えた。〔1-144〕

酷寒の冬 Fell Winter
ホビット暦の1311年、ブランディワイン川が凍結し、白狼たちがホビット庄に侵入した冬のこと。〔1-506〕

クウェンヤ　Quenya
ヴァリノールで用いられた全エルフ族共通の古代エルフ語。中つ国に戻った上のエルフ族によって、灰色エルフの間にももたらされたが、日常語にはならなかった。いわばエルフのラテン語として儀式や詩歌の中で用いられた。〔追補編ＦのⅠ〕

グースウィネ　Gúthwine
エーオメルの剣。ローハン語の意味は「戦いの友」。〔３-358〕

クラム　Cram
谷間の国の人間たちが荒野を旅する時に持っていく焼き菓子風の糧食。〔２-441〕

グラムドリング　Glamdring
ガンダルフの剣。「敵くだき」の意。エルフによって作られた長い剣である。はなれ山に眠るドワーフのソーリンのオルクリストと対《つい》になる名剣。『ホビットの冒険』３章を見られよ。〔２-191, Hob.〕

黒の息　Black Breath
ナズグールによって発せられる息。それを浴びただけで力がなえ、夢を見ながら死んだように冷たくなり、遂には絶命する。アセラス以外にこの病に効くものはない。〔１-498〕

黒の影　Black Shadow
ナズグールからきた病をゴンドールの人々はこう呼んだ。黒の息を見よ。〔５-342〕

エアレンディルの星の光を集めてとじこめたもの。他の光が一切消えた時の明かりとなる。〔4-354〕

カルニミーリエ Carnimírië
エントのブレガラドが歌った歌の中に出てくることば。かれが愛したななかまどの木の名前であろう。クウェンヤで「赤い宝石に飾られた」という意味になる。〔3-218〕

ガレナス galenas
パイプ草のこと。ゴンドールでは、パイプ草のことを「西の人の草」、或いは（かぐわしき）ガレナスと呼んで、もっぱら花の香りを賞する。〔5-371〕

『紀年考』 *Reckoning of Years*
ホビット庄、ブリー郷の暦と、裂け谷、ゴンドール、ローハンの暦との関係を論じたメリアドク・ブランディバックの著書。〔1-46〕

共通語 Common Speech
西方語とも言う。中つ国西部地域で共通に用いられていたことば。エルフ語の影響も受けている人間のことばである。追補編ＦのⅠを読まれたい。本書はもともと共通語で書かれ、すべて英語に訳された。〔1-19〕

銀の王冠 Silver Crown
ゴンドールの王冠。ミナス・ティリスの衛士の兜と同形である。全体が白で、両側には真珠と銀で作られた翼の形をしたものが頰当ての上につけられていた。〔4-213〕

オルサンクの石　Orthanc-stone
パランティールを見よ。〔3-527〕

オロファルネ　Orofarnë
ブレガラドが愛したななかまどの木の名前。〔3-218〕

ガーシュ　ghâsh
オークの間で用いられた黒のことばで、「火」を意味する。〔2-320〕

鎌　座　Sickle
大熊座の北斗七星をホビットたちが呼んだ名前。〔1-501〕

上《かみ》のエルフの木　Tree of the High Elves
ガラシリオンを見よ。〔2-261〕

ガラシリオン　Galathilion
エルフ本国アマンの都ティリオンに育った白の木。ヴァリノールの二つの木のうち白の木テルペリオンを模してヤヴァンナによって作られた。ゴンドールの白の木の祖ニムロスは、ガラシリオンの実生である。〔6-231, Sil.〕

ガラドリエルの鏡　Mirror of Galadriel
ローリエンのカラス・ガラゾンの庭にある浅い銀の水盤。そこに充された水をのぞくと、暗示にみちた不思議を見ることができる。〔2-417〕

ガラドリエルの玻璃瓶《はりびょう》　Phial of Galadriel
ガラドリエルからフロドに贈られた水晶の小瓶。泉に映った

エレヒの石　Stone of Erech
エレヒの丘に立つ黒い石。イシルドゥルによってヌーメノールから持ち出されたといわれる。その石にかけて、山々の王がかれに忠誠を誓った。ただ「黒い石」ともいう。〔5-118〕

エレンディルの星　Star of Elendil
アルノールの王たちが額に巻いた銀の環にただ一個つけた白い宝石。エレンディルミル即ちエレンディルの星と呼ばれる。〔5-308〕

エントの寄合　Entmoot
ファンゴルンの森の隠れ谷で、必要に応じて開かれるエントの集まり。〔3-203〕

王の葉　kingsfoil
アセラスを見よ。〔5-352〕

大角笛《つのぶえ》　Great Horn
ボロミルが持っていた角笛。執政家に代々伝わるもので、東の国の野牛の大角でできている。〔4-234〕

オールド・ウィンヤード　Old Winyards
ホビット庄南四が一の庄産の強い赤ワイン。〔1-108〕

オルクリスト　Orcrist
「ゴブリン退治」の意。ガンダルフのエルフの剣グラムドリングと対になっている名剣。はなれ山の下に眠るソーリン・オーケンシールドの胸の上におかれている。〔2-192, Hob.〕

エラノール　elanor
ロスローリエンのアムロスの塚に絶えず咲き続ける黄色い花。サムの娘エラノールの名は、ここからとられた。「太陽星」の意である。〔2-386〕

エルフ語　Elvish language
大別してクウェンヤとシンダリンがある。本書中の殆どの固有名詞はシンダリンである。クウェンヤはいわばエルフのラテン語で、儀式や歌に用いられた。2巻304ページのガラドリエルの歌はクウェンヤである。また、エントのことばはクウェンヤ系が多い。追補編FのⅠを参照されたい。〔1-45〕

エルフの石　Elfstone
ガラドリエルからケレブリーアンに、ケレブリーアンからアルウェンに伝えられた緑色の宝石。ローリエンの地で、望みのしるしとしてアラゴルンに与えられ、かれはエレッサール（エルフの石）を名のる。〔2-458〕

エルフの指輪　Elven-rings
第二紀の1500年頃、エレギオンに住まうケレブリンボールを初めとするエルフの金銀細工師たちが、サウロンの教示を受けてその技を増し、遂に三つの力の指輪を完成する。ヴィルヤとネンヤとナルヤである。三個ともサウロンから隠され、指輪戦争のあと、持ち主と共に西方へ去る。〔1-133〕

エルロンドの会議　Council of Elrond
裂け谷のエルロンドの館で、一つの指輪の処分について話し合われた会議。中つ国の自由の民の代表が集まった。〔2-74〕

「折れたる剣」ともいわれた。言い伝えに従って、一つの指輪が再び見出されると共に鍛え直された。以前はクウェンヤでナルシルといった。〔2-183〕

イシルディン ithildin

「星月」の意味である。星の光と月の光だけを反射し、特定の呪文をとなえながら触れることによってのみ、目に見えるものとなる金属。モリアの西門に使われている。〔2-261〕

イシルドゥルの禍 Isildur's Bane

サウロンの力の指輪のこと。第二紀の末、エルフと人間の同盟軍がサウロンを倒した時、イシルドゥルが、サウロンの手から指輪を取って、自分のものにしたが、指輪に裏切られて命を落とすことになり、このように呼ばれた。〔2-87〕

ヴァリノール語 Valinorean language

ヴァリノールはヴァラールの国である。上古の時代にヴァリノールで暮した上のエルフが会話に用いていた言語はクウェンヤと呼ばれた。中つ国に戻って来た上のエルフはクウェンヤを文語として用いた。ミナス・ティリスの学者は、学術語としてクウェンヤを学んだであろう。〔5-355〕

ヴィルヤ Vilya

三つのエルフの指輪の一つ。三つの中で最も力ある指輪。大きな青い石のついた金の指輪でギル＝ガラドが持ち主であったが、かれの死に際し、エルロンドにゆずられた。Vilyaは「風《ふう》」(air)の意。地水風火の風である。〔6-396〕

ラニオン（asëa aranion）という。王の手によって用いられると非常な効能がある。〔1–565〕

アラゴルンとアルウェンの物語　The Tale of Aragorn and Arwen

赤表紙本の写本セイン本にのせられている物語。執政ファラミルの孫バラヒルによって書かれたと伝えられている。〔1–45〕

アルフィリン　alfirin

レベンニンの緑の野に咲いていた花の名。スィンベルミュネをエルフが呼ぶ時の名。〔5–386〕

暗黒時代　Black Years

第二紀の1000年頃から強大になってきたサウロンの力は、1600年の一つの指輪の完成により一層強まり、中つ国には暗い時代が訪れ、各地に戦乱と荒廃が広がった。第二紀の末にエルフと人間の同盟により、サウロンが倒され、指輪が奪われるまで、この暗黒時代は続く。Dark Yearsともいう。死者の道でアラゴルンが「呪われた年月（Accursed Years）」と言ったのは、この時代のことであろう。〔1–145〕

アン＝センナス　ann-thennath

エルフの間で歌われる詩型の一つ。〔1–552〕

アンドゥーリル　Andúril

「西方の焔」の意。アラゴルンが自らの剣につけた名。北方王国に伝わる宝剣で、エレンディルが倒れた時、折れたため、

ローリエン Lórien
モリアの東門より南東の方角、銀筋川と大河にはさまれた森。上《かみ》のエルフのガラドリエルとケレボルンが森のエルフを治める王国がある。ローリエンは、ヴァリノールのヴァラ、イルモの庭園の名からつけた。〔2−349〕

ロスローリエン Lothlórien
loth はシンダリンで「花」の意。ローリエン、及び、ラウレリンドーレナンを見よ。〔2−340〕

ロッサールナハ Lossarnach
白の山脈南麓の谷間にあるゴンドール国の封土。〔5−30〕

事　物

アエグロス Aeglos
原書の索引では icicle「つらら」、『シルマリルの物語』の索引では snow-point「雪の切っ先」とある。第二紀にギル＝ガラドが持っていた槍。〔2−85〕

赤い矢 Red Arrow
ゴンドールが危急の際に、ローハンの援助を求める時の印である。黒い矢羽根と鋼鉄の鏃《やじり》のついた矢であるが、鏃の先端が赤く塗られていた。〔5−168〕

アセラス Athelas
薬草の名。民間では「王の葉」、クウェンヤではアセア・ア

ルーン湾　Gulf of Lune
ルーンはエルフ語のLhûnから転訛したものである。エリアドールの北西部、青の山脈に切り込む形の細長い湾。湾の最奥部ルーン川の河口に灰色港がある。〔1-19〕

ルグブールズ　Lugbúrz
バラド＝ドゥールを指す黒の言葉。〔3-111〕

レベンニン　Lebennin
アンドゥインの河口と、白の山脈にはさまれたゴンドールの緑なす美しい土地。〔2-237〕

ローハン　Rohan
白の山脈の北部に広がる草原の国。第三紀2510年、ゴンドールの救援に北方からかけつけたエオル王とその一党にゴンドールの執政から与えられ、ローハンと呼ばれた。シンダリンで「馬の国」の意である。ゴンドールでロヒルリム即ち「馬の司」の名で呼ばれるその国民はすぐれた馬の飼育者であり、乗手である。ローハン国人は自国をマークと呼ぶ。〔1-46〕

ローハン谷　Gap of Rohan
霧ふり山脈と白の山脈との間に開けた土地。中つ国西部を北から南へ縦断する大山脈が途切れているのはこの地点だけである。〔2-130〕

ローハンの東壁　East Wall of Rohan
エミュン・ムイルの西端は壁のように切り立っていたので、このように呼ばれた。〔3-43〕

留置穴 the Lockholes

大堀町の倉庫を改造した留置所。特にサルマンがホビット庄を支配していた時に、多くの反逆分子が収容された。〔6-315〕

リューン Rhûn

シンダリンで「東」を意味する。ゴンドールではリューンの湖以東を大ざっぱにリューンと呼んでいる。〔2-101〕

療病院 Houses of Healing

ミナス・ティリスの第六環状区にあり、重病人たちを看護するために建てられた建物。〔5-340〕

緑竜館 The Green Dragon

ホビット庄、水の辺村の旅籠屋。附近のホビットたちが一杯やるところでもある。〔1-125〕

リョスゴベル Rhosgobel

茶色の魔法使ラダガストの住居のある所。闇の森に近い。〔2-126〕

リングロー谷 Ringló Vale

白の山脈の南麓、ラメドンの地を南に流れるリングロー川とキリル川にはさまれた地。〔5-89〕

リンヒル Linhir

ゴンドール国レベンニンを流れるギルライン川の河口より少し上流にある港。〔5-385〕

の国」の意である。〔3−171〕

ラウロス　Rauros
大河アンドゥインの大瀑布。エミュン・ムイルの西側、ネン・ヒソエルの湖の南端から流れ落ちる。〔2−437〕

ラス・ケレルダイン　Rath Celerdain
燭工通りを見よ。〔5−80〕

ラス・ディーネン　Rath Dínen
rath は「通り」、dínen は「沈黙」。ミナス・ティリスの第六環状区にあるフェン・ホッレンから入る。ゴンドールの王、執政たちの奥津城所のある通り。〔5−246〕

ラメドン　Lamedon
白の山脈の南麓、リングロー川より西、キリル川上の山ふところにある、ゴンドール国の高地地方。〔5−89〕

ランマス・エホール　Rammas Echor
ram は「壁」、echor は「環状」。ミナス・ティリスとその外側のペレンノール野を囲む長大な防壁。〔5−29〕

リスラド　Lithlad
シンダリンで「灰の平原」の意。モルドール国の平原にゴルゴロス台地と隣り合ってひろがる不毛の地。〔4−109〕

リダーマーク　Riddermark
騎士国を見よ。〔2−140〕

森大森林と呼ばれていたが、ドル・グルドゥルにサウロンの影がさす頃から恐怖の森となり、闇の森と呼ばれた。しかしこの森の北部には森のエルフの王国がある。エルフ語ではタウル・エ＝ンダエデロス（Taur e-Ndaedelos「大いなる恐怖の森」）という。〔1-16〕

夕おぼろ湖《イヴンディム》　Lake Evendim

シンダリンではネヌイアル（Nenuial「薄暮の湖」の意）である。エリアドールの北部、ホビット庄の真北の方角にある湖。そのすぐ東に北方王都フォルンオストがあった。〔2-88〕

湧水流れ落つ広間　Wellinghall

木の鬚の住む洞穴を、木の鬚が共通語で表現した名前。〔3-442〕

夕陽の窓　Window of the Sunset

ヘンネス・アンヌーンを見よ。〔4-220〕

幽霊峠　Haunted Pass

キリス・ゴルゴルを見よ。〔4-109〕

雪白川《ゆきしろ》　Snowbourn

ローハンの川。やしろ谷に発し、エント川に注ぐ。〔5-146〕

ラウレリンドーレナン　Laurelindórenan

木の鬚《ひげ》によると、ロスローリエンのことをかつてエルフたちはラウレリンドーレナンと呼んだという。「歌う黄金の谷間

モルグルドゥイン　Morgulduin
ミナス・モルグルの建つモルグル谷を流れる川。duin は「川」の意。〔4-288〕

モルソンド　Morthond
黒根谷を見よ。〔5-89〕

モルドール　Mordor
シンダリンで mor は「暗い」、dôr は「陸地又は国土」。即ち「黒の国」。影の山脈と灰の山脈に囲まれ、第二紀から第三紀の終わりまで、サウロンによって支配された国である。〔1-124〕

モルドールの歯　Teeth of Mordor
ナルフオストとカルフオストを見よ。〔4-110〕

やしろ岡　Dunharrow
白の山脈の北麓にあるやしろ谷を見下ろす天然の砦。非常の際のローハン国民の避難所になる。Dunharrow は Dunharg を現代英語に直した名。〔3-316〕

やしろ谷　Harrowdale
白の山脈北麓、雪白川上流の峡谷。〔5-123〕

山越村《やまごえ》　Overhill
ホビット庄西四が一の庄「お山」の北側の村。〔1-126〕

闇の森　Mirkwood
霧ふり山脈の東にある大森林。第三紀の 1000 年頃までは緑

モリア　Moria
共通語のフルナルギアン（Phurunargian,）を現代英語で表すならDwarrowdelf。ドワーフ語ではカザド＝ドゥーム即ちカザド（ドワーフ）の館と呼ばれる。モリアはシンダリンで「黒い坑」を意味する。ドワーフの祖ドゥリンが上古の代に霧ふり山脈の東、ケレド＝ザーラムに居を定めた時から作られた壮大な地下宮殿。〔2-77〕

森間村《もりあい》　Woodhall
ホビット庄東四が一の庄末つ森の北東の外れにある村。〔1-203〕

森の王国　Woodland Realm
闇の森東北部にあるエルフ王国。レゴラスはそこの王子である。〔3-69, Hob.〕

森の川　Forest River
灰色山脈に発し、闇の森北部を通って、たての湖に注ぐ川。〔2-436〕

モルガイ　Morgai
モルドールの西壁影の山脈の内側に並行して走る切り立った山並み。〔6-22〕

モルグル谷　Morgul Vale
イムラド・モルグル（Imlad Morgul）のこと。即ち「呪魔の谷」の意味である。影の山脈の西麓にある谷間。かつてのミナス・イシル、後のミナス・モルグルが建つ。〔4-293〕

向《むこう》が丘連丘　Far Downs
ホビット庄の西の外れにある丘陵。その先に西境《にしざかい》がある。〔1-19〕

ムンドブルグ　Mundburg
ローハンでミナス・ティリスを呼んだ名。「守りの砦(guardian-fortress)」の意味である。〔3-288〕

メセドラス　Methedras
シンダリンで「最後の峰」の意である。霧ふり山脈の南端にある峰。この麓にアイゼンガルドがある。〔3-61〕

メドゥセルド　Meduseld
黄金館のこと、ローハンの首都エドラスにある黄金の城館。ローハン王の居城である。〔3-89〕

メレスロンド　Merethrond
ミナス・ティリスの城館の宴会用大広間。シンダリンでmerethは「宴」、rondは「丸天井を持つ大広間」の意。〔6-238〕

元　村　Staddle
ブリー山の南東の斜面にある村。ホビットが主に住んでいる。〔1-423〕

モランノン　Morannon
シンダリンでmorは「暗い」、annonは「大戸或いは門」である。即ち黒門、モルドールの門である。〔4-110〕

ミナス・ティリス Minas Tirith
「守護の塔」の意。かつてはミナス・アノール（日の塔）と呼ばれていた。ゴンドール、ミンドルルインの山腹の守りの丘に七層に建てられた防備堅固な都である。〔1-45〕

ミナス・モルグル Minas Morgul
影の山脈の西麓にあり、かつてのゴンドールの都オスギリアスと直線の道路で結ばれている。かつてはミナス・イシル（月の塔）と呼ばれていたが、第三紀の2002年に指輪の幽鬼たちによって奪われ、恐怖の場所となり、ミナス・モルグルと呼ばれるようになった。ミナス・モルグルは「呪魔の塔」の意味である。〔2-90〕

南四《し》が一《いち》の庄 Southfarthing
ホビット庄の行政区分の一つ。〔1-28〕

ミンドッルイン Mindolluin
白の山脈の東端の山。ミナス・ティリスの城砦は、この山の山腹が膝のように突き出たところに建っている。〔3-545〕

ミン＝リンモン Min-Rimmon
白の山脈の北麓沿いに設けられたゴンドールの烽火《のろし》山の一つ。リンモンは古い人間のことば。〔5-23〕

無限階段 Endless Stair
モリアの最も低い土牢から銀枝山の頂きまで、切れ目なく続く螺旋階段。〔3-269〕

緑丘陵　Green Hills (in Gondor)
ピンナス・ゲリンを見よ。〔5-89〕

緑《みどり》野《の》　Greenfields
ホビット庄北四が一の庄の古戦場。〔1-22〕

緑《みどり》道《みち》　Greenway
サルバドからブリー村を経てフォルンオストに至る道。〔1-30〕

緑《みどり》森《もり》大森林　Greenwood the Great
霧ふり山脈の東にある大森林。その後（第三紀の最初の1000年が経った頃）、悪しき力が入りこみ、闇の森と呼ばれるようになった。〔1-16〕

緑山丘陵　Green Hills
ホビット庄南四が一の庄の丘陵。トゥック郷もその一部にある。〔1-202〕

ミナス・アノル　Minas Anor
「日の塔」の意味。ミナス・イシルがミナス・モルグルと呼ばれるようになると共に、ミナス・ティリスと呼ばれるようになった。〔2-89〕

ミナス・イシル　Minas Ithil
「月の塔」の意味。のちにミナス・モルグルと呼ばれるようになる。〔2-89〕

ど値打ち物も収められていた。〔1-22〕

まっすぐ階段 Straight Stair
モルグル谷からキリス・ウンゴルに登る途中の階段。ゴクリの使ったことば。〔4-322〕

魔法使の谷 Wizard's Vale
ナン・クルニールのこと。〔3-339〕

豆畦《まめあぜ》 Bamfurlong
ホビット庄、東四が一の庄の地名。〔1-260〕

ミスエイセル Mitheithel
シンダリンで「灰白色の泉」の意。にびしろ川を見よ。〔1-569〕

水の辺村 Bywater
ホビット庄西四が一の庄の東端、「川」のほとりの村。〔1-59〕

ミスロンド Mithlond
灰色港を見よ。シンダリンでmithは灰色、londは「陸地で囲まれた港」の意である。〔3-538〕

みつまた Waymeet
西四が一の庄のほぼ中心にある村。東街道とサルンの浅瀬、小堀村往還の道が出会う所。〔6-339〕

ホビット村　Hobbiton
西四が一の庄の東部にある村。水の辺村に隣接しており、どちらも「川」沿いにある。〔1-24〕

滅びの罅裂《きれつ》　Crack of Doom
オロドルインの火の室サンマス・ナウルにある割れ目。一つの指輪を無に帰することのできる唯一つの場所である。〔1-175〕

滅びの山　Mount Doom
「火の山」を意味するオロドルインは、サウロンが第三紀に再び力を得たのち、ゴンドール国人によって、アモン・アマルス（「滅びの山」の意）と呼ばれるようになった。〔2-92〕

マーク　Mark
ローハン国人は自国をマークと呼んだ。騎士国（リダーマーク）を見よ。〔3-285〕

マザルブルの間　Chamber of Mazarbul
mazarbul はドワーフ語で「記録」の意。モリアの領主となったバリンの玉座がおかれた部屋であり、のちにかれの墓所ともなった。バリンの一党の運命を記した記録もこの部屋で見出された。〔2-304〕

マゾム館　Mathom-house
大堀町にある博物館。ホビットのいうマゾム、たとえば貰い物、捨てるに捨てられない品物などを集蔵したところからきた名であろう。しかしビルボのミスリルのくさりかたびらな

いたが、第一紀の末の動乱によって破壊され、海に呑まれ、青の山脈の西の地リンドンのみが残った。〔2-85, Sil.〕

ペレンノール　Pelennor
「囲われた地」の意。長い外壁（ランマス・エホール）でえんえんと囲ったミナス・ティリス城下の広野。〔5-28〕

ヘンネス・アンヌーン　Henneth Annûn
シンダリンで「夕陽の窓」の意。北イシリエンに於けるゴンドールの前哨基地。滝の背後に西に面した入口のある秘密の岩屋である。〔4-220〕

北方王国　North Kingdom
ヌーメノールの滅亡を逃れ、中つ国に渡ったエレンディルが二人の息子と共に創建した二つの王国アルノールとゴンドールのうち、アルノール王国である。後にアルセダイン、リュダウル、カルドランの三王国に分裂した。〔1-18〕

北方王都　Norbury
フォルンオストを見よ。〔6-295〕

ホビット庄　the Shire
Shireはホビット語のSûzaの英訳名である。日本語訳に際しては、中世的響きがあるのとシャイアに音の感じが似ていることもあり、庄を選んだ。ある英和辞典にはthe Shireとして「平和で楽しいホビットの国」とある。東西40リーグ、南北50リーグの広さがある。第三紀の1601年にマルコとブランコ兄弟が多勢のホビットと共にバランドゥインを渡ったのが、建国の年となる。〔1-13〕

川を見よ。〔1-570〕

古　森　the Old Forest

ホビット庄、ブランディワイン川の東、バック郷に隣接した古い森。その東側には、塚山丘陵がある。トム・ボンバディルはこの森の外れに住む。〔1-61〕

ブンドゥシャスール　Bundushathûr

ドワーフ語で雲乗山（Cloudyhead）のこと。エルフ語ではファヌイゾル。〔2-201〕

ペラルギル　Pelargir

シリス川が大河に注ぐあたりに古くから（第二紀2350年）ヌーメノーレアンによって築かれた港。語義は「王の船のための囲われた庭」。pelは「取り囲む」の意がある。〔5-143〕

ベルファラス　Belfalas

ゴンドールの南、広いベルファラス湾に面した地域。ドル・アムロスのある所。falasは「岸辺」の意。〔5-24〕

ヘルム峡谷　Helm's Deep

白の山脈北麓の狭くて深い峡谷。侵略者と戦ってこの地で死んだ、英雄的な第九代ローハン王ヘルムの名をとって、このように呼ばれている。峡谷の入口にヘルムの門があり、そこに角笛城がある。〔3-341〕

ベレリアンド　Beleriand

かつて中つ国の北西部にあり、多くの灰色エルフが住まって

建造された屋敷。ビルボのあとにフロドが住み、後にサムワイズにゆずられた。〔1-43〕

ぶよ水沢地 Midgewater Marshes

ブリー郷と風見が丘の間に広がる湿地帯。ぶよが非常に多いことからこの名がある。〔1-520〕

ブランディ館《やかた》（又は屋敷） Brandy Hall

ブランディバック一族が住む大邸宅。ブランディワイン川の東側のバックの丘にトンネルを掘って建てられた。一族の長は館主と呼ばれている。〔1-26〕

ブランディワイン川 Brandywine River

バランドゥインのホビット風呼び名。ホビット庄の東端を流れる大きな川。名前の詳細については追補編FのⅡを参照のこと。〔1-19〕

ブランディワイン橋 Brandywine Bridge

ブランディワイン川にかかる橋。昔は石弓橋と呼ばれ、東街道が通っている。〔1-68〕

ブリー村 Bree

ブリー郷にある村。東街道と緑道街道の交叉するところにあたる。人間とホビットが古くから共存している。Breeはケルト語で「丘」を意味するようである。〔1-18〕

ブルイネン川 Bruinen

鳴神川（Loudwater）のこと。裂け谷のエルロンドの支配下にある川。裂け谷に入るにはブルイネンの浅瀬を渡る。鳴神

ファヌイゾル　Fanuidhol
シンダリンで「雲の頭」の意。雲乗山のこと。〔2−201〕

ファンゴルンの森　Fangorn (Forest)
ファンゴルンはシンダリンで「木の鬚《ひげ》」の意。エントの長老木の鬚を意味すると共に、かれの住む森も指す。霧ふり山脈の南端の東側に位置する広大な古い森である。〔2−207〕

フィリエンフェルド　Firienfeld
ローハン国やしろ岡の崖の上の緑の原野。その奥に精霊山がある。〔5−156〕

フェン・ホッレン　Fen Hollen
シンダリンで「閉じた扉」の意。ミナス・ティリスの第六環状区の城壁に設けられた入口。王家と執政家の墓所への入口であるため、ふだんは閉じられている。〔5−245〕

フォルンオスト　Fornost
「北の砦」の意。北連丘の南端に位置し、北方王国アルノールの砦があった。アルセダイン王国の都であったこともある。フォルンオスト・エラインは「北の王都」の意。廃墟となったあとは「死者の堤」と呼ばれ恐れられた。〔1−19〕

袋枝路《ふくろえだみち》　Bagshot Row
袋小路屋敷のすぐ下にある通り。とっつぁんとサムは袋枝路三番地に住んでいた。のちの新小路。〔1−196〕

袋小路屋敷　Bag End
ホビット村のお山に、ビルボの父バンゴ・バギンズによって

ス・ティリス攻城に加わった。〔5−303〕

柊　郷《ひいらぎごう》　Hollin

エレギオンを見よ。柊はこの土地にかつて住んでいたエルフたちのしるしであり、群生していたので、この名がある。〔2−200〕

東街道　East Road

灰色港からホビット庄を通り、ブリー村を経て、裂け谷方面に向かう道。東から来る者には西街道になる。〔1−306〕

日の没《い》**りの塔**　Tower of the Setting Sun

ミナス・アノールを見よ。〔2−89〕

火の室　Chambers of Fire

サンマス・ナウルを見よ。〔6−145〕

火の山　Mountain of Fire

オロドルインを見よ。〔1−175〕

白光川　Limlight

ファンゴルンの森の北のはずれから発し、大河に注ぐ川。ローハン国の北の境界である。〔2−473〕

ピンナス・ゲリン　Pinnath Gelin

ゴンドール国アンファラスの緑の丘陵地帯。語義は「緑の山並み」。〔5−89〕

92〕

バラド＝ドゥール　Barad-dûr
「暗黒の塔」を意味する。第二紀の1000年頃にサウロンによって建造された不壊の砦。〔2-239〕

バランドゥイン　Baranduin
エルフ語でbaranは「金茶色」、duinは「大きい川」の意味である。ホビット庄の東を流れるブランディワイン川のこと。〔1-19〕

ハリフィリエン　Halifirien
ローハンの南、白の山脈の北麓に連なる七つの烽火《のろし》山の一つ。〔5-23〕

パルス・ガレン　Parth Galen
galenは「緑」の意。大河の西岸、アモン・ヘンの麓に緑の芝草が広がる美しい土地。〔2-510〕

ハルネン川　River Harnen
影の山脈に発し、南ゴンドールとハラドの境界を流れ、ベルファラス湾に注ぐ。〔追補編AのIの（二)〕

ハルロンド　Harlond
シンダリンで「南の港」の意味。南イシリエンのエミュン・アルネン山麓を流れる大河の湾曲部に位置する港。〔5-30〕

ハンド　Khand
モルドールの東南に位置する国。サウロンに味方して、ミナ

バック郷《ごう》　Buckland
ブランディバック一族の住む土地。ブランディワイン川の東岸。〔1-18〕

バックルベリ　Bucklebury
バック郷に渡る渡しのある村。ここには文庫も存在したらしい。〔1-46〕

バッジ浅瀬　Budgeford
ホビット庄を流れる「川」の浅瀬。東四が一の庄橋野の西側。〔1-307〕

果野《はての》橋　the Last Bridge
にびしろ川（ミスエイセル）にかかる橋。東街道が通っている。ミスエイセル橋ともいう。〔1-570〕

はなれ山　Lonely Mountain
エレボールを見よ。〔1-210, Hob.〕

歯の塔　Towers of the Teeth
「モルドールの歯」と同じ。〔4-145〕

バラジンバル　Barazinbar
ドワーフ語で赤角山のこと。バラズと略していうこともある。〔2-201〕

ハラド　Harad
ハラドはシンダリンで「南」を意味する。転じて南方国（Haradwaith）を指す。ゴンドールの南にある強国。〔2-

灰色港　Grey Havens
シンダリンでミスロンド（Mithlond）。ルーン湾にあるエルフの港。ここからエルフたちが大海のかなたの西方に旅立つ。この地を預かるのはキールダンである。〔1-25〕

灰色森　Grey Wood
アモン・ディーンの山麓の森。ドルーアダンの森に続く。〔6-241〕

灰の山脈　Ashen Mountains
エレド・リスイ（Ered Lithui）のこと。エレド・リスイを見よ。なお闇の森の北方にあるのは灰色山脈（エレド・ミスリン）である。〔6-91〕

白鳥川　Swanfleet river
霧ふり山脈から西に流れ灰色川に注ぐ。下流に白鳥沢があることから、グランドゥイン川をこう呼ぶようになった。〔6-266〕

白鳥沢　Swanfleet
グランドゥインが細い支流に分かれて灰色川に合流する地域に広がる湿地帯。本編では遠くの湖沼に白鳥が宿る様子が描写されている。〔6-267〕

橋　野　Bridgefields
東四が一の庄の地名。フレデガー・ボルジャーの一族が代々住んでいる土地。〔1-307〕

ニンブレシル　Nimbrethil
第一紀にベレリアンド南部、アルヴェルニエンにあった樺の林。nim は「白」brethil は「樺」を意味する。〔2−58〕

ヌーメノール　Númenor
エルフの友たる人間の三氏族の苦難と功績に報いるため、ヴァラールによって大海の西に用意された大きな島。後にヌーメノーレアン自身の慢心と堕落により、大海に没した。ことばの意味は「西国」である。〔1−47, Sil.〕

ヌールネン　Núrnen
モルドールの南東部にある大きい湖。「内陸海」ともいわれる。〔4−109〕

ネルドレス　Neldoreth
第一紀にドリアスの北部を占めた橅の大森林。木の鬚《ひげ》の歌の中でタウル＝ナ＝ネルドールの名で呼ばれる。〔1−553〕

ネン・ヒソエル　Nen Hithoel
アルゴナスの王たちの柱の間を流れ下ったあと、大河は長円形の湖になる。この湖が「霧の湖」ネン・ヒソエルである。〔2−437〕

灰色川　Greyflood
ミスエイセル（にびしろ川）とブルイネン（鳴神川）が合流し、さらに白鳥川が注ぎこんで灰色川となる。シンダリンではグワスロー川（Gwathló）、gwath は「影」の意。〔1−569〕

西《にし》　境《ざかい》　Westmarch
ホビット庄向が丘連丘から塔山丘陵にいたる土地。エレッサール王によってホビット庄に贈与される。サムワイズの娘エラノールの夫ファストレドが西境の区長となる。〔1-11〕

西四《し》が一《いち》の庄　Westfarthing
ホビット庄の行政区域の一つ。境石から向が丘連丘まで。〔1-25〕

西の海　Western Seas
中つ国の西にある大海。かつて存在し、水中に没したヌーメノールも、エルフの住むエレッセアも、ヴァラールの住む至福の地アマンも、みなこの大海のはての西方にある。〔1-226〕

にびしろ川　Hoarwell
シンダリンではミスエイセル。エテン高地に近い霧ふり山脈に発し、リュダウルを南に流れ、鳴神川と合流。そのあとは灰色川になる。〔1-17〕

ニムロデル　Nimrodel
霧ふり山脈に発しローリエンの森の入口で銀筋川に合流する川。〔2-352〕

ニンダルヴ　Nindalf
湿原（Wetwang）のこと。ninは「湿った」talfは「平原」の意。ラウロスの大瀑布のあと大河が流れ落ちてできる広い沼沢地。〔2-453〕

ナルゴスロンド Nargothrond
第一紀に、フィンロド・フェラグンドによって築かれた地下の大城砦。「ナログ川沿いの地下城砦」の意である。〔2-290, Sil.〕

ナルフオスト Narchost
カルフオスト（Carchost）と共にモルドールの黒門の両側にそびえる「歯の塔」の一つ。〔6-24〕

ナン・クルニール Nan Curunír
クルニールはサルマンのこと。「魔法使の谷」の意。霧ふり山脈の南端の山メセドラスの麓に深く入り込んだ谷で、サルマンの住むアイゼンガルドの城塞があることから、この名がついた。それ以前はアングレンオストの谷と呼ばれていた。〔3-227〕

ナン＝タサリオン Nan-tasarion
nan はシンダリンで「谷」、tasarion はクウェンヤで「柳」の意。第一紀末、海に呑まれる前のベレリアンドの地にあった美しい谷。ナン＝タスレンと呼ばれることもある。〔3-176〕

ナンドゥヒリオン Nanduhirion
おぼろ谷を見よ。〔2-202〕

西街道 West Road
ミナス・ティリスからアイゼンガルドに至る道。〔5-406〕

ドワロウデルフ　Dwarrowdelf
ドワーフ語でカザド＝ドゥーム、エルフ語でモリアと呼ばれる場所。Dwarrowdelfという訳語（西方語から英語への）については、追補編FのⅡを参照されたい。ドワーフの掘ったところの意味である。〔2-201〕

ナールドル　Nardol
白の山脈北麓のゴンドール国七つの烽火《のろし》山の一つ。〔5-23〕

ナイス　Naith of Lórien
銀筋川とアンドゥインにはさまれ、槍の穂のような形に横たわるローリエンの三角地。〔2-376〕

長窪村　Longbottom
ホビット庄南四が一の庄にある村。上質のパイプ草が栽培されていることで有名。〔3-425〕

中つ国　Middle-earth
大海の東に位置する広大な陸地。エンドール（Endor「中の陸地」の意）の邦訳である。人間、エルフ、ホビット、ドワーフ、オーク、トロルとさまざまな種族が住む。〔1-15〕

長　浜　Langstrand
アンファラスを見よ。〔2-237〕

鳴神川　Loudwater
シンダリンのブルイネンのこと。霧ふり山脈に発し、裂け谷を挟んで流れる二つの川が合流して鳴神川になる。〔1-17〕

ドルーアダンの森　Drúadan Forest
ミナス・ティリスに近い白の山脈北麓の森林。ウォーゼ（野人）と呼ばれる未開の民が隠れ住んでいる。〔5-257〕

ドル・グルドゥル　Dol Guldur
闇の森の南西部、死人占い師（その実はサウロン）の砦があった所。dol はシンダリンで「丘」。gûl は「妖術」、dûr は「暗い」の意。〔2-107〕

ドルソニオン　Dorthonion
オロド＝ナ＝ソーン（Orod-na-Thôn）とも呼ばれた。dor はシンダリンで「陸地」、orod は「山」、thôn は「松」の意。かつてエントの歩いた土地であったらしいが、すでに水中に没してしまった。〔3-176, Sil.〕

ドル・バラン　Dol Baran
霧ふり山脈の南端にある丘。〔3-512〕

トル・ブランディル　Tol Brandir
共通語名はタインドロックである。アモン・ヘンとアモン・ラウの間の大河の水中にそそり立つ人跡未踏の高峰。〔2-453〕

トレハ・ウンゴル　Torech Ungol
「蜘蛛の棲処」の意である。キリス・ウンゴルに出る洞穴のこと。ウンゴリアントの子孫シーロブが棲みついていた。〔4-346〕

塔山丘陵　Tower Hills

シンダリンのエミュン・ベライド（Emyn Beraid）のこと。ホビット庄の西境《にしざかい》の先にあり、灰色港に近い。昔のエルフの塔が三つ立っている。その一つにパランティールの一つが置かれていたという。サムワイズの娘エラノールの一族は塔山の塔の下に居を構えた。〔1-25〕

ドゥルサング　Durthang

シンダリンでdûrは「暗い」、thangは「抑圧」の意味。影の山脈の北端、ウドゥーンを見おろす位置に建てられた砦。〔6-106〕

ところざわ村　Stock

ホビット庄沢地の主要な村。〔1-203〕

豊水谷《とよみずだに》　Water-valley

ホビット庄、川（the Water）沿いに広がるなだらかな谷。東街道やホビット村などがある。〔1-203〕

ドリアス　Doriath

シンダリンで「囲われた国」の意。第一紀にシンゴルとメリアンの王国のあった所。「隠れ王国」とも呼ばれた。〔2-85, Sil.〕

ドル・アムロス　Dol Amroth

ベルファラス湾に面し、イムラヒル大公の居城がある。アムロスはローリエンのエルフ王の名。〔5-31〕

ディムホルト Dimholt
ローハン国、白の山脈中の精霊山のふもとにある林。〔5-156〕

ティリオン Tirion
大海のかなたのエルフの故国の都。〔2-62, Sil.〕

ドウィモルデネ Dwimordene
「まぼろしの谷」を意味するローハン語。ローリエンを指す。〔3-302〕

ドウィモルベルグ Dwimorberg
精霊山（Haunted Mountain）のこと。白の山脈中の山。やしろ谷の背後にあり、山中に死者の道がある。その道を抜けると、ゴンドールの黒根谷に出る。ローハン語。dwimor は「幽霊、幻」の意。〔5-130〕

トゥック郷《ごう》 Tookland
ホビット庄の豪族トゥック一族の住む緑山丘陵西部の地域。タックバラはトゥック郷の中にある。〔1-31〕

塔の下 Undertowers
塔山丘陵の三つの塔の下を意味する。サムワイズの娘エラノールの嫁いだ西境《にしざかい》の髪吉家が塔の下に代々住み、赤表紙本を伝えた。〔1-44〕

トゥムラデン Tumladen
tum は「谷」、lad は「広野、谷」。白の山脈南東部の谷間。〔5-68〕

沈黙の通り　Silent Street
ラス・ディーネンの邦訳。〔5-246〕

塚　原　Barrowfield
ローハン国代々の王たちを埋葬した王墓のある所。道をはさんで西側に第一王朝、東側に第二王朝の王たちが葬られている。〔6-241〕

塚山丘陵　Barrow-downs
古森とブリー郷の間にある丘陵。昔はテュルン・ゴルサドと呼ばれ、塚山の多くは、第一紀にエダインの祖先によって築かれ、その後も北方王国の王や貴人たちが多く葬られた。〔1-323〕

月の出の塔　Tower of the Rising Moon
ミナス・イシルを見よ。〔2-89〕

つたの枝館　The Ivy Bush
ホビット庄、水の辺村の街道沿いにある旅籠屋。〔1-60〕

綱原村　Tighfield
ホビット庄の村。綱つくりを業とする、ギャムジー一族が住んでいる。〔4-37〕

角笛《つのぶえ》城　Hornburg
ローハン国ヘルム峡谷にある砦。指輪戦争当時はウェストフォルドの領主エルケンブランドの居城。ゴンドールの盛期に築城され、その後ローハンの砦となった。〔3-344〕

となったが、谷間の国の王の血筋のバルドによって、スマウグが射止められ、戻ってきたドワーフたちとの交流も復活し、バルド王とその子孫の下に再び栄えた。〔1-35, Hob.〕

タルメネル Tarmenel
タルは「高い」メネルは「天空」を意味するクウェンヤである。ヴァリノールのオイオロッセを指すのであろう。〔2-61〕

タルラングの地峡 Tarlang's Neck
白の山脈の南麓モルソンドからラメドンに出る途中の地峡。〔5-144〕

誕生祝いの原 Party Field
ビルボの111歳の誕生パーティが催された原っぱ。後にマッロルン樹が植えられる。〔6-381〕

段々滝 Stair Falls
モリア西門前の谷間の先の崖をかつて流れ落ちていたシランノンの川の段々状の滝をいう。〔2-251〕

チェトの森 the Chetwood
ブリー郷の北東にある森。アーチェト村はその外れにある。Chetはケルト語で「林」の意。ブリーと同じく片仮名でそのまま表記した。〔2-18〕

茶色の国 Brown Lands
闇の森の南、大河の東の広大な荒れ地。かつてはエント女の美しい庭があったという。〔2-471〕

イン橋に始まり、垣出に達している。全長20マイルのいわば防壁である。〔1-280〕

高垣門　Hay Gate
ホビット庄、バック郷のブランディワイン橋にある門。〔6-307〕

ダゴルラド　Dagorlad
モルドールの黒門の前に広がる荒涼とした平原。第二紀の末の古戦場である。語の意味は「合戦場」。〔4-78〕

タサリナン　Tasarinan
tasarë はクウェンヤで「柳」の意。ナン＝タサリオンを見よ。〔3-176〕

タックバラ　Tuckborough
ホビット庄西四が一の庄、緑山丘陵にあるトゥック一族の根拠地。トゥック一族の住む広大な住居穴は大スマイアルと呼ばれている。Tuck は Took という名前の本来の形（ホビット語）Tûk からきているのではないかと考えられる。〔1-24〕

たての湖《うみ》　Long Lake
闇の森北部を流れる森の川が注ぎこむ縦長の湖。はなれ山の真南にあり、人間たちが湖上に造ったエスガロスの町がある。〔1-84, Hob.〕

谷間の国　Dale
はなれ山の南麓にある人間の国。スマウグによって無人の地

スリヒュルネ　Thrihyrne
白の山脈の北端ヘルム峡谷の背後にそびえる切り立った三つの峰。ローハン語。〔3-340〕

スンレンディング　Sunlending
ローハン語でアノーリエンのことをいう。〔5-181〕

石車谷《せきしゃ》　Stonewain Valley
ドルーアダンの森と白の山脈の間にある谷。切り出した石を運ぶためにかつて荷馬車道として使われた古道がある。〔5-265〕

大　河　the Great River
アンドゥインを見よ。〔2-89〕

大スマイアル　Great Smials
タックバラにあるトゥック一族の広大な住居穴。〔1-26〕

タインドロック　Tindrock
トル・ブランディルの共通語名。「大釘のようにそそり立つ岩」の意味。〔2-453〕

タウレモルナローメ　Tauremornalómë
木の鬚《ひげ》の歌に出てくる地名。taurë はクウェンヤで「森」。mor も lómë も「暗い、薄暗い」の意。上古の世のファンゴルンの森を指す。〔3-177〕

高　垣　High Hay（Hedge）
バック郷と古森の間に植えられた高い生け垣。ブランディワ

シランノン　Sirannon

シンダリンで「門の川」の意。モリアの西門のある断崖の下から流れ出ていた川。その川に沿って西に向かう道があった。〔2－249〕

白畦村《しろあぜ》　Whitfurrows

ホビット庄東四が一の庄の東街道沿いの村。岩村方面への道の起点でもある。〔6－320〕

白が丘連丘　White Downs

ホビット庄西四が一の庄にある丘陵地。ホビット庄の行政府大堀町がある。〔1－24〕

白の山脈　White Mountains

シンダリンのエレド・ニムライスのこと。〔2－89〕

白の塔　the White Tower

エクセリオンの塔を見よ。〔3－26〕

新小路《しんこうじ》　New Row

サルマン一味を掃蕩したあと、修復された旧袋枝路につけられた名。〔6－379〕

末《すえ》**つ森**《もり》　Woody End

ホビット庄東四が一の庄の森林地帯。緑山丘陵に続く。〔1－203〕

スタルクホルン　Starkhorn

白の山脈の高峰。やしろ谷はその麓にある。〔5－146〕

らミナス・モルグルに通じる道が交差している所。〔4-124〕

守護の塔 Tower of Guard
ミナス・ティリスを見よ。〔2-90〕

呪魔《じゅま》の塔 Tower of Sorcery
ミナス・モルグルを見よ。〔2-90〕

浄福の国 Blessed Realm
「至福の、悪のない」を意味するアマン Aman の邦訳。ヴァラールが住まうヴァリノールがある。〔2-26〕

精霊山《しょうりょうざん》 Haunted Mountain
ドウィモルベルグを見よ。〔5-130〕

燭工《しょっこう》通り Lampwrights' Street
シンダリンのラス・ケレルダイン（Rath Celerdain）のこと。ミナス・ティリスの第一層、第一環状区にある大門に通じる広い道。〔5-80〕

白《しら》泉《いずみ》 Whitwell
ホビット庄タックバラに近い村。〔5-83〕

ジラクジギル Zirakzigil
銀枝山のドワーフ語名。ジラクと略していうこともある。〔2-201〕

死者の道　Paths of the Dead
ローハン国やしろ谷の奥、精霊山の山の根に入口があり、白の山脈を抜け、山脈の南に出る道をいう。死者の霊にみちた恐ろしい道の意味である。〔5–100〕

死者の門　Gate of the Dead
ローハン国精霊山の下にある峡谷の岩壁に開いた入口。〔5–130〕

枝垂川《しだれがわ》　Withywindle
古森を流れる川。邦訳名は原義を伝えているとはいえないが、「柳生うる曲がりくねった川」の意である。塚山丘陵に発しブランディワイン川に注ぐ。〔1–282〕

湿　原　Wetwang
ニンダルヴを見よ。〔2–453〕

執政の入口　Steward's Door
フェン・ホッレンを見よ。〔5–330〕

死の丘　Death Down
ローハン国角笛城の攻防戦で死んだおびただしい数のオークたちがフオルンによって埋められてできた小山。〔3–411〕

シャスール　Shathûr
ブンドゥシャスールを見よ。〔2–201〕

十字路　the Cross-roads
影の山脈の西側を黒門から南へ向かう街道とオスギリアスか

燦光洞《さんこうどう》　Glittering Caves
アグラロンドを見よ。〔3−399〕

サンゴロドリム　Thangorodrim
「暴虐なる圧制者の築いた山並」の意味である。地下大城塞アングバンドの上にモルゴスによって築かれ、第一紀の末に崩壊した。〔2−85, Sil.〕

サンマス・ナウル　Sammath Naur
「火の室」の意味である。モルドールの滅びの山の山腹にある洞穴。サウロンの熔鉱炉であり、かれの王国の心臓部である。〔6−145〕

四《し》が一《いち》の庄　the Farthings
ホビット庄の行政区域。ホビット庄を南北東西の四つに分け、それぞれに四が一の庄をつけて呼んだ。〔1−31〕

此岸《しがん》　Hither Shore
大海の西の浄福の地に対し、中つ国のことをいう。〔2−65〕

死者の顔の湖　Mere of Dead Faces
エミュン・ムイルと黒門の間にある沼。死者の沼地を見よ。〔4−97〕

死者の沼地　Dead Marshes
モルドールの黒門の北西に広がる沼地。第二紀の末、ダゴルラドの戦いで討ち死にしたエルフや人間の埋葬地の上に広がってできた沼沢地である。〔2−117〕

裂《さ》け谷《だに》　Rivendell
シンダリンのイムラドリスの邦訳。霧ふり山脈の山麓から、リュダウルの地を西南に流れる鳴神川の上流にある谷間。半エルフのエルロンドの支配する地であり、「最後の憩」館がある。〔1−17〕

サルバド　Tharbad
ミスエイセルにグランドゥインが注ぐところにあった今はさびれた町。「交差点」の意。古南街道が通っている浅瀬がある。〔1−17〕

サルン・ゲビル　Sarn Gebir
「石のくぎ」の意。大河アンドゥインの湍《たぎ》り瀬のことである。長さは約1マイル。その先にアルゴナスの門がある。〔2−437〕

サルンの浅瀬　Sarn Ford
サルンはエルフ語で（小）石を意味する。褐色国《ダンランド》からホビット庄に至る古い道がバランドゥイン（ブランディワイン）川を横切るところにある浅瀬。〔1−494〕

沢　地　the Marish
ホビット庄、東四が一の庄の東部、ブランディワイン川と末つ森の間の沢地。この地に住むホビットはストゥア族であり、ほかのホビットと気性や体つきなどが幾分異なっていた。〔1−249〕

三角地　the Angle
ミスエイセルとブルイネンに挟まれた地。〔2−376〕

つ国に創建した二つの王国の一つ。南方王国ともいう。アナーリオンのあと、31人の王が在位したが、王統が絶え、執政家によって統治された。指輪戦争のあと、アラゴルンによって王政が復活する。〔1-19〕

ゴンドリン Gondolin

「隠れ岩山」の意。環状山脈に囲まれたエルフ王トゥルゴンの都。第一紀の話である。〔2-85, Sil.〕

西《さい》境《きょう》 west-march

ローハン国の西の端。アイゼン川とアドルン川にはさまれた三角地帯。〔3-300〕

「最後の憩《いこい》」館《やかた》 Last Homely House

裂け谷にあるエルロンドの館。名前は、東に向かう旅人たちにとって、霧ふり山脈を越える前の「最後の憩」館の意味と思われる。〔2-32〕

さい果ての西方《さいほう》世界《せかい》 Uttermot West

西方王土。即ちヴァラールの住む国を指す。エルフの故国エレッセアよりさらに西方にあるので、このように呼んだのであろう。〔2-89〕

西方国 Westernesse

ヌーメノールの邦訳。〔1-18〕

境《さかい》石《いし》 Three-Farthing Stone

西、南、東の三つの四が一の庄の境界が合している所に立てられた石。ホビット庄のほぼ中心になる。〔6-322〕

ケレブラントの野　Field of Celebrant
銀筋川と白光川の間にある緑野の名。昔ゴンドール軍が、この地でオークに敗北を喫した時、エオルが大軍を率いて救援に駆けつけ、この野で合戦に参じ、敵を追い払った。〔3-298〕

ケロス　Celos
白の山脈からレベンニンを経て大河に流れ込む川。〔5-386〕

黄金館《こがねやかた》　Golden Hall
メドゥセルドを見よ。〔3-319〕

黒　坑　Black Pit
シンダリンのモリアの邦訳。〔2-201〕

小谷村　Combe
ブリー山の東の谷間にある村。〔1-423〕

ゴルゴロス　Gorgoroth
モルドール国の北西部に、滅びの山を取り囲むように広がる、穴ぼこだらけの荒れはてた台地。〔2-90〕

コルマッレン　Cormallen
アンドゥインの東岸イシリエンのヘンネス・アンヌーンに近い美しい緑地。〔6-189〕

ゴンドール　Gondor
ヌーメノールの滅亡後、エレンディルとその二人の息子が中

〔5−89〕

黒の国　Black Country
モルドールのこと。〔6−217〕

黒　門　Black Gate（of Mordor）
シンダリンのモランノンの邦訳。モルドールに入る正門。灰の山脈と影の山脈の出会う西北の角にある。〔2−116〕

グワスロー川　Gwathló
灰色川のこと。gwath は「影」の意。〔地図〕

ケリン・アムロス　Cerin Amroth
エルフの国ローリエンの中心部。アムロスの塚のあるところ。ケリンは築山の意。〔2−386〕

ケレド＝ザーラム　Kheled-zâram
鏡の湖《うみ》のドワーフ名。モリアの東口、おぼろ谷の草地にある長円形の湖。〔2−202〕

ケレブディル　Celebdil
銀枝山（Silvertine）のこと。ドワーフ語ではジラクジギル。霧ふり山脈の三つの高峰の一つ。〔2−201〕

ケレブラント　Celebrant
銀筋川（Silverlode）のこと。ドワーフ語でキビル＝ナーラ Kibil-nâla。おぼろ谷に発し、いくつかの渓流を集め、ローリエンを通って、大河に流れ込む。〔2−358〕

銀筋川《ぎんすじ》　Silverlode
ケレブラントのこと。〔2-177〕

金鱒《ます》館　The Golden Perch
ホビット庄ところざわ村の釣宿。ビールがおいしい。〔1-250〕

くねくね階段　Winding Stair
モルグル谷からキリス・ウンゴルに至る途中の階段。ゴクリの表現。〔4-322〕

雲乗山《くものせ》　Cloudyhead
赤角山、銀枝山と並ぶ、霧ふり山脈の高峰。エルフ語ではファヌイゾル、ドワーフ語でブンドゥシャスール。〔2-201〕

グランドゥイン川　Glanduin
シンダリンで「境の川」の意。白鳥川を見よ。〔地図〕

くり窪　Crickhollow
バック郷のブランディ館の北、古森の高垣に近接した土地。〔1-191〕

グリムスラーデ　Grimslade
ローハン国ウェストフォルドの地名。グリムボルドの出身地。〔5-311〕

黒根谷　Blackroot Vale
シンダリンのモルソンドの邦訳。白の山脈の南側にあり、モルソンドの源流が流れ落ちる肥沃な谷間。エレヒの丘がある。

キリス・ウンゴル　Cirith Ungol
「蜘蛛峠」の意。モルドールにモルグル峠から入る影の山脈越えの道。蜘蛛即ちシーロブがここに棲まっていた。〔4-133〕

キリス・ウンゴルの塔　Tower of Cirith Ungol
キリス・ウンゴルの山道の頂に築かれた砦。もともとゴンドールの前哨地点として作られた。〔6-23〕

キリス・ゴルゴル　Cirith Gorgor
シンダリンで「幽霊峠」の意。モルドールの黒門の近くにある山道。〔2-453〕

霧ふり山脈　Misty Mountains
中つ国の西部エリアドールとリョヴァニオンを分つ大山脈。エルフ語ではヒサエグリル（Hithaeglir）。ヒサエグリン（Hithaeglin）は「霧の塔」の意。〔1-16〕

キリル　Ciril
ゴンドールの川。白の山脈から発し、ラメドンを流れ、リングロー川に合する。Kirilとも書く。〔5-144〕

ギルライン　Gilrain
レベンニンを流れるゴンドールの川。〔5-385〕

銀枝山《ぎんし》　Silvertine
ケレブディルのこと。〔2-201〕

川　the Water
ホビット庄のほぼ中心を流れる川。西北方に発し、ブランディワイン川に注ぐ。ホビット村、水の辺村などが川沿いにある。〔1–202〕

蛙沢《かわずさわ》村　Frogmorton
ホビット庄の街道沿いにある村。ここには浮木亭（Floating Log）という宿屋がある。〔6–314〕

環状山脈　Encircling Mountains
エルフ名ではエホリアス（Echoriath）。第一紀にゴンドリンを囲んでいた山脈。〔6–164, Sil.〕

騎士国　Riddermark
古い形はRiddena-mearc。「騎士の国」の意。ローハンのこと。普通はマークという。〔2–140〕

北四《し》が一《いち》の庄　Northfarthing
四つに分けられたホビット庄の行政区域の一つ。〔1–126〕

北連丘　North Downs
古のアルノール王国の中心部にある丘陵をさしていう。その南端に北方王都フォルンオストがある。〔2–88〕

牙の山　Mount Fang
オルサンクの意味を日本語に直したもの。〔3–416〕

キビル＝ナーラ　Kibil-nâla
ドワーフ語で、銀筋川のこと。〔2–202〕

カラハ・アングレン　Carach Angren
「鉄の顎《あぎと》」の意。アイゼン口のこと。モルドールのウドゥーンからゴルゴロス台地に出る狭い峡谷。〔6-82〕

カルフオスト　Carchost
モルドールの黒門の両側にある二つの塔の一つ。carch は「牙」、ost は「砦」の意味である。〔6-24〕

カルロック（岩山）の渡し　Ford of Carrock
大河の上流の渡し、ビヨルンの館の近くにある。carr はケルト語系のことばで「岩」を意味する。〔2-43, Hob.〕

カルン・ドゥーム　Carn Dûm
霧ふり山脈の北端に位置する。アングマールの魔王の都があった所。〔1-408〕

カレナルゾン　Calenardhon
アンドゥインとアイゼン川の間の土地。ゴンドールから、エオルとその民に贈られ、後にローハンとなった。「緑の地方」を意味する。〔4-232〕

カレンハド　Calenhad
ローハンとゴンドールをつなぐ七つの烽火《のろし》山の一つ。〔5-23〕

カレンベル　Calembel
ゴンドール国ラメドンのキリル川に沿った町。calen は「緑」の意。〔5-144〕

風見が丘　Weathertop
アモン・スゥルのこと。風見丘陵の南端にあるかつての要衝の地。北方王国の初期に大きな塔が建てられ、パランティールの一つが置かれたが、後にアングマールによって破壊された。〔1－17〕

堅《かた》屋敷　Hardbottle
ホビット庄の地名。袴帯家の屋敷のある所。bottleは古英語でdwellingの意。〔6－376〕

褐色国《ダンランド》　Dunland
霧ふり山脈の南端に近い山脈の西麓の山地。肌の浅黒い褐色《ダン》国人《レンディング》が住む。〔1－17〕

カラキルヤ　Calacirya
「光の谷間」の意。calは「輝く」。ヴァリノールのペローリ山脈に作られた山道。ビルボの「エアレンディルの歌」の中ではCalacirianとなっている。〔2－63.466, Sil.〕

カラス・ガラゾン　Caras Galadhon
シンダリンで「木々の都」の意。ケレボルンとガラドリエルが住まうロスローリエンのガラズリムの都。〔2－393〕

カラズラス　Caradhras
赤角山（Redhorn）のこと。ドワーフ語ではバラジンバル。銀枝山と雲乗山と共に三つ並んだ霧ふり山脈の高峰の一つ。〔2－201〕

ドール国北西部にある火山。サウロンが一つの指輪を鋳造した火の室はこの山にある。〔1-175〕

カイル・アンドロス Cair Andros
ミナス・ティリスの北東、大河に横たわる長い島。名前の意味は「長く泡立つ船」。島の形が大きな船に似ており、そそり立つ岩に水がくだけ散ったからである。〔5-204, 追補編AのIの（ニ）「執政家」註（1）〕

鏡の湖《うみ》 Mirrormere
ドワーフ語でケレド゠ザーラムという。ケレド゠ザーラムを見よ。〔2-202〕

垣《かき》　出《で》 Haysend
バック郷と古森を区切る高垣の南端の地名。枝垂川がブランディワイン川に注いでいる地点である。〔1-282〕

隠れ谷 Derndingle
ファンゴルンの森にある大きな谷間。そこでエントの寄合が行なわれる。〔3-203〕

影の山脈 Mountains of Shadow
エフェル・ドゥーアスを見よ。〔2-89〕

カザド゠ドゥーム Khazad-dûm
モリアのドワーフ名。モリアを見よ。カザドはドワーフが自らの種族を呼んだ名。〔2-78〕

躍る小馬亭　The Prancing Pony
ブリー郷の宿屋、亭主はバーリマン・バタバーという人間。近在の村人（人間とホビット）たちの集会場所になっている。〔1-420〕

おぼろ谷　Dimrill Dale
霧ふり山脈とその支脈にはさまれた細い渓流（rill）の流れる深い谷間。ドワーフ語でアザヌルビザール、エルフ語でナンドゥヒリオン。〔2-202〕

おぼろ谷口　Dimrill Gate
モリアの東側の出口。おぼろ谷に出る。〔2-240〕

おぼろ谷登路　Dimrill Stair
赤角口山道からおぼろ谷に下る道。〔2-202〕

お　山　the Hill
ビルボ・バギンズの袋小路屋敷のある丘を近隣の者がお山と呼んだ。〔1-57〕

オルサンク　Orthanc
シンダリンで「牙の山」の意味であるが、ローハンの古い言葉では「狡猾な心」を意味した。アイゼンガルドの環状の岩壁にかこまれて立つ強固な砦。サルマンが住んでいたが、もともとはゴンドール人によって建造されたものである。〔2-130〕

オロドルイン　Orodruin
シンダリンでorodは「山」、ruinは「紅蓮の炎」の意。モル

大河に流れこんでいる川。〔2-453〕

エント森 Entwood
ファンゴルンの森のこと。〔3-85〕

オイオロッセ Oiolossë
クウェンヤで「とこしえに白い、即ち雪消えぬ白き峰」の意である。ヴァラールの住むアマンの最も高い山であり、マンウェとヴァルダの宮殿がある。〔2-465, Sil.〕

黄金の森 Golden Wood
ロスローリエンのこと。〔2-349〕

王たちの柱 Pillars of the Kings
アルゴナスを見よ。〔2-504〕

奥出《おくい》での谷 Deeping-coomb
ローハン国ウェストフォルドの奥、ヘルム峡谷（Helm's Deep）に通じるのでつけられた名。〔3-345〕

オスギリアス Osgiliath
シンダリンで「星の砦」の意。ミナス・アノールとミナス・イシルの間の大河の両岸に第二紀の末に建造されたゴンドールの都。第三紀の1640年、王宮がミナス・アノールに移されてから、次第に廃墟と化す。〔2-90〕

オッシリアンド Ossiriand
上古の代のベレリアンドに緑のエルフが住んでいた「七つの川の国」。〔3-176〕

切る山脈。バラド＝ドゥールはその支脈に築かれている。〔4−109〕

エレド・ルイン　Ered Luin

ルインは「青」の意。即ち青の山脈のことである。エリアドールの北西の沿岸に連なる山脈。〔地図〕

エレヒ　Erech

白の山脈の南麓、モルソンド川上流の東側にある丘。イシルドゥルがヌーメノールの廃墟から持ち出した黒い石が立っていた。この石をエレヒの石という。或いは単に黒い石と呼ぶ。エレヒは古い人間のことばである。〔5−118〕

エレボール　Erebor

er は Eressëa の er と同じ、「ひとつ離れて」の意である。はなれ山（Lonely Mountain）のこと。第三紀の 1999 年ドゥリンの族《やから》のスラーイン一世によって、この地に「山の下のドワーフ王国」が創建された。一時悪竜スマウグが棲みついたが、退治されて再び山の下の王が戻ったことは、『ホビットの冒険』に記されている通りである。〔1−35, Hob.〕

エレラス　Erelas

ゴンドール国の烽火《のろし》山の一つ。〔5−23〕

エント浅瀬　Entwade

エント川の浅瀬。〔3−77〕

エント川　Entwash

ファンゴルンの森から流れ出て、広大なデルタ地帯を作り、ヴィエルの物語では、中つ国でのエルフの国。「エアレンディルの歌」の中では、エルダマールと同義。ヘンネス・アンヌーンでのファラミルのことばの中ではエレッセアを指す。〔2-62〕

エルフの扉 Elven Door
モリアの西門。建造したのはドワーフであるが、開閉はケレブリンボールの呪文によった。〔2-252〕

エレギオン Eregion
邦訳名 柊郷《ひいらぎごう》（Hollin）。霧ふり山脈の西側、モリアの西門に近い地域に、第二紀750年にノルドールによって創建された王国。この地で、ノルドールの金銀細工師たちにより三つの指輪が作られた。1697年戦禍によって荒廃に帰する。〔1-133〕

エレッセア Eressëa
大海のはるか西方にある島。Tol Eressëa（「離れ島」の意）ともいう。アマンの岸に近く、多数のノルドール族、シンダール族がここに住んだ。〔2-89, Sil.〕

エレド・ニムライス Ered Nimrais
白の山脈（White Mountains）のこと。eredは「山脈」、nimraisは「白い角」の意。ゴンドールの北部に横たわる山脈。ミナス・ティリスもエドラスも角笛城もやしろ岡もみなその山麓にある。〔2-130〕

エレド・リスイ Ered Lithui
灰の山脈（Ashen Mountains）のこと。モルドールの北を区

ミナス・モルグルはこの山脈の谷間にある。〔4-109〕

エミュン・アルネン　Emyn Arnen
エミュンはアモンamon（「丘」の意）の複数形。arnenは「水に近い」の意であろう。南イシリエンの丘陵地。このすぐ西側を大河が湾曲して流れている。ゴンドールの執政家の父祖の地である。後にファラミルがエーオウィンと共にこの地に住まう。〔5-30〕

エミュン・ムイル　Emyn Muil
ラウロスのあたりで大河の両側に連なる荒涼たる山塊。その麓にはニンダルヴの沼沢地や死者の沼地が広がる。〔2-453〕

エリアドール　Eriador
エリアドールは霧ふり山脈と青の山脈の間に横たわる土地全体を指していう。南は灰色川とグランドゥイン川で区切られている。Eriador, Gondor, Mordorなどに使われているdorは「陸地」の意である。〔1-16〕

エルイ　Erui
ロッサールナハの谷間から大河に注ぐ川。〔5-386〕

エルダマール　Eldamar
エルフ本国の意。ヴァラールの住むアマンの地でエルフに与えられた地域をいう。〔2-450, Sil.〕

エルフの故国　Elvenhome
本書では三つの意味に用いられている。馳夫の語るティヌー

エグラディル　Egladil
ローリエンの森の東南、大河と銀筋川にはさまれた三角地帯ナイスにある、ローリエンのエルフの居住地。語の意味は角地。〔2-452〕

エシル　Ethir
ethirは「流出、河口」の意。エシル・アンドゥインはアンドゥインのデルタ。〔2-527〕

エスガルドゥイン　Esgalduin
第一紀にドリアスを流れていた川。名前の意味は「とばりに隠された川」。〔1-553〕

エスガロス　Esgaroth
闇の森の東、森の川が早瀬川に注ぐたての湖の水上に建造された人間の町。〔1-84, Hob.〕

エテン高地　Ettenmoors
霧ふり山脈の西側、裂け谷の北方に広がる荒れ地。トロルが棲みついていた。〔1-569〕

エドラス　Edoras
ローハン語で「宮殿」の意味。緑の丘の上に建てられた一群の宮殿を指す。転じてローハンの王宮、黄金館のある地名。〔2-140〕

エフェル・ドゥーアス　Ephel Dúath
影の山脈（Mountains of Shadow）のこと。ephelは「防壁」、dúathは「夜の闇」の意。モルドールの西と南を区切る山脈。

ウェストフォルド　Westfold
白の山脈の北麓、ヘルム峡谷のある谷間。〔3-341〕

浮木亭《うきぎ》　The Floating Log
ホビット庄蛙沢にある宿屋の名。〔6-314〕

ウドゥーン　Udûn
「地獄」の意。モルドールの西北、影の山脈と灰の山脈にかこまれた谷間。北は黒門、南はアイゼン口である。〔6-105〕

ウンバール　Umbar
ゴンドール国の南境よりさらに300マイル程南のベルファラス湾沿岸の地方。特にその港をいう。第二紀の2280年にヌーメノーレアンによって要塞化され、第三紀にはゴンドールの拠点となるが、後に叛徒によって奪われ、以後かれらの子孫の率いる海賊たちの本拠地となり、ゴンドールに敵対した。ウンバールは古い人間のことば。〔4-177〕

エイレナハ　Eilenach
ゴンドールの七つの烽火山のうち、東から二つ目の山、ドルーアダンの森のほぼ中央にある。エイレナハは古い人間のことばと思われる。〔5-23〕

エクセリオンの塔　Tower of Ectherion
白の塔とも、ゴンドールの塔ともいう。ミナス・ティリスの最上層に立つ高さ50尋《ひろ》の白い塔。パランティールの一つが置かれていた。執政エクセリオン一世によって再建されたので、この名がある。〔5-32〕

リスのように。〔4-279〕

イムラドリス　Imladris
裂《さ》け谷《だに》を見よ。imladは「きり立った峡谷」をいう。risは「裂け目」の意。〔2-94〕

イムロス・メルイ　Imloth Melui
ゴンドール国ロッサールナハの谷の名。〔6-216〕

イルマリン　Ilmarin
ヴァリノールのオイオロッセ山頂にあるマンウェとエルベレスの宮居。「空高く聳える館」の意。〔2-62〕

岩　村　Scary
ホビット庄東四が一の庄の村。隣りに石切村がある。〔6-375〕

ヴァリノール　Valinor
アマンに於けるヴァラールの国。〔2-62, Sil.〕

ヴァリマール　Valimar
ヴァリノールに於けるヴァラールの都。ガラドリエルの歌の中では、ヴァリノールと同義に用いられている。〔2-465, Sil.〕

ウェストエムネト　Westemnet
ローハン国のエント川より西の地域。エムネトはローハン語で、「平野」の意味。〔3-84〕

アンファラス　Anfalas
長浜（Langstrand）の意味。ベルファラス湾に面した沿岸地域。〔5 89-〕

イーストエムネト　Eastemnet
ローハン国の東域、大河とエント川にはさまれた地域。エムネトは古英語で「平野」の意味。〔3-55〕

イーレンサガ　Írensaga
やしろ谷を見おろす山塊。〔5-156〕

イヴンディム湖　Lake Evendim
夕おぼろ湖を見よ。（2-88）

戦《いく》さ坑《あな》　Battle Pit
水の辺村の戦いで掃蕩されたサルマンの手下のごろつきの死体を埋めた塚。〔6-359〕

藺草《いぐさ》台村　Rushey
ホビット庄、東四が一の庄沢地の村。〔1-280〕

イシリエン　Ithilien
大河とモルドールの西壁エフェル・ドゥーアスにはさまれたゴンドール国最東端の地。木々も水も豊かでゴンドールの庭といわれる。指輪戦争のあと、ファラミルがこの地の太守に任ぜられた。〔2-92〕

イムラド　Imlad
「深い谷」をいう。たとえばイムラド・モルグル、イムラド

アングバンド　Angband
「鉄の牢獄」の意味。第一紀の昔、中つ国北西部に建造されたモルゴスの地下大城塞。〔1-552, Sil.〕

アングマール　Angmar
エテン高地の北方にかつて存在した魔王（実はナズグールの首領）の王国。〔1-415〕

アングレンオスト　Angrenost
「鉄壁の砦」の意味。アイゼンガルドのこと。〔3-188〕

暗黒の塔　Dark Tower
バラド＝ドゥールを見よ。〔1-124〕

アンドゥイン　Anduin
大河。中つ国を北から南へ縦断して流れる長大な川。灰色山脈に発し、霧ふり山脈、さらに白の山脈から流れ出す、多くの支流を集めて、ベルファラス湾に注ぐ。〔1-16〕

アンドロス　Andros
カイル・アンドロスを見よ。〔5-231〕

アンヌーミナス　Annúminas
かつて夕おぼろ湖《イヴンディム》のほとりにあった北方王国の都。〔2-88〕

アンバローナ　Ambaróna
木の鬚《ひげ》の歌に出てくる地名。エント語でファンゴルンの森を指すと思われる。〔3-177〕

がる沢地。〔1−149〕

アルヴェルニエン　Arvernien

第一紀の末に海中に没した、シリオンの河口より西の沿岸地方。エアレンディルが船を建造したところ。〔2−58, Sil.〕

アルゴナス　Argonath

シンダリンで「王たちの柱」の意味。大河の両側に門のようにそそり立つ、人の姿をした二本の巨大な岩の柱。〔2−90〕

アルダローメ　Aldalómë

alda はクウェンヤで「木」を意味する。アンバローナと同じくファンゴルンの森を指すと思われる。〔3−177〕

アルナハ　Arnach

ゴンドール王国の一部ロッサールナハのことをいう。アルナハは古い人間のことばである。〔5−312〕

アルノール　Arnor

「王の国」の意。息子たちと共にヌーメノールの崩壊を逃れてきたエレンディルが建立した二つの王国のうち、上級の王がいた北方王国を指す。首都はアンヌーミナス。〔1−19〕

荒れ地の国　Wilderland

「荒れ地」を意味するリョヴァニオン（Rhovanion）の邦訳である。霧ふり山脈の東に広がる広大な地域。エルフも人間もホビットもこの地から西方へと民族の大移動を経てきたのである。〔1−36, Sil.〕

ス・ティリスもその地にある。〔5-22〕

アノールの塔　Tower of Anor
「日の塔」の意味である。ミナス・アノールを見よ。〔6-207〕

アモン・スゥル　Amon Sûl
シンダリンで「風の丘」の意。風見が丘を見よ。〔1-529〕

アモン・ディーン　Amon Dîn
シンダリンで「沈黙の山」の意。白の山脈の北東部に位置する烽火《のろし》台のある丘。〔5-23〕

アモン・ヘン　Amon Hen
目の山（Hill of the Eye)、あるいは視る山（Hill of Sight）の意。トル・ブランディルの傍らにアモン・ラウと共に立つ山。かつてその頂には高御座《みくら》がおかれ、見張りがおかれた。〔2-508〕

アモン・ラウ　Amon Lhaw
聴く山（Hill of Hearing)。アモン・ヘンと共にトル・ブランディルをはさんで立つ山。〔2-508〕

あやめ川　Gladden River
霧ふり山脈に発し、アンドゥインに注ぐ。流域にあやめ野がある。〔2-176〕

あやめ野　Gladden Fields
霧ふり山脈から発し、大河に注ぐあやめ川のデルタ地帯に広

アイゼン口《ぐち》　Isenmouthe
「鉄の口」の意。カラハ・アングレンを見よ。〔6-82〕

青の山脈　The Blue Mountains
エレド・ルインの邦訳。〔1-18〕

開《あ》かずの入口　the Closed Door
フェン・ホッレンを見よ。〔5-245〕

赤角山《あかつのやま》　Redhorn
シンダリンのカラズラスの邦訳。霧ふり山脈のほぼ真ん中あたりに並んだ三つの高峰の一つ。その下にモリアがある。〔2-201〕

アグラロンド　Aglarond
ヘルム峡谷の奥にある洞窟。aglarはシンダリンで「光輝」、rondは「ドームを持つ館」の意。きらめく美しさのためにこの名がついた。邦訳名、燦光洞《さんこうどう》。〔3-399〕

アザヌルビザール　Azanulbizar
人間にはおぼろ谷、エルフにはナンドゥヒリオンとして知られる。モリアの東門、霧ふり山脈の東に横たわる大きな谷間。昔はカザド゠ドゥームの王国の一部であった。〔2-202〕

アドルン川　River Adorn
白の山脈に発し、アイゼン川に注ぐ。〔追補編AのII〕

アノーリエン　Anórien
ゴンドール国の一部。大河と白の山脈に挟まれた地域。ミナ

ワーグ Wargs
霧ふり山脈の西で指輪の一行を襲った凶悪な魔狼。〔2−25〕

藁《わら》 頭 Strawheads
褐色国人《ダンレンディング》がロヒルリムを呼んだ蔑称。フォルゴイルの邦訳。〔3−367〕

ワルダ Walda
ローハン国第十二代の王。オークに殺される。〔6−244〕

地　名

アーチェト村 Archet
ブリー山の北東にある村。Chet は「林」の意味のケルト語。追補編の最後「翻訳について」を読まれたい。〔1−423〕

アイゼンガルド Isengard
「鉄の砦」の意。霧ふり山脈の南端の隠れ谷に、天然の環状の岩壁によって囲まれた直径1マイルに及ぶ広場があり、その中央にオルサンクと呼ばれる城塞がある。この鉄壁の要塞がアイゼンガルドである。この要害に砦を築いたのはヌーメノールからきた人間であるが、後にサルマンの本拠地となる。〔2−130〕

アイゼン川 River Isen
霧ふり山脈の南端に発し、アイゼンガルドを通り、ローハン谷を西に横切って、大海に注ぐ。〔2−237〕

ローズ（ロージー）・コトン　Rosie Cotton
水の辺村のコトン家の一人娘。ロージーと呼ばれる。サム・ギャムジーと結婚し、エラノールを始め、多くの息子、娘に恵まれる。〔6-122〕

ローニ　Lóni
モリアにバリンと共に移住したドワーフの一人。オークと戦って討ち死にする。〔2-306〕

ローリー　Rory Brandybuck
Rorimac 'Goldfather' のこと。メリアドクの祖父。ワイン好き。ビルボから餞別に南四が一の庄産の赤ぶどう酒Old Winyards を1ダース贈られる。〔1-87〕

ロソ　Lotho
サックヴィル＝バギンズのオソとロベリアの息子。人間のごろつきにかつがれ「お頭」としてふるまうが、新しいお頭シャーキーことサルマンに取って代わられ、最後は「蛇の舌」に殺される。〔6-308〕

ロヒルリム　Rohirrim
ゴンドールでマークの国の国民を呼んだ名。「馬の司《つかさ》」すなわち騎士の意である。かれら自身は自分たちをエオルリンガス即ちエオルの家の子と呼んだ。〔2-140〕

ロヘリュン　Roheryn
北の国から野伏たちが連れてきたアラゴルンの乗馬。「姫君の馬」の意。アルウェンから贈られたからである。〔5-108〕

ルーシエン　Lúthien Tinúviel
ベレンによってティヌーヴィエル（小夜啼鳥）と呼ばれた。シンゴル王とマイアのメリアンの娘。ベレンが命を落としたあと、有限の命の持ち主となって、かれと運命を共にすることを選んだ。エルロンドとヌーメノール王家の祖。〔1-552, Sil.〕

ルーミル　Rúmil
ティリオンのノルドール族の賢者。最古のエルダール文字を作ったと言われる。（この文字は中つ国には伝わらなかった。）〔Sil.〕

ルーミル　Rúmil
ロスローリエンのエルフ、ハルディルの弟。〔2-364〕

ルグドゥシュ　Lugdush
サルマンのウルク＝ハイの隊長ウグルークの部下。〔3-119〕

レーオヴァ　Léofa
ローハン第十一代の王ブリュッタのこと。〔6-244〕

レゴラス　Legolas Greenleaf
緑葉のレゴラスと呼ばれる。闇の森のエルフ王スランドゥイルの息子。エルロンドにより、エルフの代表として指輪の仲間の一人に選ばれる。ドワーフのギムリと変わることのない友情を結び、共に指輪戦争を戦う。エレッサール王の死後、ギムリと共に海の彼方に去ったと伝えられている。〔2-76〕

〔5-349〕

ラーススペル　Láthspell
「凶報」の意味。蛇の舌が、ガンダルフに向って用いた呼名。ローハン語。〔3-300〕

ラグドゥフ　Lagduf
キリス・ウンゴルの塔のオーク兵。〔6-39〕

ラダガスト　Radagast the Brown
茶色の賢者ラダガストと呼ばれる。イスタリの一人。色の変化と形の大家であり、薬草とけものたちのことにくわしく、鳥たちの友である。〔2-126〕

ラドブグ　Radbug
キリス・ウンゴルの塔のオーク。〔6-39〕

ランドローヴァル　Landroval
大鷲の王、風早彦グワイヒィルの弟。兄及びその一党と共に、ガンダルフとその友人の危機をしばしば助け、滅びの山からフロドとサムを救い出す。〔6-164〕

ランブル　Rumble
とっつぁんの面倒をみたホビット庄の後家。〔6-384〕

リンディル　Lindir
裂け谷のエルフ。〔2-66〕

雪の鬣《たてがみ》 Snowmane

ローハンのセーオデン王の愛馬。ペレンノール野の合戦で、ナズグールの首領の黒の矢に射られて倒れ、王を下敷にする。後にその場所に塚が築かれ、緑の草が生い茂った。名前は現代英語化されている。〔3-334〕

指輪の仲間 Companions of the Ring, Company of the Ring, Fellowship of the Ring

指輪所持者フロドとかれと共に出発すべくエルロンドによって選ばれた８人の仲間、即ちガンダルフ、アラゴルン、ボロミル、レゴラス、ギムリ、メリアドク、ペレグリン、サムワイズである。それぞれが自由な民を代表している。〔2-180〕

指輪の幽鬼《ゆうき》 Ringwraiths

ナズグールを見よ。〔2-19〕

ユルフ Yrch

エルフ語でオークを意味するオルフ orch の複数。〔2-370〕

よもぎ Mugwort

ブリー村のホビットの名に多い。〔1-440〕

ヨルラス Iorlas

ゴンドール国人。ベレゴンドの息子ベルギルの叔父。〔5-83〕

ヨレス Ioreth

ミナス・ティリスの療病院で働く民間の伝承に通じた老女。

モルゴス　Morgoth

かつてはメルコールと呼ばれ、ヴァラールの中でも最も力ある者であったが、大反逆者となり、モルゴス、即ち「黒き敵」と呼ばれるにいたった。シルマリルを強奪し、中つ国のサンゴロドリムに拠るが、第一紀の末にヴァリノールの軍勢に破られ、時空の外に突き出される。〔2−400, Sil.〕

山羊葉《やぎは》のハリー　Harry Goatleaf

ブリー村の西の門の門番。〔1−430〕

野《や》　人《じん》　Wild Men

ウォーゼのこと。〔5−259〕

柳じじい　Old Man Willow

古森の枝垂川のほとりに生える柳の巨木。ピピンとメリーがその割れ目に吞みこまれ、トム・ボンバディルに助けられる。〔1−340〕

山の下　Underhill

ホビット庄をあとにしたフロドが一時名乗った仮りの名。ブリー郷にはたまたまこの名を持ったホビットが多い。〔1−181〕

ヤルワイン・ベン＝アダル　Iarwain Ben-adar

トム・ボンバディルを見よ。シンダリンで「最も年を経た、父なき者」の意味である。〔2−150〕

夕星《ゆうづつ》或いは宵の明星　Evenstar

アルウェンのこと。〔2−458〕

冥　王　the Dark Lord
第一紀にはモルゴス、第三紀にはサウロンを指す。〔3-72〕

メネルディル　Meneldil
ゴンドール国第三代の王。エレンディルの孫であり、アナーリオンの息子である。〔2-89〕

メネルドール　Meneldor
風早彦グワイヒィルの一族の中で翼の速い若鷲。ランドローヴァルと共にフロドとサムを滅びの山の溶岩流から救出する。〔6-168〕

メリアドク　Meriadoc Brandybuck
通称メリー Merry。「偉丈夫」とも呼ばれた。フロドの母方のいとこの子。指輪の仲間の一人。指輪戦争の時、ローハン王セーオデンに仕え、王の討ち死にに際し、ナズグールに一太刀を浴びせる。指輪戦争の後ブランディ屋敷の館主として「ホビット庄本草考」、「ホビット庄の古語および古名」などいくつかの著書或いは論文をあらわした。メリアドクの名前については、追補編FのⅡを参照されたい。〔1-28〕

メリロト　Melilot Brandybuck
ブランディバック家の若いメンバーの一人。〔1-82〕

モルグル王　Morgul-King
ナズグールの首領、かつてのアングマールの魔王のこと。ミナス・モルグルを本拠地にしていた。〔2-19〕

丸面《まるも》家　Chubbs
ホビット庄の名家の一つ。ビンゴ・バギンズと丸面家のチカの結婚によって生まれたファルコが、丸面＝バギンズ家を創る。〔1－78〕

マンウェ　Manwë
ヴァラールの最高位者。長上王とも呼ばれる。〔Sil.〕

ミスランディル　Mithrandir
シンダリンで「灰色の放浪者」の意。ガンダルフのこと。〔2－410〕

身善家　Goodbodies
バギンズ家と姻戚関係にある一族。〔1－78〕

ムーマキル　mûmakil
オリファントを見よ。〔5－251〕

ムーマク　Mûmak
オリファントを見よ。〔4－182〕

ムズガッシュ　Muzgash
キリス・ウンゴルの塔のオーク兵。〔6－39〕

メアラス　Mearas
青年王エオルの愛馬フェラローフの子孫の馬たちのことをローハン国人はメアラスと呼んだ。飛蔭の代にいたるまで、マークの王以外の者を乗せようとしなかった。〔3－79〕

トで、トム・ボンバディルとも交遊がある。〔1-260〕

マット Mat Heathertoes
ヒースの足指のマット。ブリー郷の人間。指輪戦争当時、よそからきたならず者に殺される。〔6-291〕

マブルング Mablung
ファラミルの配下であるイシリエンの野伏。〔4-176〕

魔法使 Wizard
第三紀に入って1000年位経った頃、中つ国に現われた5人の賢人たち。かれらはイスタリと呼ばれ、サウロンの力に抗すべく、ヴァラールから遣わされた者たちだという。本書に名前が出ているのは、ガンダルフ、サルマン、ラダガストである。〔1-29〕

マリゴールド Marigold
サムワイズの妹。コトン家の長男トムと結婚する。〔6-122〕

マルディル Mardil
ゴンドール国で最初に統治権を持った執政。改定暦を発布したことでも記憶される。〔4-207〕

マルベス Malbeth the Seer
アルセダインの王アラファントとその息子で最後の王アルヴェドゥイに仕えた予言者。〔5-117〕

た。〔1-60〕

ホルン　Horn
ローハン国セーオデン王に仕えた騎士。ペレンノール野の合戦で討ち死にする。〔5-312〕

ボロミル　Boromir
ゴンドールの執政デネソール二世の長男。ファラミルの兄。指輪の仲間の一人だったが、フロドから指輪を奪おうとして逃げられ、自責の念に駆られ、オークの群からメリーとピピンを守ろうとして討ち死にする。学問より武勇にすぐれていた。〔2-76〕

ボンバディル　Bombadil
トム・ボンバディルを見よ。〔1-338〕

ボンブール　Bombur
『ホビットの冒険』に出てくるドワーフの一人。大変肥っていた。〔2-45, Hob.〕

マウフール　Mauhúr
アイゼンガルドのオークの隊長。〔3-136〕

魔　王　Witch-King
アングマールの魔王。ナズグールの長であり、ミナス・モルグルの城主である。〔追補編AのⅠ〕

マゴット　Maggot
東四が一の庄に住む裕福な農家の主。たいへん剛直なホビッ

ホ　ブ　Hob Hayward
家畜を逃さぬための高垣の番人。ホビット庄バック郷のホビット。〔6-307〕

ボ　ブ　Bob
ブリー村のホビット。「躍る小馬亭」の厩係。〔1-435〕

ボフィン　Boffin
フォルコ・ボフィン（Folco Boffin）。フロドの友だちで縁続き。〔1-121〕

掘《ほり》　家　Grubbs
ビルボ・バギンズの祖母の親戚。〔1-78〕

ボルジャー　Bolger
ホビット庄バッジの浅瀬村に住む一族。フレデガー（でぶちゃん）はフロドの友だち。〔1-121〕

ホルドウィネ　Holdwine
メリアドクに与えられた名。名前の意味は「誠実なる友」。〔6-246〕

ホルビュトラ　Holbytla
ホビットを指すローハン語。複数形はホルビュトランHolbytlan。〔3-424〕

ホルマン　Holman Greenhand
緑手家のホルマン。庭師。サムの父親ハムファストの縁続きであり、ハムファストを助手にビルボの屋敷に出入りしてい

ペレジル　Peredhil

半エルフの意。エルロス、エルロンドを指す。エルフと人間の両方の血を伝えるからである。本編では特にエルロンドを指す。〔追補編AのＩ〕

ヘレファラ　Herefara

ペレンノール野で討ち死にしたローハン国の騎士。〔5-312〕

ベレン　Beren

上古の代、エルフの友である人間たちの父祖エダインの第一家系の長。エルフ王の娘ルーシエンと結婚するため、モルゴスの王冠からシルマリルを一つ切取る。エルロンドとエルロスの曾祖父であり、ヌーメノールの王たちの先祖である。〔1-547, Sil.〕

ボーフール　Bofur

『ホビットの冒険』に出てくるドワーフの一人。ソーリン・オーケンシールドと共に竜に奪われた宝物を取り返しに行く。〔2-45, Hob.〕

ホビット　Hobbits

「穴造り」を意味する古い人間のことばHolbytlaからきたことばと思われる。背丈は３フィート前後しかないので、「小さい人」と呼ばれた。かれらの起原は明らかでないが、遠い昔、霧ふり山脈を越え、西に移動してきたものと思われる。かれらは平和を愛し、自足して暮らしていたが、本書中に現われるフロドを始めとするホビットたちのように、時に思わぬ勇気と持久力を示した。〔1-11〕

ベルーシエル王妃　Queen Berúthiel
ゴンドール第十二代の王の妃。猫を僕として飼い自国の秘密を探らせていた。〔2-277〕

ベルギル　Bergil
ミナス・ティリスの近衛兵ベレゴンドの息子。まだ少年だが、ピピンの話し相手になる。〔5-84〕

ヘルブランド　Herubrand
ペレンノール野で討ち死にしたローハン国の騎士。〔5-312〕

ヘルム　Helm Hammerhand
槌手王と呼ばれ、力すぐれた不屈の人であった。ローハン国第九代の王。ヘルム峡谷はかれの名にちなんでつけられた。〔3-349〕

ペレグリン（ピピン）　Peregrin（Pippin）
フロドの親戚であり、年若な親友である。ホビット庄の名家トゥック家の息子。メリアドクと共に指輪の一行に選ばれる。ミナス・ティリスでデネソール大侯に仕える。指輪戦争のあとホビット庄に戻り、サルマンの手下たちの手から、ホビット庄を取り戻すのに大いに活躍した。後にトゥック一族の家長となり、セインとなる。〔1-45〕

ベレゴンド　Beregond
ミナス・ティリスの城塞を守る第三中隊の近衛兵。ピピンが最初に親しくなったゴンドール国人。指輪戦争のあと、ファラミルの近衛隊長に任命される。〔5-58〕

かったが、サルマンへのレジスタンスを組織したことにより牢に入れられる。通称でぶちゃん（Fatty）。〔1-121〕

フローイ　Flói
ドワーフのバリンの一党の一人。モリアでオークの矢にかかって死ぬ。〔2-304〕

フロド・バギンズ　Frodo Baggins
『指輪物語』の主人公。父はドロゴ・バギンズ、母はプリムラ・ブランディバック。幼くして両親に死別し、後にビルボ・バギンズの養子になる。語学の達人でエルフと親交があり、エルフ語を巧みに話した。指輪を滅びの山に投ずる使命を果したあと、大海を渡って、至福の地に去った。〔1-15〕

フンディン　Fundin
ドゥリンの家系のファリンの息子。バリンとドワリンの父。〔2-239〕

ぶんぶんりんごのローリー　Rowlie Appledore
ブリー郷の人間の名。〔6-291〕

蛇の舌　Wormtongue
ローハンで使われていたグリーマの渾名の邦訳。〔3-289〕

ペリアン（ペリアンナス）　Perian（Periannath）
シンダリンで「小さい人」の意。ホビットを見よ。〔5-340〕

フランミフェル　Flammifer
エダインがエアレンディルの星を指して言ったことば。〔2-65〕

プリムラ・ブランディバック　Primula Brandybuck
ゴルバドクとトゥック家のミラベッラの娘。ドロゴ・バギンズと結婚し、フロドを生む。ブランディワイン川で舟遊び中夫と共に溺れ死ぬ。〔1-62〕

フレーア　Fréa
ローハン国第四代の王。〔6-244〕

フレーアウィネ　Fréawine
ローハン国第五代の王。〔6-244〕

フレーアラーフ　Fréaláf
ローハン国第十代の王。〔6-244〕

ブレガラド　Bregalad
共通語では「せっかち」Quickbeamと呼ばれる。ファンゴルンの森のエントの一人。ブレガラドはエルフ語による渾名。かれの木はななかまどである。〔3-214〕

ブレゴ　Brego
ローハン第二代の王。エドラスの黄金館メドゥセルドを建造した。〔3-308〕

フレデガー・ボルジャー　Fredegar Bolger
フロドの親戚で、親友の一人。フロドたちの旅には同行しな

橅《ぶな》の骨　Beechbone

ファンゴルンの森のエントの一人。アイゼンガルドで液状の火のしぶきを浴びて燃えた。〔3-452〕

フラール　Frár

バリンに従ってモリアに植民したドワーフの一人。オークと戦って死ぬ。〔2-306〕

ブラールム　burárum

エント語でオークのこと。〔3-166〕

フラドリヴ　Fladrif

ファンゴルン即ち木の鬚《ひげ》及びフィングラスと共に中つ国に最も古くから生存しているエント。「木の皮」の意味。〔3-193〕

ブランディバック　Brandybuck

西方語名のBrandagambaを洒落た名。ホビット庄随一の名家の一つ。沢地のゴルヘンダド・オールドバックが庄暦740年頃ブランディワイン川の東岸にブランディ屋敷を建造し、家名をブランディバックと改めた。その地一帯はバック郷と言われるようになった。〔1-26〕

ブランド　Brand

弓矢の達人バルドの息子バインを父とする谷間の国第三代の王。指輪戦争に際し、東夷の攻撃を受け、エレボールの門を守って討ち死にする。〔2-44〕

れた。〔3-287〕

フェンゲル Fengel
ローハン国第十五代の王。セーオデンの祖父。〔6-244〕

フォルカ Folca
第十三代ローハン王。〔6-244〕

フォルクウィネ Folcwine
第十四代ローハン王。〔6-244〕

フォルゴイル Forgoil
藁《わら》頭の意。褐色国人《ダンレンディング》が憎しみをこめてロヒルリムを呼んだ語。〔3-367〕

フォルロング Forlong
ゴンドール国ロッサールナハの領主。手勢を率いてミナス・ティリスの防衛に参じ、ペレンノール野で討ち死にする。フォルロングは古い人間のことば。〔5-86〕

フオルン Huorns
ほとんど木になりかけている、もともとはエントであったと思われる存在。かれらは動くことはできるが、話をすることはエント以外の者にはできない。〔3-444〕

フォルン Forn
ドワーフがボンバディルに与えた名。〔2-150〕

フィンブレシル　Fimbrethil
かつて木の鬚の妻であったエント女。名前は「ほっそりした樺の木」の意。〔3－195〕

フィンロド・フェラグンド　Finrod Felagund
中つ国に於ける最も高貴なノルドールの一人。第一紀にナルゴスロンドの王であったが、サウロンとの戦いの果てに地下牢でベレンを守って殺された。エダインによって人間の友と呼ばれた。ガラドリエルはかれの妹である。〔1－229, Sil.〕

フーリン　Húrin
第一紀にドル＝ローミンの領主であったエダイン。エルフの友と呼ばれた。〔2－167, Sil.〕

フーリン　Húrin the Tall
ミナス・ティリスの鍵を預かる鍵鑰《けんやく》主管長。身の丈高く、丈高きフーリンと呼ばれた。〔5－302〕

フェアノール　Fëanor
第一紀に於けるノルドール族中、最もすぐれた者。フェアノール文字の考案者であり、シルマリル及びパランティールの製作者でもある。上のエルフの反乱を指導し、ヴァラールの命にそむき、モルゴスを追って中つ国に至り、遂に命を落す。名前の意味は「火の精」。〔2－261, Sil.〕

フェラローフ　Felaróf
ケレブラントの野にエオルが乗り進めた名馬。エオル以外の者を乗せなかった。飛蔭はその子孫である。エオルの父レーオドを振り落として死に至らしめた故に「人間の禍」と呼ば

ファロハイド Fallohide

ホビット族の三つの支族の一つ。あとの二つの支族にくらべエルフに親しみ、ことばや歌に秀でていた。ホビット庄の地にホビットたちの大群を導いてきたマルコ、ブランコ兄弟もファロハイドである。〔1-16〕

ファンゴルン Fangorn

シンダリンで「木の鬚《ひげ》」を意味する。中つ国で最も古い種族であるエントの中でもかれは最長老である。かれの棲まう森もファンゴルンと呼ばれ、かれは森の守護者である。木々の殺戮者サルマンはファンゴルンを始めとするエントたちの怒りを買い、かれらによって、その本拠地アイゼンガルドを壊滅させられる。〔3-161〕

フィングラス Finglas

木の鬚と共に最も古くから中つ国の森に暮らしてきたエントの一人。名前は「巻き毛葉」の意味。〔3-192〕

フィンデギル Findegil

第四紀の２世紀にゴンドールの宮廷に仕えた祐筆。大スマイアルに所蔵された赤表紙本の写本は、かれが原本から筆写したものである。〔1-45〕

フィンドゥイラス Finduilas

ドル・アムロスのアドラヒルの娘。イムラヒル大公の姉。ゴンドールの執政デネソール二世に嫁し、ボロミルとファラミルの二人の息子をもうける。〔6-203〕

ヒルゴン　Hirgon
デネソールからの救援を求めるしるしの矢を持ってセーオデンの許に遣わされた急使。ゴンドールに戻る途中、オークによって殺された。〔5-167〕

ビルボ・バギンズ　Bilbo Baggins
『ホビットの冒険』の主人公。バギンズ一族のフロドを養子にする。『指輪物語』はかれがゴクリから手に入れた力の指輪をめぐって展開される。指輪戦争のあと、131歳に達したビルボは、かつての指輪所持者として、フロドと共に大海の西に旅立つ。西境《にしざかい》の赤表紙本はかれの日記がもとになったものである。〔1-11〕

ヒルルイン　Hirluin the Fair
ピンナス・ゲリンの領主。指輪戦争に際し、緑衣の武者を300人伴ってミナス・ティリスに馳せ参じたが、かれ自身は、ペレンノール野の合戦で討ち死にする。〔5-89〕

ファストレド　Fastred
ローハンの騎士。ペレンノール野の戦いで討ち死にする。〔5-312〕

ファラミル　Faramir
デネソール二世の次男。ボロミルの弟。文武両道にすぐれる。指輪戦争のあと、エレッサール王によってイシリエンの地を与えられ、王の執政となる。ローハンのエーオウィン姫を妻にし、共に先祖の地エミュン・アルネンに住まう。〔1-45〕

する。〔5-98〕

バルログ Balrog
「力強き悪鬼」の意。第一紀の宝玉戦争でモルゴスに仕えた。その後霧ふり山脈の地底にひそみ、ドゥリンの禍として恐れられた。〔2-327, Sil.〕

ビーフール Bifur
『ホビットの冒険』に出てくる13人のドワーフの一人。〔2-45, Hob.〕

火の足 Firefoot
エーオメルの乗馬。名前は現代英語化されている。〔3-335〕

ビヨルン Beorn
熊人ビヨルンともいわれる、ビヨルンの一党の長。クマに姿を変えることができ、エリアドールから闇の森に至る通行の安全を守った。〔2-43, Hob.〕

ビヨルン一党 the Beornings
熊人族。パンや菓子を焼く技術にすぐれていた。〔2-43, Hob.〕

ビ ル Bill
サムがかわいがっていた小馬の名。前の持ち主のしだ家のビルの名をとってこのように呼ばれた。モリアの入口まで指輪の一行の荷物を運んでいく。〔2-192〕

ワーフの一人。後にモリアに入って、コロニーを造るが、オークとドゥリンの禍によって滅ぼされる。〔2-45, Hob.〕

ハル・ギャムジー　Hal(fast) Gamgee
サムのいとこ。山越村に住む。〔1-126〕

ハルディル　Haldir
ロスローリエンのエルフ。見張りをつとめ、共通語を話す。〔2-364〕

ハルディング　Harding
ペレンノール野の合戦で討ち死にしたローハン王直属の騎士。〔5-312〕

バルド　Bard the Bowman
弓の達人。イチイの大弓でスマウグを仕とめた。谷間の国を再建して初代の王となる。〔2-44, Hob.〕

バルドの一党　the Bardings
谷間の国の人たちと同じ。〔2-44〕

バルドル　Baldor
ローハン第二代の王ブレゴの長男。「死者の道」を踏んでみせることを誓って出かけ、遂にもどらなかった。〔5-163〕

ハルバラド　Halbarad
北の国の野伏の一人。裂け谷から30人の同胞を率い、アルウェンからアラゴルンへの贈り物の旗じるしをたずさえて、アラゴルンの許に参ずる。ペレンノール野の戦いで討ち死に

ち死にする。エアレンディルの父方の祖になる。〔2−167, Sil.〕

ハム・ギャムジー Ham(fast) Gamgee

綱作りのホブソン・ギャムジーの息子。サムワイズの父親で、庭師である。名前のHamfastはホビット語のRanugad（よそへ行かない者の意）を直したものである。近所では「とっつぁん」で通っている。〔1−59〕

ハラドリム Haradrim

シンダリンでハラドは「南」を意味し、ハラドリムは「南方人」を意味する。遠い昔から、ウンバールの領有などをめぐり、ゴンドールに敵意をいだき続け、指輪戦争に際しても、巨大な象に似たムーマキルを参加させ、ミナス・ティリスを攻め、黒門前の戦いでも、サウロンの翼下にあって戦った。〔4−231〕

バラノール Baranor

ベレゴンドの父。〔5−58〕

バラヒル Barahir

ファラミルの孫。第四紀に於けるイシリエン領主。〔1−45〕

バラヒル Barahir

ベレンの父。ナルゴスロンドのエルフ王フィンロドをダゴール・ブラゴルラッハの戦いで救う。〔1−552, Sil.〕

バリン Balin

ソーリン・オーケンシールドに従って、はなれ山に赴いたド

バギンズ　Baggins
ホビット庄の名家。本編の主人公フロド、『ホビットの冒険』の主人公ビルボの姓。お山に住む。サックヴィル＝バギンズも一族である。〔1-26〕

化けもの《ドウィンメルレイク》　Dwimmerlaik
ローハンのことばで妖怪、化け物などを指すものと思われる。〔5-287〕

ハスフェル　Hasufel
ローハンの名馬。主のガールウルフが討ち死にしたあと、エーオメルからアラゴルンに貸し与えられた。〔3-91〕

馳　夫　Strider
ブリー郷の住人が野伏としてのアラゴルンにつけた名。クウェンヤに直すとテルコンタールになる。アラゴルンはこれを王朝の名とした。〔1-444〕

バタバー　Butterbur
バーリマン・バタバーを見よ。〔1-420〕

バック郷《ごう》**館主**　Master of Buckland
ブランディバック一族の長は代々この呼称を肩書に用いた。庄長、セインと並ぶ権威ある呼称であった。〔1-18〕

ハドル　Hador the Goldenhaired
「金髪のハドル」と呼ばれる。ハドルの家系はエダインの第三の家系と呼ばれ、上古の代にエルフと共にモルゴスと戦った。ハドルはエルフの友と呼ばれ、エイセル・シリオンで討

南のドゥーネダインである。ゴンドールによって配置されたゲリラ部隊であり、ファラミルが統率者であった。〔4-176〕

ノルドール Noldor

単数はノルド。「知者」を意味するクウェンヤ。上古の代にヴァラールの召出しに応じたエルダールの三つの種族のうち、先に大海を渡った二つの種族の一つ。しかしノルドールの一部は、ヴァラールにそむいて、中つ国にもどってきた。かれらは流謫のエルフと呼ばれる。〔3-537, Sil.〕

ハーフット Harfoots

ホビットの三支族の一つ。ホビットの中でもっとも尋常、代表的な支族で、人数も最も多かった。〔1-16〕

ハーマ Háma

ローハン国セーオデン王の近衛隊長。角笛城防衛の戦いで、ヘルムの門の前で討ち死にする。〔3-293〕

バーリマン・バタバー Barliman Butterbur

ブリー郷の古い宿屋「躍る小馬亭」の主人。バタバーは英語で「蕗」の意味。訳せば蕗の家の大麦じいさんというところだが、英訳名のままにした。ブリー郷の人名には植物名が多い。〔1-420〕

バイン Bain

谷間の国第二代の王。父はスマウグを射止めたバルド。〔2-44, Hob.〕

ニブズ・コトン　Nibs Cotton
コトン家の四男。ニブズはCarlの通称。〔6-136〕

ニムロデル　Nimrodel
かつてローリエンに住んだ美しいエルフの乙女。エルフ王アムロスの恋人。山に迷って行方知れずになったという。ローリエンの近くに同じ名の川がある。〔2-353〕

ヌーメノーレアン　Númenóreans
ヌーメノール、即ちいや果ての西の地、エレナ大島に創建されたヌーメノール王国の民とその子孫をいう。ドゥーネダインともいう。ヌーメノールを見よ。〔2-55, Sil.〕

ノークスじい　Old Noakes
水の辺村に住むホビット。〔1-60〕

ノーリ　Nori
ソーリン・オーケンシールドと共にはなれ山に赴いた12人のドワーフの一人。〔2-45, Hob.〕

ノ　ブ　Nob
ブリー郷の「躍る小馬亭」で宿泊客の世話をしていたホビット。〔1-434〕

野《の》　伏《ぶせ》　Rangers
北方の野伏というのは、北方王国滅亡の後、王家の裔を首領にいただいたドゥーネダインの世を忍ぶ姿なのであった。かれらは、裂け谷を本拠に北方の地の警備に当った。アラゴルンはかれらの首領であった。〔1-29〕イシリエンの野伏は

い、第二の広間で討ち死にする。〔2-306〕

長　穴　Longholes
ブリー郷のホビットの間によく見られる名前の一つ。〔1-440〕

ナズグール　Nazgûl
モルドールの黒のことばで「指輪の幽鬼」を意味する。アングマールの魔王であった首領を始めとする９人の幽鬼たちは、かつては人間の王であったが、サウロンから九つの指輪を与えられ、恐るべき不死の存在となり、ミナス・モルグルの砦に拠って、サウロンを助けた。〔3-111〕

ナルヴィ　Narvi
モリアの西門、ドゥリンの扉を作ったドワーフの名工。〔2-261〕

南方人　Southrons
ハラドリムを見よ。〔4-222〕

にきびっ面《つら》　Pimple
ロソのこと。サックヴィル＝バギンズを見よ。〔6-348〕

二足屋のおやじ　Daddy Twofoot
水の辺村のホビット。とっつぁんの隣人。〔1-61〕

ニック・コトン　Nick Cotton
コトン家の三男。ニックはBowmanの通称。〔6-334〕

泥足一家　Puddifoot

ホビット庄沢地のところざわ村に住む一家。〔1-262〕

ドロゴ・バギンズ　Drogo Baggins

フロドの父。ブランディバックのプリムラと結婚する。舟遊び中、二人とも川に落ちて溺れ死ぬ。〔1-61〕

トロル　Troll

シンダリンのトログ Torog の翻訳。上古の時代から存在する愚鈍な生きものだが、サウロンによって悪知恵を吹きこまれた。また第三紀の終わりには、サウロンによって創り出されたオログ＝ハイ Olog-hai という力と大きさに於て勝ったトロルが出現し、かれらはふつうのトロルと異なり、太陽の光に堪えることができた。〔1-32〕

ドワーフ　Dwarves

上古、中つ国には三種族がいた。エルフと人間とドワーフである。ドワーフは耐久力にすぐれ、手の技、特に石の扱いに長じていた。カザド＝ドゥーム（モリア）はかれらの父祖の地である。ドワーフ族の不思議な誕生については『シルマリルの物語』を参照されたい。dwarf の複数形については追補編のF「翻訳について」をみられたい。〔1-13〕

ドワリン　Dwalin

ソーリン・オーケンシールドに従ってはなれ山に赴いた12人のドワーフの一人。バリンの兄弟。〔2-45, Hob.〕

ナーリ　Náli

バリンと共にモリアに移住したドワーフの一人。オークと戦

ドーリ Dori
ソーリン・オーケンシールドに従ってはなれ山に赴いた12人のドワーフの一人。〔2-45, Hob.〕

とっつぁん Gaffer
サムワイズの父、ギャムジーじいさんのこと。〔1-59〕

土手家のウィリー Willie Banks
ブリー郷のホビット。〔6-291〕

飛《とび》蔭《かげ》 Shadowfax
ローハン国の国王の乗馬。メアラスの長。ガンダルフに与えられ最後までかれと行を共にした。名前の元の意味は「影のたてがみ」。〔2-142〕

トボルド Tobold (old Toby)
角笛吹きトボルド或いはトビィじいさんと呼ばれ、ホビット庄南四が一の庄長窪村の住人。ホビット庄で初めて本当のパイプ草を栽培した。〔3-425〕

トム Tom
トム・ボンバディルを見よ。〔1-338〕

トム・ボンバディル Tom Bombadil
中つ国に生きる者の中で最古の存在。ホビット庄の東に接する古森の外れに、川の乙女ゴールドベリと共に住んでいる。エルフたちはかれをヤルワイン・ベン＝アダルと呼び、ドワーフたちはフォルン、北方の人間たちはオラルドと呼んだ。〔1-338〕

トゥック　Took

ホビット庄でぬきんでた声望を維持してきた名家。トゥック郷の大スマイアルに住み、代々セイン職をつとめる。牛うなりのバンドブラスは剛勇で知られたが、本書に関係あるのは、ペレグリンである。ペレグリンの項を見よ。〔1−13〕

アデラード　Adelard

借りた傘を返さない性癖があった。ビルボのいとこの息子。〔1−106〕

エヴェラード　Everard

アデラードの息子。〔1−82〕

トゥックじいさま　the Old Took

名はゲロンティウス Gerontius。ピピンとメリーの曾々祖父。130歳の長寿を全うしたことで知られる。〔1−59〕

ドゥリン　Durin

ドワーフ族の７人の父祖たちの最長老に与えられた名。ドワーフ王家の祖。カザド＝ドゥーム（モリア）に王国を建立し非常に長命であった。子孫にかれと瓜二つの世継が５度生まれた。〔2−78, 追補編 A のⅢ, Sil.〕

ドゥリンの禍　Durin's Bane

バルログを指す。カザド＝ドゥームに王国を築いたドワーフの王ドゥリンによって地底深くひそんでいた悪霊バルログが目覚めさせられたというので、こう呼ばれる。〔2−327〕

ドーラ・バギンズ　Dora Baggins

ホビット庄のフォスコ・バギンズの長女。ビルボの形見に紙くずかごをもらう。〔1−106〕

ドゥインヒィル　Duinhir
黒根谷の領主。ミナス・ティリス防衛のため、二人の息子と500人の弓矢隊を率いて馳せ参ずる。〔5-89〕

ドウィンメルレイク　Dwimmerlaik
化け物を見よ。〔5-287〕

ドゥーナダン　Dúnadan
複数はドゥーネダインDúnedain。「西方国の人」の意。ヌーメノーレアン及びその末裔を言う。北方王国の血を伝えるアラゴルンとその一党、そしてゴンドール国の支配層はその末裔である。ヌーメノール国の創建と滅亡については『シルマリルの物語』にくわしい。〔1-594, Sil.〕

トゥーリン　Túrin
『シルマリルの物語』第21章に語られる人間の英雄。フーリンとモルウェンの息子。数々の功業をあげながら、悲劇的な運命に見舞われ、最後は愛剣グルサングの切先に自ら身を投じる。〔2-167〕

ドゥーンヘレ　Dúnhere
ローハンのやしろ谷の領主。ペレンノール野の合戦で討ち死にする。〔5-151〕

灯心草ろうそく　Rushlight
ブリー郷の人間の名。植物的な名前を持つ者が多かった。〔1-440〕

テルコンタール　Telcontar
クウェンヤで「馳夫（strider）」を意味する。アラゴルンはゴンドール国の王となった時、テルコンタール即ち馳夫を王朝の名として採用する。〔5-350〕

テルハル　Telchar
二つに折れたエレンディルの名剣ナルシルを最初に鍛えた名工。〔3-295〕

デルフィン　Derufin
モルソンド即ち黒根谷の領主ドゥインヒィルの息子の一人。父と兄と共にミナス・ティリスの救援に赴き、ペレンノール野の合戦で討ち死にする。〔5-89〕

デルンヘルム　Dernhelm
伯父である王を護るため、騎士に身をやつして出陣したローハンのエーオウィン姫の仮りの名。〔5-183〕

兎穴《とあな》家のミロ　Milo Burrows
ビルボの姻戚。〔1-106〕

東　夷《い》　Easterlings
ローハン及びゴンドールの国でリューン（Rhûn）より東に住む人々を指して用いられた。しばしば西方諸国を侵し、ゴンドール国と戦いを交えた。〔2-92〕

ドゥイリン　Duilin
黒根谷の領主ドゥインヒィルの二人の息子の一人。ペレンノール野の合戦で討ち死にする。〔5-89〕

ルダのことである。シンダリンではギルソニエル。エルベレスはシンダリンで「星の妃」の意。クウェンヤではエレンターリという。〔2-465〕

デーアゴル Déagol
アンドゥインの岸辺に住むストゥア族の一人。アンドゥインの川床から一つの指輪を見つけたために遊び友だちのスメーアゴルに殺される。名前は「秘密」を意味するNahaldを古英語に直したもの。〔1-150〕

デーオル Déor
ローハン国第七代の王。〔6-244〕

デーオルウィネ Déorwine
ローハン王セーオデンの近衛隊長。ペレンノール野で討ち死にする。〔5-299〕

デネソール Denethor
ゴンドールを実際に統治した最後の執政。ボロミルとファラミルの父。明敏で誇り高く、ミナス・ティリスが包囲された時、自ら火中に身を横たえパランティールを胸に抱いて死ぬ。〔2-95〕

デルヴォリン Dervorin
ゴンドールの貴族。リングロー谷の領主の息子。300人の手勢を率いて、ミナス・ティリスの防衛に馳せ参ずる。〔5-89〕

199〕

塚《つか》人《びと》　Barrow-Wights
塚山古墳に棲みついた悪霊。フロドたち一行はその手中に落ちたが、トム・ボンバディルに救われる。〔1-372〕

月の男　Man in the Moon
フロドがブリー村の宿屋で歌った自作の歌に登場してくる。今ではその歌の中の数行が憶えられているにすぎない。〔1-450〕

突っつき茨のトム　Pickthorn, Tom
ブリー村の丘の向こうに住む人間の名。〔6-291〕

翼を持った使者　Winged Messenger
レゴラスがガラドリエルから与えられた弓矢で射落とした怪獣に乗る使者。ナズグールの一人と思われる。〔3-258〕

ディオル　Dior
「シンゴルの世継」と呼ばれる。ベレンとルーシエンの息子であり、エルロンドの母エルウィングの父である。〔1-554, Sil.〕

ティヌーヴィエル　Tinúviel
上のエルフ語で「小夜啼鳥」のこと。ルーシエンの名。〔1-546〕

ティンタッレ　Tintallë
クウェンヤで「光を輝かす者」の意。即ちエルベレス。ヴァ

人で、伝承の大家。キルスの考案者。〔2-300, Sil.〕

ダムロド　Damrod
ファラミルに率いられたイシリエンの野伏の一人。敵中に潜入して、奇襲作戦に従事した。〔4-176〕

タルク　tark
ヌーメノール人の子孫を指すクウェンヤ起原のtarkilという西方語が、オークの間でタルクとなまって使われた。「ゴンドールの人」の意である。〔6-41〕

タルゴン　Targon
ミナス・ティリスの近衛兵の一人。食糧室係をつとめていた。〔5-64〕

小さい人　Halfling
ホビットのこと。シンダリンのペリアンの邦訳。〔2-94〕

小さい人たち　Little Folk（people）
ホビットのこと。〔1-150〕

チェオル　Ceorl
ローハンの騎士。〔3-341〕

長上王　the Elder King
ヴァラールの最高位者マンウェのこと。〔2-63〕

長上族　Elder Race（Kindred, People）
エルフのこと。人間より先に生まれたからである。〔5-

間に一男四女をもうける。セーオデンは第二子である。〔3-72〕

ソーリン・オーケンシールド　Thorin Oakenshield

ガンダルフと共にビルボのもとを訪れた13人のドワーフの長である。流浪の身ながら、ドゥリンの血を引く山の下の王である。『ホビットの冒険』で語られている如く、はなれ山の竜は遂に退治され、宝物は取り戻されたが、かれは五軍の戦《いくさ》で多くの傷を負って討ち死にする。〔1-35, Hob.〕

ソロンギル　Thorongil

「星の鷲」の意。アラゴルンの別名。アラゴルンは一時、ソロンギルの名のもとに、ゴンドールの執政エクセリオン二世に仕えたことがある。その眼力の鋭さとマントに銀の星をつけていたことから、こう呼ばれた。〔追補編AのI〕

ソロンドール　Thorondor

中つ国がまだ若い頃、環状山脈の山頂に巣を作った大鷲の王。風早彦グワイヒィルを長とする北方の大鷲はその子孫である。〔6-164〕

ダーイン二世　Dáin II

鉄の足のダーインと呼ばれる。ソーリン・オーケンシールドのまたいとこ。かれのあとを継いで山の下の王国を再建する。指輪戦争の時、谷間の国で東夷と戦って討ち死にする。〔2-45, Hob.〕

ダエロン　Daeron

第一紀の灰色エルフ。ドリアスの灰色マント王シンゴルの伶

スワート人　Swertings
ホビット庄で南方人を指すことば。「日焼けした人たち」の意である。〔4-142〕

セイン　Thain
セインはホビット庄の庄議会の議長であり、ホビット庄民兵と召集兵の司令官でもあったが、いずれも危急の場合以外召集されなかったから、ほとんど名目上の権威に過ぎなかった。初代のセインは沢地のブッカであったが、第十三代からはトゥック家の家長が、この称号を帯びた。〔1-32〕

セーオデン　Théoden
センゲルの息子。ローハン国第十七代の王。実子はセーオドレド一人であるが、妹の子、エーオメルとエーオウィンを引き取って我が子同様に育てていた。老齢ながら指輪戦争に兵を率いて参戦し、ペレンノール野で、勝利の緒戦の後、愛馬がナズグールに襲われて、討ち死にする。エドニュー Ednew（更生せる）と呼ばれる。〔3-72〕

セーオドレド　Théodred
ローハン国セーオデン王の世継。第二軍団長として、サルマンの手の者とアイゼンの浅瀬で戦って討ち死にする。〔3-300〕

せっかち　Quickbeam
エントのブレガラドの渾名。〔3-214〕

センゲル　Thengel
ローハン国第十六代の王。ロッサールナハのモルウェンとの

スメーアゴル　Sméagol
北方のことばで「穴を掘る」を意味するtrahaldを古英語smygelの関連語Sméagolに訳したもの。日本語訳ではそのままスメーアゴルとした。ゴクリがまだ大河のほとりでストゥア族の一員として暮らしていた頃の名前である。〔1-150〕

スラーイン　Thráin
この物語に関係があるのはスラーイン二世である。ドゥリンの家系の王としてエレボール（はなれ山）で栄えた父スロールと共に、黄金のスマウグから逃れ、放浪の身となる。アザヌルビザールでのオークとの戦いにも生き延びたが、最後はドル・グルドゥルの土牢に捕えられ、七つの指輪の最後の一つをサウロンに奪われて死んだ。ソーリン・オーケンシールドはその後継。〔2-159〕

スランドゥイル　Thranduil
北部闇の森のエルフ王。レゴラスの父。『ホビットの冒険』に語られている森のエルフの王である。〔2-76, Hob.〕

スロール　Thrór
灰色山脈のドゥリンの民の王ダーイン一世の世継。竜たちに荒らされた灰色山脈を去り、アーケン石と共にエレボールに戻る。この地でかれもかれの民も富み栄えたが、スマウグの飛来により、放浪の旅に出る。七つの指輪の一つを息子スラーインに与え、モリアに向かい、その地でオークに殺される。〔2-78〕

スカザ Scatha the worm

エレド・ミスリンの大竜。ロヒルリムの先祖、エーオセーオド国の族長の息子フラムによって退治される。〔6-247〕

ステュッバ Stybba

ローハンのセーオデン王がメリアドクに与えた小馬。〔5-109〕

ストゥア族 Stoors

ホビット族の三つの支族の一つ。体つきががっしりして、手足が大きく、平地や川辺を好んだ。もともとはアンドゥインの上流域に住み、最もおそくそこを離れた。東四が一の庄、バック郷に、その血を引くものが多い。〔1-16〕

スナガ Snaga

黒のことばで「奴隷」を意味した。特に体の大きなウルク゠ハイによってより小さなオークたちを呼ぶのに使われた。本文中に使われているのもそうであろう。〔3-126〕

砂　持 Sandheaver

ブリー村のホビットの名。〔1-440〕

スマウグ Smaug

はなれ山の山の下に栄えたドワーフ王国の富を聞きつけ飛来した、竜の中でも最も大きい黄金の竜。近隣諸国を破壊し、山の洞窟に宝に埋もれて蟠踞《ばんきょ》していたが、ビルボにダイヤのチョッキの穴を見られ、弓の名人バルドにその穴を射抜かれて死ぬ。〔2-47, Hob.〕

白足家のウィル老　Will Whitfoot
大堀町の町長、即ち庄長の職にあった名望あるホビット。シャーキー即ちサルマンによって真っ先に投獄された。〔1-443〕

白の乗手　White Rider
ガンダルフのこと。以前は灰色であったが、死から蘇って白のガンダルフとなった。〔3-277〕

白の部隊　White Company
エレッサール王によってイシリエンの太守に封ぜられたファラミルの近衛隊。隊長に任ぜられたのはベレゴンド。〔6-224〕

白　肌　Whiteskins
オークたちがローハンの騎士たちのことを指して使ったことば。〔3-119〕

シンゴル　Thingol
シンダリンで、灰色マントの意である。エルフの生まれ故郷クイヴィエーネンからテレリ族を率い、ドリアスの王となったエルウェのことである。マイアのメリアンを后とし、二人の間にルーシエンが生まれる。〔1-554, Sil.〕

水中の監視者　Watcher in the Water
モリアの西門の湖に棲む、くねくねした触手を持つ怪物。〔2-307〕

死人《しびと》占い師 Necromancer
第三期の1100年頃から南闇の森のドル・グルドゥルに拠点を設けた悪しき力。後にサウロンであることが判明し、ガンダルフを始めとする白の会議の努力で追い払われるが、実際はモルドールに戻ったのである。〔2-107, Hob.〕

シャーキー Sharkey
黒のことばで「老人」を意味するシャルクー sharkû からきたことば。アイゼンガルド、及びホビット庄で配下の人間たちがサルマンを呼んだ渾名。〔6-325〕

シャグラト Shagrat
モルドールのオーク。キリス・ウンゴルの塔の警備隊長。〔4-396〕

庄　察 Shirriffs
ホビットたちが、いわゆる警察官に対して与えた名称。制服はなく、帽子に羽根を1本だけつけていた。各四が一の庄に3人ずつ配置されていた。〔1-34〕

ジョリー・コトン Jolly Cotton
コトン家の次男。ジョリーは Wilcome の通称。〔6-136〕

シルヴァン・エルフ Silvan Elves
森のエルフとも呼ばれる。上古の代に霧ふり山脈より西に進むことなくアンドゥインの谷間と緑大森（後の闇の森）に留まったナンドール・エルフと思われる。レゴラスもその一人である。〔2-361, Sil.〕

サルマン　Saruman

かつては白のサルマンと呼ばれ、イスタリの長として、白の会議を主宰した。自らの野心と高慢心に負け、一つの指輪を手に入れようと図るが、失敗に終わり、アイゼンガルドを後《あと》にホビット庄に至り、そこで最後の悪さを働くが、蛇の舌に刺されて、消滅する。〔1−137〕

サンディマン　Sandyman the Miller

ホビット村の粉屋。息子の名はテドといい、お頭にいいように使われていた。〔1−125〕

シーロブ　Shelob

第一紀にヴァリノールの二つの木を枯死させた巨大な毒蜘蛛ウンゴリアントの最後の末裔。影の山脈の山道キリス・ウンゴルに棲みついて、人であれ、オークであれ手に入った獲物の血で、飽くなき食欲をなだめていた。〔4−363〕

しだ家《や》のビル　Bill Ferny

ブリー村の人間。サルマンの配下の意を受け、指輪の一行のブリー村からの出発を妨げる。後にバック郷の門番になる。小馬のビルの元の持ち主。〔1−469〕

執　政　Steward

本書中ではゴンドールの執政を指す。エミュン・アルネンのフーリンの子孫の世襲職であった。マルディル以来デネソール二世に至るまで、24人の執政は、実際に統治を行なったが、空位の王座に坐ろうとする者はいなかった。指輪戦争の後、デネソール二世の息子ファラミルが、エレッサール王によって改めて執政に任ぜられた。〔4−207, 追補編ＡⅠ〕

〔5-422〕

裂《さ》け谷《だに》の姫君 Lady of Rivendell
アルウェンのこと。〔5-101〕

サックヴィル゠バギンズ Sackville-Baggins
ビルボのもっとも不仲な親戚。オソがビルボのいとこで、その妻がロベリア。息子がロソである。オソの死後、母子は待望の袋小路屋敷の主人になる。ロソは無頼の人間をやとって、お頭風を吹かすが、サルマンに殺される。後悔したロベリアは財産を貧者に与えるよう遺言して死ぬ。〔1-58〕

サム（サムワイズ） Sam（Samwise）Gamgee
本編の主要人物の一人。ホビット語ではBanazîr（もともとは渾名でお人よし、おばかさんの意）。Samwiseといわれるゆえんである。とっつぁんの息子。庭師としてフロドの許に出入りする。エルフ見たさにフロドと共に旅立ち、最後まで忠実な僕としてフロドと行を共にし、指輪を火の山に投ずるフロドの任務を全うさせる。フロドが西方に旅立ったあと、ホビット庄庄長の職に７度任じられ、その子孫も栄える。〔1-41〕

サラドク Saradoc Brandybuck
バック郷の館主。メリアドクの父。トゥック家のエズメラルダと結婚する。〔3-420〕

サルクーン Tharkûn
ドワーフの間で使われたガンダルフの呼名。〔4-209〕

ゴラスギル　Golasgil
ゴンドール国アンファラス（長浜）の領主。領民を率いて、ミナス・ティリスの防衛に馳せ参ずる。〔5-89〕

ゴルグーン　gorgûn
ドルーアダンの森の野人のことば。オークを意味する。〔5-262〕

ゴルバグ　Gorbag
ミナス・モルグルに所属するオークの隊長。〔4-396〕

ゴルバドク・ブランディバック　Gorbadoc Brandybuck
バック郷の館主。メリアドクの曾祖父、フロドの母プリムラの父。〔1-62〕

最初に生まれた者たち　the Firstborn
創造主イルーヴァタールの長子であるエルフのこと。〔2-26, Sil.〕

サウロン　Sauron
「身の毛のよだつ者」の意である。もともとはアウレのマイアであったが、モルゴスの召使となり、主人の悪業に一役買った。モルゴスの滅亡後は、自ら冥王となって、中つ国を支配しようとした。かれの力の土台を築いた指輪が滅びの山に投ぜられたことによってほろんだ。〔1-47, Sil.〕

サウロンの口　Mouth of Sauron
バラド＝ドゥールの塔の副官。名は知られていない。自ら、サウロンの口を名乗る。黒きヌーメノール人の出といわれる。

ゴールドベリ　Goldberry
川の女神のむすめ。川の乙女。古森の外れにトム・ボンバディルと住む。〔1−340〕

ゴクリ　Gollum
本名はスメーアゴル。のどをはげしくならしてつばをのみこむくせがあるためについた名。友人のデーアゴルを殺して指輪を奪い、長い間霧ふり山脈の下にひそみビルボに拾われるまでそれを所有していた。この物語では重要な役を演ずる。スメーアゴルを見よ。〔1−95, Hob.〕

黒竜アンカラゴン　Ancalagon the Black
かつて存在した巨竜の名。〔1−175〕

ゴスモグ　Gothmog
モルグルの副官。ナズグールの総大将が亡ぼされたのち、指揮をとる。〔5−303〕

こそつき　Slinker
サムがゴクリにつけた名。ゴクリの性質を二つに分け、「こそつき」、「くさいの」と呼んだ。〔4−118〕

コトン　Cotton
ホビット庄の農民一家。主人はトム、妻リリィとの間に四男一女がいる。ホビット庄の掃蕩で、父子共に活躍した。一人娘のロージーが後にサムの妻になる。〔6−331〕

コトンのおばさん　Mrs. Cotton
リリィ・コトンのこと。コトンを見よ。〔6−331〕

ケレブリーアン　Celebrían
ケレボルンとガラドリエルの娘。エルロンドと結婚し、エルラダン、エルロヒル、アルウェンの３人を生む。オークに捕えられて苦しめられ、息子たちに救出されたが、中つ国に生きる喜びを失い、大海を渡って去った。〔2-458〕

ケレブリンボール　Celebrimbor
「銀の手」の意。中つ国に流亡の生活を送ったフェアノールの家系の最後の者。すぐれた金銀細工師。第二紀の世に、エレギオンで三つの指輪を作った。サウロンに殺される。〔2-83, Sil.〕

ケレボルン　Celeborn
「銀の木」を意味する。ドリアスの灰色マント王シンゴルの血縁者で、ガラドリエルと結婚する。後にロスローリエンの領主となり、第四紀の始まるまでそこに住まう。〔1-47, Sil.〕

ゲロンティウス　Gerontius
トゥックじいさまを見よ。〔3-155〕

小穴家のこまどり　Robin Smallburrow
ホビット村出身。指輪の一行が戻ってきた時、庄察隊の一員だった。〔6-316〕

袴《こ》帯《おび》家　Bracegirdle
ロベリア・サックヴィル＝バギンズの実家。袴帯家のヒューゴには本を借りてなかなか返さない性癖があった。〔1-78〕

デン王の討ち死にを、その墓所の前で歌ったものである。〔6-242〕

クレバイン　crebain
サウロンのために、空から地上の動きを探るスパイ鳥。〔2-207〕

グローイン　Glóin
ソーリン・オーケンシールドに従って、はなれ山に赴いたドワーフの一人。息子ギムリと共に、エルロンドの許につかわされ、会議に出席する。〔2-40, Hob.〕

黒の総大将　Black Captain
ナズグールの首領。〔5-219〕

黒の乗手　Black Rider(s)
ナズグールを指す。黒装束で黒い馬に乗っていたために、このように呼ばれた。指輪の幽鬼を参照。〔2-19〕

グロルフィンデル　Glorfindel
エルロンドの宮廷に住む高貴なエルフの一人。上古の世にエルダマールから中つ国に戻ってきた。アングマールの魔王を敗走せしめ、異なる姿でのその再来を予言した。〔1-594〕

グワイヒィル　Gwaihir, the Windlord
風早彦グワイヒィル。霧ふり山脈の高峰に棲む大鷲の王。ガンダルフの盟友。ガンダルフ及びガンダルフの友人たちは、グワイヒィルの一党にしばしばあやうい所を助けられた。〔2-140〕

グスラーフ　Guthláf
ローハン王セーオデンの旗手。ペレンノール野の合戦で討ち死にする。〔5-278〕

グラム　Gram
ローハン国第八代の王。〔6-244〕

グリーマ　Gríma
ガールモードの息子。賢人とみなされ、ローハン国王セーオデンの相談役の立場にありながら、サルマンと気脈を通じ、王を裏切り続けた。エドラスを追われた後、サルマンに使われ、最後はホビット庄で、サルマンを刺し、自分もホビットたちに討たれる。蛇の舌と言われた。〔3-304〕

グリシュナーハ　Grishnákh
サルマン配下のウルク＝ハイと共に、パルス・ガレンで指輪の一行を襲ったモルドール暗黒の塔のオークの隊長。〔3-112〕

グリムビヨルン　Grimbeorn
熊人ビヨルンの息子で、ビヨルンの一党の首領。〔2-43〕

グリムボルド　Grimbold
ローハン国ウェストフォルドの大将。アイゼンの浅瀬の合戦で武勲を挙げ、ペレンノール野の合戦でローハン軍の左翼を指揮し、討ち死にする。〔3-407〕

グレーオウィネ　Gléowine
ローハン国セーオデン王の吟遊詩人。その最後の歌はセーオ

かれらに割譲された土地にローハン国が築かれた。〔4-231〕

ギル＝ガラド　Gil-galad
「輝く星」の意。中つ国に於けるノルドール族最後の上級王。第二紀の末、エレンディルと共にサウロンと戦って討ち死にする。「ギル＝ガラドの没落」という歌物語がある。〔1-149, Sil.〕

ギルソニエル　Gilthoniel
エルベレスを指すシンダリン。Gilは星の意。〔1-226〕

ギルドール（イングロリオン）　Gildor（Inglorion）
フィンロド王家の一員である高貴なエルフの一人。裂け谷を主な宿りとしながら、流浪の旅をするエルフたちの指導者。エルロンドやガラドリエルと共に灰色港から西方に旅立つ。〔1-229〕

ギルラエン　Gilraen the Fair
北方のドゥーナダン、ディールハエルの娘。アラソルンと結婚し、アラゴルンを生む。〔追補編AのIの（ホ）〕

くいつき　Grip
マゴットじいさんの番犬。〔1-262〕

くさいの　Stinker
こそつきを見よ。〔4-118〕

その一族。ブレガラドもその一員。〔3-193〕

木の鬚《ひげ》　Treebeard
シンダリンのファンゴルンの邦訳名。ファンゴルンを見よ。〔3-161〕

き　ば　Fang
東四が一の庄のマゴットじいさんの飼犬の一匹。〔1-262〕

ギムリ　Gimli
エレボールのドワーフ、グローインの息子。ドワーフを代表して指輪の一行に加えられる。ドワーフとしては非常に珍しいことであるが、エルフのレゴラスと終生の友情を結び、ローリエンの奥方に騎士的な敬慕の念をいだく。指輪戦争では、そのまさかりで大いに功しをたて、後に燦光洞の領主となる。〔2-75〕

ギャムジー　Gamgee
ホビット語のGalbasi或いはGalpsiに相当する語。サムワイズの生家の名。名前については追補編「翻訳について」の註を見られよ。〔1-59〕

ギャムリング　Gamling
ローハン国ウェストフォルドのエルケンブランドの配下で、堤防の歩哨隊を指揮する老人。〔3-350〕

キリオン　Cirion
ゴンドール第十二代の統治権を持つ執政。東夷の侵入を恐れたかれの求めに応じて、北方から来援したのがロヒルリムで、

ガラドリエル　Lady Galadriel
上古の代の、エルダマールで、ヴァラールに叛旗を翻し、モルゴスと戦うべく中つ国に戻ってきたノルドールの指導者の一人。フィナルフィンの娘で、フィンロドの妹。ドリアスのケレボルンと結婚し、ロスローリエンの奥方として、指輪戦争の勝利を見届け、三つの指輪の持ち主の一人として、西方へ旅立つ。〔1-47, Sil.〕

ガルドール　Galdor
灰色港の船造りキールダンの使いで、エルロンドの会議に出席するため裂け谷に来たエルフ。〔2-76〕

ガンダルフ　Gandalf
本書の重要登場人物の一人。人間たちが魔法使と呼んだイスタリの一人。かれらの出自を知るのは灰色港のキールダンのみであるが、西方から遣わされたという。指輪戦争はサウロン滅亡を志すガンダルフの戦いでもあった。かれは大願成就の後、フロドたちと共に西方に去る。三つの指輪の一つを持つ。ガンダルフは北方の人間たちの間での呼名。〔1-35, Sil.〕

キールダン　Círdan the Shipwright
船造りキールダンと呼ばれる。中つ国に於ける偉大なエルフの一人。リンドンの領主であり、灰色港の守り手である。三つの指輪の一つ、ナルヤの持ち主であったが、後にかれからガンダルフに譲られた。〔2-76〕

木の皮肌一族　Skinbark's people
アイゼンガルドの西の山に住んでいたエントのフラドリヴと

304〕

風の子《ウィンドフォラ》 Windfola

ローハンの馬。エーオウィン姫とメリーを乗せ、戦場に赴いた。〔5-184〕

褐色国人《ダンレンディング》 the Dunlendings

霧ふり山脈の西麓に住んでいた未開の民。ロヒルリムを憎み、サルマンの側について、角笛城を攻めた。〔5-105, 追補編FのI〕

上《かみ》のエルフ High Elves

大海のかなたの至福の国アマンに住んだことのある、また現に住んでいるすべてのエルフを上のエルフと呼んだ。本書中では、第一紀の末に中つ国に戻ってきた流離のノルドール族のエルフたちを指している。〔1-47, Sil.〕

髪吉家《かみよし》 Fairbairns

西境《にしざかい》の区長。サムワイズの娘エラノールと向が丘緑樫のファストレドの息子、髪吉エルフスタンを祖とする。代々塔の下に住まい赤表紙本を伝えた。金髪の美しい児を祖とする家の意であろう。〔1-44〕

ガラズリム Galadhrim

シンダリンで「森の住民」を意味する。マッロルン樹の大木に家をこしらえて住まったロスローリエンのエルフたちのことである。〔2-359〕

ーマク、ムーマキルはハラドのことばである。〔4-139〕

オローリン Olórin
ガンダルフが大海のかなたのヴァリノールの地にいた若いころの呼び名。〔4-209〕

オロフィン Orophin
ロスローリエンのエルフ。ハルディルの弟。〔2-364〕

オロメ Oromë
ヴァラ。名前の意味は「角笛吹き」。偉大なる狩人である。シンダリンではアラウ、北方の人間のことばではベーマという。〔5-280, Sil.〕

ガールウルフ Gárulf
討ち死にしたローハン国の騎士。かれの乗馬がアラゴルンに供される。〔3-91〕

ガールモード Gálmód
ローハン国の王の顧問官蛇の舌の父。〔3-304〕

ガーン＝ブリ＝ガーン Ghân-buri-Ghân
ドルーアダンの森の野人《やじん》の大酋長。ミナス・ティリスに向かうローハン国の軍勢の道案内をつとめる。〔5-263〕

海賊 Corsairs
本書中ではウンバールの海賊船を指す。サウロンによって堕落させられた黒きヌーメノール人の子孫を主体とする荒くれ男たちの集団。ゴンドールに怨恨と敵意をいだく。〔5-

大　鷲　the Eagles
霧ふり山脈の高峰に棲む。王の名は風早彦グワイヒィル、その弟はランドローヴァル、いずれも古の大鷲王ソロンドールの末裔である。ガンダルフの盟友であり、かれとかれの友人の危機をしばしば救った。〔2−139, Hob.〕

お　頭《かしら》　the Chief
フロドたち4人のホビットが故郷を留守にしている間、ロソのお雇い人間たちが、ロソ、後にはサルマンを庄民たちにこのように呼ばせていた。〔6−308〕

オノドリム　Onodrim
人間たちがエントと呼ぶ者をエルフたちはオノドリムと呼んだ。シンダリン、-rim は集合名詞をあらわす。〔3−99〕

お百姓のトム・コトン　Farmer Tom Cotton
トルマン・コトンのこと。コトンを見よ。〔6−331〕

オホタール　Ohtar
イシルドゥルの従者。あやめ野の合戦に生き残り、イシルドゥルの剣、二つに折れたナルシルをたずさえて、裂け谷に戻る。〔2−87, Sil.〕

オラルド　Orald
北方の人間たちがトム・ボンバディルに与えた名。〔2−150〕

オリファント　Oliphaunt
ハラドリムが戦闘用に用いた大型の動物。象に似ている。ム

大きい人 Big Folk, People
ホビットから見た人間のこと。〔1－374〕

オーク Orcs
モルゴスによって作り出された種族。かれによって捕えられ、堕落させられたエルフから作られたとも言われているが、その醜さ、残酷さ、性悪さはエルフの対極にある生きものといえた。その性質故にモルゴスの滅びたあとはサウロンによって利用された。『ホビットの冒険』ではゴブリンとなっている。また本書中でもゴブリンが使われている個所がある。〔1－22, Sil.〕

大堀町の町長 Mayor of Michel Delving
ホビット庄唯一の公務職。大堀町の町長であり、ホビット庄の庄長である。7年ごとに自由市で選出された。サムワイズは7度庄長の任期をつとめた。〔1－33〕

オーリ Ori
はなれ山に旅したソーリン・オーケンシールドの12人の仲間の一人。バリンと共にモリアの再建につくすが、オークに襲われて討ち死にする。〔2－45, Hob.〕

オールドバック Oldbuck
ホビット庄の名家。最初東四が一の庄の沢地に住み、ブッカがホビット庄初代のセインになる。後、ゴルヘンダドの代に、ブランディワインの東側に移住し、ブランディ館を建造、名前もブランディバックと改めた。〔1－32〕

エント　Ents
第三紀の中つ国に生存していた最も古い種族で、樹木の牧者であった巨人。かれらはエルフからことばを話すことを習った。エントという呼び名は、ローハン語。シンダリンでは、単数がオノドOnod、複数がエニュドEnyd、オノドリムOnodrimは集合名詞。〔3-99〕

エント女　Entwives
かれらのことについては、木の鬚《ひげ》がメリーとピピンに語ったことしか知られていない。太古の世には、エント女たちはエントと共に住まい、エントっ子をもうけたが、やがてエント女たちは森をはなれ、花と草と果実と穀物を育てるために庭を作って住み、エントたちのもとには戻らなかったという。〔3-185〕

エントっ子　Entings
エントの子供。エントとエント女が共に暮らさなくなるにつれ、その数は減少した。〔3-194〕

オーイン　Óin
ソーリン・オーケンシールドに従って、はなれ山に宝物を取り戻しにおもむいた12人のドワーフの一人。後にバリンと共にモリアに移住するが、水中の監視者に捕えられて殺されたと思われる。〔2-45, Hob.〕

おおかみ　Wolf
マゴットじいさんの番犬の名。〔1-262〕

エルロヒル Elrohir
エルラダンの項を見よ。〔2−39〕

エルロンド Elrond
航海者エアレンディルを父とし、ディオルの娘エルウィングを母とする半エルフ。兄エルロスは人間の運命を選び、ヌーメノール王朝の祖となる。エルロンドは不死のエルフの運命を選び、知恵ある者として裂け谷に住まう。三つの指輪の一つを所有し、指輪戦争のあと、中つ国を去って西方に旅立つ。〔1−41, Hob., Sil.〕

エレストール Erestor
裂け谷のエルロンドの顧問官の長。〔2−76〕

エレッサール Elessar
ローリエンでアラゴルンにつけられた名。後に統一王国の王として、正式にこの名を用いた。「エルフの石」を意味する。〔1−45〕

エレンターリ Elentári
クウェンヤで「星の妃」の意。エルベレスのことである。〔2−465, Sil.〕

エレンディル Elendil
名前の意味は「エルフの友」とも「星を愛する者」ともとれる。大海に没したヌーメノールから逃れ、二人の息子イシルドゥル、アナーリオンと共に、アルノールとゴンドールの両王国を創建する。第二紀の末、ギル＝ガラドと共にサウロンと戦って討ち死にする。〔1−30, Sil.〕

についてのみ用いられるようになった。大移動に加わらなかったエルフをアヴァリという。〔2−26, Sil.〕

エルフ Elf

クウェンヤではクウェンディ。「話す者」の意。中つ国で最初に生を受けた者たちであり、不死の命を持つ。上古の代に西方への大移動に加わった者、加わらない者、前者はさらに大海を渡った者、渡らなかった者に大別される。〔1−14, Sil.〕

エルフの石 Elfstone

エレッサールを見よ。〔2−458〕

エルフヘルム Elfhelm

ローハンの騎馬軍団エーオレドの軍団指揮官。ペレンノール野の合戦に参加する。〔3−407〕

エルベレス Elbereth

シンダリンで「星の妃」の意。星々の作り手であるヴァルダを指す。マンウェの妻であり、最も高位のヴァリエ（ヴァラの妃）である。〔1−226, Sil.〕

エルラダン Elladan

エルロヒルと共にエルロンドの双子の息子。アルウェン姫の兄。アラゴルンと共に死者の道を踏み、ゴンドールの救援に赴く。エルロンドが大海の西に去ったあとも、エルロヒルと共に裂け谷に留まる。〔2−39〕

エクセリオン　Ecthelion
エクセリオン一世はゴンドール十七代の執政。エクセリオン二世は第二十五代の執政。デネソール二世の父である。アラゴルンはかつてかれに仕えたことがある。エクセリオンの塔参照。〔5-32, 追補編AのIの（ニ）〕

エズメラルダ　Esmeralda Brandybuck
ローリー・ブランディバック老人の息子の嫁。トゥック家の出身。メリアドクはその息子。〔1-87〕

エダイン　the Edain
もともとは人間全般を指す語で「第二の種族」の意であったが、後に、ベレリアンドのエルフの間で、エルフの友である三氏族についてのみ用いられるようになった。単数がアダン、複数がエダインで、シンダリンである。〔4-234, Sil.〕

エルウィング　Elwing
ベレンとルーシエンの息子ディオルの娘。シルマリルを持ってドリアスから逃れ、エアレンディルと結婚する。エルロスとエルロンドの母。〔1-554, Sil.〕

エルケンブランド　Erkenbrand
ローハン国ウェストフォルドの領主。手勢を率い、ガンダルフと共にヘルム峡谷に駆けつける。〔3-341〕

エルダール　the Eldar
クウェンヤで「星の民」の意。ヴァラのオロメによって、エルフ全体に与えられた名であったが、後には、エルフ誕生の地から西方への大移動に加わった三つの種族に属するエルフ

の騎士の一人。〔3-77〕

エーオムンド　Éomund

ローハン国軍団長。セーオデン王の妹、セーオドウィンを妻とする。エーオメルとエーオウィンの父。〔3-70〕

エーオメル　Éomer

ローハン国イーストフォルドのエーオムンドと、セーオデン王の妹セーオドウィンの息子。幼くして両親を失い、妹エーオウィンと共に伯父王のもとで育つ。アラゴルンの盟友として、指輪戦争を戦い、戦場にたおれたセーオデン王の後を継いで、ローハン国王となり、イムラヒル大公の娘と結婚する。〔3-70〕

エーオレド　éored

ローハンの騎馬軍団。〔3-77〕

エオル　Eorl the Young

若くしてエーオセーオド国の君主となり、いつまでも若々しかったので青年王と呼ばれた。ゴンドールの執政キリオンに乞われ、ケレブラントの野にゴンドール軍の救援に駆けつけ、オークの大軍を追い払う。その返礼にカレナルゾンの地を与えられ、ローハン国最初の王となる。かれの愛馬フェラロ－フはメアラスの祖である。〔3-64〕

エオルの家《いえ》の子　Eorlingas

ローハンの戦士たちを指して言う。〔3-314〕

る。〔4-364, Sil.〕

ウンドーミエル　Undómiel
宵の明星を意味するクウェンヤ。アルウェン姫のこと。〔2-38〕

エアルヌル　Eärnur
ゴンドール三十三代の王。ミナス・モルグルの主、即ちナズグールの頭目を討つべく出かけて戻らなかった。子を残さなかったため、以後ゴンドールは執政によって治められる。〔4-207〕

エアレンディル　Eärendil
トゥオルとイドリルの息子。半エルフ。エルウィングを妻とする。シルマリルを身に帯び、大空を航行する。名前は「わたつみを愛する者」という意味のクウェンヤである。ヌーメノール国の始祖エルロスと裂け谷のエルロンドはエアレンディルの息子である。エアレンディルは明星すなわち金星の名前でもある。〔1-554, Sil.〕

エーオウィン　Éowyn
ローハンの姫君。騎士に姿を変え、母の兄であるセーオデン王にひそかに従い、ペレンノール野の合戦で、王を守り、ナズグールの首領を刺す。自らも死に瀕するが、エレッサール王の癒しの手に助けられる。後にイシリエンの太守ファラミルの妻となる。〔3-306〕

エーオサイン　Éothain
エーオメルに率いられたローハンのエーオレド（騎馬軍団）

ウィンドフォラ　Windfola
風の子を見よ。〔5-184〕

ウォーゼ　Woses
ドルーアダンの森に隠れ住み、原始的な生活を続けていた人間。野人《やじん》と同じ。〔5-259〕

ヴォロンディル　Vorondil
ゴンドール国で最初に統治権を持つ執政となったマルディルの父。ボロミルが吹き鳴らした野牛の角笛は、すぐれた狩人であったヴォロンディルから代々伝えられてきたものである。〔5-43〕

ウグルーク　Uglúk
ボロミルを殺し、メリーとピピンを捕えたウルク＝ハイの隊長。サルマンに仕える。〔3-108〕

ウフサク　Ufthak
シーロブに捕えられた、キリス・ウンゴルのオーク。〔4-414〕

ウルク　Uruk
黒のことばで、体の大きな兵隊オークを指す。種族を指す時はウルク＝ハイ。オークと人間との交配によってサウロンによって作り出されたと思われる。〔3-111〕

ウンゴリアント　Ungoliant
第一紀にメルコールと共にヴァリノールの二つの木を枯死せしめた貪欲で巨大な雌蜘蛛。シーロブはその最後の子孫であ

後、ミナス・ティリスの大権を一時預かる。〔5-31〕

インカーヌス Incánus
南の地方でのガンダルフの呼名。〔4-209〕

インゴルド Ingold
ミナス・ティリスの戦士。ランマスの北壁を警備していた。〔5-26〕

ヴァラール Valar
単数はヴァラ（Vala）。唯一なるものイルーヴァタールによって創られ、イルーヴァタールの創世を助け世界の守護神となった力ある者たちのこと。〔4-182, Sil.〕

ヴァランディル Valandil
イシルドゥルの第四子。父と兄たちの討ち死ににより、アルノールの王位を継承する。アラゴルンはその末裔である。〔2-87〕

ヴァリアグ Variags
モルドールの南東ハンドの国に住む野蛮な民。サウロンの召出しに応じて指輪戦争に参加した。〔5-303〕

ヴァルダ Varda
星の妃エルベレスを指すクウェンヤ。〔2-465, Sil.〕

ウィードファラ Wídfara
ローハン王の騎士の一人。〔5-273〕

アングボール　Angbor
ラメドンの領主。死者の軍勢を率いたアラゴルンに従って、兵を進める。〔5-391〕

アングマールの（魔）王　King of Angmar
北方王国のマルヴェギル王の頃、エテン高地の北に出現したアングマール国の王。妖術使の王として知られていたが、その正体は、指輪の幽鬼すなわちナズグールの首領であった。〔1-20〕

アンジェリカ・バギンズ　Angelica Baggins
バギンズ一族の娘。ビルボの形見に凸面鏡をもらう。〔1-106〕

アンボルン　Anborn
イシリエンの野伏の一人。ファラミルの部下。〔4-222〕

イシルドゥル　Isildur
アルノールとゴンドールの創建者エレンディルの長男であり、弟アナーリオンと共に南方王国の統治を委ねられる。再び力を盛り返したサウロンを敵とする最後の同盟による戦いで、エレンディル、アナーリオンは討ち死にし、イシルドゥルはサウロンの指から一つの指輪を奪うが、あやめ野でオークに討たれ、指輪は久しく大河に失われることになった。〔1-149, Sil.〕

イムラヒル大公　Prince Imrahil
ドル・アムロスの領主。執政家につぐゴンドールの名家の当主。デネソール大侯の妻はかれの姉である。デネソールの死

アラソルン　Arathorn
ドゥーネダイン十五代の族長。アラゴルンの父。〔2-21〕

アルヴェドゥイ　Arvedui
シンダリンで最後の王を意味する。事実、北方王国最後の王として、フォロヒェル湾に没した。〔5-117〕

アルウェン　Arwen
「宵の明星」すなわち夕星《ゆうづつ》姫とたたえられる。裂け谷のエルロンドの娘であり、ガラドリエルの孫である。古のルーシエンと同じ運命を辿り、人間であるアラゴルンと結婚し、ゴンドール国の妃となる。クウェンヤではウンドーミエルと呼ばれる。〔2-38, 追補編AのIの(ホ)〕

アルゲレブ一世　Argeleb I
三つに分かれた北方王国の一つアルセダインの王。風見丘陵の防備を堅固にした。〔追補編AのIの(ハ)〕

アルゲレブ二世　Argeleb II
アルセダイン第十代の王。この王の許しを得て、ホビットの移住民が初めて、バランドゥイン川を渡った。〔序章、追補編AのIの(ハ)〕

アルドル　Aldor
ローハン第三代の王。〔6-244〕

アロド　Arod
レゴラスとギムリの用にあてられたローハンの駿馬。名前はローハン語で「活力に充ちた」の意。〔3-91〕

アナーリオン　Anárion
エレンディルの息子。イシルドゥルの弟。父、兄と共に、水中に没するヌーメノールを逃れ、中つ国に王国を建立し、アナーリオンは兄と共に南のゴンドール王国をあずかった。第二紀3430年、サウロンとの戦いで討ち死にする。王位は息子のメネルディルに伝えられる。〔2-84, Sil.〕

穴熊家《あなぐま》　Brockhouse
ホビット庄でビルボと交友関係にある一家。〔1-78〕

アムロス　Amroth
かつてローリエンの森に住んでいたシルヴァン・エルフの王。ニムロデルはその恋人。西に向かう船から身を投じて消息を絶った。〔2-356〕

アラウ　Araw
ヴァラールの一人。偉大な狩人。上古の代にしばしば中つ国を訪れた。上のエルフ語ではオロメという。アラウはシンダリンでの名前。〔5-43, Sil.〕

アラゴルン　Aragorn
本編の主要登場人物の一人。ドゥーネダイン最後の族長。すなわち北方王国の末裔である。父はアラソルン、母はギルラエン。指輪戦争は統一王国回復の大願をかけた、かれの戦いでもあった。エルロンドの娘アルウェンを妃とし、再建された王国の王となる。エルフ語の幼名をエステル（のぞみ）、野伏の首領としては馳夫、王位について、エレッサール（エルフの石）と呼ばれた。〔1-167, 追補編「アラゴルンとアルウェンの物語」〕

固有名詞便覧

固有名詞便覧は原書の最後に付された索引に準じた。人物（動物、妖怪を含む）名、地名、事物名の順である。少数ながら省いたものもあり、また付け加えたものもある。なお各項目に訳者による解説を加えた。索引としては完全なものではなく、初出の巻数とページ数のみを挙げた。またHob.は『ホビットの冒険』、Sil.は『シルマリルの物語』を指す。なお、ローハン語とあるのは、もちろん古英語に訳されたものである。

登場人物名（動物、妖怪を含む）

あざみ毛　Thistlewool
ブリー郷の人間の名前。〔1-440〕

足高家　Proudfoots
ビルボの親戚。〔追補編Cの系図〕
　オド老人　Old Odo
　ビルボのいとこ。〔1-86〕
　サンチョ　Sancho
　オド老人の孫。〔1-112〕

アスファロス　Asfaloth
裂け谷のエルフ、グロルフィンデルの愛馬。〔1-604〕

本作品には、現在の視点からは差別的とみなされる表現が含まれておりますが、本作品が「国際アンデルセン賞優秀翻訳者賞」を始めとする数々の名誉ある賞を受賞し、その芸術性が高く評価されていること、また翻訳者がいずれも逝去されていることに鑑みまして、訳語を変更せずに刊行いたしました。(評論社編集部)

評論社文庫

最新版　指輪物語 7
追補編

2023年 5月30日　初版発行
2024年11月30日　二刷発行

著　者　J.R.R. トールキン
訳　者　瀬田 貞二／田中 明子
編集協力　伊藤 盡／沼田 香穂里
装　丁　PINTTO
発行者　竹下 晴信
発行所　株式会社評論社
〒162-0815　東京都新宿区筑土八幡町 2-21
電話　営業　03-3260-9409
編集　03-3260-9403
https://www.hyoronsha.co.jp

印刷所　中央精版印刷株式会社
製本所　中央精版印刷株式会社

ISBN978-4-566-02395-6　NDC933　484 p　148 ㎜ ×105 ㎜